Lust auf mehr

URSULA SCHNEIDERWIND

Lust auf mehr

Liebe im Alter

Bibliografische Information der Deutschen Nationalbibliothek:
Die Deutsche Nationalbibliothek verzeichnet diese Publikation
in der Deutschen Nationalbibliografie; detaillierte bibliografische
Daten sind im Internet über https://portal.dnb.de/ abrufbar.

© 2020 Ursula Schneiderwind
Satz, Umschlaggestaltung, Herstellung und Verlag:
BoD – Books on Demand, Norderstedt

ISBN: 978-3-7519-4699-5

Inhalt

Lust auf mehr

Es war die romantischste Hochzeit aller Zeiten, fand Doreen und schwebte im siebenten Himmel. Ihr Siegmar hatte etwa einhundert Kilometer vom Heimatort entfernt einen Menschen aufgetrieben, der sich zwar landläufig Bauer nannte, aber seinen Hof für Touristen stark umstrukturiert hatte, deshalb Pferde besaß und zudem den Hufbeschlag und Trauungen durchführen konnte.

Sie hatten nach der Zeremonie bei ihm zu Mittag gespeist und saßen nun mit den engsten Verwandten und Freunden im kleinen Bus, um im Heimatort mit allen Verwandten und Bekannten weiter zu feiern.

Immer wieder flog ihr glücklicher Blick zu Siegmar und verfing sich meistens in seinen dunkelbraunen Augen. Er sah aber auch umwerfend aus mit seinem tiefschwarzen, welligen Haar und seinen ebenmäßigen Gesichtszügen. Das weiße Hemd unterstrich noch sein südländisches Aussehen und alle ihre Freundinnen beneideten sie.

Doreen trug ein schlichtes weißes Kleid. Ein hüftlanger Schleier fiel aus einem kronenartigen Aufbau über ihr braunes Haar. Sicher hätte sie auch ein bombastischeres Kleid gewählt, doch davor hatte sie ihr Siegmar gewarnt.

»Liebes, du kannst dein Kleid von mir aus bis zur Taille mit Rüschen vollstopfen, aber von der Taille nach unten wähle bitte eine einfache Form. Der Rock kann meinetwegen bis oben geschlitzt sein oder fünfzig Zentimeter über dem Knie enden, darf aber nicht so voluminös sein wie letztens der von deiner Freundin. Wähle auch keinen langen Schleier! Nein, dring bitte nicht in mich! Ich verrate dir nichts vorher. Lass dich überraschen. Du wolltest nicht das Übliche, nun warte es ab.« Er küsste sie leidenschaftlich.

Sie verging bald vor Neugier. Bei wem sie auch auf den Busch klopfte, niemand verriet ihr etwas. Wahrscheinlich wussten auch ihre drei Freundinnen nichts. Und Siegmars Freund zu fragen, war sinnlos. Der schwieg sowieso wie ein Grab.

Die seltsame Einladung mit zwei verschiedenen Anfangszeiten, die Verwandte und Freunde bekamen, verstärkte noch die Neugierde bei allen.

Als der alte, aber wunderschön geschmückte Bus nun vor dem ebenfalls gut dekorierten Hochzeitshaus hielt, umfing die frisch Vermählten, aus dem Bus Kletternden der Hochzeitsmarsch. Blumenkinder und die Begrüßung mit Salz und Brot standen bereit; natürlich war auch der Strick gespannt und der Sägebock lauerte. Ihr Bruder rannte mit dem Fotoapparat umher und knipste sich die Finger wund.

Und immer wieder fing sie einen bewundernden Blick ihrer Freundinnen auf. Nein, nicht zu ihr etwa – sie gestand ihnen neidlos die größere Schönheit zu –, sondern zum Bräutigam. Doreen empfand es auch jetzt noch als Wunder, dass er sie erwählt hatte, und versuchte, sich im Spiegel mit seinen Augen zu sehen. Aber das funktionierte nicht. Sie sah sich stets mit ihren etwas zu großen Schneidezähnen, dem Buckel auf der Nase und den ausladenden Hüften. Schon deshalb hätte sie lieber einen bauschenden Rock gewählt und ein Oberteil, das ihre schmale Taille so richtig zur Geltung gebracht hätte.

Doch Siegmar sah nur sie an. Es waren ihre lebhaften Augen, die ihn faszinierten, deren Augenfarbe er nie genau angeben konnte. Da schimmerte Hellbraun und Grün heraus und so viele lustige Pünktchen, die er manchmal scherzhaft zu zählen versuchte.

Das endete meistens in einem langen Kuss.

Sicher störte es Doreen, dass er immer schnell zur Sache kam und wenig Zärtlichkeit aufbrachte. Aber das würde sie sicher in der Ehe ändern können. Jetzt schwebte sie in seinen Armen glücklich über das Parkett und wünschte sich, dass es stets so bliebe.

Doch der Alltag kam. Nicht mit einem Plautz, nein, schön sachte, fast unbemerkt. Da rannte er am Sonntag unrasiert herum und sie in der Kittelschürze. Und als dann die kleine Manuela brüllte, wurden weitere Abstriche vom romantischen Leben vorgenommen: Das Frühstück wurde manchmal sogar im Stehen hastig heruntergeschlungen.

Nach drei Jahren kam der stramme Axel und brachte das gerade mühsam erworbene Gleichgewicht völlig durcheinander. Und kaum ging das Leben wieder im normalen Trott, da kam diese seltsame Erbschaft. Mit großen Augen besichtigten sie ein kleines, völlig verwahrlostes Grundstück in einer Villengegend. Die Verwandten entschieden sich nach der Besichtigung für den Verzicht zugunsten Doreens und Siegmars.

Sie entschieden sich für ein eigenes Häuschen. Für die nächsten Jahre war Siegmar nicht wiederzuerkennen und schindete sich wie ein Verrückter. Doreen sorgte für das leibliche Wohl und hatte mit den beiden Kindern auch vollauf zu tun. Mit Hilfe der beiden Elternpaare sah das Grundstück nach zwei Jahren gepflegt und sauber aus.

Nun stand zu Doreens Geburtstag nicht mal eine brennende Kerze auf dem Kaffeetisch. Aber den Frankfurter Kranz, den Siegmar so liebte, den hatte sie noch in der Nacht fertig in den Kühlschrank gestellt, während er schon schlief.

Als er am frühen Morgen seine Frühstücksbrötchen aus dem Kühlschrank nahm, um sie in seine Arbeitstasche zu stecken, erblickte er den Kranz und seine Stirn fältelte sich. Er schnitt sich ein großes Stück ab und murmelte dabei: »Oje, auch das noch! Das kann ja heute heiter werden!« Er hatte ihren Geburtstag vollkommen vergessen. »Der Stress auf der Baustelle wird auch immer schlimmer!« Doch er schaffte es, in der Frühstückspause Doreens Freundin anzurufen, die neben einem Blumengeschäft im Backwarenladen stand, und sie zu bitten, einen Strauß roter Rosen zu besorgen und ihn Doreen zu bringen.

Das war noch nicht da gewesen und Doreen verzieh ihm alle seine Unachtsamkeiten der letzten Zeit und schob sie auf den beruflichen Stress. Sie zauberte ein Vier-Gänge-Menü auf den Abendtisch und freute sich, wie er jede Menge in sich hineinschaufelte.

»Aber warum isst du denn nichts?«, wunderte er sich zwischen zwei Happen.

»Ich habe wohl beim Herstellen zu viel gekostet«, entgegnete sie und lief schon wieder in Axels Zimmer, aus dem unzufriedenes Geschrei ertönte. Gleich darauf hastete sie mit dem Kleinen ins Bad, um ihm den Farbkasten vom Körper und der Kleidung zu entfernen. Endlich lag der Bursche zufrieden in seinem Bett, Manuela erbot sich aufzupassen, und Doreen ließ sich seufzend auf den Stuhl am festlichen Tisch sinken. Die Kerze flackerte. Siegmar hatte sich satt zurückgelehnt und drehte das Weinglas in seinen Fingern.

»Nun nimm dir mal dein Glas«, forderte er sie auf und hob das seine ihr entgegen. »Ich wünsche dir viel Glück und Gesundheit und zu deinem nächsten Geburtstag werde ich jemanden für die Kinder organisieren, damit wir in Ruhe wenigstens am Abend ein bisschen ungestört sein können.« Er stieß mit ihr an und lächelte ihr müde zu. Sie sah es.

»Leider kann ich dir deinen Stress nicht abnehmen«, meinte sie bedauernd. »Aber ich bin auch rechtschaffen müde. Axel hält mich auf Trab!«

»Und du bist immer noch überzeugt, demnächst wieder arbeiten zu gehen?«

»Na ja, nur zu Hause … Manchmal fällt mir jetzt schon die Decke auf den Kopf«, gestand sie. Er nickte und stellte das leere Glas ab.

»Bist du böse, wenn wir jetzt ins Bett gehen? Ich bin fix und alle.« Er gähnte lauthals. »Ist ja auch schon neune!«

»Ja, geh nur. Ich räume schnell noch ab und mache dein Frühstück fertig.« Er schlurfte davon, während sie noch rasch abräumte und die Reste in den Kühlschrank stellte. Von den übrigen Kartoffeln würde sie ihm morgen seine geliebten Bratkartoffeln mit Würstchen und drei Eiern machen. Für sich selbst behielt sie die zwei Löffel Blumenkohl. Das reichte. Vielleicht noch ein Spiegelei dazu! Mal sehen! Sie aß nicht viel. Ihre Mutter hatte in ihrer Kinderzeit stets gesagt: »Was du isst, trägt die Katze auf dem Schwanze fort!« Viel hatte sich daran nicht geändert.

Siegmar dagegen aß gern und viel. Und sie brutzelte bereitwillig für ihn, buk die leckersten Kuchen und Torten. Da konnte sie kreativ sein! Das war doch mal etwas anderes als dieses lästige Saubermachen! Die Kinder hielten sie auf Trab und sie freute sich, ihnen Neues beibringen zu können. Aber immer nur zu Hause sein? Nein, das war nichts für sie.

Als Axel drei Jahre geworden war, meldete sie ihn in dem Kindergarten an, den Manuela schon seit einiger Zeit besuchte. Doreen wollte damit erreichen, dass sie sich im Vorschuljahr in der Gruppe einlebte und vielleicht schon einige Freundschaften schloss. Sie selbst würde demnächst vormittags drei Stunden als Sprechstundenhilfe in einer Gemeinschaftspraxis aushelfen. Vielleicht würde auch mehr daraus werden. Eventuell blieb die junge Frau nach ihrer Entbindung auch mehrere Jahre zu Hause, wie sie, Doreen, es gemacht hatte.

Überhaupt, was heißt hier ›junge Frau‹! Die war schon fünfunddreißig und erst jetzt das erste Kind! In puncto Kindern fühlte sich Doreen mit ihren sechsundzwanzig Lenzen haushoch der Frau überlegen, ansonsten fand sie sie furchtbar alt. Sie war froh, dass sie ihre Kinder schon besaß und … sie rechnete … wenn deren Kind zehn Jahre sein wird, dann sind meine … na, jedenfalls aus dem Gröbsten heraus. Eventuell könnte sie mit Siegmar auch vorher schon mal wieder allein verreisen und die Kinder bei den Großeltern unterbringen. Und sie begann zu träumen.

Für Siegmar wäre so ein ruhiger Urlaub bestimmt das Richtige. Er fühlte sich in letzter Zeit sehr gestresst und schimpfte oft darüber, dass sie auf dem Bau so gehetzt würden.

»Termine, Termine. Diese Sch…termine!«, stöhnte er, und nur am Sonntagvormittag fühlte er sich wohl. Am Abend jedoch begann er schon wieder zu stöhnen, weil er an Montag dachte.

Sie blieb in der Arztpraxis als Vertretung. Manchmal hatte auch sie dann Stress, wenn sie volle Tage dort arbeitete. Dafür gab es aber auch zwei, drei Wochen mal gar nichts. Dann holte sie alles nach und kümmerte sich besonders liebevoll um Siegmar.

Ihren Rosenhochzeitstag feierten sie im achttägigen Urlaub in Waren an der Müritz. Die Kinder waren bei den Großeltern untergebracht. So konnten sie sich gegenseitig richtig verwöhnen.

»Herrlich, wenn früh kein Wecker klingelt«, stöhnte er wohlig und sie kuschelte sich an seine Brust. »Aber das Essen ist nicht so gut wie deins«, sinnierte er weiter. »Ich glaube, kein Mensch kann besser kochen als du!«

»Liebst du mich nur deswegen?«, murmelte sie und ließ ihre Hand wandern.

»Nuur deswegen«, brummte er zufrieden und kam wie immer rasch zur Sache. Sie hatte es aufgegeben, ihn umziehen zu wollen. Sie brachte sich vorher schon in Stimmung und schaffte es dadurch hin und wieder sogar zum Höhepunkt. Jetzt im Urlaub wurde Siegmar zunehmend aktiver. Doreen staunte. Im Alltag zu Hause kam er meistens zweimal in der Woche. Jetzt am vierten Tag in diesem fremden Bett geschah es schon am Morgen.

Dann schlenderten sie durch das Städtchen.

»Viel ist hier nicht zu sehen«, meinte er spitzbübisch. »Kaum Schaufenster …« Und sie reagierte.

»Ich bin doch nicht wegen der Schaufenster hier«, regte sie sich auf, »sondern um mit dir ein paar schöne Tage zu verleben!«

»Weiß ich doch, Schätzchen«, beruhigte er sie und trat vor die Wanderkarte. »Wandern wir weiter oder wollen wir eine Kahnpartie machen?«

»Ich bin ja von gestern noch k. o. Um den ganzen Feißnecksee! Und heute willst du wohl um die Müritz, was?« Sie schnaufte empört. »Dabei war fast nur Wald und Wasser zu sehen.«

»Du vergisst den Sand«, zog er sie auf, »der dir immer in die Schuhchen kam.«

»Sieh mal, da fahren Schiffe bis nach Plau rüber. Vielleicht schaffen wir es noch bis zur Abfahrt.« Dabei brauchte sie nicht zu laufen und konnte faul herumsitzen.

»Meinetwegen«, brummte er, denn so wanderfreudig war er auch nicht. Nur manchmal fühlte er eine Unruhe in sich, als verpasse er etwas. Wie gestern. Er zog die Schultern hoch. Doch es brachte nichts. Sie hatten ein paar Vögel gehört, die sie nicht kannten, unbekannte Leute getroffen, die sich ihrem lahmen Schritt nicht anschlossen und schnell wieder verschwanden, und ansonsten eine Menge Pflanzen gesehen, die ihnen ebenfalls nichts sagten.

Sie legten einen Zahn zu und erreichten wahrhaftig noch das Schifflein. Sie räkelte sich auf ihrem Platz in der Sonne, die kaum den Dunst durchbrach, und er hing an der Reling, schaute ins Wasser und ließ die Seele baumeln.

War es das, was er gewollt hatte? Dieses Leben? Lag der Sinn nur im Kinderkriegen und -aufziehen? Beunruhigende Gedanken.

Glücklicherweise erklang jetzt die Stimme des Kapitäns, der die Landschaft erklärte und zu Land und Leuten etwas sagte. Siegmar hörte aufmerksam zu, um sich von den unnützen Gedanken abzulenken.

»Hast du gehört, da ist eine Farm. Willst du deinen Pelzmantel dort herum-

laufen sehen?« Er griente unverschämt, weil er wusste, dass sie gegen diese Zucht-
pelze war – aus Mitleid mit den Tieren. Sie wollte einen Kunstpelz und hatte ihm
letztens gezeigt, welche Sorte sie schön fand. »Aber hinschauen können wir doch.
Mal sehen, ob es wirklich so eine Quälerei für die Tiere ist.«

Sie runzelte die Stirn und überlegte. »Na gut, sehen wir uns die Farm an.«

Als sie danach wieder zum Anlegesteg schlenderten, meinte sie nachdenklich:
»So schlimm ist es wohl gar nicht. Da sind die Hühner in ihren Minikäfigen viel
schlechter dran.«

»Nun sag bloß, du willst jetzt 'nen echten Pelz! Hast du noch die Preise dafür
im Kopf?«

»Quatsch! Ich denke nur an die Schweine und Rindviecher, die bestimmt nicht
so gut leben wie diese Kleinen …«

»Ich möchte aber trotzdem weiter meine Schnitzel und Rouladen essen. Ve-
getarier werde ich auf keinen Fall!«

»Wenn man darüber nachdenkt, muss man zu dem Schluss kommen, dass
der arme Weizen auch nicht besser dran ist als so'n Schwein«, lachte Doreen.
»Denk mal, was sie mit dem alles machen. Komisch, dass sich da bis heute keiner
drüber aufgeregt hat!«

»Na ja, irgendetwas muss der Mensch doch essen! Und schon in der Bibel steht:
Macht euch die Erde untertan …«

»Ich glaube, das war so ein falscher Zungenschlag, oder irgendjemand hat
den Götterspruch abgewandelt. Auf diesen Satz berufen sich alle, die die Erde
kaputt machen und entsetzlich ausbeuten. Da müsste eigentlich stehen: Baut
geschlossene Kreisläufe! Dann würden keine Müllgebirge wachsen! Wer etwas
herstellt, müsste auch an die Entsorgung denken und etwas dafür tun. Bei den
Ureinwohnern haut das noch hin. Die bauen nur aus Naturmaterialien, was
hinterher ganz normal verrottet.«

»Ja, das funktioniert aber im technischen Zeitalter nicht mehr. Du kannst
doch kein Auto bauen, dass nach zehn Jahren einfach zerfällt oder sich auflöst.«
Er stellte sich das vor und begann zu lachen. »Oder: Du willst waschen, hast
nicht aufs Datum geachtet, packst die Waschmaschine voll, und wenn die gerade
rumpelt, macht sie sich dünne und deine Wäsche und die Lauge machen sich im
Bad breit.« Er gluckste vor Lachen. »Und deine Anbauwand …«

»Hör auf«, kicherte sie. »Es gucken schon alle her. Das ist ein tolles Thema. So
eins hatten wir schon lange nicht!« Sie gickelte vor sich hin. Nach einer Weile hatten sie sich beruhigt und hörten sich die Äußerungen des Käpt'n übers Wetter an.

Eine dicke Wolkenwand kam von Westen und ein frischer Wind jagte sie in die Kabine. Das Schifflein schaukelte enorm und alle saßen still auf ihren Sitzen. Endlich waren sie im Kanal und fuhren ruhig dahin.

»Die Seen sind nicht allzu tief, deshalb entstehen bei Wind gleich ziemlich hohe Wellen«, erläuterte der Käpt'n. »Aber in der Binnenmüritz fahrn wir unter Land, da wird's nicht mehr so schlimm wie eben.«

Er hatte recht. Als sie ausstiegen, musste Doreen ihren Schirm aufspannen und sie eilten raschen Schrittes ihrer Behausung zu.

»Stell dir vor, so'n Schiff zerfällt dann plötzlich …« Siegmar begann erneut zu kichern.

»Nee, das finde ich nicht ulkig, besonders wenn ich drauf bin!« Doreen schüttelte sich. Sie waren im Trocknen und sie rüttelte den Schirm, um nicht die Nässe mit ins Haus zu schleppen. »Und dies Haus dann ebenso. Was'n dann? Nee, da muss es andere Lösungen geben.«

»Gibt es ja auch für einzelne Dinge, aber eben nicht für alles. Und es machen sich zu wenige einen Kopf darum. Das ist der Punkt!« Siegmar war ernst geworden.

»Alle denken nur an den Gewinn, den sie mit einer Sache machen können, und da liegt der Hase im Pfeffer. Aber wir kleinen Leute können da gar nichts machen«, betonte sie und zog sich um, denn trotz Schirm war eine Seite doch richtig durchgeweicht.

»Wenn sich alle einig sind, kann der kleine Mann schon was machen …«, überlegte Siegmar.

»Mann«, wunderte sich Doreen plötzlich, »so ein langes und interessantes Gespräch hatten wir ja schon Jahre nicht!«

»Weil jeder nur so vor sich hinlebt. Ein Tag ist wie der andere, meistens viel zu stressig, da will man am Abend nur noch seine Ruhe haben und sich nicht noch über solche Dinge den Kopf zerbrechen«, erklärte er, während auch er die Sachen wechselte.

»Aber manche machen es trotzdem«, widersprach sie.

»Ja, da muss man wohl der Typ dazu sein. Ich bin es nicht. Und nun lass uns nach unten gehen und fein speisen.«

An dieses Gespräch dachte Doreen noch lange zurück. Frevlerische Gedanken tauchten dann manchmal in ihrem Kopf auf. Hatte ihr Siegmar wirklich nur das Essen im Sinn und nichts weiter? War alles andere für ihn Nebensache?

Wenn sie manchmal am Abend eine Sendung im Fernsehen anstellte, die sich mit Fragen des Lebens und Überlebens beschäftigte, schlief er fast auf der Stelle ein. Doch sie interessierte sich zunehmend dafür und schaltete den Fernseher deshalb auch mal am Tage an, wenn sie nicht gerade arbeiten musste. Eine verpasste Sendung ärgerte sie schon lange nicht mehr, weil die ja irgendwann sowieso wiederholt wurde. Sie musste bloß aufpassen und das Programm genau durchfilzen.

Sie fand ihr Leben wunderbar und bedauerte Siegmar, dass er so viel Stress erleiden musste. Dafür kochte und buk sie doppelt so viel Schönes, weil sie ihr schlechtes Gewissen übertünchen wollte.

Demnächst waren sie nun schon siebzehn Jahre verheiratet und Doreen hatte erwogen, wieder einmal mit Siegmar allein zu verreisen. Er hatte jedoch abgewinkt.

»Du weißt doch, dass ich jetzt keinen Urlaub nehmen darf. Wenn doch, kann ich mit der Kündigung rechnen. Erst letztens hat der Chef wieder vom ›vollen Einsatz jedes Einzelnen‹ gequatscht, damit die Firma leistungsstark bleibe. ›Der Wettbewerb ist äußerst hart.‹« Siegmar kopierte den Chef. Doreen hatte jenen erst einmal erlebt –beim fünfzigsten Betriebsjubiläum. Es waren alle langjährigen Betriebsangehörigen mit ihren Partnern eingeladen gewesen.

»Imitierst ihn aber gut«, lachte sie. »Ich sehe ihn richtig vor mir. Aber schade ist es doch! Damals in Waren hatten wir eine herrliche Woche.«

»Wenn du willst, gehe ich auch mal mit ins Theater«, meinte er großzügig. Aber sie wusste, wie wenig er es mochte, und schüttelte vehement den Kopf.

»Nein, dann ist es ja eine Strafe für dich. Wenn wir etwas unternehmen, muss es uns beiden Spaß machen. Ansonsten lieber gar nichts!«

»Lieber gar nichts«, brummelte er in seinen imaginären Bart. Aber das hörte sie glücklicherweise nicht mehr, denn er war schon aus der Wohnungstür.

»Hat ja noch ein bisschen Zeit«, dachte sie und nahm sich ihren Roman. Seit einem halben Jahr las sie. Liebesromane und Krimis. Eine Bekannte hatte sie mit in die Bibliothek genommen und ihr alles dort erklärt. Dabei war Doreen auf den Geschmack gekommen.

Lesen war doch etwas ganz anderes als immerzu Fernsehen. Und eine Störung machte gar nichts. Dann las man eben ein Stückchen doppelt.

Sie nahm auch die Kinder mit zur Bibliothek und freute sich, dass wenigstens Manuela positiv reagierte. Die ging nun schon allein hin. Die Gespräche mit ihr wurden tiefer und inniger.

Axel hätte es gebrauchen können. Doreen seufzte. »Hätte ich bloß in der ersten Klasse mehr mit ihm gelesen!« Für sein schlechtes Lesen machte sie sich verantwortlich und ließ ihn jetzt täglich eine Seite laut vorlesen. Er stöhnte und war manchmal aufmüpfig. Aber als er sich bei Siegmar beschwert hatte, dass er täglich lesen musste, war er nicht durchgekommen.

»Das schadet dir nichts. Im Gegenteil. Vielleicht werden deine Zensuren dann besser, denn Lesen benötigt man in jedem Fach. Eine Zwei auf dem nächsten Zeugnis, nur eine einzige, würde mich unheimlich freuen.« Axel schlich bedeppert davon. Siegmar hatte nie mit ihm wegen seiner schlechten Noten geschimpft, seine waren auch nicht besser gewesen, aber inzwischen wusste er, dass man mit gutem Lesen besser im Leben zurechtkam.

Dann hätte er seine Lehre wahrscheinlich besser absolviert und wäre vielleicht heute schon mehr als nur einfacher Bauarbeiter. Vielleicht würde er sich dann nicht so gestresst fühlen, wenn er nicht so'n kleiner Popel wäre. Einzig seine handwerklichen Fähig- und Findigkeiten hatten ihn vor der Arbeitslosigkeit bewahrt. So sah er das.

Und Axels Zukunft machte ihm Sorgen. Es wurden immer mehr Arbeitslose und es gab immer weniger Lehrstellen. Was sollte aus dem Jungen mal werden? Seine Hände waren auch nicht die geschicktesten. Sonst hätte er sich letztens nicht mit dem Messer geschnitten, als sie beide den Drachen bastelten.

Fernsehen und Gameboy waren Axels Leidenschaft. Aber Siegmar glaubte nicht, dass ihm diese beiden Dinger im Leben halfen zurechtzukommen. In letzter Zeit grübelte er darüber, ohne Doreen etwas merken zu lassen. Er war sich gewiss, die tat ihr Bestes, damit aus dem Jungen etwas wurde. Auf die Idee, dass er Axels Vorbild war, kam er nicht.

Der sah den Vater nach Hause kommen, ordentlich spachteln und in dem Sessel vorm Fernseher versinken, eventuell dort schon einschlafen oder später, wenn er schon im Bett lag. Na, das ist doch ein Leben. Die Weiber machen den Haushalt. Dafür sind sie schließlich da. Doch wer die Kohle ranschaffen würde, damit dieses Leben finanziert werden konnte, darüber hatte er noch nicht nachgedacht.

Einen Anstoß in dieser Richtung gab ihm jetzt Doreen mit ihrer Forderung, jeden Tag laut zu lesen. Und ein weiterer kam aus dem Unterricht. Er schimpfte und blubberte, ehe er sich Doreen offenbarte.

»Wir sollen über den Sinn des Lebens schreiben. So'n Quatsch! Leute befragen! Auch das noch! Kann man dafür nicht irgendwo etwas abschreiben? Hast du was?«

Doreen wiegte den Kopf. »Nicht, dass ich wüsste. Aber die Rentnerin nebenan weiß bestimmt etwas darüber. Die weiß so ziemlich alles. Zu der würde ich zuallererst gehen.«

Axel maulte noch drei Tage, dann schlich er hinüber.

Erst nach einer Stunde tauchte er wieder auf und drückte Doreen gutgelaunt einen Zettel in die Hand. Die las erstaunt:

Botschaften aus dem Ewigen

Von weisen Aborigines

1. Du sollst deiner Kreativität Ausdruck verleihen, d. h., dein Handeln soll immer etwas Gutes hervorbringen, worauf du stolz sein kannst.
2. Du sollst Verantwortung übernehmen, d. h., du bist verantwortlich für deinen Körper, für alles, was dich umgibt, was du sagst, was du tust. Ehre das Leben und trage zu seiner Erhaltung bei.
3. Du sollst anderen helfen, d. h., deine Gedanken und Taten sollen deinem Nächsten und dem Wohl allen Lebens dienen.
4. Du sollst deine Gefühle zur Reife bringen, d. h., unterdrücke keine Gefühle, lebe sie aus, aber so, dass sie weder dir noch anderen schaden. Ein Tag ohne Lachen ist ein verlorener Tag. Sei humorvoll! Sei stets aufrichtig. Immer!
5. Du sollst unterhaltsam sein, d. h., Unterhaltung ist ein Ventil für Kreativität. Nimm nur an positiver Unterhaltung teil.
6. Du sollst ein guter Verwalter deiner Energie sein, d. h., Energie kannst du weder schaffen noch zerstören, nur nutzen, verändern und umstrukturieren. Unsere Welt besteht aus Energie. Zerfließt du in Selbstmitleid, verstärkst du die negativen Schwingungen. Dein Optimismus verstärkt die positiven Schwingungen.
7. Du sollst Musik genießen, d. h., friedliche Musik, die im Rhythmus deinem Puls entspricht, hat Einfluss auf dich. Musik ist die Sprache deiner Seele, deines Planeten; sie schafft die Verbindung zum Universum.
8. Du sollst nach Weisheit streben, d. h., Weisheit ist die Art, wie du dein Wissen nutzt. Ehre den Zweck aller Dinge, denn wir sind nur Gäste auf Mutter Erde.
9. Du sollst Selbstdisziplin lernen, d. h., beherrsche deine Süchte, deine Naschhaftigkeit, Gier und Grausamkeit. Lerne den Unterschied heraushören, was dein Herz und was dein Kopf Dir sagt. Was dein Herz sagt, kommt aus dem Ewigen.
10. Du sollst beobachten, ohne zu urteilen, d. h., wir wurden ohne Fehler geschaffen. Probiere deine Gaben, entscheide dich für deinen Weg und lass den andern seinen gehen. Verschwende keine Energie für Urteile.

Doreen ließ den Zettel sinken. »Das ist ja ein Glaubensbekenntnis! So ähnlich gibt es in der Kirche die Zehn Gebote.« Sie gab Axel das Blatt. »Mach es dir an die Wand deines Zimmers, damit du es immer mal ansehen kannst. Hat die alte Dame gesagt, wo sie es herhat?«

»Ja«, nickte er, »ich hab es mir aufgeschrieben. Hier …« Er gab ihr sein Blatt und sie las sein Gekrakel: aus »Traumreisende« von Marlo Morgan.

»Das Buch werde ich mir aus der Bibliothek ausleihen«, sagte sie und schrieb sich Titel und Autorin auf. »Und was hat sie dir noch alles erzählt?«, wollte sie dabei von Axel wissen.

»Sie versucht, nach diesen zehn Botschaften zu leben, und nimmt sich jeden Tag eine besonders vor. Weil man nicht alles auf einmal ändern kann, meinte sie.«

»Und wie kommst du nun mit deiner Hausaufgabe klar?«

»Ach, Mutti, ich glaube, ich schaffe es. Ansonsten komme ich zu dir. Ich fange gleich an«, sagte er, nahm das Blatt mit den Botschaften und verschwand in seinem Zimmer. Doreen staunte. Sollte eine einzige Hausaufgabe ihren Axel so verändern?

Natürlich nicht. Aber für diese bekam er eine gute Zwei, seine erste Zensur, die weit über den anderen stand.

Drei Wochen später kam Axel mit seinem Freund Danny in die Küche gestürzt, wo Doreen gerade am Brutzeln war.

»Mutti, Mutti, Papa liegt so komisch am Auto. Komm bloß rasch raus. Vielleicht hat er sich was gebrochen!«

Doreen schaltete geistesgegenwärtig die Gasflamme aus und lief hinter den Kindern her nach draußen. Von dieser Seite sah sie gar nichts, aber als sie um das Auto herumlief, lag da ihr Siegmar seltsam eingedreht auf der Seite, so als wolle er in die geöffnete Tür kriechen.

»Siegmar«, schrie sie, »was ist denn!« Doch er rührte sich nicht. Sie kniete schnell neben ihm nieder und drehte seinen Oberkörper zu sich herum. Schwer fiel seine Hand zur Erde, seine verdrehten Augen starrten ins Leere. »Schnell! Notruf 110!«, schrie sie Axel zu. Doch der stand wie versteinert. Danny rannte los und kam kurz danach wieder.

»Sie kommen gleich. Wir sollen sie auf der Straße erwarten«, sagte er und zog Axel mit.

Doreen saß unbeweglich, hatte ihm sachte mit der Hand die Augen zugedrückt und wusste, dass sie nichts mehr tun konnte. Sie hielt ihn halb auf ihrem Schoß und streichelte seine Wange mit der freien Hand. So fanden die Rettungskräfte beide und erkannten auf den ersten Blick, dass hier jede Hilfe zu spät kam. Jedenfalls für Siegmar. So nahmen sie sich der Frau an, denn sie glaubten an einen Schock.

»Wir müssen beide mitnehmen«, sagte einer zu den Jungen und gab dabei seinem Kollegen einen Wink. »Was hat deine ... oder deine ...« Sein Finger wanderte von einem Jungen zum anderen. »... Mutter denn gerade gemacht?«

»Gekocht«, antwortete Axel.

»Dann wollen wir mal ins Haus gehen und nachsehen, dass dort nichts passieren kann. Kommt beide mit.« Indessen luden zwei hinzugekommene Kräfte Siegmar in ihr Auto, während im Rettungswagen Doreen versorgt wurde.

Drinnen fand der Helfer alles in Ordnung. Der Herd war aus, kein elektrisches Gerät irgendwo an. »Alles in Ordnung, Jungs. Mal sehen, ob wir deine Mutti mitnehmen müssen. Hast du noch mehr Geschwister?«

»Ja, Manuela«, stotterte Axel.

»Die ist aber drei Jahre älter«, ergänzte Danny.

»Hast du vorhin angerufen?«, fragte ihn der Mann. Danny nickte. »Das hast du gut gemacht. Deshalb waren wir auch so schnell hier. Wenn wir seine Mutti mitnehmen, kann er dann vielleicht bei dir zu Haus bleiben? Alleinsein ist nicht gut für ihn.«

»Na klar! Aber wir müssten erst noch auf Manuela warten. Die kommt bestimmt bald. Und wenn ihr dann keiner etwas sagt, bekommt sie vielleicht 'ne Macke!«

»Richtig«, lobte der Helfer. »Du denkst gut mit!« Sie waren inzwischen am Rettungswagen angelangt. »Wie sieht's aus?«, fragte er seinen Kollegen.

»Eigentlich ganz normal«, antwortete der. »Frau Kampman möchte nicht mit. Sie will bei den Kindern bleiben. Und wie ich das sehe, können wir's verantworten.«

»Gut, Jungs, dann bleibt bei Frau Kampman, mindestens solange, bis eure Manuela kommt, ja?«

»Sie können sich auf uns verlassen«, versicherte Danny, während Axel nur schwach nickte. Doreen stieg aus dem Rettungswagen, genauestens beobachtet von den beiden Helfern, drehte sich um und schaute nun zu, wie die Autos nacheinander davonfuhren.

Wie in Zeitlupe drehte sie sich um und setzte automatisch Fuß vor Fuß, um ins Haus zu gehen. Die Jungs folgten, Danny besonders aufmerksam. Sie blieben an der Küchentür stehen, während Doreen den Herd wieder einschaltete und genau dort weiterarbeitete, wo sie vorhin gestört worden war.

Dann ging die Haustür auf und mit fröhlichem »Guten Abend« trat Manuela in den Flur, ließ ihre Tasche auf den Boden plumpsen und hängte ihre modische Jacke an die Flurgarderobe.

»Warum steht der Wagen mitten in der Einfahrt? Wollt ihr noch weg?«, fragte sie leichthin, wobei sie sich schnuppernd den Töpfen näherte. Das war wohl der Auslöser.

Doreen ließ sich auf den nächsten Küchenstuhl plumpsen und nun rollten plötzlich die Tränen. Axel lief zu ihr und drückte sich an sie. Danny blieb auf seinem Platz wie angenagelt stehen.

»Was ist denn los?«, wunderte sich Manuela.

»Papa ist …« Doreen konnte es nicht über die Lippen bringen.

»… tot«, ergänzte Danny leise. Manuela hatte es genau gehört, trotzdem kam ein entsetztes »Waas?«. Ungläubig schaute sie von einem zum anderen. Doreen und Axel schluchzten jetzt laut, Danny schluckte. Das Mitleid sollte ihn nicht übermannen. Schließlich hatte er eine Aufgabe zu erfüllen.

»Dein Vater ist am Auto umgefallen und dann abtransportiert worden. Nicht im Rettungswagen«, fügte er hinzu, weil Manuela gleich etwas sagen wollte.

»Aber …«, begann sie, fühlte jedoch, dass es kein Aber gab. Nun füllten sich ihre Augen ebenfalls. Sie kniete sich neben Doreen, schlang ihre Arme um beide und weinte jämmerlich.

Danny konnte die Tränen nicht mehr zurückhalten, drehte sich um und setzte sich im Flur auf die Treppe zum Obergeschoss. Durfte er jetzt gehen? Er war sich nicht sicher. Vielleicht brauchte man ihn noch. Ein Weilchen blieb er sitzen, wischte mit dem Ärmel die Tränen fort und horchte zur Küche. Auch drinnen schnäuzte sich jemand.

»Wir müssen jetzt stark sein und zusammenhalten«, hörte er Doreen sagen. Da stand er auf und ging in die Küche.

»Ich gehe jetzt nach Hause, Frau Kampman. Wenn Sie was brauchen …« Doreen nickte und gab ihm die Hand.

»Danke, Danny«, sagte sie schwach. »Komm bitte weiter zu Axel, ja? Er braucht dich.« Danny nickte stumm und musste erneut schlucken. Dann reichte er auch Axel und Manuela die Hand und verließ leise das Haus.

In den nächsten Tagen kam Doreen nicht zum Nachdenken. Es gab so viel zu erledigen, so viele verschiedene Dinge mussten bedacht werden. Erst am Grabe überfiel sie der Jammer erneut. Sie würde von nun an allein mit den Kindern sein! Alles in ihr wehrte sich gegen dieses ALLEIN. Sie war ja noch nicht einmal vierzig!

Jeden Tag lief sie zum Friedhof und klagte: »Warum hast du mich alleingelassen?« Nach drei Wochen erwachte so etwas wie Trotz in ihr. »Du kannst doch nicht annehmen, dass ich ALLEIN bleibe! Ich bin doch noch keine Rentnerin!«

»Denk an die Kinder!«, schien er zu sagen.

»Auch an die denke ich! Die sind nämlich bald aus dem Haus. Manuela zuerst. Bestimmt. Hat ja schon einen festen Freund und mich letztens wegen der Pille gefragt. Hab ihr einen Termin bei meiner Frauenärztin besorgt. Tja … und Axel könnte ein strenger Mann nichts schaden. Der fängt an und macht, was er will.«

»Hat er das nicht schon immer gemacht?«

»Kann schon sein. War ja dein Liebling.«

»Na, na, deiner doch auch! Was der sich erlaubte, durfte Manuela nicht! Warum eigentlich?«

»Wahrscheinlich, weil er dir so ähnlich war.«

»Dann füttere ihn nicht so gut. Er wird nämlich zu fett!«

»Ach!« Sie drehte sich abrupt um und lief ärgerlich davon. Wer sprach eigentlich hier mit wem?

Aber sie begann auf Axels Essen und Trinken zu schauen.

»Oh, dann ist es kein Wunder«, rief sie erstaunt, »wenn du laufend Cola trinkst.«

»Was? Wieso?« Verdutzt sah er sie an.

»Na, du wirst doch täglich dicker! Ist dir das noch nicht aufgefallen? Und dann kommst du, schaltest den Fernseher an und klatscht dich in den Sessel. Ruhe und Rast ist die halbe Mast! Der Fernseher wird nur noch bei bestimmten Sendungen angeschaltet«, verlangte sie.

»Eh, Papa hat auch …« Weiter kam er nicht.

»Dann bring auch die Leistungen, die Papa gebracht hat.«

Er grinste unverschämt. »Wirklich?«

Batsch! Ihr war die Hand ausgerutscht. »Alt und grau kannst du werden … Ich meinte ja wohl das Geld und die anderen Arbeiten und nicht das Bett, wie du eben!«

Beleidigt drehte er sich zur Tür, dann stoppte er. »Möchte dich nur daran erinnern, dass du mich gebeten hast, für die Getränke im Haus zu sorgen wie Papa!« Ziemlich von oben herab kam das, er war ja auch schon eine Kleinigkeit größer als sie.

»Soo, Papa hat dir Cola gekauft? Daran kann ich mich nicht erinnern.«

»Nee, hat er nicht. Aber er hat für sich Bier geholt! 'nen ganzen Kasten für eine Woche!«

Einen Moment guckte Doreen verdutzt, dann begann sie zu lachen. »Ach so, weil ich gesagt hatte, du sollst wie Papa für die Getränke sorgen! Aber das heißt doch nicht, dass du für dich jede Menge Cola holst! Weißt du, wie viel Zucker in einer Flasche Cola steckt? Deshalb siehst du jetzt schon aus wie eine fette Henne!« Sie kicherte.

»Hahn, höchstens!«, protestierte er schwach.

»Also, vertragen wir uns wieder?«, fragte lächelnd Doreen und umarmte Axel. Der machte noch eine unwillige Bewegung, ließ aber die Umarmung willig über sich ergehen.

»Also, wie immer Limo und das Zeug für die Schule, aber Cola nur bei Feiern. Haben wir uns verstanden, mein Großer?«

»Jaa, Mutti«, sagte Axel sanftmütig wie ein Lamm. Sie wuschelte ihm noch mit der Hand durchs Haar, was er diesmal ohne Protest ertrug. Da wusste sie, dass alles in Ordnung war. Er hatte nur mal wieder die Grenzen getestet.

Ein halbes Jahr war verstrichen, als Doreen zwischen den Regalen des Kaufhauses mit einem Mann zusammenstieß. Nein, nicht sie selbst, sondern ihre Einkaufswagen. Irgendwoher kannte sie den etwa Gleichaltrigen.

»Ah, Frau Kampman, wenn ich mich nicht irre«, erklang seine sonore Stimme. In diesem Moment fiel es ihr ein: ein Arbeitskollege von Siegmar.

»Stimmt«, sagte sie, vermied eine Anrede und reichte ihm die Hand. »Aber ich kann mich nicht an den Namen erinnern.«

Er lächelte. »Dann hab ich einen Grund, mich vorzustellen. Marcus Wolter.« Sein Blick streifte über die gut gefüllten Wagen.

»Darf ich behilflich sein?«

»Halb so schlimm«, schmunzelte sie. »Ich habe ja das Auto.«

Er ging nicht darauf ein, sondern runzelte die Stirn, als denke er angestrengt nach. »Ich glaube, wir überlegen beide, ob wir damals per Du waren oder nicht. Stimmt's?«

»Genau!« Sie lachte befreit.

»Dann bleiben wir beim Du?«, grinste er nun breit. »Obwohl es mir dann allerdings den Grund fürs Brüderschaftstrinken nimmt!«

Doreen errötete und ärgerte sich darüber, was zur Vertiefung der Farbe führte.

»Darf ich fragen, ob wir uns wiedersehn können?«

»Und Ihre … ehm … deine Frau?«

»Sie ist weg!«

»Wie … weg?«

»Na ja, mit 'nem andern. Seit zwei Wochen bin ich geschieden.«

»Und die Kinder?«

Er zuckte die Schultern. »Bei mir. Wobei die Große schon mehr beim Freund haust. Nicole ist aber noch völlig bei mir. Na ja, die ist ja auch erst dreizehn.«

Doreen seufzte. »Pubertät! Mein Axel ist vierzehn …«

»Wir hätten so viel zu bereden …« Er sog die Luft hörbar ein. »Wäre wirklich schade, wenn wir hier aufhören würden.« Bittend schaute er hinunter in ihre Augen.

»Heute Abend«, schlug sie vor und blieb in seinen Augen hängen.

»Neunzehn Uhr dreißig … im Restaurant oder …?« Sein Daumen schwang vor seiner Brust wie ein Pendel hin und her: zu ihr, zu sich, zu ihr, zu sich.

Sie griente. »Es muss kein Restaurant sein. Ist doch ziemlich teuer. Aber ich würde gern mal spazieren gehen. Allein traue ich mich nicht und die Kinder stöhnen und verdrehen die Augen, wenn sie mit mir mitgehen sollen.«

»Aber gern. Bei diesem schönen Wetter! Stimmt, ich als Mann laufe rasch mal durch den Park oder am Fluss entlang, aber einzelne Frauen sehe ich dort selten.«

»Holst du mich ab? Weißt du, wo ich wohne?«

»Das einzelne Häuschen zwischen den Villen in der Langen Straße!?«

»Richtig! Dann bis halb acht!« Sie lächelte ihm zu und schob ihren Wagen in Richtung Kasse. Er sah der schlanken Gestalt nach und seufzte. Ob es stimmte? Siegmar hatte stets von ihren Kochkünsten geschwärmt. Sie sah gar nicht danach aus. Meistens fraßen sich gute Köchinnen doch aus der Fasson! Na ja, keine Regel ohne Ausnahme!

Sein Wagen wurde angerempelt und eine alte Dame raunzte: »Träumen können Sie zu Hause, junger Mann. Versperren Sie hier nicht den Weg!«

»Schon gut, Muttchen, nicht ärgern, nur wundern!«, sagte er gutmütig und schob davon. Sie starrte ihm nach. Das »Muttchen« hatte gesessen. Ihr Mund wurde zum Strich und wütend zerrte sie die Mehltüte aus dem Regal.

Pünktlich hielt sein Auto vor dem Haus und Doreen trat hinaus. Sie hatte lange überlegt, sich dann aber für eine schwarze Hose und ein helles T-Shirt entschieden. Eine Strickjacke hing über ihrem Arm.

Er stieg aus und schloss ab. Als sie so auf ihn zukam, konnte er seinen Blick nicht abwenden.

»Donnerwetter, siehst du jung aus. Dabei hast du doch auch schon große Kinder!«

»Danke fürs Kompliment. Das hört man gern! Tja, bald werde ich vierzig.«

»Wie bald? In fünf oder zehn Jahren?«

Sie kicherte. »Charmeur. Im nächsten Frühjahr schon!«

Langsam schlenderten sie davon.

»Dann bin ich zwei Jahre älter. Ich bin ebenfalls ein Sommerreinfall und demzufolge am dreiundzwanzigsten März geboren.«

»Was? Das gibt es nicht! Ich am fünfundzwanzigsten!«

»Das ist doch schön! Da können wir zusammen feiern!«

»Oh, du hast ja weitreichende Pläne!«

»Ist das ein Fehler?« Er nahm ihre Hand und deutete einen Kuss an. Dabei schauten seine graublauen Augen sehnsüchtig in ihre.

»Nun, eigentlich nicht. Aber vielleicht verstehen wir uns überhaupt nicht …«

»Kann ich mir nicht vorstellen«, sagte er leise und behielt ihre Hand in seiner. Sachte spielte er mit ihren Fingern. Sie hielt die Luft an. So etwas kannte sie von ihrem Siegmar nicht und es erregte sie. Seltsam. Oder war es, weil sie richtiggehend ausgehungert war?

Als sie in den Parkweg einbogen und Büsche die Sicht verdeckten, zog er sie sacht zu sich heran und legte einen Arm um ihre Taille. Aneinandergeschmiegt gingen sie nun und spürten die Bewegungen des anderen mit allen Sinnen, obwohl sie weiter plauderten und sich gegenseitig auf kleine Schönheiten am Wegesrand aufmerksam machten, wie auf die braune Nacktschnecke.

»Eigentlich mag ich Nacktschnecken überhaupt nicht, aber die sieht ja richtig schön aus«, meinte Doreen. Er lächelte.

»Die schwarzen sehen auch gut aus. Nur in der Dunkelheit trete ich nicht gern darauf. Die Gehäuseschnecken warnen durch ihr Knacken und man tritt dann nicht mehr fester zu.«

»Aber hin sind sie dann auch«, kicherte sie. »Komischerweise müssen die alle an bestimmten Tagen auf den Weg kriechen. Manchmal kannst du nicht treten, weil es so viele sind.«

»Hast du Angst vor Spinnen?«

»Angst? Nein. Aber in der Wohnung müssen sie nicht sein. Besonders die dicken schwarzen!«

»Das sind Winkelspinnen. Aber sieh mal hier, zwischen den Zweigen und dem Boden hat eine ein riesiges Radnetz gewebt. Ob es eine Kreuzspinne ist?« Er beugte sich ein wenig vor und suchte mit den Augen das Netz ab. »Wusstest du, dass so eine Spinne neunmal so viel, wie sie selbst wiegt, verspeisen kann? Und dann wieder wochenlang hungert?« Er hatte die Spinne entdeckt. »Da lauert sie! Siehst du das Kreuz? Mit ihr verwandt ist die Zebraspinne, eine der hübschesten bei uns.«

»Du weißt so viel über die Viecher. Ist das dein Hobby?«

»Hobby? Nein. Ich interessiere mich für alles, was da kreucht und fleucht! Dafür habe ich keine Ahnung, was das zum Beispiel für ein Baum ist.«

»Ein Ahorn!« Sie lächelte. »Hab ich durch die Kinder gelernt. Die mussten mal in der Grundschule eine Blattsammlung anlegen. Aber ich kenne auch nur die wichtigsten.« Sie blieb stehen und wies auf die vor ihnen liegende Wiese. »Wie der Nebel aufsteigt.« Sie seufzte.

Er drehte sie sachte zu sich herum. »Dann muss ich bald heim, denn ich muss morgen sehr früh raus«, sagte er leise und strich sanft mit dem Finger über ihre Augenbraue, beugte sich herab und drückte einen zarten Kuss auf ihr Lid.

Sie rührte sich nicht, öffnete nur leicht ihre Lippen und schloss die Augen. Er küsste sie behutsam und legte seine Arme um ihren Oberkörper. Sie presste sich an ihn und hätte am liebsten …

Nein, das musste nicht sofort sein. Langsam lösten sie sich voneinander. »Wir gehen zurück«, sagte sie. »Es ist wunderbar mit dir, Marcus, aber es wird schon dunkel.« Wieder schritten sie aneinandergeschmiegt dahin. »Ich könnte immer so mit dir gehen«, sagte sie kaum hörbar.

»Ich auch. Vielleicht könntest du darüber nachdenken, ob wir uns zusammentun … Ich möchte dich nicht drängen, ich finde jedoch, dass jede Minute eine verlorene oder eine gewonnene sein kann!«

»Stimmt. Vielleicht könnten wir uns am Wochenende näherkommen?«

»Würdest du es vermessen finden, wenn wir zum Mittagessen am Samstag bei dir erscheinen?« Gespannt schaute er ihr ins Gesicht.

Lächelnd gab sie den Blick zurück. »Fände ich gut. Dann lernen sich unsre Kinder auch gleich kennen.«

»Ach, ob die Große mit von der Partie ist, weiß ich nicht«, bremste er. »Sollte das doch der Fall sein, kann ich ja anrufen.«

»Nur wenn sie mit Freund kommt. Dann müssten wir nämlich den Tisch umstellen und ausziehen. Bis zu sechs Personen ist es kein Problem.«

Vor dem Haus verabschiedeten sie sich mit Handschlag und er stieg schnell in sein Auto und fuhr davon, kurz mit der Hand einen Kuss andeutend.

Beschwingt ging sie ins Haus.

»Wer war'n das?«, wollte Manuela sofort wissen.

»Ist Axel im Bett?«, erkundigte sich Doreen und zog die Brauen hoch.

Manuela nickte. »Er hat gesagt, das sei dein Lover!«

»Noch nicht, aber wahrscheinlich wird er's.«

»Bist ja auch noch viel zu jung, um allein zu bleiben«, äußerte Manuela etwas tantenhaft. »Ich finde es gut und Axel auch. Wir legen dir keine Steine in den Weg.«

Da konnte Doreen nicht anders, sie nahm Manuela in den Arm und drückte sie an sich. »Danke. Ja, ich hatte ein bisschen Angst, ihr könntet euch empören.«

»Nee, Mutti, so egoistisch sind wir nicht. Wer weiß, wie lange ich noch hier bin … und Axel? Na ja, den hast du vielleicht länger am Halse, als dir lieb ist, das faule Gehopse!« Sie hatte manchmal für ihren Bruder solche Wörter, die der gelassen hinnahm.

»Strebertante«, hatte er früher manchmal erwidert, jetzt ignorierte er es meistens.

Dabei war er ein hübscher Bursche und Doreen war es letztens im Kaufhaus aufgefallen, dass einige Mädchen ihn aufmerksam betrachteten.

»Es ist Vaters Arbeitskollege, Marcus Wolter. Geschieden, zwei Töchter. Die Älteste schon fast aus dem Haus, anscheinend schon mehr als du. Die Jüngste ist dreizehn und heißt Nicole. Samstagmittag wollen sie zum Essen kommen.« Erwartungsvoll blickte sie Manuela an.

»Na ja, prima. Da lernen wir uns kennen. Ich bin da, erst mal ohne Mattse!« Mattse hieß eigentlich Matthias und war ihr Freund. »Den beziehen wir später ein …« Sie griente spitzbübisch.

»Wer weiß, was sie wieder vorhat«, dachte Doreen, schwieg aber.

»Und was kochst du?«, erkundigte sich Manuela neugierig.

»Eine gute Frage. Es muss etwas sein, wo ich nicht bis zuletzt am Herd stehen muss!«

»Den Tisch können wir decken«, erbot sich Manuela. »Mit Wein und so?«

»Hm, ja«, überlegte Doreen angestrengt, »wenn ich Kassler Schnitzel in Porree mache und auf die Warmhalteplatte stelle … Aber ich weiß nicht, Porree essen nicht alle Leute …« Unsicher schaute sie Manuela an.

»Machste Kohlrouladen, die essen alle!«

Doreen wiegte nachdenklich ihren Kopf. »Ist auch nicht sicher.«

»Machste Nudeln, die essen aber nun wirklich alle!«

Doreen lachte. »Einverstanden! Ich mache einen Nudelauflauf und Kohlrouladen. Da müssten wir alle Geschmäcker mit erfassen! Ich danke dir, mein Mädchen.« Sie umfasste Manuela und drückte ihr einen Kuss auf die Stirn. Dann lief sie zum Schrank und prüfte ihre Vorräte. »Hoffentlich bekomme ich einen schönen Kohlkopf. Wirsing wäre mir am liebsten. Der lässt sich leichter verarbeiten.« Sie war voll im Planen und Manuela zog sich lächelnd zurück.

Es wurde eine gelungene »Einstiegsparty«, wie Nicole es benannte. Sie und Axel hatten eine ganze Weile skeptische Blicke für die jeweils andere Seite. Aber Axel war von Manuela bearbeitet worden und zeigte sich von seiner allerbesten Seite. Besonders Nicole gegenüber.

Manuela erhob sich zu Beginn und begrüßte zur Überraschung aller Marcus und Nicole und erledigte dabei gleich die leidige Ansprechfrage. Dadurch kam eine lockere Stimmung auf, und als sich ein Dessertlöffelchen unter den Tisch verzog, wurde es nicht zur großen Peinlichkeit, sondern trug zur Heiterkeit bei.

Als sich alle gesättigt an ihren Getränken gelabt hatten, erhob sich Manuela und forderte Nicole und Axel zum Abräumen auf.

»Ihr könnt es euch inzwischen auch woanders bequem machen«, meinte sie zu Marcus und Doreen, die mit großen Augen ihre Tochter anblickte, als sähe sie sie zum ersten Mal. Manuela griente sich eins.

»Deine Tochter ist umwerfend«, meinte Marcus, nachdem sie mit ihrem Wein im Schummereckchen saßen. »Meine dagegen …«

»Ich komme aus dem Staunen gar nicht heraus«, gab Doreen zu. »So habe ich sie noch nie erlebt! Wer weiß, wie du bei deiner ins Wundern kämst. Vielleicht konfrontieren wir unsere Kinder zu wenig mit ungewöhnlichen Situationen. Halten zu viel von ihnen fern und wundern uns, wenn sie dann irgendwann aus dem Rahmen fallen.« Doreen stellte ihr Glas halb voll auf das Tischchen. »Ich lass erst mal den Alkohol verdunsten …«, lächelte sie. »Hast du Lust, dir alles hier anzusehen?«

»Gern. Ich bin nämlich neugierig auf dein Heim.« In Gedanken überlegte er nämlich schon, ob sich für Nicole hier ein Plätzchen finden würde. Beide erhoben sich.

»Wohnzimmer und Essecke kennst du. Hier geht's in die Küche. Sie ist klein, damit die Wege kurz sind. Oh, Manuela hat die Reste schon in den Kühlschrank geräumt. Über den Flur findest du rechts das Bad … und hier links das Schlafzimmer.«

»Ideal eingerichtet. Und der Flur ist ja die reinste Tanzdiele. Von außen sieht das Haus gar nicht so geräumig aus. Kommst du denn mit dem Abzahlen zurecht? Ich nehme nicht an, dass ihr alles bar bezahlt habt, damals.«

Ein Schatten flog über Doreens Gesicht. »Zuerst dachte ich schon, wir müssten hier alles aufgeben, aber die Bausparkasse hat mit sich reden lassen. Ich zahle jetzt weniger und komme dadurch zurecht. Manchmal muss ich halt ein bisschen knapsen, besonders wenn Axel neue Schuhe benötigt. Der wächst eben enorm. Dann sind's wieder neue Hosen. Nun, bei dir wird's ähnlich sein!«

»Ja, und die lieben Weiberlein wollen auch noch irgendwelche Klunkern …

Du weißt ja gar nicht, was Mode ist, Papa!« Er ahmte Nicoles Stimme nach und lachte. »Aber ich verdiene ja mehr als …«, beinahe hätte er Siegmar gesagt, verschluckte es rasch noch und ergänzte: »… Bauleiter.« Sie stiegen inzwischen die geschwungene Treppe hinauf.

»Aber Nicole ist nicht übertrieben gekleidet«, stellte Doreen fest.

»Solche Spinnereien, von wegen Designerklamotten oder so! Nicht mit mir. Dieses Problem war ein ständiger Streitpunkt zwischen mir und meiner Verflossenen. Na ja, ist vorbei. Du hast, glaube ich, eine normale Einstellung zur Kleidung. Für den Alltag zweckentsprechend und kleidsam, für Feiern mal etwas Besonderes, aber nichts Überkandideltes. Danach gebe ich auch den Kindern das Geld. Nun ja, Gesine, meine Große, ist da weniger meiner Meinung.« Jetzt schaute er sich interessiert auf dem oberen Flur um. »Dürfen wir denn in die Kinderzimmer schauen?«

»Das habe ich schon geklärt«, lächelte Doreen. »Bei der Kleidung bin ich völlig deiner Meinung. Hier ist nun unser Besucherzimmer … Damals hatten wir gesagt, falls sich noch ein drittes einfindet. Aber hin und wieder sind die Eltern zu Besuch. Das ist … Oh, hier seid ihr. Entschuldigt, dass ich ohne zu klopfen … Aber es war so ruhig, da nahm ich an, ihr wäret draußen. Das ist Axels Zimmer. Willst du etwas dazu sagen, Axel?«

Verständnisloses Kopfschütteln von Axel und die drei beugten sich erneut über …

»Er sammelt Briefmarken«, erklärte Doreen und schloss leise die Tür. »Den Grundstock hat er von Siegmar. Der hatte als Kind auch damit angefangen. Axel macht mir Sorgen und ich bin froh, wenn er wenigstens hier kontinuierlich arbeitet. In letzter Zeit brauchte ich nicht mehr ganz so häufig schlechte Zensuren zu unterschreiben. Vielleicht … Das ist Manuelas Zimmer. Es ist immer tadellos in Ordnung.«

»Oha, dagegen ist Nicoles ein Saustall«, flüsterte Marcus. »Vielleicht guckt sie sich hier ein bisschen was ab.« Er trat in den Flur zurück. »Aber es ist wirklich sehr geräumig, das Häuschen. Vielleicht erdrücken es die Villen links und rechts auch ein wenig. Wie seid ihr denn an dieses Grundstück geraten? Könnte mir vorstellen, dass die Preise hier ziemlich hoch liegen.«

»Ein Erbstück meiner Tante. Eigentlich Großtante. In der Linie war sie die Letzte. Ihr Vater hatte es irgendwann gekauft oder … bekommen. Was man da so alles erfährt, wenn ein Erbe zu vergeben ist! Und wer mit wem verwandt ist!« Sie waren wieder in der Wohnstube angelangt. Doreen ging zur Terrassentür und öffnete sie.

»Schau!« Sie trat hinaus und wies in die Runde. »Siebenhundert Quadratmeter Wildnis waren das. Und wir haben uns echt geschunden, um es in diesen Zustand zu versetzen. Das letzte Stück mit den hohen Bäumen ist noch unberührt.«

»Das Grundstück sieht größer aus«, wunderte sich Marcus.

»Weil nur die drei ersten Bäume auf unserem Stück stehen. Der Wald dahinter gehört zum Nachbarn.« Sie lächelte froh. »Wir haben dort auch keinen Zaun. Er hat sich über die Kinder gefreut, wenn sie da drin gespielt haben.«

»Er?« Marcus wunderte sich. In dieser Gesellschaft war das ungewöhnlich.

»Nicht nur er. Sie auch. Ein älteres Ehepaar. Der einzige Sohn lebt in Amerika und hat keine Kinder. Ist wohl Wissenschaftler durch und durch. Jedenfalls sagen unsere Kinder Oma Lene und Opa Paul zu ihnen. Nun sind die beiden Alten ganz hin!«

»Sind die Kinder ganz allein darauf gekommen?«

»Ich vermute, da hatte Siegmar seine Finger mit im Spiel. Der hat manchmal seltsame Ideen gehabt.« Während ihrer Rede hatte Marcus seinen Arm um sie gelegt und sie lehnte sich sacht gegen ihn. So standen sie und sahen hinaus.

»Es ist wunderschön hier«, sagte er andächtig. »Und die Vögel singen …«

Sie nickte. »Hast du gesehen, vorn am Haus hatten wir in diesem Jahr Schwalben. Sie bringen Glück, heißt es. An den anderen Häusern werden sie nicht geduldet. Ich habe nichts dagegen unternommen. Im Gegenteil. Du wirst es nicht glauben, aber ich habe mit ihnen gesprochen. Morgens, wenn die Sonne aufgeht, erwachen sie und beginnen zu erzählen. Noch nie habe ich das früher vernommen. Es war wunderbar. Ich war plötzlich nicht mehr allein. Auch am Tage erzählen sie. Und als sie fortwollten, haben sie sich verabschiedet. Ja, du wirst lachen, aber ich habe es so empfunden. Mit den Schwalben bin ich wieder ein zufriedener Mensch geworden.«

»Und ich glaube, ich werde auch einer. Hilfst du mir dabei?«

Er küsste sie. Zuerst sanft, dann leidenschaftlicher. Doch plötzlich erklang Getrappel auf der Treppe und sie fuhren auseinander wie ertappt.

Die drei stürmten an den beiden vorbei.

»Wir zeigen Nicole das Grundstück«, rief Axel im Vorbeisausen. »Lasst euch nicht stören«, tremolierte Nicole mit blitzenden Augen. Manuela griente nur und lief etwas langsamer als die anderen.

»Wahrscheinlich stellen sie Nicole drüben vor«, vermutete Doreen, nachdem die Kinder zwischen den Bäumen verschwunden waren. Sie lehnte sich erneut an Marcus und er streichelte ihre Schulter, ließ die Hand herumwandern und unter die Achsel krabbeln, sodass sie vor Lust aufstöhnte. Zusätzlich kraulten die Finger seiner anderen Hand zart in ihrer Innenhand.

»Komm«, sagte sie entschlossen. Keine Minute wollte sie noch länger warten. Er ließ sie nicht los und so bewegten sie sich eng aneinandergepresst durch das Wohnzimmer, den Flur entlang ins Schlafzimmer. Ihre eine Hand schob die Tür zu und drehte den Schlüssel herum, während die andere am Verschluss seiner Hose nestelte. Er hatte ihren Rock schon geöffnet und langsam glitt er zu Boden, während er ihr den Pulli über den Kopf zog.

Dabei verloren sie nie den Körperkontakt. Nun sank auch seine Hose und sie knöpfte sein Hemd auf, den Unterkörper eng an ihn schmiegend. Er hatte den BH-Verschluss besiegt und warf das enge Ding fort.

»Herrlich«, stöhnte er mit Blick auf diese Formen, legte seine starken Hände unter ihren verlängerten Rücken und schob sie Stück für Stück auf seinem Körper höher. Sie schlang die Arme um seinen Nacken und schlug die Beine um seine Hüften. Sachte bewegte er sich rückwärts mit ihr zum Bett, setzte sich vorsichtig und drang behutsam in sie ein.

Sie erlebte innerhalb kürzester Zeit mehrere Höhepunkte und staunte über sich selbst.

Als sie völlig erschöpft auf dem Bett nebeneinander lagen und selbst die Hände nicht mehr rühren konnten, seufzte sie leise.

»So etwas hab ich in meinem ganzen Leben noch nicht erlebt. Ob das die lange Fastenzeit bewerkstelligt hat?«

»Das werden wir sehen, mein Liebchen. Vielleicht gleich heute Abend noch?«

Sie gluckste glücklich. »Meinst du, das schaffst du?!«

»Oh, ich habe mich noch nicht verausgabt!«, behauptete er. Das fand sie kühn, und ihren Erfahrungen gemäß war es unmöglich.

»Aber dann wollen wir uns jetzt stärken«, murmelte sie und drehte sich zu ihm herum, stützte sich auf den Ellenbogen und schaute ihm ins Gesicht. Seine braunen Augen strahlten sie liebevoll an. »Wollen wir uns zusammentun?«, fragte sie ganz von innen heraus.

»Nichts lieber als das. Wir fahren alle zusammen zu mir und holen mal schon einiges her. Dann haben wir die ganze Nacht für uns, mein Lieb.«

»Ob die Kinder einverstanden sind?«

»Ich glaube schon. Wir pfeifen sie zum Kuchenbüfett zusammen …« Er erschrak. »Jetzt habe ich dir vorgegriffen! Oder sie essen keinen Kuchen!? … Und dann schenken wir ihnen reinen Wein ein.«

Sie lächelte. »Genau so machen wir es. Komm ins Bad.«

Beide standen sie in der engen Duschkabine. Sie verdrehte ihren Kopf, damit die Haare nicht nass werden sollten. Daraufhin hakte er die Brause aus und ließ den Strahl an ihr hinauf und hinunter wandern.

»Wäre auch mal interessant hier drinnen«, nuschelte er ihr dabei ins Ohr. Ihre Augen blitzten ihn an.

»Aber nicht jetzt, mein Lieber«, und sie huschte hinaus.

Doch die Kinder ließen sich nicht sehen.

»Wollen wir nicht hinübergehen?«, forschte Marcus, als er zusah. wie sie den Kaffee brühte. Doreen schüttelte den Kopf.

»Lassen wir den beiden Alten die Freude. Bestimmt haben sie wieder Kuchen da und unsere Kinder stopfen sich damit voll. Wir genießen in aller Ruhe unseren Kaffee und schlendern danach mal hin.«

»Ist ja wirklich wie im Wald«, staunte Marcus, als er danach inmitten der hohen Bäume stand. »Euer Haus ist zu sehen, aber von dem anderen überhaupt nichts.«

»Weil einige Büsche die Sicht einschränken. Das Grundstück ist ja auch mehr als doppelt so groß wie unseres.«

Ein paar Meter schritten sie noch auf dem Trampelpfad dahin. Dann wurde er breiter und zum richtigen Gartenweg, der sich zwischen verschiedenfarbigen Büschen hindurchwand.

»Kennst du diesen dunkelrot belaubten Busch?« Marcus war stehengeblieben und befühlte ein Blatt. »Wie im botanischen Garten«, murmelte er. »Die Büsche kenne ich alle nicht. Und den Baum auch nicht!«

»Das ist eine Goldulme«, wusste Doreen. »Ich habe mich erkundigt. In Gartenkatalogen sind kleine abgebildet. Die hat schon viele Jahre auf dem Buckel. Von hier aus kannst du endlich auch das Haus sehen«, sagte sie und zog ihn einen Meter nach rechts.

»Donnerwetter, eine richtige Villa!«, staunte er. »Ob man sich darin wohlfühlen kann?«

»Wahrscheinlich Gewöhnungssache«, schätzte Doreen. »Von hier an kann man auch uns sehen. Komm.«

Wenige Meter vor der Villa blieb Doreen stehen, steckte zwei Finger in den Mund und ließ einen durchdringenden Pfiff ertönen. Dann wartete sie, den Kopf leicht schräg gelegt und die Augen auf die Tür geheftet. Und richtig. Die Tür flog auf und Axel stand darin.

»Ihr werdet gebeten hereinzukommen.« Er hielt die Tür mit der einen und machte mit der anderen Hand eine entsprechende Geste.

Vier Augenpaare sahen ihnen neugierig entgegen. Die beiden Alten erhoben sich gemessen und begrüßten Doreen und Marcus.

Währenddessen flüsterten die Kinder miteinander. »Wir gehen schon mal nach draußen«, sagten sie laut. »Tschüs, Oma Lene, tschüs, Opa Paul. Bis morgen«, schrie Axel noch im Hinausgehen.

»Der Kuchen hat prima geschmeckt«, lobte Nicole noch rasch und fort waren alle drei.

Einen Moment herrschte tiefe Stille.

»Möchten Sie Kaffee?«, erkundigte sich Oma Lene.

Marcus legte seine Hände auf seinen beginnenden Bauch. »Ich glaube nicht, dass es gut für mich wäre. Wir sind schon genudelt. Aber die Kinder haben tüchtig zugelangt«, meinte er mit verschmitztem Blick auf den fast leeren Teller.

Ein Leuchten legte sich auf die faltigen Gesichter von Lene und Paul. »Sie sind unsere ganze Freude«, erklärte Paul.

»Und so gut erzogen«, setzte Lene hinzu.

»Na, na«, wehrte Doreen lächelnd ab. »Jetzt schmeicheln Sie aber. Axel ist ein ganz schöner Satansbraten!«

»Axel wird sich bald ändern«, sagte Lene geheimnisvoll lächelnd.

Doreen ging nicht darauf ein, denn in diesem Augenblick schoss ihr ein Gedanke durch den Kopf, den sie sogleich in die Tat umsetzte.

»Was halten Sie von einem gemeinsamen Essen am nächsten Wochenende?«

Die beiden Alten schauten sich verlegen an. Überrascht auch. Das war auch Marcus und er recherchierte innerlich, ob in seinem Terminkalender irgendetwas Wichtiges stand.

»Wissen Sie, wir können nicht mehr alles so essen …«, begann Lene. Paul nickte.

»Wir sind vielleicht dann unpässlich und Sie machen sich so viel Mühe …«, erklärte er unsicher.

»Ich weiß das alles«, entgegnete Doreen. »Noch lebt ein Teil meiner Großeltern. Aber ich weiß auch, dass häufig das Essen dann in den Hintergrund gerät, weil es viel Aufwand erfordert. Der eine Partner will nicht, dass sich der andere so viel Arbeit macht für das bisschen Essen.« Sie zuckte die Schultern. »Wir kennen uns schon so viele Jahre und die Kinder sind gern bei Ihnen. Deshalb schlage ich Ihnen ein Essen für den nächsten Sonntag vor.« Sie hatte kurz fragend zu Marcus geschaut und er hatte mit den Augen zugestimmt. »Und wir werden etwas finden, das Sie beißen können, wenn Sie deshalb Bedenken haben.« Sie strahlte die beiden an. Und plötzlich strahlten sie zurück. Einfach so.

Doreen erhob sich und nahm die Hände von Oma Lene in ihre.

»Wie wäre es mit einem falschen Hasen?«, schlug sie vor. »Und dazu Blumenkohl oder Porree.«

»Mmm, Porree«, ließ der Alte hören. »Leni, den hatten wir schon ewig nicht!«

»Viel Fleisch essen wir nicht«, meinte Lene, und auch ihr Gesicht leuchtete im Vorgenuss.

»Gut, dann sehen wir uns am nächsten Sonntag. Soll Marcus Sie abholen oder wollen Sie von den Kindern eskortiert werden?«

»Die Kinder genügen«, lächelte Paul. »Wir sind noch ganz gut zu Fuß.«

Dieser Einladung folgten noch viele, und bald sagten auch Doreen und Marcus nur noch »Oma Lene« und »Opa Paul« und man duzte einander.

Mit dem Einverständnis der Kinder holten sie an diesem Abend noch einige Sachen für die erste Nacht und besichtigten Wolters Mietwohnung.

»Nee, hier möchte ich nicht wohnen«, erklärte Axel kategorisch, als er in dem Fünfgeschosser die Treppe wieder hinunterlief. »Eure Wohnung ist ja nicht schlecht, aber alles andere … nee!«

»Warum habt IHR denn nicht gebaut?«, wollte Manuela wissen.

»Erst durften wir nicht«, erklärte Marcus. »Und als wir es dann konnten, kriselte es schon in unserer Ehe.«

»In unserer nie«, sagte Axel voller Inbrunst. Marcus lächelte Doreen anerkennend zu, womit er sagen wollte, dass sie es gut versteckt hätten. Denn dass es in einer Ehe NIE kriselte, daran glaubte er nicht.

Der Fernseher lief nun seltener. Wenn Marcus pünktlich – das war um halb sechs – von der Arbeit kam, aßen sie kurz nach sechs alle warm. War Doreen im Spätdienst zur Aushilfe, gab es nur Stullen für alle und vielleicht ein Schnellsüppchen. Das nahm Marcus nicht so genau. Aber essen konnte er auch ordentlich viel und mit einer Leidenschaft!! Axel foppte ihn manchmal, aber er nahm es nicht krumm.

Nach dem Essen spielten sie mindestens zweimal in der Woche Karten- oder Brettspiele. So etwas kannten Manuela und Axel nur von den Großeltern und fanden es super. An anderen Abenden wurde gelesen und Axel entdeckte plötzlich eine neue Welt. Das nächste Zeugnis zeigte eine deutliche Verbesserung, vor allem in Deutsch.

»Wie kommt das?«, fragte Marcus nachdenklich.

»Weiß ich auch nicht. Aber es macht mir insgesamt mehr Spaß jetzt. Ich habe keine Angst mehr, wenn ich aufgerufen werde. Meistens fällt mir das Richtige ein.« Axel zuckte mit den Schultern und vertiefte sich erneut in »Michaels UFO-Erlebnis« von Ursula Schneiderwind. Zu gern wäre auch er auf dem Mars herumgelaufen – am liebsten mit Nicole natürlich.

Für Nicole rannte er sich die Hacken ab, wie Manuela es auszudrücken pflegte.

Gesine, Marcus' Älteste, ließ sich kaum blicken. Mit den ›neuen Leuten‹ wollte sie nichts zu tun haben. Einmal war sie aufgetaucht und Axel hatte sie prompt gefragt, ob ihr der Maler seine ganze Werkstatt über den Kopf gekippt hätte und ob sie für eine Lumpensammlung Reklame liefe. Beleidigt rauschte sie daraufhin schnell wieder davon.

Marcus hatte sich damit abgefunden und ging völlig in der neuen Familie auf. Doreen kochte und brutzelte die schnuckligsten Sachen, die leckersten Nachspeisen und Torten.

Manuela gab Nicole ein paar Ratschläge, als sie sah, wie die zulangte. »Wenn du schlank bleiben und nicht zur Tonne mutieren willst, dann iss morgens, so viel du kannst, aber nachmittags und abends nur sehr wenig von dem ungesunden Zeug. Was meinst du, warum Mutti und ich schlank sind? Musst mal drauf achten. Wir essen vor allem früh. Na ja, mal zu 'nem Geburtstag auch am Nachmittag, aber selbst dann möglichst nichts mehr am Abend.« Sie drehte sich wohlgefällig vor Nicole, die Hände straff in der schmalen Taille. Die hatte mit großen Augen zugehört und Manuela weidete sich an ihrem bewundernden Blick.

»Aber dann habe ich am Abend doch Hunger«, widersprach Nicole leise.

»Kannst ja Früchte essen, aber keine zu süßen … wie Weintrauben. Aber Tomaten, Paprika, Äpfel und Kohlrabi! Musst halt ausprobieren, was dir bekommt. Am Abend esse ich Äpfel und eine Banane … und ein ganz bisschen von dem ›guten‹ Essen. Ist dir das noch nicht aufgefallen? Und Mutti erklärt immer, sie habe beim Kochen zugelangt. Haha. Da kostet sie auch nur ein paar Atome!« Manuela kicherte. »Mein Vater hat's geglaubt und deiner tut's auch. Dummes Männervolk! Denen kann man ein X für ein U vormachen!« Sie gickelte erneut. »Wir Frauen sind da anders. Nun mach's gut und pass auf dich auf.« Damit schwirrte sie ab zum neuen Freund. Das kam jetzt an fünf von sieben Tagen der Woche vor und Doreen bereitete sich innerlich schon auf ihren Auszug vor.

An ihrem neunzehnten Geburtstag verkündete sie, dass sie nun verdiene und mit Peter zusammenziehe.

»Peter verdient als Elektriker ebenfalls. Wir nehmen erst mal eine kleine Wohnung – die gibt es ja jetzt überall – und raufen uns zusammen. Im nächsten Jahr denken wir dann an Nachwuchs. Wir möchten nämlich nicht solche alten Eltern sein, wie sie heutzutage Mode werden. Ihr habt es auch geschafft.« Sie schaute unbekümmert zu Doreen und Marcus. »Dann schaffen wir's erst recht!« Kämpferisch blitzten ihre Augen die beiden an.

Marcus lächelte ihr anerkennend zu. »Dein Standpunkt ist in Ordnung. Jawohl, so muss man rangehen, wenn man etwas bewegen will. Weg mit der Bequemlichkeit, und Zweifeln bringt sowieso schon den halben Bankrott. Wenn dann noch etwas schiefgeht oder eine Schwierigkeit dazukommt, gibt man auf.« Er unterstrich seine Worte mit heftigem Kopfnicken.

Dann kam der Tag, an dem Manuela ihre Sachen in die neue Wohnung fuhr. Sie hatte mit achtzehn die Fahrprüfung bestanden und Doreens Auto übernommen. Ja, aber nun stellte Doreen fest, dass sie jetzt nicht mehr so mobil war. Solange Manuela im Hause war, sprachen sie sich ab, und viele Dinge brachte Manuela am Abend vorbei.

Schließlich sah sich Doreen nach einem fahrbaren Untersatz um.

»Er kann klein sein«, meinte sie zu Marcus. »Bloß so groß, dass ich mit meinem Einkauf hineinpasse. Diese kleinen Hopser, die es jetzt gibt …« Mit schräg gelegtem Kopf schaute sie ihn spitzbübisch an. Er zuckte die Schultern.

»Von mir aus. Das Geld ist ja da. DU warst doch der Meinung, dass du es ohne Auto aushältst.«

»Jaa, das dachte ich auch.« Sie seufzte. »Aber ich glaube, ich muss bald an allen Tagen für Oma Lene und Opa Paul mitkochen. Sie haben nichts gesagt, würden sie auch nie, aber letztens stand da etwas in der Küche … Ich weiß nicht, ob sie überhaupt noch kocht oder nur irgendwelche Sachen einweicht.«

»Kannst du nicht unter irgendeinem Vorwand in ihren Kühlschrank blicken?«, schlug Marcus vor. »Oder in ihre Speisekammer?«

Doreen blickte ihn nachdenklich an. »Stimmt! Die beiden Orte erzählen einem mehr, als die zwei es je täten.«

Nun grübelte sie hin und her, hatte aber keinen guten Einfall. Schließlich bezog sie Axel und Nicole mit ein. Die beiden hingen oft zusammen, gingen auch noch mehrmals in der Woche hinüber, wenn auch nicht mehr so häufig wie früher.

Ganz aufgeregt kamen sie zurück.

»Mutti, da ist fast nichts im Kühlschrank«, regte sich Axel auf.

»Und in der Speisekammer ist nur olles Brot«, platzte Nicole heraus. »Kekse und so'n Kram liegen überall rum!«

»Was war denn im Kühlschrank?«, hakte Doreen nach.

»Ich glaube, das ist Margarine. Wohl eine Sorte, die ich nicht kenne. 'ne ovale Plasteschachtel mit grüner Schrift. Sonst war nichts drin!« Mit hochgezogenen Schultern reckte er seine Handflächen nach vorn. »Wovon leben denn die beiden?« Unbegreiflich war das für ihn. »Kannst du sie nicht jeden Mittag bekochen, Mutti?«

»Ich finde, sie sind in letzter Zeit irgendwie tüdeliger geworden«, sagte Nicole. »Vielleicht, weil sie nicht richtig essen.«

»Sind sie vergesslicher geworden? Ihr müsstet das eigentlich zuerst merken. Sonntags zum Essen …« Doreen hielt inne. Sie erinnerte sich, dass Oma Lene letztens unpassend gekleidet gewesen war. Auch ihr Haar war nicht mehr so akkurat. Und meistens hatte Opa Paul gesprochen.

Doreen und Marcus berieten sich am Abend.

»Ich würde ja gern für die beiden kochen, aber was ist, wenn ich plötzlich Vertretung machen muss? Dann kann ich manchmal ein oder zwei Wochen erst am Abend liefern. Bei solchen Leuten muss aber Regelmäßigkeit herrschen.« Doreen schaute verstört.

»Hmm«, stimmte Marcus zu. »Und wenn sie in der Woche beliefert werden? Da existiert doch ›Essen auf Rädern‹ oder so. Ich habe das Gefährt schon gesehen.«

»Am besten ist es wohl, wir sprechen mit ihnen. Über ihren Kopf hinweg können wir sowieso nichts entscheiden. Am Wochenende kann ich sie ja bekochen. Das ist kein Problem.«

Marcus kam ein anderer Gedanke, als sie so vor sich hinsprach.

»In letzter Zeit haben sie überhaupt nicht mehr von ihrem Sohn gesprochen. Ist dir das auch aufgefallen?«

Doreen blickte auf, musste erst umschalten, bevor sie antwortete.

»Jetzt, wo du es sagst, fällt es mir auch auf. Stimmt. Meistens hat sie mit ihm angegeben, was er doch für ein großartiger Wissenschaftler sei …« Sie grübelte.

»So kommen wir nicht weiter. Wenn du am Freitagabend pünktlich kommst, gehen wir hinüber und sprechen mit ihnen. Ansonsten müssen wir es am Samstagvormittag tun, einverstanden?«

»Klar! Wir können doch nicht zusehen, wie die beiden verhungern.«

Marcus kam am Freitag sogar ein wenig eher. Doreen hatte den großen Picknickkorb gepackt, und so gingen sie, nachdem sich Marcus die Arbeit vom Körper gespült hatte, alle vier hinüber.

Sie trafen die beiden Alten in der Wohnstube auf dem Sofa sitzend an. Er wie aus dem Ei gepellt, sie mit Kleidungsteilen, die nicht harmonierten, und mit liederlicher Frisur. Beide standen auf wie ertappt und ließen die Begrüßung verwundert über sich ergehen.

Marcus bat die zwei an den Tisch auf ihre Stammplätze, während Doreen und die Kinder den Korb leerten und den Tisch deckten.

»Das ist ja wie im Märchen«, staunte Opa Paul.

»Ja, Tischleindeckdich«, scherzte Nicole.

»Wir möchten mit euch reden«, sagte Doreen, als alle am Tisch saßen und zulangten. »Wir wollten euch vorschlagen, dass ihr nicht nur am Sonntag, sondern auch am Samstag zu uns zum Essen kommt.« Forschend schaute sie von einem zum andern. Oma Lenes Arm beschrieb eine wegwerfende Geste, dabei blickte sie jedoch Opa Paul irgendwie hilflos an. Doreens Augen blieben bei Opa Paul hängen. Der räusperte sich verlegen.

»Man kann über alles sprechen«, warf Marcus ein, »dann wird es leichter.«

»Ja, ja, es ist wirklich schwer. Leni hat immer alles im Griff gehabt, wie ihr jungen Leute so sagt. Aber seit einiger Zeit ist sie sehr vergesslich. Und ich kenne mich im Haushalt nicht aus.« Er verstummte und wischte sich über die Augen.

»Und deshalb wollten wir euch vorschlagen, dass ihr euch an den Werktagen das Essen bringen lasst. Dann habt ihr täglich ein warmes Mittagessen. Ich würde ja immer für euch mitkochen, aber ich möchte die Vertretungsstelle nicht aufkündigen. Ich mache sie doch schon so viele Jahre«, fügte sie entschuldigend hinzu.

»Du musst dich darum nicht entschuldigen«, meinte Opa Paul. »Wir sind euch ja so dankbar, dass ihr euch um uns Alte kümmert. Es ist, glaube ich, als wären wir eure Eltern und Großeltern.« Nun hatte er wirklich Tränen in den Augen und langsam rollten zwei über seine runzligen Wangen.

»Nu heul man nich«, sagte Oma Lene plötzlich in einem eigenartigen Dialekt, den die vier noch nie bei ihr gehört hatten. Sie hatten sie bisher immer sehr gewählt sprechen hören.

»Aber auch um das andere werde ich mich kümmern, wenn es euch recht ist«, sagte Doreen und schaute Opa Paul an.

»Das ist mir sehr recht, mein Mädchen«, sagte er und schnäuzte sich in ein ziemlich lange benutztes Taschentuch.

Damit war alles entschieden und Doreen hatte anstelle der abgewanderten Manuela nun zwei Kinder mehr. Ja, die beiden Alten waren wirklich wie zwei Kinder. Noch konnte Oma Lene sich unter Pauls Beaufsichtigung selbst waschen und ankleiden, aber mit dem Haushalt kam er nicht zurecht. Das übernahm nun alles Doreen.

Für Haus und Garten kam seit Jahren schon ein und derselbe Mann, mit dem Paul sehr zufrieden war. Seine Aufgaben und sein Lohn wurden unter Mitwirkung Marcus' neu vereinbart.

Doreen sah sich nach einer Frau um, die die große Villa in Ordnung halten sollte. Zuerst im Bekanntenkreis.

»Und warum machst du das nicht?«, hörte sie bei jeder.

»Wenn du an die Falsche gerätst, verschwindet eins nach dem anderen aus der Villa«, meinte eine, »und zuletzt kommen dann die lieben Verwandten und beschimpfen dich dafür.«

Jetzt kam Doreen ins Grübeln.

»Du liebe Güte«, sagte sie zu Marcus am Abend, »in diese Richtung habe ich überhaupt noch nicht gedacht. Aber die Frau hat recht! Wir müssen wohl oder übel darüber mit Opa Paul reden.«

Daraufhin angesprochen winkte Opa Paul resigniert ab.

»Wir haben keine Verwandten außer unserem Sohn, und der treibt sich an Vulkanen herum und hat keine Zeit für eine Familie.«

»Na, Opa Paul, das würde ich aber mal ausforschen lassen«, meinte Marcus und griente maliziös. »Der Junge war doch auch mal Student und hat vielleicht damals …«

»Meinst du? Und wir wissen nichts davon?!« Der Siebenundachtzigjährige massierte nachdenklich mit dem rechten Daumen seine linke Innenhand. »Möglich ist das schon …«

»Wenn ihr das Geld dafür aufbringen könnt … Denn billig ist das bestimmt nicht. Und ihr habt ja jetzt auch mehr für die Haus- und Gartenpflege zu bezahlen.« Marcus legte die Stirn in Falten und sah Paul an. War es richtig, den Alten mit solchen Fragen zu beunruhigen?

»Weißt du, Opa Paul, wenn Doreen ihre Stelle kündigt und hier bei euch alles in Ordnung hält, möchte sie nicht, dass ihr irgendwann einmal Übles nachgeredet wird. Du hast sicher schon von solchen Fällen gehört.«

Wieder massierte Paul seine Handfläche. »Ich weiß, dass ihr keine Erbschleicher seid. Schließlich kennen wir uns seit … ach, da war der Axel noch ein Baby.« Sein Gesicht leuchtete auf und er versank in Erinnerungen. Oma Lene saß währenddessen teilnahmslos auf dem Sofa.

Leise gingen Doreen und Marcus aus dem Haus.

Drei Tage später berichtete Opa Paul, dass er einen Notar, den er seit langem kenne, für die Nachforschungen beauftragt hätte.

»Außerdem kommt er in vier Wochen zu mir. Dann setzen wir einen Vertrag auf. Ihr kennt sicher auch den Spruch: Tue nichts Gutes, dann wird dir nichts Schlechtes widerfahren. Das soll euch mit uns nicht passieren. Wir stehen jetzt schon hoch in eurer Schuld. Und unserem Sohn habe ich geschrieben, dass er sich zu diesem Termin auch einfinden kann. KANN. Wenn er nicht kommt, soll er sich später nicht beschweren. Basta!«

Opa Paul schien in diesem Moment jünger geworden zu sein. Er wirkte so voller Tatkraft wie schon lange nicht.

»Und außerdem habe ich Pflegegeld beantragt. Am nächsten Mittwoch wird irgendwer kommen. Vielleicht kannst du zu der Zeit auch hier sein, Doreen?«

Doreen war anwesend und staunte, als dann sogar die Pflegestufe zwei herauskam. Irgendwie hatte sich Oma Lene vor dem fremden Menschen noch dümmer angestellt als sonst. Als er ihr einen Keks zum Essen gab, schob sie ihn nicht in den Mund, sondern zerkrümelte ihn zu Staubkörnchen.

Und der Sohn?

Als Doreen ihn gewahrte, dachte sie zuerst an einen Handwerker oder Bauern. Sie hatte ihn sich dem Opa Paul ähnlich vorgestellt: schmal, durchgeistigt, mit Anzug und Krawatte … Die Bilder in der Wohnung waren wirklich sehr alt. Meistens Kinderbilder. »Das ist Herbert, als er …« So hatte ihr Oma Lene alle erläutert. Das letzte zeigte ihn als Student, blond und schlank, vor irgendeiner Universität in den USA.

Jetzt stand da ein alter Mann in ausgelatschten Schuhen und abgetragener Jeansbekleidung. Mit guten Augen. Unter seinem Blick wurde Doreen nicht verlegen. Sie lächelte ihn herzlich an.

»Willkommen daheim«, begrüßte sie ihn und reichte ihm die Hand. Er nahm sie mit beiden Händen und hielt sie fest.

»Du bist Doreen, die Mütterliche, jetzt meine Schwester. Dank dir sind meine Eltern nicht allein. Du hast sie zu Großeltern gemacht, was ich nicht fertiggebracht habe. Und damit du gleich Bescheid weißt: Ich werde dich nicht hinausstänkern wollen. Im Gegenteil. Ich möchte dich bitten, weiter hier zu wirken und mir ein Plätzchen für meine alten Tage aufzuheben. Ein paar Jahre werde ich wohl noch um meine geliebten Vulkane herumscharwenzeln. Aber dann …« Er drückte noch einmal ihre Hand.

Inzwischen war der Notar eingetreten und die Sitzung nahm ihren Verlauf. Da Opa Paul alles gut vorbereitet hatte, alle Anwesenden einer Meinung waren, konnte der Notar schon nach kurzer Zeit den Vorgang mit den Unterschriften beenden. Doreen reichte Gläser mit einem trockenen Wein herum und Opa Paul hielt eine kleine Ansprache.

»Schade, dass Leni das nicht mehr erfassen kann«, sagte er zum Schluss und ein Schatten legte sich über seine Züge.

Als der Notar dann fort war und sie zu viert noch am Tisch saßen, tätschelte Paul die Hand seiner Leni und seufzte.

»Wisst ihr, was schlimm bei dieser Krankheit ist? Dass zuletzt die Würde des Menschen zum Teufel geht. Wenn ich bedenke, wie akkurat sie früher war, und wie sehr sie auf Abstand bedacht war, beim Toilettengang zum Beispiel. Wie lange wird sie sich noch allein waschen können, wie lange sauber sein! Ich wollte, ich könnte ihr das alles ersparen.« Seine Augen schwammen in Tränen.

»Vater, was du willst, ist hier verboten«, mahnte Herbert und blickte Doreen an. »Stimmt doch, nicht wahr?« Sie nickte stumm.

»Du bist immerzu im Ausland«, fuhr Paul plötzlich auf seinen Sohn los. »Kannst du nicht helfen? Du müsstest doch solche Mittelchen kennen, die einen Menschen einschlafen lassen …« Er schluchzte trocken auf. »Wenn man täglich diese Qual erleben muss …« Jetzt liefen ihm doch die Tränen über die Wangen.

Herbert stand auf, lief um den Tisch herum und nahm Paul in die Arme. »Ich werde mich umsehen. Dann komme ich wieder. Aber ein paar Wochen wird es dauern.«

Doreen sprach mit Marcus über das Ansinnen Opa Pauls.

»Hach, die Deutschen mit ihrer Bürokratie. Die würden den Toten noch das Sterben verbieten, wenn es um einen Stempel oder eine Unterschrift ginge. Natürlich, bestimmte Tabus müssen da sein, sonst kann jeder jeden ihm Unliebsamen um die Ecke bringen. Aber was machen denn die lieben Doktoren? Geben sie Alzheimerpatienten nicht diverse Mittelchen zum Ruhigstellen? Und wer verdient daran? Wer ist also daran interessiert, die Patienten, so lange es geht, am Leben zu erhalten? Wie kann man denn das bezeichnen? Und zum Schluss schneiden sie dann den Körper auf und sehen nach, was die Mittel angerichtet haben, damit sie neue erfinden, die die Leutchen noch länger am Leben erhalten. Ist schließlich ihr Verdienst!« Marcus hatte sich in Rage geredet. Er nahm einen großen Schluck aus der Bierflasche und stellte sie hart zurück auf den Tisch.

»Ich würde jedenfalls Paul und Herbert nicht verpetzen«, sagte er abschließend.

Aus den paar Wochen wurden vier Monate. Im November klingelte es sehr spät an ihrer Wohnungstür.

»Wer mag denn das bei diesem Wetter noch sein?!«, murrte Marcus und schlurfte im Schlafanzug zur Tür. Triefend stand da, unruhig von einem Bein aufs andre tretend, Herbert!

»Lasst mich rein. Bin völlig durchnässt. Kann ich bei euch bleiben, bis ich sozusagen normalerweise ankommen würde?«

»Natürlich, Herbert, komm rein. Aber entschuldige mich. Mach alles mit Doreen ab. Ich muss morgen wieder früh raus und fit sein, sonst ziehen die mich übern Nuckel!«

Doreen hatte Herbert begrüßt und tuschelte nun mit ihm, während sich Marcus ins Bett legte.

Nachdem Herbert sich umgezogen hatte, lief er hinüber in die Villa, während sich Doreen vor den Fernseher setzte. Doch ihre Gedanken waren drüben. Oma Lenes Verfall ging rasend schnell, fand sie. Vor einem Jahr war sie nur vergesslich gewesen und hatte manchmal seltsame Dinge getan. Inzwischen konnte sie sich nicht einmal mehr nach dem Stuhlgang selbst säubern. Das war Doreen zuerst hart angekommen und hatte viel Überwindung gekostet. Sie hatte sich eingeredet, Leni sei jetzt ihr Kind! Aber das half nur wenig. Sie hatte noch immer Hemmungen dabei.

Nach Mitternacht kam Herbert wieder. »Wir werden nun schlafen und morgen Früh gehst du wie immer hinüber …« Sie blickte ihn forschend an. »Vater schläft auch. Zufrieden und entlastet.« Er lächelte in Erinnerung, wie dankbar ihm der Vater die Hand gedrückt und sich dann in sein Bett gelegt hatte, die Hand der Frau, die er ein Leben lang geliebt, mit seiner umschlossen, und fast augenblicklich eingeschlafen war.

Doreen tat, wie ihr geheißen. Sie fand Opa Paul schon auf. Als er sie sah, lächelte er zufrieden und ging ans Telefon.

Der Arzt kam nach zwanzig Minuten, schrieb »Herzversagen« auf seinen Schein und alles war in Ordnung.

»Warum ist denn die linke Hand so weit ausgestreckt?«, erkundigte er sich dabei.

»Ich habe sie immer in meine genommen, damit ich spürte, wenn sie weg wollte. Aber in dieser Nacht wurde ich nicht gestört und habe zum ersten Mal seit Wochen wieder richtig geschlafen.«

Der Arzt nickte. »Ja, es ist kein leichtes Leben mit diesen Kranken.« Er kannte Doreen schon in diesem Haus.

»Sie kümmern sich weiterhin?«, fragte er noch im Hinausgehen.

»Natürlich, Herr Doktor.«

Dann rief Paul das Beerdigungsinstitut an und gab an Herberts letzte Adresse ein Telegramm durch.

»So, nun ist meine Leni zufrieden und glücklich. Sieh mal, wie schön sie ist.« Er zog einen Stuhl so heran, dass er ihr ins Gesicht sehen konnte. Als die Männer vom Institut kamen, fanden sie ihn dort und behandelten ihn sehr rücksichtsvoll.

»Möchten Sie dabeibleiben, wenn wir sie …«

»Nein«, unterbrach er den Mann brüsk und erhob sich. »Ich möchte sie so in Erinnerung behalten!« Rasch verließ er den Raum.

Nach einer Weile emsigen Wirkens kam der Mann aus dem Zimmer. »Wir sind jetzt fertig. Haben Sie noch den Wunsch …« Er blickte Doreen an. »… von Ihrer Mutter Abschied zu nehmen?«

»Nein, ich möchte sie lebend in Erinnerung behalten.« Er verschwand. Dann kam er und öffnete beide Türflügel.

»Dann wollen wir ein stilles Gebet zum Abschied sprechen.« Die Männer stellten sich neben den Sarg, hielten die Hände vor dem Bauch verschränkt und die Köpfe gesenkt. Doreen und Paul taten es ihnen nach. Nach einer langen Minute sagten die Männer gemeinsam »Amen« und trugen den Sarg davon.

Da plötzlich schluchzte Opa Paul auf und nahm Doreen Halt suchend in die Arme. Und sie schluchzte mit.

War Doreen durch die Krankenpflege sensibler geworden? Sie spürte, dass Nicole und Axel sich verändert hatten, und achtete ein wenig mehr auf die zwei. Ja, da bahnte sich etwas an. Als sie Nicole am nächsten Tag allein antraf, steuerte sie schnurstracks auf das heikle Thema zu.

»Soll ich einen Termin bei meiner Frauenärztin für dich festmachen?«, fragte sie die überraschte Nicole, die vor Verlegenheit nicht wusste, wo sie hinsehen sollte und einen roten Kopf bekam.

»Schau, mein Mädchen, heutzutage muss keine Frau mit sechzehn Mutter werden. Du willst doch sicher die Schule und die Lehre unbeschwert vollenden und deine Regel hast du auch schon seit drei Jahren, sodass eigentlich gegen eine Pille nichts einzuwenden ist.« Erwartungsvoll schaute Doreen Nicole an. Endlich nickte die wortlos. Doreen strich ihr sacht über die Schulter und ging aus dem Zimmer. Sie hoffte, dass es nicht schon zu spät war.

Als sie Nicole den Termin nannte, erkundigte sie sich, ob sie sie begleiten solle.

»Wahrscheinlich wäre deine Mutter auch mitgegangen«, meinte sie leichthin.

»Bestimmt nicht«, versicherte Nicole. »Die hätte gar nicht bemerkt, dass ich so weit bin.«

Nun wagte Doreen eine intimere Frage. »War denn schon etwas mit euch beiden?«

Wieder errötete Nicole. »Nein, zuletzt hatten wir beide Schiss«, gestand sie freimütig. Doreen nahm sie in die Arme.

»Das ist gut, mein Schatz. Es gibt natürlich auch noch Kondome. Aber wenn man keine Ahnung hat, sind die eine zusätzliche Strapaze. Komm ruhig zu mir, wenn dich etwas drückt. Wenn ich irgendwie helfen kann, mache ich's.«

»Hm, ja, da hab ich eine Frage«, begann Nicole verlegen.

»Immer zu, frag nur«, ermunterte Doreen das Mädchen.

»Gleich ist man doch mit der Pilleneinnahme auch nicht geschützt, oder?«

»Das stimmt! Man muss stets eine gewisse Zeit abwarten. Aber das erklärt dir die Ärztin ganz genau. Ich weiß nicht, ob das von der jeweiligen Art der Pille abhängt. Weil du bei diesem ersten Besuch bestimmt sehr aufgeregt bist und vielleicht nicht alles mitbekommst, was die Ärztin dir rät – so ging es mir jedenfalls –, würde ich mitkommen. Bei der Untersuchung selbst bin ich natürlich nicht dabei, aber bei dem Gespräch hinterher.«

Nicole blickte ihr offen in die Augen. »Das ist lieb von dir. Ich glaube, ich wäre froh, wenn du mitkommen könntest.«

Doreen lächelte und drückte ihre Hand. »Ich freue mich, dass du mir vertraust.« Plötzlich flog ihr Nicole um den Hals und drückte sie heftig. »Ich bin froh, dass ich bei dir bin und nicht bei meiner Mutter.« Nun errötete doch wahrhaftig Doreen und Tränen schossen ihr in die Augen. Sie erwiderte die Umarmung. So standen sie minutenlang ohne ein Wort. Dann löste sich Nicole sacht und lächelte verlegen.

Ein paar Wochen später hatte Opa Paul etwas auf dem Herzen. Er lief Doreen hinterher und druckste erst eine Weile herum, bis er mit der Sprache herauskam.

»Ich bin in dem großen Haus so ganz allein. Nun ist es natürlich zu viel verlangt, wenn ich euch bitte, zu mir herüberzuziehen. Aber Manuela und Peter wohnen irgendwo zur Miete und ich kenne die beiden, vielleicht würden sie …?«

Doreen schaute ihn überrascht an. »Daran habe ich noch gar nicht gedacht, dass dich das leere Haus anödet. Ich dachte eher, du möchtest deine Ruhe haben. Denn wenn noch andere im Haus sind, knarrt mal hier die Dielung und dort die Tür … Na ja, es ist eben keine richtige Stille mehr.«

»Ja, eben«, betonte der Alte. »Ich möchte etwas hören. Diese Ruhe geht mir auf die Nerven. Sieh mal, ich schlafe mittags eine Stunde und nachts fünf und die andre Zeit …?«

»Oh, mehr nicht?« Doreen war überrascht. Sie schlief mindestens acht Stunden, und wenn es weniger waren durch irgendeine Störung, fand sie sich unausstehlich, so müde und gereizt. »Weißt du, das kann ich hier nicht entscheiden. Wir berufen eine Vollversammlung ein. Ich werde sie anrufen und fragen, wann es passt. Dann besprechen wir die Sache in aller Ruhe. Einverstanden?«

Er lächelte froh. »Du weißt immer das Richtige«, lobte er.

»Na, na«, protestierte sie, »immer wohl nicht. Aber ich danke für das Lob!« Sie machte einen Knicks und schwenkte dabei mit der einen Hand den Wischmopp und mit der anderen den Eimer. Er lachte glücklich.

»Ich bin so froh, dass es dich gibt.«

Nun wurde sie sogar rot und drohte lächelnd mit dem Mopp. »Jetzt muss ich aber schnell fort, damit du mich nicht mit Komplimenten zuschüttest!« Lachend stieg sie die Treppe hoch.

So kam es, dass Manuela und Peter in die Villa zogen. Natürlich ließ Opa Paul zuvor das Badezimmer auf den neuesten Stand bringen. Schließlich ist ein Bad ohne Duschkabine heute kein ordentliches Bad! Opa wusste Bescheid.

Außerdem hatte er bei der Vollversammlung bemerkt, dass Nicole und Axel ein Paar waren.

»Wenn ihr auch eine Wohnung benötigt, könnt ihr in der ersten Etage neben Manuela wohnen.«

»Da ist aber kein Bad«, gab Axel sogleich zu bedenken.

»Das lässt sich ändern«, schmunzelte Opa Paul. »Jetzt liegt das Bad in der Mitte. Gleich daneben kann ohne großen Aufwand ein weiteres eingebaut werden.«

»Wenn Manuela aber sechs Kinder bekommt, dann reicht die ganze Etage man gerade für ihren Clan«, grinste Axel.

»Sechs Kinder«, entrüstete sich Manuela und verdrehte die Augen. »Mehr als zwei bestimmt nicht!«

»Wenn ich noch einmal diese Möglichkeit hätte«, sagte Opa Paul leise, »müssten es mindestens zwei sein. Ihr seht ja an mir, wie es einem mit nur einem Kind gehen kann.«

»Na, Opa Paul, dafür hast du jetzt mehr als genug«, lästerte Axel und alle lachten.

Indessen hatte Doreen wieder ihren alten Platz als Vertretung in der Gemeinschaftspraxis eingenommen. Dort waren alle froh darüber und Doreen kam dadurch wieder mit vielen Menschen zusammen. Das hatte ihr nämlich sehr gefehlt, als sie wegen Oma Lene kaum aus dem Haus kam.

Doreen war rundum glücklich. Opa Paul werkelte überall in Haus und Garten und war ordentlich aufgeblüht.

Als Manuela heimkam, lief sie freudig rufend durch seine Zimmer und fand ihn im Garten bei seinen Rosen.

»Opa Paul, halt dich fest, in sieben Monaten wirst du Uropa!«

Sein Gesicht erstrahlte. Er breitete die Arme aus und drückte sie an seine Brust. »Das ist das schönste Geschenk, was du mir machen kannst«, erklärte er glücklich.

Doreen kam gerade durch das Wäldchen und wunderte sich über die zwei, wie sie so eng umschlungen dastanden.

»Na, na«, rief sie von weitem, »das werde ich Peter petzen.«

»Ich werde Uropa!«, krakeelte Opa, »da darf ich das!«

Doreen lachte. »Das ist ja ganz was Neues. Wie lange weißt du es? Oder warst du heute beim Arzt?«

»Nöö, ich hatte zum zweiten Mal meine Regel nicht und mir ist morgens immer leicht übel. Da nehme ich an, dass es geklappt hat.«

»Wenn du nicht zum Arzt gehen willst, kauf dir doch den Test in der Apotheke. Dann wissen wir's ganz genau.«

Manuela besah ihre Mutter mit schief gelegtem Kopf. »Dir ist das nicht eindeutig genug?«

»Vielleicht höre ich zu viel über Krankheiten«, gab Doreen zu. »Es würde mich beruhigen…«

»Gut, Mutti, morgen kaufe ich mir so'n Test und dann machen wir ihn unter deiner Aufsicht!« Sie kicherte schon wieder und Opa Paul gab ihr einen Klaps auf den Po. »Wirst du deine Mutter nicht auslachen«, schimpfte er scheinbar böse, aber seine Lachfältchen sagten das Gegenteil.

Der Test am nächsten Tag bestätigte Manuelas Vermutung.

»Na, mein Dickerchen«, begrüßte Doreen am Abend Marcus und gab ihm einen Kuss. Dazu musste sie sich auf die Zehenspitzen stellen und sich auf seinen Bauch legen. »Nun wirst du bald Opa!«

»Was?« Er dachte wohl an Nicole. »Konnte die nicht ein bisschen besser aufpassen?«, polterte er los.

»Manuela ist doch alt genug dafür«, regte sich nun Doreen auf.

»Ach, von Manuela! Na, dann ist es ja in Ordnung«, beruhigte er sich sogleich und gab Doreen den Kuss zurück. »Die ist ja über zwanzig. Ach, bis dahin sogar zweiundzwanzig. Das ist die richtige Zeit für Kinder. Und wir sind noch nicht zu alt für die Enkel.« Er setzte sich an den gedeckten Tisch und Doreen füllte ihm den Teller mit leckerer Bohnensuppe. Als sie ihm den Teller zum dritten Mal vollschaufelte, seufzte sie. »Wenn du weiter so reinhaust, wirst du noch platzen.«

»Ach, dein Essen schmeckt köstlich. Ich liebe dich allein schon deswegen.«

»Aber dein Bauch wird immer dicker.«

»Es stört dich doch nicht, oder?«

»Nein, aber es ist nicht gesund, wenn du so viel einfährst! Noch dazu am Abend.«

»Ja, wenn ich Rentner wäre, könnte ich natürlich mittags essen. Aber ich muss arbeiten und deshalb deine herrlichen Speisen am Abend verdrücken!« Er leckte den Löffel ab. »Hmm, leider kann ich nicht mehr. Am liebsten würde ich weiter essen, so gut schmeckt es mir.«

Doreen räumte ab und er erhob sich, reckte sich, ging drei Schritte und ließ sich in den Sessel sinken. »Bringst du mir ein Bier mit, Liebling? Heute ist Fußball. Werder Bremen spielt. Ich kann doch anstellen?«

»Aber ja. Seit wann bist du denn Werder-Bremen-Fan?«

»Meine Leute haben gewettet, dass die heute den A… vollkriegen. Nun möchte ich doch mal sehen, ob die um Uwe oder die um Steffen die Wette gewinnen.« Plötzlich fiel ihm Manuela wieder ein. »Wie weit ist denn Manuela schon?«, wollte er wissen.

»Ach, erst im zweiten Monat. Wir haben heute den Test gemacht.«

»Na, dann können wir uns ja in Ruhe darauf vorbereiten.« Genüsslich setzte er die Flasche an und ließ glucksend das Bier durch die Kehle rinnen. Dann rülpste er laut.

Sie setzte sich und nahm das Strickzeug. »Ob ich für das Kleine etwas stricke?«, sprach sie mehr zu sich selbst.

»Die wachsen doch soo schnell raus. Das lohnt ja gar nicht. Und wenn's Manuela nicht gefällt, zieht sie es dem Lütten nicht mal an! Alles schon da gewesen. Hach, nun schieß doch. Worauf warteste denn!« Er gestikulierte und Doreen musste über ihn lachen.

»Nun fang bloß an und schrei ›Eierköppe‹ oder noch schlimmere Sachen. Das bin ich von dir gar nicht gewöhnt!«

»Mache ich nicht, weil ich es auch nicht gut finde. Von hier aus ist es leicht zu meckern und diese Schreihälse möchte ich mal auf dem Platz dort unten erleben. Wahrscheinlich sind es die größten Flaschen und nur mit dem Maul so stark!«

»Hach, unentschieden! Nun hat weder Uwe noch Steffen gewonnen!« Er erhob sich und gähnte. »Willst du noch weitergucken? Ich gehe schlafen.« Er beugte sich zu ihr hinunter und gab ihr einen Kuss. »Wenn du nachher kommst, kannst du mich ja wieder so lieb wecken.« Er streichelte ihr übers Haar, kitzelte sie im Nacken und schlurfte ins Bad.

Der kleine Christian war inzwischen zwei Jahre alt und Manuela trug sich mit dem Gedanken, das Nächste anzusetzen. Opa Paul wich kaum von der Seite des Kleinen und Manuela konnte bisher beruhigt einkaufen gehen. Aber heute gefiel ihr Opa Paul nicht.

»Du pustest ja wie eine Dampflok«, konstatierte sie. »Ist dir nicht gut? Soll ich dir etwas aus der Apotheke mitbringen? Oder möchtest du, dass ich den Doktor anrufe?«

»Ach was! Vielleicht ist ein Tief im Anmarsch. Ich werde einen Kaffee trinken und dann geht es wieder.«

»Ich nehme Christian mit. Dann hast du ein bisschen mehr Ruhe!« Wenn sie es sonst gesagt hatte, war er wie eine Rakete hochgegangen. Heute nickte er nur matt. Sie schnappte sich den Kleinen, warf noch einen besorgten Blick auf den alten Mann und ging dann zum Auto. Dort gab sie über Handy Doreen Bescheid.

Manuela und Doreen wussten immer voneinander, wo sie sich gerade befanden. Zum einen des Kindes wegen, aber vor allem auch wegen Opa Paul. Seit seinem neunzigsten Geburtstag hielten sie es so. Da hatte sich Opa nämlich eine Grippe eingefangen und war seitdem öfter mal unpässlich wie heute.

Aber so schnell ließ Opa Paul sich nicht unterkriegen. Er erlebte noch, dass Nicole und Axel heirateten und Manuela ihre kleine Janine bekam.

»Ist nichts mehr los mit mir«, sagte er nun häufig, wenn er nach ein paar Schritten stehen blieb und nach Luft schnappte wie ein Fisch auf dem Trocknen. Sein Doktor hatte ihm ein Herzmittel verordnet, aber Doreen wusste, dass er es nicht regelmäßig nahm. Ihre Vorhaltungen wischte er mit einer Handbewegung fort.

»Es wird nun langsam Zeit für mich«, sagte er dann.

Eines Morgens fand Doreen ihn friedlich schlafend im Bett. »Na, Opa Paul, hast du heute gar keine Lust aufzustehen? Ich werde mal die Vorhänge aufziehen, damit die Sonne dich an der Nase kitzeln kann. Es ist ein herrlicher Morgen!« Während des Sprechens hatte sie die schweren dunkelroten Samtvorhänge zur Seite geschoben und wandte sich nun wieder dem Bett zu, weil ihr sein Schweigen seltsam vorkam. Er lag auf der Seite, und sie beugte sich mit angehaltenem Atem über ihn. Er schien zu lächeln, aber er atmete nicht mehr.

Sie lief behänd zum Telefon und rief den Doktor an. Dabei glitt ihr Blick über den dort angebrachten Kalender und blieb an einem Kreuzchen und dem Wort »Leni« haften. Ihre Augen wurden groß. Es war der heutige Tag! Heute vor fünf Jahren ...

Sie stammelte ins Telefon, dass Opa Paul nicht mehr atmete, und der Arzt versprach, sofort zu kommen, aber von ihrer Entdeckung erzählte sie nichts. Als sie auflegte, stand sie noch ein Weilchen wie erstarrt, dann lief sie schnell in Opas Schlafzimmer und schaute sich suchend um. Aber sie berührte nichts. Sie fand alles normal. Was wollte sie eigentlich entdecken? Ein Tablettenröhrchen?

Langsam ging sie in Erwartung des Arztes zur Tür, öffnete sie und blieb vor ihr stehen.

Sein Auto hielt. Der Arzt, auch nicht mehr der Jüngste, stieg schwerfällig aus und kam durch den kleinen Vorgarten zu ihr.

Sie begrüßten sich mit Handschlag.

»Er liegt wie schlafend im Bett. Ich habe nur die Vorhänge aufgezogen und noch gescherzt dabei«, erzählte sie während des Ganges zum Schlafzimmer. »Aber weil er nicht antwortete, habe ich mich über ihn gebeugt. Er atmet nicht mehr.«

Auch der Arzt bückte sich nieder und sah Paul ins Gesicht. Dann legte er die Finger an seinen Hals, drehte sich zu Doreen um, sah sie bedeutungsvoll an, griff zu Pauls Hand und schüttelte den Kopf.

»Er muss schon ein paar Stunden tot sein. Die Leichenstarre ist eingetreten. Hat er gestern über irgendetwas geklagt?«

»Er hat – wie immer in letzter Zeit – ziemliche Mühe mit der Luft gehabt. Sonst war nichts Auffälliges mit ihm.«

»Ja, ja«, sagte der Arzt und wandte sich seinem Schriftkram zu.

»Wenn Sie das Beerdigungsinstitut anrufen, sagen Sie denen, dass die Starre eingetreten ist.«

Dann verabschiedete er sich. »Und bleiben Sie nicht dabei, wenn die Männer ihn einsargen.« Damit stieg er in sein Auto und fuhr davon.

Doreen erinnerte sich an den Tag vor fünf Jahren, rief das Beerdigungsinstitut an und ging dann zurück zu Opa Paul. Auch sie nahm sich einen Stuhl, setzte sich vor ihn hin und atmete tief ein.

»Wie hast du das nur gemacht?«, fragte sie laut. Plötzlich musste sie wie unter Zwang den Kopf wenden und zum Nachttisch schauen. Sie zog die Schublade auf. Da lagen sie alle, die Herztabletten, aber ein Röhrchen sah anders aus. Sie nahm es und hielt es hoch.

»Herztabletten« stand darauf und ein sehr altes Datum. Sie schüttelte das Röhrchen. Darin kollerten keine Tabletten, nur ein wenig Pulver bewegte sich schwerfällig, blieb aber immer stärker am Gefäß haften, bis das Glas undurchsichtig war. Sie behielt das Röhrchen in der Hand, schob die Schublade zu und lief zu ihrer Tasche, in der sich das Frühstück für Opa befand. Sie drückte es einer Eingebung folgend unter das folienumwickelte Essen. Dann hörte sie das Auto und lief zur Tür.

Herbert kam gerade noch pünktlich zur Trauerfeier vom anderen Ende der Welt. Danach aßen sie in einem guten Restaurant, um danach zur Villa zurückzufahren.

»Ich habe dies hier an mich genommen«, sagte Doreen, als sie mit ihm allein war. »Es lag unter seinen Herztabletten im Nachtschrank.«

Herbert nahm es zögernd und sah sie forschend an.

Sie lächelte schwach. »Ich habe mich zusammengerissen und nicht daran gerochen.«

Er atmete tief ein und stieß die Luft hörbar aus. »Das war gut. Ich danke dir.« Er ließ das Röhrchen in seiner Jackentasche verschwinden. »Ich bleibe jetzt nur drei Nächte, aber demnächst werde ich für immer kommen.« Seine Stimme klang müde.

»Du humpelst«, sagte Doreen mit fragendem Ton. »Hat dich einer deiner Vulkane verletzt?«

»Ja, ich bin nicht mehr schnell genug.« Er lächelte wehmütig. »Auch das Hin- und Hergedüse macht mir neuerdings zu schaffen.«

Aber sein Demnächst dauerte und dauerte. Nach zwei Jahren kam er endlich. Inzwischen hatte Doreen an drei weiteren Gräbern gestanden: ihr eigener und Siegmars Vater und Marcus' Mutter waren gegangen.

Doch Nicole und Axel hatten wie Manuela für Nachkommen gesorgt. Sie umschmusten die kleine Annalena. Doreen hatte alle Hände voll zu tun und mit Herbert ein weiteres großes Kind.

In dieser Zeit begann Marcus über Verdauungsprobleme zu klagen.

»Du bist zu dick«, sagte Doreen eindringlich. »Iss nicht so viel Fleisch, iss lieber mehr rohe Früchte.«

»Na, gerade dann bekomme ich ja die Schwierigkeiten!«, schimpfte er und sein Doppelkinn schwabbelte dabei empört mit. »Von deiner Banane kann ich nicht weggehen und von deinen Äpfeln krieg ich Bauchschmerzen!«

Er ging fast jede Nacht voller Hunger an den Kühlschrank und schob sich noch Wurst oder Käse hinein.

»Wenn du nicht auf mich hören willst, dann geh zum Arzt«, sagte sie schließlich aufgebracht.

»Mach ich nur, damit du endlich Ruhe gibst«, hatte er zurückgeblafft.

Der Arzt hatte ihm alle möglichen Tabletten und natürlich auch Abführmittel gegeben.

»Ich soll zur Darmuntersuchung«, verkündete Marcus niedergeschlagen. »Bei seinem Abgetaste will er angeblich etwas gefühlt haben!«

»Und? Machst du es?«

»Wird mir wohl nichts anderes übrig bleiben, wenn ich wieder wie früher werden will.«

Sie behielten ihn nach der Darmuntersuchung gleich drin und operierten am übernächsten Tag. Es war ein Schock für ihn, der so gut wie nie krank gewesen war, als er erwachte und einen verlegten Darmausgang hatte.

»Wie soll ich denn damit auf Arbeit fertig werden?«, moserte er.

Doreen, von den Ärzten aufgeklärt, versuchte es ihm so schonend wie möglich beizubringen.

»Damit brauchst du doch nicht mehr arbeiten zu gehen. Hast jetzt mehr Zeit für deine Enkel. Du warst doch immer sauer, dass du sie so wenig siehst.«

Er drehte wortlos den Kopf zur Wand und sagte nichts dazu. Aber sie spürte an seiner Hand, die sie hielt, wie es in ihm arbeitete.

Hatte er sich aufgegeben?

Er ließ keine Chemotherapie zu, lediglich eine Misteltherapie.

Aber der behandelnde Arzt äußerte Doreen gegenüber seine Besorgnis. »Er könnte noch viele Jahre leben, wenn er seine Einstellung änderte. Warum ist er so depressiv? War er so mit seiner Arbeit verwachsen?«

»Auch, Herr Doktor. Aber noch schlimmer ist es wohl, dass er nicht mehr so essen kann wie früher. Was Marcus so alles an einem Tag verputzt hat, das glauben Sie nicht!«

Nachdenklich blickte der Arzt Doreen an. »Er hat mir von Ihren Kochkünsten berichtet. Vielleicht hätten Sie schlechter kochen sollen. Solch leckere Gerichte sind eine große Verführung.« Plötzlich wurde sein Blick härter. »Wieso sind Sie dabei so schlank geblieben?«

»Ich? Na ja, ich werde vom Kosten satt. Außerdem esse ich viel rohe Früchte, mengenmäßig mindestens die Hälfte meiner Tagesration. Beim Zubereiten knabbere ich das zarteste und schönste vom Gemüse. Gekocht schmeckt es nur noch halb so gut. Da machen es doch nur das Salz oder die anderen Gewürze schmackhaft.«

»Das ist die richtige Einstellung! Und Sie sind kerngesund?«

»Ich fühle mich pudelwohl«, lächelte Doreen.

Einen Moment schwieg der Arzt versunken. »Könnten Sie in unserer Therapiegruppe einmal über IHRE Ernährung sprechen?«, fragte er dann und schaute sie ergründend an. Sie wurde rot.

»Ich? Aber ich mache doch nichts Besonderes.«

»Das ist es ja gerade. Es ist so alltäglich, dass Sie gar nicht gemerkt haben, dass Sie eine Diät halten.«

»Was? Ich? Eine Diät?« Doreen lachte ungläubig.

»Jaa! Und was trinken Sie am Tag?«, wollte er nun wissen.

»Na, Wasser! Kommt doch genügend aus der Wand!«

»Pur?«

»Ich würze es manchmal mit ein wenig Zitrone oder Apfelessig, seltener mit Obstwein. Aber man bekommt ja manchmal eine Flasche geschenkt …«, fügte sie entschuldigend hinzu.

»Machen Sie mir die Freude und kommen Sie am Dienstag um fünfzehn Uhr in meine Gruppe«, bat er.

»Aber ich kann keine Vorträge halten. So etwas habe ich noch nie gemacht«, sagte Doreen verschreckt.

»Müssen Sie nicht. Wir machen es wie eben: Ich stelle Fragen und Sie antworten. Nun?« Neugierig sah er sie an.

»Na gut«, willigte sie zögernd ein, »wenn ich keine lange Rede halten muss.«

Es wurde der Beginn einer ganz neuen Erfahrung. Etwa alle vier Wochen, wenn der Doktor mit einer neuen Gruppe arbeitete, saß Doreen mit in der Runde.

Marcus hatte sich aufgegeben. Meist saß er apathisch im Sessel und starrte vor sich hin. Äußerst selten schlurfte er nach draußen, stand ein Weilchen auf der Terrasse und ging gebeugt wieder hinein. Selbst die Enkelkinder konnten ihn nicht aufmuntern. Schon nach kurzem Kontakt schloss er seine Augen.

»Opa släft«, sagte Janine und ging auf Zehenspitzen hinaus.

Doreen köchelte Pröbchen und ließ nicht locker. Doch er aß ein wenig davon, verzog sein Gesicht und legte den Löffel hin.

»Es schmeckt nicht wie früher«, klagte er.

»Aber die haben an deinem Darm herumoperiert und nicht an deiner Zunge«, protestierte Doreen. »Mein Essen schmeckt noch genauso wie vor dem Eingriff!«

»Das muss ich ja wohl besser wissen, wie es MIR schmeckt!«, muffelte er und versank danach in sein langes Schweigen, aus dem sie ihn meistens nicht herausholen konnte.

Aber anstecken ließ sich Doreen von seiner Mutlosigkeit nicht. Hatte sie Vertretungsstunden zu leisten, sah Manuela oder Nicole nach Marcus. Auch Herbert setzte sich dann zu ihm und versuchte jedes Mal ein Gespräch herbeizuführen. Aber es war ziemlich aussichtslos. So blieb er nur still bei ihm sitzen.

»Mein Gott«, sagte er ärgerlich zu Nicole, als die ihn danach auf dem Weg zurück zur Villa traf, »ich bin richtig deprimiert jetzt. Wenn er keine Lust mehr zum Leben hat, dann soll er sich doch ganz schnell verkrümeln!«

Nicole lächelte wehmütig. »Vielleicht möchte er und weiß nur nicht, wie.«

»Ja, das ist das Problem in diesen sogenannten zivilisierten Ländern. Eingeborene können ihre Lebensprozesse noch anhalten, wenn ihre Zeit gekommen ist, und verkürzen damit ihre Leiden.«

Ihr Gesichtsausdruck ließ ihn stutzen, er sah sie kurz an und verschwand schnell in der Villa.

Nicole sprach verwundert mit Doreen darüber.

»Ich habe darüber schon gelesen«, sagte die. »Aber alle können das auch nicht. Wohl nur die Weisen. Dazu gehört viel Körperbeherrschung.«

An diesem Abend schaute Marcus etwas munterer.

»Ich würde dir vorschlagen, dass wir uns zusammenschreiben lassen«, sagte er, als Doreen den Tisch abräumte und bedauernd auf seine Reste schaute. Sie fuhr auf.

»Wieso denn das auf einmal? Du warst doch immer dagegen, weil ich dann meine Witwenrente einbüße.«

»Richtig. Und jetzt bin ich dafür, weil du dann eine höhere Witwenrente bekommst. Hast dich schließlich ganz schön mit mir abgeplagt.« Sie ließ die Reste Reste sein und kniete neben seinem Stuhl nieder.

»Ich möchte dich aber behalten.« Tränen traten ihr in die Augen und begannen die Wangen hinunterzulaufen. »Sieh mal, es könnte doch noch so schön mit uns sein.«

»Mit so einem Verstümmelten?«

»Das bisschen Beutel am Bauch ist doch keine große Verstümmelung«, wandte sie traurig ein. »Andere sind viel stärker gehandikapt und leisten noch ihr volles Pensum.«

»Ich kann nicht einmal mehr dich …« Er wandte sich ab und bedeckte die Augen mit der Hand.

»Aber das liegt doch nicht an der Darmverlegung.«

»Woran denn sonst?!«

»Am Denken, hat der Doktor gesagt.«

»Der hat leicht reden, der ist ja gesund! Aber ich bin ein Krüppel! Kriege ich nicht Rente, ha?«

»So viele bekommen Rente und sind …«

»Willst du mich nun heiraten oder nicht?«, fragte er ziemlich barsch.

»Natürlich will ich. Aber deine Begründung …«

»Dann mach den Termin klar. Aber möglichst kurzfristig, ja!« Erschöpft von dem langen Gespräch sank er in sich zusammen und sprach den ganzen Abend kein Wort mehr.

Selbstverständlich rannte Doreen zum Amt und da sie keine Sonderwünsche hatte, lag der Termin schon in der nächsten Woche.

Drei Monate danach stand sie an seinem Grab und konnte nicht fassen, dass so ein großer, starker Mann eigentlich nicht am Krebs, sondern an einer Äußerlichkeit zugrunde gegangen war.

Wenn Doreen nun im Garten war, gesellte sich Herbert sogleich dazu, knüpfte ein Gespräch an und versuchte sich nützlich zu machen. Kaum dass er angekommen war, hatte er auf der Wiese einige Spielgeräte für die Kinder aufstellen lassen. Oft saß er im Wintergarten und schaute von seinem Schreibkram auf und ihnen zu. Dabei konnte er sogar in lautes Lachen verfallen.

Nein, ein versponnener Wissenschaftler war er nicht und Doreen mochte ihn und seinen trockenen Humor. Obwohl er auf die siebzig zuging, konnte er noch ganz schön zupacken. Aber an eine Verbindung mit ihm dachte sie nicht.

Das Häuschen war ihr plötzlich zu groß. Nein, eigentlich zu still! Wie zufällig glitt ihr Blick über die Annoncen in der Zeitung. Sie seufzte. »Eigentlich bin ich noch viel zu jung, um allein zu bleiben!«, sinnierte sie. »Und Herbert? Ist er nicht schon zu alt für mich? Wiederum kenne ich ihn. Ist das nicht besser, als wenn ich irgendeinen Fremden ausprobiere?«

Manuela brachte die Sache ins Rollen.

»Mutti, willst du nicht hier unten einziehen? Es sind so viele Zimmer frei. Und du wärst nicht nachts ganz alleine im Haus.«

»Und was soll mit unserem Häuschen werden?«

»Vermieten oder verkaufen!«

»Ob Axel damit einverstanden ist?«

»Wir können ja eine Vollversammlung machen«, lachte Manuela.

»Das ist gar keine schlechte Idee«, stimmte Doreen zu und berief sie auch gleich fürs nächste Wochenende ein.

Alle redeten ihr zu, in die Villa zu ziehen. Und Herbert strahlte.

»Versuchen wir doch erst einmal, ob wir unser Häuschen verkaufen können. Vermieten können wir ja immer noch«, schlug Axel vor.

»Darf ich das in die Hand nehmen?«, erkundigte sich Herbert. »Was erwartet ihr denn herauszubekommen?« Seine Finger zeigten die unmissverständliche Geldgeste.

Von hundert- bis dreihunderttausend gingen die Vorschläge. Herbert lächelte. »Ich werde es zuerst einschätzen lassen. Ebenso die eventuelle Miete. Einverstanden?«

Natürlich waren alle froh, dass sie sich um nichts zu kümmern brauchten, und machten nun Doreen ernste wie unsinnige Vorschläge, was sie in die Villa mitnehmen solle. Die Zusammenkunft endete in nicht enden wollendem Gelächter.

Herbert machte Doreen den Hof, wie sie es selbst in ihrer Jugend nicht erlebt hatte. Ganz Gentleman der alten Schule zog er alle Register der Annäherung, ehe es zu Intimitäten kam. Und auch nach dem ersten Kuss vergingen noch Tage bis zum Schäferstündchen.

Doreen genoss diese neue Art genau wie die vorhergehenden. Dabei kam Siegmar mit seiner knappen Art am schlechtesten weg.

»Was nützt es einer Frau, wenn der Mann immerzu kann«, philosophierte sie allein mit sich, »aber ihr Zärtlichkeitsbedürfnis vergisst? Da war Marcus schon wesentlich besser drin. Tjaa, und Herbert ist zwar nur einmal in der Woche bereit, aber mir gibt er in der Zwischenzeit so viel Zärtlichkeit, dass ich nichts vermisse.«

Sie schliefen weiterhin getrennt. »Meine Geliebte soll doch nicht von meinem Geschnarche und von dem, was sonst noch so ein älterer Körper produziert, gestört werden«, hatte er es begründet und Doreen fand das sehr rücksichtsvoll. Außerdem hatte sie inzwischen auch festgestellt, dass sie, seit sie allein schlief, wesentlich ausgeruhter und ausgeglichener durch den Tag kam.

»Das Leben ist herrlich«, sang sie leise, erinnerte sich an Volksweisen und Schlager und trällerte sie vor sich hin. Nicht laut, natürlich nicht! Herbert schrieb eine wissenschaftliche Abhandlung nach der anderen und niemals würde sie ihn dabei stören.

»Würdest du mit mir nach Los Angeles fliegen?«, fragte er eines Tages und schaute sie neugierig wie auch ein bisschen ängstlich an. »Ich möchte dort einen

Kongress besuchen. Nein, nicht nur besuchen. Ich bin dort als Redner vorgesehen.« Jetzt blickte er flehentlich. »Wenn du nicht während der ganzen Zeit im Saal sitzen möchtest, kannst du dir auch die Gegend ansehen.«

»Ich war noch nie im Ausland«, monierte Doreen verschreckt. Er drehte die Papiere in seiner Hand hin und her.

»Du musst ja nicht mal aus dem Hotel hinausgehen, wenn du dich scheust vor der Riesenstadt. Dort drin kannst du schwimmen und dich anderweitig amüsieren und wirst stets jemanden finden, der Deutsch spricht. Das ist es doch, was du fürchtest, nicht wahr?«

Sie nickte vehement. »Ich hatte zwar in der Schule Englisch, aber davon weiß ich doch nichts mehr. Ich kann mich ja in eine Ecke des Saales setzen und stricken.« Herbert lachte gutmütig auf.

»Na ja, stricken nicht gerade. Höchstens lesen. Oder Briefe nach Hause schreiben. Der Kongress findet im gleichen Hotel statt, in dem wir auch wohnen. Darf ich dich mit anmelden?« Seine Augen bettelten. Einen Moment zögerte sie noch. Dann gab sie sich einen Ruck.

»Gut, ich komme mit. Aber beschwer dich nicht, wenn ich in ein paar Fettnäpfchen trete. Du weißt, ich habe keinerlei Erfahrungen auf solchen gesellschaftlichen Gebieten.«

»Ach, Vulkanologen sind oft ziemlich geradezu«, griente er. »In unserer Mitte findest du Typen vom Bauern bis zum gediegensten Professor. Aber ein wenig müssen wir natürlich deine Garderobe sondieren. Die Schürzen kannst du jedenfalls hierlassen«, neckte er sie, weil sie gerade ein ziemlich ausgedientes Stück trug.

Sie sah an sich herunter und wurde rot. »Die muss ich wirklich mal aussondern«, murmelte sie und verschwand. Er sah die Schürze nie wieder.

Nach der Reise sortierte sie noch einige Stücke aus und ging von nun an sorgfältiger gekleidet. Sie hatte bemerkt, wie sehr Herbert geachtet wurde.

Wo Doreen in der Folgezeit auch hinkam, da schwärmte sie beim einen von der ›Suite‹ (sie bewohnten zwei kleine Schlafräume hinter einem größeren Wohnraum und einem großzügigen Bad), beim nächsten vom Swimmingpool und beim dritten von der Ehrerbietung und Achtung, die sie in Herberts Nähe genießen durfte.

Und was war die Folge? Sie brutzelte mit noch größerer Hingabe all seine Lieblingsgerichte, sogar welche aus fernen Ländern! Und er aß aus Liebe mehr, als gut war. Hinzu kam bei ihm noch die sitzende Tätigkeit und bald hatte er zehn Kilo mehr zu schleppen.

Statt nun einzuhalten und einige Gewohnheiten zu ändern, ging er zum Arzt und holte sich ein paar Arzneien, obwohl er die Nebenwirkungen kannte.

Eines Tages kam Nicole aufgeregt vom Einkaufen nach Hause.

»Es gibt doch schlechte Menschen«, empörte sie sich, als sie Doreen die gewünschten Artikel in der Küche heraussuchte. »Die superblond gefärbte Lady aus der Nummer elf hier meinte ziemlich laut in der Schlange an der Kasse, dass du dir ja nun sicher die Villa unter den Nagel reißen wirst, nachdem du den mit der hohen Witwenrente unter die Erde gebracht hast.«

Doreen riss die Augen auf. »Das falsche Luder. Mit mir hat sie letztens honigsüß über ihre Nachbarin zur Linken gefabelt. Aber ich habe mich zu keiner Äußerung hinreißen lassen. Und du? Hast du ihr Zunder gegeben?«

»Mutti, sollte ich über die Köpfe der anderen hinweg ihr etwas zubrüllen?!«

Doreen lächelte. »Natürlich nicht. Vielleicht hatte sie dich sogar gesehen und es absichtlich laut gesagt, damit ich es auch wirklich unter die Nase gerieben bekomme.«

»Meinst du? Ist die so berechnend?«

Doreen zuckte die Schultern. »Vielleicht. Jedenfalls klatscht sie gern und ausgiebig. Ich lasse sie meistens nach wenigen Worten stehen. Kann sein, dass sie sich nur dafür rächen wollte.«

Noch zweimal fuhr Doreen mit Herbert zu Kongressen ins Ausland, einmal nach Paris und einmal nach Sydney. Aber bis dorthin war es wohl doch schon zu weit, zu anstrengend, denn kaum zurück in ihrer Villa, begannen die Schmerzattacken.

»Ich glaube, das halte ich nicht lange durch«, sagte er verkrümmt.

»Soll ich den Arzt holen?«, fragte sie ängstlich.

»Ach, der«, meinte er abfällig. »Der junge Spund gibt mir nur irgendwelche Tabletten, die nur lindern. Ich weiß ja, was mit mir los ist! Aber es war schön mit dir. So alt musste ich erst werden, damit ich eine glückliche Partnerschaft erleben konnte. Dafür möchte ich dir ganz besonders danken. Ich gehe schlafen. Stör mich nicht vor morgen Früh.« Er drückte sie zärtlich an sich, strich ihr übers weiße Haar und küsste sie auf die Schläfe. »Vergiss mich nicht!«

»Natürlich nicht! Ich komme wie immer morgen Früh«, sagte Doreen und wunderte sich ein wenig, weil er so seltsam war.

Am anderen Morgen klinkte sie seine Tür auf und trällerte wie immer: »Hallali hallala, deine Vulkanliesel ist da. Einen schönen guten Morgen!«, ging quer durch den Raum und zog die schweren Vorhänge auf. Sie drehte sich um und erstarrte. Herbert lag genauso wie Opa Paul und Oma Lene friedlich auf der Seite und schien zu schlafen.

Sie lief zu ihm. »Herbert, Herbert! Warum lässt du mich denn schon allein!« Sie griff nach seiner Hand. Eiskalt! Sie schrak zurück und blickte in seiner näheren Umgebung umher. Dann öffnete sie die Schublade des altertümlichen Nachtschränkchens. Da lag es, das Röhrchen. Nichts mehr drin! Wohin damit? Der alte Arzt war nicht mehr. Wie würde der ›Jungsche‹ reagieren? Vielleicht waren auch zu ihm schon Gerüchte gedrungen.

»Ach, Herbert, musste das denn sein?« Es war ihr, als hörte sie sein »Ja«.

Langsam richtete sie sich auf. Wohin mit dem vermaledeiten Röhrchen! Alle schlimmen Folgen aus den Krimis fielen ihr ein. Ihre Fingerabdrücke befanden sich auch darauf. Keiner würde ihr glauben! Eventuell nicht einmal ihre Kinder!

Entschlossen ging sie in die Küche und spülte die Reste aus dem Glas, warf es in den Mülleimer und schlug mit dem kleinen Hammer, den sie immer in der Küche aufbewahrte, auf das braune Ding ein. Erst beim dritten Schlag zersprang es. Erleichtert schob sie mit dem Hammer die Abfälle darüber. Dann säuberte sie ihn und legte ihn an die übliche Stelle zurück.

Nun ging sie zum Telefon und rief den Arzt an. Sie gab ihrer Stimme einen aufgeregten Klang.

»Ich wollte ihn wie immer wecken, aber er rührte sich nicht. Ich glaube …« Sie atmete hörbar und der Arzt fiel ihr auch sogleich ins Wort. »Ich komme sofort. Seien Sie ganz ruhig, ich bin gleich da.«

Er war wirklich schnell. Keine zehn Minuten vergingen. Als sie sein Auto hörte, stand sie vom Stuhl auf und öffnete ihm die Tür.

»Er hatte gestern Schmerzen und ich habe ihm gesagt, er solle Sie anrufen. Aber er hat sich zurückgezogen und gesagt, ich solle ihn wie immer wecken. Und heute lag er soo …« Sie knetete ihre Hände.

Der junge Arzt untersuchte Herbert kurz. »Kopf- oder Herzschmerzen?«, erkundigte er sich dabei.

»Weiß ich nicht. Hat er nicht gesagt. In der Schublade hat er Tabletten. Ich nahm an, er nimmt sie und geht schlafen. Das hat er in letzter Zeit häufiger getan. Er wolle mich nicht mit seinen Schmerzen belasten. Hat er mal gesagt!«

»Hm, hm«, murmelte der Arzt, setzte sich hin und schrieb den Totenschein aus. »Mein Beileid«, sagte er im Hinausgehen. »Sie haben Kinder im Haus?« Sie nickte. »Lassen Sie sich helfen«, riet er. Dann war Doreen allein.

Ach ja, die Kinder. Sie schaute auf die Uhr. Sieben Uhr fünfzehn. Da standen sie gewöhnlich auf. Bestimmt beginnt gleich dort oben das Getrappel. Einen Moment schwankte Doreen, dann ging sie zum Telefon und rief das Bestattungsinstitut an. Erst danach lief sie hinauf.

Zweiundsechzig war sie und zum dritten Mal Witwe. Ja, natürlich, sie war mit Herbert nicht auf dem Standesamt gewesen, aber das war nur eine Formsache. Am Grab behandelten alle Anwesenden sie wie seine Frau.

Und Herbert hatte Freunde! Sie kamen aus allen Himmelsrichtungen. Wer nicht kommen konnte, schickte letzte Grüße. Ein Blumenberg wölbte sich über seiner Ruhestätte.

Etliche blieben zum Trauerschmaus, der in einer nahegelegenen Gaststätte stattfand. Die Gesichter kannte Doreen von den Kongressen. Ein Ehepaar und zwei einzelne Herren waren ihr vertrauter. Von ihnen wusste sie sogar die Namen, denn mit ihnen war er in stetem Kontakt gewesen und sie kamen häufig in Herberts Erzählungen vor. Diese vier sprachen sie zum Ende der Veranstaltung an, als sich die meisten schon verabschiedet hatten.

Die Frau brachte dann ihr Anliegen vor.

»Frau Wolter, Herbert hatte vor, demnächst wieder etwas zu veröffentlichen. Sie haben seine wissenschaftlichen Arbeiten gekannt?«

»Flüchtig«, erwiderte Doreen und konnte sich denken, was die vier wünschten.

»Sie möchten es beenden? Das hätte Herbert sicher von Ihnen erwartet.«

»Dürfen wir morgen Vormittag zu Ihnen kommen?« Hoffnungsvoll ruhten vier Augenpaare auf ihr.

»Natürlich! Ich erwarte Sie um neun Uhr und denke, dass Sie zum Essen bleiben werden. Das Sichten dauert bestimmt eine geraume Zeit. Ich habe nichts angefasst.«

Die vier bedankten sich wortreich und gingen.

Sie arbeiteten den ganzen folgenden Tag. An seinem Ende verabschiedeten sich drei, darunter das Ehepaar. Der Vierte jedoch bat um einen weiteren Tag und erfreute Doreen mit seinen wortreichen Lobeshymnen auf ihre Kochkünste.

Machte er ihr den Hof? Jedenfalls nicht plump. Kaum merklich. Nach dem dritten Tag verabschiedete auch er sich.

»Das meiste haben wir nun erfasst. Bitte, werfen Sie nichts fort, wenn Sie noch etwas finden. Am besten stapeln Sie es in eine Ecke. Ich komme bestimmt wieder. Hier meine Karte. Sollten Sie Fragen haben …« Er blickte so traurig, geradezu sehnsüchtig, dass sie lächeln musste.

»Ich verspreche Ihnen, alles gut aufzubewahren. Rufen Sie doch nächste Woche an. Oder hocken Sie dann auf einem Vulkan am anderen Ende der Welt?«

»Ich düse nicht mehr durch die Gegend«, lächelte er wehmütig. »Schon die Kongresse sind mir oft zu schwierig zu erreichen. Herbert hatte in Sydney auch Anpassungsschwierigkeiten. Ich bin zwar zehn Jahre jünger als Herbert, aber doch schon in einem Alter, wo man seine Ordnung haben möchte.«

»Ja, seit Sydney hat sich Herbert unwohl gefühlt und über Schmerzen geklagt. Bei mir verloren sich die Kopfschmerzen nach drei Tagen, bei ihm wurden sie immer stärker.« Sie seufzte.

»Sehen Sie, deshalb bleibe ich jetzt in Europa.«

Alexander Kruse ging. Doch schon nach der dritten Woche stand er erneut vor der Tür. Mit einer einzelnen roten Rose.

Er blieb drei Tage. Seine Arbeitspausen wurden länger und länger. An jedem Abend wurde es später, ehe er sich in sein Hotel zurückzog. Nette Abende, fand Doreen.

In den letzten Minuten, schon an der Haustür, hielt er ihre Hand und hatte den berühmten Dackelblick.

»Könnten Sie sich vorstellen, mit mir zusammenzuleben? Nein, antworten Sie nicht. Denken Sie erst darüber nach.« Er drückte seine Lippen auf ihren Handrücken und stürzte davon. Sie schaute ihm überrascht nach.

»Donnerwetter!«, entfuhr es ihr. »Kaum ist einer gegangen, meldet sich der Nächste. So attraktiv bin ich doch gar nicht.« Sie ging zur Flurgarderobe und sah in den Spiegel. »Und die Klügste auch nicht. Ein paar Falten zeigen schon mein Alter. Die Haare werden immer grauer. Was zieht die Männer nur so zu mir?« Sie lächelte ihrem Spiegelbild zu. »Vielleicht sind es die Augen?« Sie drehte sich und warf sich einige Blicke zu. »Könnte sein! Die sind noch genauso jung wie damals. Mit dem Flirten habe ich nie aufgehört.«

Nachdenklich ging sie hinauf zu Manuela und half ihr. Dort krabbelte der kleine Michael durch die Stube und in zwei Tagen wollte sich Manuela sterilisieren lassen.

»Ich habe drei Kinder. Na also«, sagte sie all denen, die sich darüber wunderten. »Ich will nicht ständig die Pillen schlucken. Und die anderen Verhütungsmittel sind auch nicht das Gelbe vom Ei! Peter könnte auch. Na klar! Will ICH aber nicht! Bei mir weiß ich, dass sich dadurch nichts ändert. Bei einem Mann …?«

Jetzt blickte Manuela kurz vom Sortieren der Kinderwäsche auf.

»Na, hast du ein Problem? Du schaust so bewölkt!«

»Sag mal, wieso zeigt sich bei mir gleich der nächste Mann, kaum dass der vorige unter der Erde ist?«

»Ach!«, rief Manuela überrascht, »der Herr Kruse, was? Der hatte ja bei der Trauerfeier schon SOLCHE Augen! Hat er dir einen Antrag gemacht«

»Jaa, so kann man es bezeichnen!« Doreen nahm Michael auf den Arm. »Wieso bist du denn noch nicht im Bett? Die anderen schlafen doch längst!«

»Er hat eine Spritze bekommen und ist wie aufgeputscht. Das hatte ich bei den anderen nie. Der wird heute einfach nicht müde«, erklärte Manuela, während sie die Wäsche legte.

Der Kleine hatte seinen Kopf an Doreens Hals gekuschelt, während sie mit wiegenden Schritten hin und her lief. Jetzt schob er sein Däumchen in den Mund und Doreen summte ein Wiegenlied. Seine Lider schlossen sich langsam und die beiden Frauen gingen vorsichtig ins Kinderzimmer, in welchem Janine in tiefem Schlummer lag. Christian besaß schon ein eigenes Reich, seit er Schulkind war.

Der kleine Michael schlief tief und fest. Doreen legte ihn in sein Bettchen und leise schlichen die Frauen zurück ins Wohnzimmer.

»Da gibt es wieder Tratsch, wenn ich gleich einen Neuen im Haus habe«, setzte Doreen das Gespräch fort.

»Sei doch froh, dass die Herren bei dir Schlange stehen. Tratschen tun sie doch sowieso. Unsre Madam dort vorn hängt doch immer hinter der Gardine und hat den Herrn Kruse bestimmt besser observiert als eine Kripobeamtin!« Sie lachte leise. »Hast du gesehen, wie sie bei der Trauerfeier alle gemustert hat?«

»Nein! Ich finde es schlimm, wenn einer nichts anderes mehr in seinem Leben macht … Du meinst also, ich solle es wagen!?«

»Na klar, Mutti. Probieren geht über studieren«, frotzelte Manuela. »Wenn ihr euch nicht versteht, trennt ihr euch halt wieder. Könnt ihr doch vereinbaren.«

»Ob Axel und Nicole auch so tolerant sind wie du?«

»Das zu ergründen, übernehme ich, Mutti. Mach dir keine Sorgen deshalb. Lebe, wie es dir gefällt.«

Das tat Doreen. Und sie hatte erneut Glück!

Alexander Kruse war Herbert sehr ähnlich, nur dass er noch etwas häufiger intim wurde. Aber nie wurde er aufdringlich. Wenn sie keine Lust hatte, akzeptierte er es, ohne den Beleidigten zu mimen.

»Es ist eine Lust zu leben«, erklärte sie einmal danach. »Warum können nicht alle Männer so sein wie du?«

»Es muss wohl auch andere geben. Frauen sind auch nicht alle wie du, so herrlich geradezu, so unkompliziert. Das ist ein Kompliment. Wenn ich das einer anderen sage, ist sie wahrscheinlich eingeschnappt. Mit dir kann ich über alles sprechen. Und wenn du es nicht verstehst, weil ich Fachausdrücke verwende, hakst du nach. Es ist wirklich eine Lust zu leben.«

Am zweiten Jahrestag ihres Zusammenlebens kam er mit einem Strauß roter Rosen und kniete vor ihr nieder.

»Möchtest du meine Frau werden, Dorchen?«

»Bin ich doch!«, lachte Doreen.

»Ich meine, so richtig, mit allem Pipapo!«

»Nun steh erst mal auf, sonst bekommst du noch einen Krampf in den Beinen. Darüber müssen wir uns länger unterhalten. Und zuerst stelle ich jetzt deine herrlichen Rosen ins Wasser.« Sie half ihm aufstehen. »Ich bin keine zwanzig mehr. Damals wäre ich dir vielleicht mit einem Freudenschrei um den Hals gefallen.« Sie gab ihm einen Kuss. »Solch schöne Rosen! Um diese Zeit!«

Er folgte ihr und stand daneben, als sie Wasser in die Vase ließ und die Blumen ordnete. Er wartete auf ihre weiteren Argumente.

»Ich kann auch die finanzielle Seite nicht außer Acht lassen. Jetzt bekomme ich noch Witwenrente. Heirate ich erneut, fällt die flach!« Sie drehte sich ihm zu und legte die Arme um seinen Hals.

»Wenn ich gehe, bekommst du dann die von mir«, warf er ein und küsste sie.

»Irrtum! Wer jetzt heiratet, bekommt keine mehr. So wollen die Herren Politiker die Schulden minimieren. Sie selbst haben nach ihrer Politikerkarriere ausgesorgt. Die Frauen sind am meisten in den Hintern gekniffen. Arbeitsplätze sind Mangelware. Deshalb sehen sie am liebsten die Frauen zu Hause. Aber diese Frauen bekommen später auch kaum Rente. Und wie sollen sie selbst etwas auf die hohe Kante legen, wenn auch der Mann nur einen Hungerlohn bekommt oder arbeitslos ist?«

»Ach, Dorchen, ich sehe schon, du hast recht.« Er seufzte. »Dabei hätte ich zu gern mal meine Hochzeit erlebt. Ich war doch noch nie verheiratet.«

»Wenn das dein einziges Problem ist«, lachte Doreen, »das ist lösbar!« Sie küsste ihn. »Das kriegen wir hin. Welcher Termin wäre dir angenehm?« Sie kicherte über sein verdutztes Gesicht. »Wir feiern ganz groß. Du lädst deine Freunde ein und meine kommen auch alle und dafür mieten wir ein kleines Schloss …«

»Halt, halt! Du übernimmst dich! Bleib auf dem Boden der Tatsachen!«

»Gib mir etwa drei Monate und du bekommst eine erstklassige Hochzeit! Aber ich werde kein Brautkleid anziehen! Ein schickes Kostüm tut's auch.«

»Du bist umwerfend«, sagte er und zog sie zum Kalender. Sie beschauten sich all die eingetragenen Termine. »Ja«, sagte sie, »wie wär's … hier … vier Wochen nach dem Kongress. Da kannst du deinen Leuten die Einladungen dort überreichen.«

»An was du alles denkst!«, bewunderte er sie und küsste sie.

»Mach eine Liste mit deinen Freunden. Ich mach eine mit meinen. Die legen wir hier hin und können dann die Zu- oder Absagen gleich vermerken. Ich schaue mich nach dem Schloss um!« Sie kicherte erneut. »Und nach dem … Standesbeamten …« Sie wurde ernst. »Wir machen alles wie bei einer richtigen Hochzeit, aber die Unterschrift leisten wir nicht. Einverstanden?«

»Wir könnten auch eine Unterschrift leisten, wenn wir vorher eine notarielle Vereinbarung treffen. Ich habe eine einzige Verwandte! Aber die ist aufs Geld scharf wie Ali Baba und die vierzig Räuber. Der würde ich gern mal eins auswischen.«

»Oh, diese Seite kenne ich gar nicht. Bist du rachsüchtig? Deine Cousine? Was hat sie dir denn getan?«

»Mir persönlich glücklicherweise nichts, außer dass sie sich nach dir erkundigt hat. Sollte ich vor dir gehen, glaube ich zu wissen, dass sie Späne machen wird! Bei Mutters Tod hat sie auch schon versucht, etwas abzusahnen.«

»Deine Cousine?« Doreen lachte ungläubig. »Gibt es das? In meiner Familie ist das nicht üblich. Wir haben alle verzichtet, damit meiner Nichte Kind das Haus erhalten kann. Hätte sie jemanden auszahlen müssen, wäre es unter den Hammer gekommen. Jetzt musst du dir das Grundstück mal anschauen! Es ist eine Freude und alle sind stolz, die es als ihr Elternhaus bezeichnen können.« Sie wuchs richtig in die Höhe bei diesen Worten und er lächelte.

»Musst du mir mal zeigen. Das reib ich meiner Dame mal unter die Nase, damit sie sich 'ne Scheibe davon abschneiden kann.«

Die ›Hochzeit‹ fand in einer großen Villa, wirklich fast ein Schloss, statt und wurde ein voller Erfolg. Alexanders Cousine Editha saß mit wachen Augen wie auf einem Lauerposten. Trotzdem bekam sie nicht mit, dass es keine ganz richtige Hochzeit war, denn die Unterschrift setzten die Brautleute unter ein anderes Dokument. Aber das wussten nur Eingeweihte. Auch wies der ›Standesbeamte‹ darauf hin, dass die Brautleute übereingekommen seien, ihre Nachnamen nicht zu verändern! Darüber wunderte sich Editha den ganzen Tag und auch später noch, wie Alexander bald erfahren sollte.

Alexander hatte auch eine Hochzeitsreise organisiert, doch dem Alter des Paares entsprechend begann sie erst zwei Tage später, nachdem die zwei die Aufregungen und Anstrengungen verkraftet hatten, und führte sie in die Thüringer Berge.

Nicht immer lud das Wetter zum Wandern ein. Als es wie aus Eimern schüttete, blieben sie im Hotel und lernten Herma und Willi Reimers kennen, ein etwa gleichaltriges Ehepaar, das seinen zehnten Hochzeitstag hier beging. Sie hatten sich durch eine Kontaktanzeige kennen und lieben gelernt und turtelten noch immer so wie vor zehn Jahren. Darin unterschieden sich Doreen und Alexander nicht von ihnen.

Die vier verbrachten den Regentag gemeinsam im Gespräch und mit Spielen und trafen sich danach zu verschiedenen Wanderungen und Besichtigungen und an den Abenden. Am Ende der Reise beschlossen sie gegenseitige Besuche, die schließlich zu einer festen Freundschaft führten.

Doreen kam vom Briefkasten und hatte sofort die Handschrift erkannt. »Sieh mal, ein Brief von Reimers. Warum die wohl schreiben? Hätten doch telefonieren können!«, sagte sie, während sie den Stapel durchsah. Zeitungen und Werbematerial legte sie neben Alexander ab.

Interessiert hatte er von seiner Schreibarbeit aufgeblickt und verfolgt, wie sie den Brief aufschlitzte. »Lies mal«, bat er und zog den anderen Stuhl dicht an seinen, um dann auffordernd mit der Hand drauf zu klopfen.

Doreen setzte sich und las laut, während er seinen Arm um ihre Taille legte, den Kopf an ihre Wange schmiegte und die Augen schloss. Ein unermessliches Wohlgefühl durchströmte ihn, füllte ihn mit unbeschreiblicher Freude und nie gefühlter Liebe.

Kaum das letzte Wort gelesen, schob sie sogleich die Frage nach, die schon beim Lesen in ihr rumort hatte.: »Wollen wir? Ich war noch nie im Winter in den Bergen. Und schon gar nicht in den Alpen! Ist das nicht furchtbar gefährlich dort? Und Schilaufen kann ich auch nicht!«

Alexander lächelte sie beruhigend an und nahm ihre kleine Hand in seine große. »Schier sind nichts mehr für uns. Aber spazieren gehen können wir dort prima. Eine wundervolle Landschaft! Die Wege sind doch alle für Touristen freigeräumt. Und bei schönem Wetter kann man sich sogar in die Sonne legen.«

So ein ganz kleines bisschen Skepsis war noch in ihrem Blick, aber dann gab sie sich einen Ruck. »Na gut! Dann sage ich zu. Aber telefonisch. ICH schreibe nicht!«

Als er ihre kämpferische Miene sah, grinste er. »Sie wollten uns Zeit zum Streiten geben, deshalb dieser Brief«, erklärte er.

»Und du hast keinen Kongress, der uns in die Quere kommen kann?«, erkundigte sie sich vorsorglich. Beide blickten daraufhin im Kalender nach. Dann stürmte sie zum Telefon.

Reimers kamen mit ihrem Auto, das hochbeinig und für mehr als vier Personen ausgelegt war. »Ihr habt nur zwei Koffer? Wir haben uns extra dieses Auto angeschafft …«, scherzte Willi, »und nun wird es gar nicht voll! Wo bleibt denn da das Klischee von den Damen! Meine hat auch bloß einen Koffer!«

So wurde die Fahrt schon kurzweilig und alle zwei Stunden legten sie Bewegungspausen ein, bei denen Reimers jedes Mal die Plätze tauschten. Bei einfallender Dämmerung erreichten sie die Familienpension am Ausgang einer Ortschaft in den Bayrischen Alpen.

An diesem Abend blieben sie nicht lange auf. »Wir Flachlandtiroler werden wohl einige Anpassungsschwierigkeiten haben«, meinte Doreen bei der Verabschiedung vor ihren Zimmern.

»Wir müssen uns ja nicht gleich Höchstleistungen abverlangen«, entgegnete Willi beschwichtigend, bevor er die Tür hinter sich schloss.

Doreen und Herma versuchten am nächsten Tag, die leichten Kopfschmerzen zu ignorieren, Alexander war etwas kurzatmig. Nur Willi schien von allem verschont zu sein und riss Witze, die sie immer wieder zum Lachen brachten.

Nach und nach steigerten sie ihre gemeinsamen Spaziergänge zu richtigen Wanderungen, zu denen sie in kleinen Rucksäcken auch Verpflegung mitnahmen.

Drei Tage vor der Rückreise wollten sie ein wenig höher hinauf. »Wir sind ja nun gut angepasst«, fand Doreen.

»Aber bleiben Sie auf dem Weg und gehen Sie nicht höher als bis zur Hütte«, warnte die Wirtin. »Für den Abend ist Neuschnee angesagt.«

»Bis dahin sind wir längst wieder hier«, antwortete Doreen leichthin. »Außerdem hat Alexander ja ein Handy mit.«

Beschwingt verließen ihre Gäste das Haus und die Wirtin wandte sich ihrer Arbeit zu. Die Erwähnung des Handys hatte sie ein wenig beruhigt.

»So ein herrlicher Sonnenschein«, rief Herma übermütig. »Seht doch nur die vielen Diamanten auf den Bäumen glitzern.«

»Die schenke ich dir alle!«, rief Willi ihr zu, um gleich darauf in die Ferne zu weisen. »Welch eine Aussicht!«

Da sie viele Kleinigkeiten am Wegesrand bestaunten, den Gang trotzdem nicht beschleunigten, kamen sie erst um die Mittagszeit bei der erwähnten Hütte an.

Zuerst genossen sie die herrliche Aussicht und ordneten anhand einer Wanderkarte die Berge und Täler ein. Dann umrundeten sie die Hütte und staunten das viele Brennholz an, das eine ganze Seite der Hütte einnahm.

»Wenn hier keiner lebt, wozu haben die dann so viel Holz gestapelt?!«, wunderte sich Doreen und Willi fand sofort einige Argumente dafür, die natürlich völlig irrsinnig waren und nur aus dem einen Grunde gegeben wurden, um sie zum Lachen zu bringen.

An der Südseite der Hütte, dicht an der Wand, stand eine grob zugeschnittene Bank. Eigentlich war es nur ein halbierter Baumstamm auf zwei dicken Stützen, wie sie gleich feststellten. Darauf machten sie es sich nun bequem und ließen sich Essen und Trinken schmecken. Danach saßen sie faul in der Sonne und nickten schließlich ein.

Eine scharfe Windböe klatschte ihnen große Schneeflocken in die Gesichter und ließ sie hochfahren. Erschrocken blickte Doreen als Erstes auf ihre Armbanduhr.

»Donnerwetter! Wir haben eine ganze Stunde geschlafen! Das ist mir ja noch nie passiert! Meine Güte! Wo kommt denn der viele Schnee auf einmal her?!«

Alexander und Willi tauschten einen besorgten Blick miteinander und sahen dann wieder in das undurchdringliche Schneetreiben.

»Lasst uns in die Hütte gehen«, schlug Willi mit absichtlich ruhigem Ton vor, nachdem er einen neuerlichen Blick mit Alexander getauscht hatte.

»Aber …«, stieß Doreen fassungslos hervor.

»In der Hütte passiert uns nichts«, unterbrach Willi sie. »Aber bei solchem Schneetreiben kann sich sogar ein Ortskundiger verlaufen.«

»Da geht keiner nach draußen«, unterstützte ihn Alexander und entsicherte die Tür.

Zuerst sahen die Eintretenden überhaupt nichts, denn der Schnee fiel so dicht, dass vom Tageslicht nur ein trüber Dämmerschein geblieben war, der nun durch die Tür und an ihnen vorbei in den Raum fiel. Die Fenster der Hütte waren durch Holzläden abgedichtet.

»Ihr seid keine Raucher«, sagte Doreen in scherzendem Ton, »aber vielleicht hat doch einer ein Feuerzeug dabei. Dann könnten wir die Tür schließen und es uns hier drin gemütlich machen.«

»Eigentlich müsste ich noch so'n Ding besitzen«, meinte Willi und wühlte in allen Taschen. »In meiner aktiven Zeit bin ich nie OHNE losgezogen. Ah, hier ist es!« Er begann zu schnipsen. Endlich sprang ein Flämmchen auf.

»Viel Staat kannst du damit aber nicht machen«, kritisierte Alexander. »Doch hier muss sowas auch sein.«

»Vielleicht hier im Regal«, rief Doreen.

»Ich sehe am Herd nach«, sagte Herma, während Alexander die Tür richtig schloss.

Willi hielt das Feuerzeug hoch über seinen Kopf. »Doreen, oben auf dem Regal scheint eine Streichholzschachtel zu liegen!«

Sie musste sich auf Zehenspitzen stellen und lang machen, um dort hinaufreichen zu können. »Ich habe sie«, rief sie triumphierend. »Ist denn auch Holz hier drin? Oder müssen wir nach draußen?« Mit dem kleinen Finger hatte sie neben der Schachtel eine Kerze ertastet und hielt sie schnell an das kleiner werdende Flämmchen des Feuerzeugs.

Willi ließ es zuschnappen und in seiner Tasche verschwinden. Nun untersuchten sie die Hütte und fanden genügend Feuerholz.

»Hier sind auch ein paar Töpfe«, freute sich Herma. »Da können wir Wasser heiß machen.«

»Wasser?« Doreen sah sich begriffsstutzig in der Hütte um.

»Einen Wasserhahn findest du hier nicht«, lachte Alexander mit gutmütigem Spott, »aber genügend Schnee vor der Tür!«

»Und damit ist unser Überleben gesichert«, meinte Willi sarkastisch und begann sich mit der Feuerstelle zu beschäftigen. »Mit Wasser kann man ohne weiteres hundert Tage überleben.« Er stieg noch tiefer in dieses Thema ein, bis Herma ihn unterbrach. »Bei meinen Urgroßeltern gab es auch noch so einen Herd wie diesen: gemauert und mit Eisenringen. Wenn man schnell etwas warm haben wollte, konnte man Ringe herausnehmen je nach Größe des Topfes. Aber ich würde jetzt lieber mehrere Töpfe mit Schnee draufstellen, denn Schnee ist aufgeplustertes Wasser. Wenn es getaut ist, reicht die Menge nicht für vier Tassen. Hoho, und was die hier für große Tassentöpfe haben!«

Inzwischen flackerte ein lustiger Flammenschein durch den Raum und Willi trat zufrieden zurück. »Habt ihr schon nach Tee gesucht?«

»Soll ich mal in den Blechbehältern nachsehen, die hier im Regal stehen? Aber ich komme mir wie ein Einbrecher vor.« Zögernd griff Doreen nach dem ersten Behälter und öffnete ihn vorsichtig. »Tee ist es nicht. Eher wohl Kekse«, kommentierte sie überrascht.

»Na, die heben wir uns für später auf«, meinte Herma. »Erst essen wir unsre Stullen.«

»Aber wohl dosiert«, meldete sich Willi.

»Wieso?«, fuhr Doreen erschrocken auf. »Meinst du, wir sitzen hier länger fest?«

»Das weiß man nie!«, entgegnete er ausweichend.

»Aber Alexander hat ja sein Handy mit«, sagte sie erleichtert und blickte ihn beschwörend an. »Da können wir doch durchgeben, wo wir sind. Und dann werden sie uns schon holen.«

Indem Doreen das sagte, durchfuhr es Alexander heiß und kalt. Er hatte das Ding schon ewig nicht benutzt. Ob es überhaupt noch funktionierte? Sogleich fuhren seine Hände in die Tasche und ertasteten es. Herausnehmen und die Knöpfe mit fliegenden Händen drücken, war alles eins. Erleichtert stellte er fest, dass alles noch lief.

Er wählte die Pension und nach dreimaligem Rufzeichen meldete sich die Wirtin ganz aufgeregt. »Wo sind Sie nur? Wir machen uns große Sorgen!«

»Nicht nötig. Wir sind in der Hütte!« Er holte Luft, um weiterzusprechen, doch sie hakte ein.

»Bleiben Sie auf jeden Fall dort«, riet sie mit eindringlicher Stimme. »Gehen Sie auf keinen Fall bei diesem Wetter raus!« In diesem Moment ertönten ein paar Piepser und Alexander wusste, dass nun der Akku gleich leer sein würde. »Da können sich auch Einheimische verlaufen«, hörte er die Wirtin sagen. »Im hinteren Teil der Hütte finden Sie Heu und Decken und im Rega…«. Die Verbindung mit der Außenwelt brach ab und Alexander starrte das Handy in seiner Hand an wie eine tote Ratte. Seufzend ließ er es in seiner Tasche verschwinden.

»Was hat sie gesagt?«

»Hat sie Ratschläge gegeben?«

»Ist noch mehr Essen hier zu finden?«

Alle drei redeten auf einmal und Alexander hob abwehrend die Hände. Er wiederholte die Worte der Herbergsmutter.

»Aber wenn das Holz alle ist, müssen wir doch raus«, sagte Doreen mit verzweifelter Stimme.

»Vorläufig haben wir genügend hier«, beruhigte sie Willi. »Jetzt machen wir es uns erst einmal gemütlich.«

Als sie dann jeder eine große Tasse mit ihren Händen umfassten und den heißen Tee genüsslich schlürften – Doreen hatte ihn im dritten Blechbehälter entdeckt –, kamen die witzigsten Vorschläge, wie sie die Zeit hier drin verbringen sollten. Sie entschieden sich für Kinderspiele, die auch Bewegungen beinhalteten.

Dazwischen tauten sie neuen Schnee auf und aßen eine Kleinigkeit. Zu weiteren Kinderspielen hatten sie nun keine Lust mehr.

»Das wird eine lange Nacht«, seufzte Doreen deprimiert.

»Ach was«, winkte Alexander ab und drückte sie an sich. »Wir kuscheln uns ins Heu und erzählen uns unsere Lebensgeschichten. Natürlich betont das Lustigste. Und wenn wir damit durch sind, erfinden wir etwas.«

Der Vorschlag fand allgemeine Zustimmung. Sie bedeckten das Feuer mit Asche, rieben die Tassen mit Schnee aus und drei kuschelten sich schon ins Heu.

Willi hatte sich erboten, der Letzte zu sein und die Kerze zu löschen. Sein Ins-Heu-Kommen verursachte unbändige Heiterkeit und Gequietsche der Frauen. Danach wurde ausgezählt, wer als Erster beginnen sollte. Herma traf es. Die leisen Erzählungen wirkten jedoch ziemlich beruhigend und so schliefen bald alle tief und fest. Kein Verkehrslärm störte, kein Hahnenschrei weckte sie und auch kein Dämmerlicht am Morgen.

Doch irgendwann drückte der Tee und wollte raus. Kaum war der Erste aus dem Heu gekrochen, folgten die anderen ihm nach. Mit vereinten Kräften öffneten sie die Tür. Die Sonne strahlte ihnen vom blauen Himmel entgegen und ließ den Staub in der Hütte sichtbar tanzen.

»Wenn ihr denkt, ihr könnt noch um die Ecke, dann hab ihr euch getäuscht«, lachte Willi übermütig. »Frauens, nehmt euch den alten Eimer neben dem Herd. Der ist bestimmt dafür gedacht. Und nachher wird er wieder sauber gemacht!« Er kicherte albern. »Haha, ich bin ein Dichter!«

Die Männer schossen Löcher in die Schneewände, während es hinter ihnen in den Eimer rauschte.

»Jetzt weiß ich, warum hier drin gleich neben der Tür diese ulkigen Holzschippen stehen«, rief Herma. »Damit sollen wir uns warm machen.« Sie gab jedem eine Schippe. »Ich versuche erst, das Feuer in Gang zu bringen. Dann komme ich auch.«

»Ist ja gar kein Platz für alle auf einmal«, stellte Alexander fest und begann zu arbeiten. Zwei Meter von der Tür entfernt lag der Schnee nur noch halb so hoch und wurde immer niedriger, bis er sich auf Kniehöhe einpegelte.

»Aber ob wir hier wirklich den Weg freischippen, weiß ich nicht«, erklärte Willi und sah skeptisch in die Gegend. »Sind wir eigentlich gestern genau auf die Tür zugestiefelt oder weiter an der Seite angekommen?«

Das konnte keiner so genau sagen. Deshalb hörten sie auf und beschlossen, sich zum Holzvorrat durchzugraben. »Wir müssen das Verbrauchte doch ersetzen«, meinte Doreen.

»Freilich«, unterstützte sie Alexander. »Wer weiß, wann wir abgeholt werden.«

»Selbst wenn wir heute hier wegkommen, muss alles möglichst wieder aufgefüllt sein für die Nächsten«, sagte Willi.

So schleppten sie Holzscheite in die Hütte, bis der Platz dafür bis hoch zur Decke gefüllt war. Inzwischen kochte das Wasser und sie brühten sich erneut Tee auf.

Ziemlich geschafft saßen sie schweigend am kleinen Holztisch, hatten die Hände um die Tassen gelegt, vor sich jeder zwei Dauerkekse, und blickten ausdruckslos vor sich hin.

Alexander hob seinen Blick und ließ ihn von einem zum andern wandern. »So wie wir hier zusammenhalten, soll es immer sein«, hob er leise an. »Wir wollen stets füreinander da sein. In Freude und Leid. Vor allem dann! Wollen wir das einander versprechen?«

Sie nickten alle und Doreen legte ihre rechte Hand in die Mitte des Tisches. Drei Hände bedeckten sie.

»So soll es sein«, sagte Herma feierlich und alle schwiegen und sannen diesen Worten nach.

Ein Seufzer hob schließlich Doreens Brust. »Ob die uns hier überhaupt finden?« Sie stieß die Luft hörbar aus. »Ist doch alles weiß ringsum und die Hütte völlig versunken in dem Schnee.«

»Die Rauchfahne aus dem Schornstein könnte ihnen den Weg weisen«, meinte Herma.

»Die ist nicht gerade besonders dick«, erwiderte Willi.

»Wir können ja noch ein bisschen mehr freischippen und streuen schwarze Asche drauf«, schlug Alexander vor.

»Ja, vielleicht als Kreuz«, rief Doreen erleichtert und erhob sich resolut. Die andern folgten und griffen ebenfalls nach den Schippen.

Die Sonne sank schon den Spitzen der Tannen entgegen, als sie hineingingen, um sich wieder am Tee zu laben.

Stille ringsum. Nur das Schlürfen unterbrach sie, mit dem sie das heiße Getränk zu sich nahmen. Plötzlich erstarrte Alexander und hob lauschend den Kopf. »Hört mal auf zu schlürfen. Ist da nicht ein anderes Geräusch?«

Grad wollte Willi losfrotzeln, als auch er etwas hörte. »Motorenlärm?« Er sprang auf und war mit drei Schritten an der Tür, stieß sie auf und lauschte nach draußen.

Nun hörten es alle. Sie ließen ihre Tassen stehen und drängten sich durch die Tür nach draußen.

»Ein Hubschrauber«, stellte Willi fest und aller Blicke suchten den Himmel in jener Richtung ab, aus der das Geräusch zu kommen schien.

Als die Maschine über dem Kamm auftauchte, ertönte ein vierstimmiger Schrei und sie begannen wie irre zu winken. Wären sie jünger gewesen, wären sie bestimmt herumgehopst wie die Wilden.

Der Hubschrauber flog eine Schleife und kam niedriger. Eine Hand wedelte heraus, als wolle er sie verscheuchen.

Willi erfasste den Sinn. »Wir sollen uns verziehen!«, schrie er. »Ab in die Hütte!«

Alexander fasste Doreens Hand und zog sie mit sich. Beide mussten schon gebückt gegen den Sturm ankämpfen, den die Rotorblätter entfesselt hatten.

»Und wenn sie uns gar nicht bemerkt haben?«, schrie Herma ängstlich, als Willi hinter ihnen die Tür zuzog und es dunkel im Raum wurde.

Alexander lief indessen zum Herd und überprüfte ihn. »Alles in Ordnung«, murmelte er, was natürlich niemand bei dem Lärm verstand.

»Wollt ihr noch euren Tee?« Doreen schrie ihre Frage, nahm ihre Tasse und trank noch rasch einen Schluck.

Der Krach nahm ab und Willi öffnete die Tür ein Stück, um den Kopf hinauszuschieben und sich zu überzeugen, dass der Hubschrauber auch wirklich gelandet war.

Das nutzte Doreen und goss den Rest Tee hinaus, nahm etwas Schnee und säuberte die Tasse damit. Alexander und Herma machten es ihr nach. Da Willi seinen Platz nicht verließ, nahm sich Herma seiner Tasse an.

Nun drückte er die Tür gänzlich auf und sie sahen einen Mann gebückt näherkommen.

»Kommen Sie! Wir haben noch weitere Einsätze. Vergessen Sie nichts Wichtiges!«, erinnerte er sie und schoss an ihnen vorbei ins Innere der Hütte. Dort legte er ein handliches Paket auf dem Tisch ab, blickte sich vergewissernd um und sicherte hinter dem Letzten die Tür mit dem äußeren Riegel.

Doreen saß als Erste im Hubschrauber und verfolgte aufgeregt das Einsteigen der anderen.

»Na, schon mal geflogen mit so einem Ding?«, wollte der Pilot wissen und grinste sie an. Gleich darauf brüllte er im Befehlston: »Anschnallen! Es wird gleich schaukeln!«

Mit dem wachsenden Gedröhn tat sich vor ihnen eine atemberaubende Aussicht auf und Doreen genoss sie, obwohl sich ihr Magen ein paarmal verkrampfte.

In der Pension hörte sie noch zwei Stunden lang nicht normal, bekam aber mit, dass sie die schnelle Rettung ihrer Wirtin zu verdanken hatten.

»Aber es kann sein«, erklärte die, »dass Sie hier noch eine oder zwei Nächte festsitzen, bis die Straßen wieder geräumt sind.« Aber das störte sie nicht weiter, denn hier hatten sie alle Bequemlichkeiten, die man vor allem im Alter doch schon ziemlich vermissen kann.

»Nie wieder Winterurlaub in den Alpen«, war Doreens Fazit dieser Reise. Dieser Meinung schlossen sich die anderen sofort an.

Doreen hatte gerade wieder ins Alltagsleben zurückgefunden, als Nicole mit der kleinen Julia auf dem Arm und verweintem Gesicht in ihre Küche schneite.

»Nanu, ist etwas passiert?«, fragte Doreen bestürzt und nahm ihr die Kleine ab, um mit ihr zu schäkern.

»Axel ist bei einer anderen gewesen«, schniefte Nicole, »und tut so, als sei das nicht schlimm, als mache ich aus 'ner Mücke 'nen Elefanten.«

»Ach, die Männer«, stöhnte Doreen. »Vielleicht ist es für ihn wirklich unwichtig, weil es nur …« Sie suchte nach dem passenden Wort. »Wie sagt ihr für ein Techtelmechtel? Ach, ich weiß … ein Quickie war!« Bei ihren Worten drehte sie sich mit der kleinen Julia im Kreis, dass die laut aufjauchzte. »Natürlich ist es ein Vertrauensbruch und ich möchte wissen, was er sagt, wenn du es machst.«

»Ich würde so etwas nie machen!« Nicole platzte fast vor Empörung.

»Gleiches Recht für alle«, sang Doreen und tanzte durch die Küche.

»Du … würdest das tun?« Nicole vergaß vor Staunen den Mund zu schließen.

»Ich war noch nie in einer solchen Situation, aber ich könnte mir vorstellen, dass ich mich rächen würde. Und wenn's nur fingiert wäre. Doch, ich glaube, das bekäme ich fertig.«

Nicole stand eine ganze Weile stumm und starrte blicklos aus dem Fenster, während Doreen weiter mit Julia herumalberte. Dann kehrte ihr Blick in die Gegenwart zurück und ihre Gestalt straffte sich. Sie lächelte sogar.

»Komm, Julchen, du musst dein Breichen bekommen.« Sie umarmte Doreen mitsamt der Kleinen. »Ich danke dir. Du hast mir sehr geholfen!«, sagte sie zu Doreen und gab ihr einen Kuss auf die Wange. Dann lief sie munter mit Julia hinauf in ihre Wohnung.

»Ach jee, ob ich mir den Don Juan vorknöpfe?« Während sie überlegte, hantierte sie mit ihren Töpfen und begann Leckeres zuzubereiten. »Lieber nicht. Nicole wird sich etwas einfallen lassen. Da störe ich vielleicht nur.«

Kurz danach wallten köstliche Düfte aus der Küche und Alexander kam schnüffelnd angeschlichen.

»Hmm, wie das duftet. Da bekomme ich sofort einen unbändigen Hunger, mein Liebchen. Was brutzelst du denn Feines?«

Sie lachte und schob ihm ein Apfelstückchen in den Mund. »Iss, das ist gesund und bekommt dir besser als mein Zusammengemauscheltes.«

Er stöhnte kauend. »Dein Zusammengemauscheltes kann sich an jedem Fürstenhof sehen lassen. Schon allein die Gerüche!« Er sog die Luft hörbar ein. »… schmecken besser als dieser Apfel.«

»Ja, wenn du so denkst, wirst du bald platzen«, entgegnete sie. »Sieh mich an, ich hab noch mein Gewicht wie vor vierzig Jahren!« Sie drehte sich kokett vor ihm hin und her und er umfing und küsste sie. Entsetzt drückte sie ihn fort, weil es neben ihr plötzlich böse zu schmoren begann.

»Oje, mein Gemüse! Männer gehören nicht in die Küche! Hinaus mit dir! Zur Strafe gibt es heute Essen mit dem Gewürz der Seligen!« Sie fuhrwerkte herum und er schlich wahrhaftig mit eingezogenem Kopf zurück in sein Zimmer.

»Aber dein Essen schmeckt wie immer: wunderbar«, meinte er später am Tisch. »Und wie schmeckt das Gewürz der Seligen? Ich sollte es doch heute zur Strafe kennenlernen!«

»Merkst du es wirklich nicht? Am Gemüse?« Sie nahm einen Happen davon in den Mund. »Ist doch eindeutig vorhanden!«

Er nahm ebenfalls und kaute bedächtig. »Ja, eine Nuance anders als sonst«, gab er schließlich zu. »Und woher ist das Gewürz der Seligen?«

»Es entsteht in der Küche«, erklärte Doreen grinsend. »Da hatten auch zwei ältere Leutchen geheiratet und sie strengte sich mächtig an, zu seiner Zufriedenheit zu kochen. Doch fast immer hörte sie ihn stöhnen: ›Ach, wieder fehlt das gewisse Etwas, das meine Selige immer verwendete.‹ Sie war schon ganz verzweifelt. Als ihr eines Tages die Suppe anbrannte, rutschte ihr das Herz in die Hosen und die Knie waren ihr butterweich. Mit angehaltenem Atem verfolgte sie, wie er den ersten Löffel in den Mund schob und kaute. Er schluckte und sein Gesicht erstrahlte wie ein großer Weihnachtsbaum. ›Endlich das Gewürz der Seligen!‹, rief er aus und begann wie ein Wilder die Suppe zu löffeln.«

»Jetzt verstehe ich«, lächelte Alexander, »als du ›Gewürz der Seligen‹ sagtest, dachte ich an die vielen Seligen im Himmel …« Er aß weiter. »Nun, wenn es nur so wenig wie hier im Gemüse ist, kann man es ja noch tolerieren, aber stärker möchte ich es nicht im Essen haben. Eventuell sogar täglich. Brrr!« Er schüttelte sich. »Koch weiter ohne das Gewürz der Seligen!« Er deutete ihr zwischen zwei Happen ein Küsschen an. Sie erwiderte es glücklich.

Nur drei Wochen später kam Axel wie ein wütender Stier zu ihr in die Küche gerannt. »Stell dir vor, Nicole flirtet ungeniert mit meinem besten Freund!« Er schnaufte empört.

So wütend hatte sie ihren Sohn seit Kleinkindertagen nicht mehr gesehen. »Na und?«, hielt sie ihm entgegen. »Flirten ist doch nicht schlimm. Und mit deinem besten Freund teilst du doch sonst auch alles«, nahm sie ihn auf den Arm.

»Aber nicht meine Frau«, zischte er böse und wurde doch wahrhaftig rot bis in die Haarwurzeln.

»Tja, mein Lieber! Gleiches Recht für beide!«

Axel stutzte und fiel zusammen wie ein Soufflé. »Ach! Nicole hat …«

Doreen nickte sarkastisch. »War das wirklich nötig gewesen? Untreue des Mannes kann Gebärmutterhalskrebs auslösen, habe ich neulich gelesen.«

Axel fuhr hoch. »Und beim Mann?«

»Prostatakrebs natürlich. Aber wenn ihr in der Partnerschaft immer über alles sprecht, kommt es nicht zu solchen Unstimmigkeiten, die sowieso stets zu dummen Ausrutschern oder Unwohlsein führen. Und noch etwas, mein Sohn, lass dir gesagt sein: Glück findest du nie irgendwo im Außen oder bei einer anderen Frau. Glück ist nur hier drin zu finden.« Sie pikte ihren Zeigefinger auf Axels Brust und wandte sich dann entschlossen wieder ihrem Kuchenteig zu.

Vier Jahre vergingen in trauter Harmonie, als Alexander plötzlich abmagerte. Dabei aß er wie immer!

»Was ist nur los mit dir«, wunderte sich Doreen. »Tut dir irgendetwas weh? Vielleicht im Bauch?«

»Nein, überhaupt nicht! Mein Zahn muckert hin und wieder. Wenn ich hart zubeiße, tut es hier oben, zum Auge hin, weh. Nein, eigentlich ist es kein Schmerz, nur so ein bisschen unwohl. Ich war doch bei meiner Zahnärztin. Sie hat nichts gefunden. Auch das Röntgen hat nichts ergeben.«

»Vielleicht solltest du den Arzt wechseln«, riet Doreen. »Manchmal ist alles so eingeschliffen, da sieht man den Wald vor lauter Bäumen nicht!«

»Hm. Ich werde es mir überlegen, mein Lieb.« Dabei blieb es. Er nahm weiter ab. Sie schimpfte mit ihm.

»Du bist nicht mehr derselbe. Du schleichst nur noch wie ein Schatten umher. Geh endlich zu einem Arzt und lass es abklären.«

»Man hat nun mal Phasen, wo einem die Lust zu allem und jedem fehlt. Das hatte ich früher auch schon. Das geht wieder vorbei«, beschwichtigte Alexander und schlich in sein Zimmer.

Am nächsten Tag platzte ihr der Kragen. »Schluss jetzt«, entschied sie. »Zu welcher Zahnärztin willst du? Zu deiner oder zu meiner? Ich rufe jetzt an!«

»Zu meiner«, meinte er kläglich und sie telefonierte.

»Ich habe es dringlich gemacht. Übermorgen kurz vor achtzehn Uhr nimmt sie dich noch dran. Soll ich mitkommen?«

»Aber Dorle«, empörte er sich. »Ich bin doch kein Kleinkind!«

Er kam vom Termin zurück und Doreen erwartete ihn schon gespannt.

»Nun, was hat sie gemacht?«

»Sie hat gemeint, es sei eine kleine Entzündung, und hat mir eine Spritze verpasst. Davon soll es heilen.«

»Was war denn das für eine Spritze?«

Er zuckte mit den Schultern. »Ich glaube, sie sagte etwas von Antibiotika.«

»Kann es sein, dass sie sich nicht an eine Wurzelbehandlung herantraut?«

»Weiß ich nicht. Es wird schon richtig sein«, meinte er unwillig.

»Vielleicht hättest du doch zu meiner gehen sollen. Wann musst du wieder hin?«

»Am kommenden Donnerstag. Wieder spät.«

Nach diesem Termin kam er wie benebelt zurück und machte den Mund nicht auf. Doreen fragte und fragte. Schließlich entnahm sie seinen Gesten, dass sie ihm eine Spritze verpasst und den Zahn gezogen hatte. Dann bedeutete er ihr, dass ihm nicht gut sei und er sich hinlege. Er umarmte sie und stützte sich dabei schwer auf sie, was er noch nie getan hatte.

»Soll ich mitkommen, Liebster?«, fragte sie ängstlich. Er nickte und sie half ihm ins Bett. Sogar einen Eimer wollte er hingestellt haben, falls er brechen müsse, entnahm sie seinen Gesten. Sie lief und holte und stellte ihn passgenau auf. Er lag erschöpft und blass im Kissen. Sie nahm seine Hand und streichelte sie. Er drückte ihre und winkte schwach zum Abschied mit den Fingern.

Sie strich ihm noch einmal über die Stirn und verließ leise den Raum. Den ganzen Abend horchte sie nach seinem Zimmer hin, doch sie hörte nichts. Sie traute sich auch nicht, hinauf zu den Kindern zu gehen, weil er ja gerade dann nach ihrer Hilfe verlangen könnte. Bevor sie in ihr Zimmer ging, schlich sie leise zu seiner Tür, horchte und legte schon die Hand auf die Klinke. Doch es war still. Sie kämpfte mit sich: hinein oder nicht hinein. Es war zwischen ihnen nicht üblich, so einfach in das Schlafgemach des anderen zu platzen. Schließlich entschied sie sich, nicht hineinzugehen, und ging sorgenvoll in ihr eigenes Schlafzimmer.

Am Morgen hatte sie schon den Frühstückstisch hübsch gedeckt. Es wurde acht Uhr. Doch er kam nicht. Schließlich hielt sie es nicht mehr aus, klopfte an seine Tür und öffnete sie unendlich vorsichtig.

Er lag noch genauso, wie sie ihn verlassen hatte. Das Wissen grub sich mit grässlicher Gewalt in ihre Seele. Sie schrie auf, die Knie gaben nach und sie sank zusammen. Der Schmerz schüttelte ihren Körper. Endlich rollten die Tränen und lösten den Krampf. Nach einer Viertelstunde erhob sie sich und schleppte sich zum Telefon.

Als der Arzt kam und sie sah, gab er zuerst IHR eine Spritze, bevor er sich der

Untersuchung des Verstorbenen widmete. Danach hatte sich Doreen erholt und konnte ihm nun seine Fragen ordnungsgemäß beantworten.

Als sie ihm berichtete, dass ihm ein vereiterter Zahn mit vorheriger Spritze gezogen worden war, knurrte er ärgerlich.

»Ist ja wohl nicht möglich! Hatte er in letzter Zeit andere Auffälligkeiten?«

»Er hatte stark abgenommen, obwohl er gleich viel gegessen hat. Aber ab und zu legte er bei einem harten Brocken die Hand auf die Wange. Ich habe ihn genötigt, zu seiner Zahnärztin zu gehen … Ich bin schuld …« Sie schluchzte plötzlich auf.

»Sie haben überhaupt keine Schuld«, betonte er hart. »Von Schuld kann man hier nicht sprechen. Er hat sicher eine innere Krankheit gehabt. Das müsste jedoch durch eine Öffnung abgeklärt werden. Doch das liegt in Ihrer Hand, ob Sie das möchten. Erst danach könnte man von einer Schuld sprechen.« Er blickte sie sehr streng an. Versteckte er seine Unsicherheit hinter dieser Maske? Ihm war natürlich bekannt, dass ein vereiterter Zahn stets ohne vorherige Spritze gezogen wurde. Es würde eine Untersuchung geben. Hätte die Kollegin ihn zur Operation geschickt, könnte er jetzt leben! Wie würde sich die Frau entscheiden?

»Ich möchte nicht, dass an ihm herumgeschnippelt wird«, erklärte Doreen und ihm fiel ein Stein vom Herzen.

»Lebendig können Sie ihn sowieso nicht mehr machen«, meinte er, während er den Schein ausschrieb. »Aber dann bitte ich Sie, die Schuldfrage ruhen zu lassen.«

»Aber … was soll ich denn sagen, wenn man mich fragt, woran er gestorben sei?«, fragte Doreen völlig verwirrt.

»An einer Blutvergiftung ist er verschieden. Sie sagten doch, er hätte in letzter Zeit mächtig abgenommen!« Aufmerksam blickte er sie an.

»Ach ja … stimmt. Ach so … ja.« Langsam klärte sich der Sachverhalt in Doreens Kopf.

Als sie später alles haarklein den Kindern erzählte, reagierten die empört. Doch Doreen winkte ab.

»Ich hätte ihn ja öffnen lassen können. Aber was bringt es denn!« Sie zuckte hilflos mit den Schultern. Dann erwachte Widerstand.

»Wieso habe ich stets gute Männer, aber alle sterben nach ein paar Jahren? Da liegt doch der Hund begraben.«

»Mutti«, ergriff Manuela das Wort, »ich habe dir schon manchmal gesagt, dass du zu gut kochst. Du steckst in einem Teufelskreis: Du kochst, er lobt dich, du kochst noch besser und so weiter und so fort. Sieh mal, was du selber isst: vor allem rohes Obst und Gemüse. Von deinem Gekochten nimmst du nur ziemlich wenig mit dem Hinweis, du seiest vom Kosten satt. Und was aßen deine Männer? Nur sehr wenig rohes Obst und Gemüse.«

»Aber ein vereiterter Zahn! Was hat denn der mit meinem Kochen zu tun?« Doreen blickte hilflos wie ein verängstigtes Kind.

»Nicht direkt!« Manuela überlegte einen Moment. Sie wollte ja ihrer Mutter keine Schuldgefühle einreden! »Heute werden doch haufenweise Giftstoffe produziert, egal, ob es Autoabgase sind oder Unkrautex im Acker oder Gifte gegen Ungeziefer. Reste kommen über die Nahrung oder über unsere Atemluft in unseren Körper.«

»Aber ich esse doch haufenweise Früchte! Da müsste ich doch zuerst sterben!«, rief Doreen dazwischen.

»Mit deinem rohen Zeug isst du viele Ballaststoffe und die sorgen dafür, dass Gifte aus deinem Körper heraustransportiert werden. Außerdem hast du nur ein Viertel von dem gegessen, mengenmäßig, meine ich, was deine Männer verdrückten. Das war aber fast alles gekocht. Gekochtes und viel Fleisch rutschen aber langsamer durch unseren Verdauungskanal, bleiben also viel länger im Körper. Und wo versteckt sich das Gift? Zum Beispiel in einem Geschwür. Ich habe gelesen, dass jetzt fünfmal so viele Menschen schwere Geschwüre haben wie früher. Allergien, Krebs und was-weiß-ich-noch-alles-für-Krankheiten sind viel häufiger als früher.«

»Und du meinst, ich soll meine Männer nicht mehr so gut füttern, dann leben sie länger?«

»Wahrscheinlich!«

Doreen seufzte. »Aber Kochen macht doch Spaß. Es ist im Haushalt das Einzige, was kreativ ist.«

Manuela lächelte. »Du musst ja nicht völlig aufhören. Wenn du einmal in der Woche dich dabei richtig austobst, reicht es. Kümmere dich doch mal um gesunde Lebensführung. Du selbst lebst ja ziemlich gesund, aber erweitere es auf deinen Liebsten. Wenn er alle deine gesunden Sachen gegessen hat, belohnst du ihn mit einem wunderschönen, leckeren Kuchenstück!«

»Oh, ich kann doch nicht ein einzelnes Kuchenstück backen!« Doreen schaute sie konsterniert an.

»Nein, sicher nicht, das Übrige musst du einfrosten. Schaff dir einen richtigen Eisschrank an, wenn dir der kleine nicht genügt. Außerdem koch nicht so große Mengen. Zu viel Aufgewärmtes ist auch nicht gesund.«

Manuela nahm Doreen in den Arm. »Mutti, ich habe schon etliche Bücher zu diesem Thema. Schau doch mal hinein.«

Am Grab standen viele Freunde von Alexander und auch Editha, seine Cousine. Mit mausflinken Augen schaute sie umher. Dann ihr Händedruck und ihr Beileidsgemurmel. Doreen fühlte sich unangenehm berührt. Oder war sie voreingenommen durch Alexanders Meinung? Abwarten und aufpassen, ermahnte sie sich.

Noch während des Totenmahls stand Editha in einem günstigen Moment plötzlich neben Doreen.

»Wann ist denn Testamentseröffnung?«, flüsterte sie leise.

»Überhaupt nicht«, flüsterte Doreen zurück und fasste in ihrer Tasche nach dem Brief. »Den soll ich dir geben. Alexander hat ihn gleich nach der Hochzeit für dich geschrieben und mich beauftragt, wenn ihm etwas passiert … Ich weiß nicht, was er darin verfügt hat.«

Editha setzte sich auf ihren Platz und öffnete den Brief. Doreen konnte nicht umhin, sie angelegentlich zu beobachten. Editha wechselte die Farbe, knallte den Bogen auf den Tisch, dass der Teelöffel durch den Raum sauste, und sprang empört auf, sodass der Stuhl nach hinten kippte.

»Die drei Bücher kannst du dir sonst wo hinstecken, du Erbschleicherin«, schrie sie hysterisch und verließ mit eckigen Bewegungen den Raum. Es war mucksmäuschenstill im Restaurant.

Dann griff Edithas Sitznachbar nach dem Papier.

»Darf ich?«, wandte er sich an Doreen. Sie nickte. Er überflog das Schreiben.

»Durch diesen unwürdigen Auftritt sind sicher alle interessiert zu erfahren, wie Alexander ihn bewirkt hat. Ich lese vor:

Liebe Editha, sicher wartest Du gespannt auf ein liebes Andenken von mir. Das sollst Du auch haben, so wie Du Dich immer um mich gekümmert hast. Die drei Bücher:

1. Vulkanausbrüche
2. Lava und Aschen
3. Erdbeben als Vorboten

möchte ich Dir als Lesevergnügen überlassen. Anbei findest Du noch ein anderes Dich sicher sehr interessierendes Papier.

Auf Wiedersehen in einer anderen Welt

Alexander

Und das andere Papier ist eine Ablichtung, die alle Rechte … pipapo …, das interessiert uns nicht, Doreen Wolter zuspricht. Tja, das wird die Gute wohl so aufgebracht haben. Sie scheint nicht gern zu lesen«, setzte er scheinbar traurig hinzu. Da erschütterte eine Lachsalve den Saal. Die Anwesenden lachten Tränen. Langsam kehrte Ruhe ein, Einzelne schnäuzten sich noch, als der Vorleser aufstand und an sein Glas klopfte.

»Danke, Alexander«, sagte er voller Wärme und verneigte sich. »Wir haben bestimmt schon lange nicht so herzhaft gelacht. Wenn du das erreichen wolltest, ist es dir wirklich prima gelungen. Nochmals vielen Dank« – er hob sein Glas, die anderen taten es ihm nach – »und ein lustiges Weiterleben dort drüben!« Er stieß mit seinem Nachbarn an und überall erklangen die Gläser wie zarte Glöckchen.

Am nächsten Tag stand Doreen mit Nicole am Grab und besah die vielen Kränze und Blumengebinde.

»Eins verstehe ich nicht«, meinte Doreen, nachdem sie wohl alle Schleifen studiert hatte, »wieso sich Reimers überhaupt nicht gemeldet haben. Ich hatte sie doch wie alle informiert. Ob es verloren gegangen ist? Alle anderen sind gekommen oder haben sich entschuldigt.« Sie drehte eine letzte Schleife richtig ein.

»Wer weiß, was bei denen los ist«, entgegnete Nicole. »Verurteile sie nicht. Vielleicht sind sie am anderen Ende der Welt und wissen gar nichts hiervon. Wer schickt schon eine so traurige Sache hinterher, wenn sie vielleicht auf einer Südseeinsel Urlaub machen.«

»Na, dann müssten sie ja in spätestens vierzehn Tagen von sich hören lassen«, schätzte Doreen. »Viel länger können sie sich so etwas nicht leisten, es sei denn, sie hätten im Lotto gewonnen!«

Vier Wochen vergingen und Doreen war voller Unruhe, als sie eine Traueranzeige im Briefkasten fand. Noch im Flur riss sie sie auf und zog die Karte heraus. Sie setzte sich vor Schreck auf die Treppe, als sie las, dass Herma gegangen sei und die Trauerfeier am Freitag stattfände.

Schwerfällig stieg sie die Treppe empor und schaute zuerst in Manuelas Wohnung.

»Niemand da«, seufzte sie und ging zur anderen Wohnungstür. Nicole war im Begriff zu gehen. Die Kinder standen angezogen an der Tür und begrüßten sie lautstark. Doreen nahm die kleine Julia auf den Arm und erzählte gleichzeitig mit Annalena, während Nicole nach den Ausgehutensilien griff.

»Du wolltest sicher etwas«, meinte sie mit einem flüchtigen Blick auf den Brief in Doreens Hand. »Reimers? Er oder sie?«, fragte sie erschrocken und hielt einen Moment in ihrer Hast inne.

»Herma«, antwortete Doreen traurig. »Ich wollte euch fragen, ob mich am Freitag einer zur Trauerfeier fahren kann. Aber Manuela ist nicht hier.«

»Die ist doch vormittags zur Arbeit«, erinnerte Nicole. »Das müssen wir heute Abend klären. Ich muss jetzt auch weg. Heute ist eine Impfung fällig.«

»Soll ich mitkommen?«, erkundigte sich Doreen. Sie wusste, wie stressig Kinder beim Arzt sein konnten. Aber Nicole verneinte.

»Dann helf ich dir hinunter. Nimmst du das Auto?«

»Nein, wir laufen. Für Julia nehme ich die Karre und Annalena ist schon so groß, dass sie das Stück laufen kann. Nicht wahr, meine Große?«

Annalena bestätigte es stolz und schnatterte gleich weiter, sodass keiner mehr zu Wort kam.

Manuela fuhr mit Doreen zur Trauerfeier. Sie erschraken, als sie Willi sahen. Gespenstisch blass und irgendwie vernachlässigt stand er verloren zwischen den wenigen Trauernden am Grab.

Dass die beiden kaum noch Verwandte besaßen, wusste Doreen, dass aber auch fast keine Freunde vorhanden zu sein schienen, erschütterte sie. Dabei waren die zwei doch so umgänglich gewesen.

Nur sieben waren sie bei dem anschließenden Essen in der Gaststätte. Willi saß teilnahmslos da. Doreen nahm an, dass das Beerdigungsinstitut sich auch um diese Sache gekümmert hatte, denn der Redner von vorhin nahm auch hier das Wort. Danach verabschiedete er sich.

Doreen und Manuela sahen sich an und hatten wohl den gleichen Gedanken.

»Wenn wir Willi hierlassen, geht er ein«, flüsterte Doreen ihr zu. Sie nickte bestätigend.

»Aber vielleicht kümmert sich einer von denen hier um ihn«, gab sie ebenso leise zurück.

Doreen wusste für einen Augenblick nicht weiter. Unentschlossen blickte sie die anderen an. Sie sahen alle nicht danach aus. Dann gab sie sich einen Ruck und stand auf.

»Ich kenne Sie, meine Herrschaften, nicht, aber ich kenne Willi seit Jahren. Deshalb möchte ich dir, Willi, das Angebot machen, mit uns zu kommen. Du weißt, wir haben genügend Platz für dich und du wirst nicht allein sein. Das ist jetzt besonders wichtig für dich.« Sie sah ihn aufmerksam an. Langsam kehrte sein Blick in die Gegenwart zurück. Er blickte zu ihr auf und nickte.

»Ich komme mit«, sagte er schleppend und stand auf.

»Dann möchte ich Ihnen allen Dank sagen für Ihre Anteilnahme und Ihnen einen guten Abend wünschen.« Doreen nahm Willi bei der Hand und er überließ sich ihrer Führung.

Sie sprach noch schnell einige Worte mit dem Restaurantleiter wegen der Rechnung. Dabei hielt sie Willis Hand fest in der ihren.

In seiner Wohnung war es unordentlich und roch ungelüftet. Doch sie hielten sich damit nicht auf. Rasch packten sie einige Sachen zusammen, überprüften die Sicherheit, sagten beim Nachbarn Bescheid und fuhren mit ihm davon.

Willi ließ tagelang alles passiv mit sich geschehen, bis ihn Doreen anfauchte.

»Jetzt reiß dich endlich zusammen, Willi. Herma möchte bestimmt nicht, dass du hier herumsitzt wie ein Trauerkloß. Ich habe auch Alexander verloren und lebe weiter. Wir haben doch Pflichten zu erfüllen.«

»Ja, DU, DU hast 'nen Haufen Kinder, aber wir nicht. Ich habe keine Pflichten …« Gleichgültig schaute er sie an.

»Kannst du dich noch an den Schneesturm erinnern? Als wir oben in der Hütte festsaßen und dachten, die Welt gehe unter? Was haben wir uns damals gelobt? Einer solle für den anderen da sein. Stimmt's? Hast du es vergessen?« Sie hatte sich in Rage geredet.

Seine Augen füllten sich. »Ach, da war Herma noch bei mir.«

Am liebsten hätte Doreen diesen weinerlichen Mann geohrfeigt. »Herma wäre enttäuscht, wenn sie dich jetzt sähe. Und vielleicht sieht sie dich sogar. Was wissen wir denn vom Leben nach dem Tod?! Ich kenne eine junge Frau, die einen schweren Unfall überlebte. Die will nur noch ihre Tochter großziehen und dann wieder hinüber, weil es dort viel schöner ist als hier.« Sie nahm seine kraftlosen Hände und hielt sie hoch. »Sieh mal, Herma, dein Willi benötigt einen kräftigen Stoß von dir, damit er wieder auf die Beine kommt. Mach das mal!« Doreen vermeinte einen kleinen Blitz an der höchsten seiner Fingerspitzen zu sehen und Willi entriss ihr mit einem kleinen Aufschrei seine Hände.

»Bist du verrückt? Wie hast du denn das gemacht?« Er rieb seine Fingerkuppe und starrte sie an. »Da, ein kleiner schwarzer Punkt! Siehst du ihn?« Verblüfft schaute Doreen den Finger an.

»Na, so etwas hab ich auch noch nicht erlebt! Das muss Herma gewesen sein!«

»Quatsch! Du mit deinen Jenseitsvorstellungen! Wenn der Mensch tot ist, ist er tot! Wahrscheinlich war es eine kleine Entladung, weil du künstliches Zeug an dir hast.«

»Aber komisch, noch nie zuvor ist mir das passiert!«, blaffte ihn Doreen an. »Ich rufe Herma an und schon kommt deine Entladung. Und von wegen: Tot ist tot. Der Körper vielleicht. Ja, der zerfällt, aber wo bleibt denn die Energie?

Schließlich steckt doch 'ne Menge Energie in jeder Zelle deines Körpers. Und wenn die beim Tode austritt, könnte ich mir sogar vorstellen, dass es ein genaues Abbild des verlassenen Körpers ist. Denk mal darüber nach. Aber nicht hier drin. Im Garten wartet Arbeit auf uns. Komm! Das Gehocke hier drin hat jetzt ein Ende!«

Er erhob sich wirklich und folgte ihr in den Garten. Sie drückte ihm einen Rechen in die Hand.

»Die Blätter müssen auf dieses und dort auf jenes Beet geharkt werden, damit die Pflanzen eine warme Decke bekommen. Und damit der Wind sie nicht fortweht, legst du danach die Zweige, die dort unterm Baum liegen, als Halterung darüber.«

Sie selbst begann an einer anderen Stelle den Boden grobschollig umzugraben. Er sah es, stutzte und kam zu ihr.

»Lass mich graben. Das ist doch zu schwer für dich. Nimm du die Harke!«

»Na gut, wenn du meinst …« Rasch drückte sie ihm den Spaten in die Hand und zeichnete mit dem Harkenstiel zwei Striche auf den Boden. »In diesem Bereich muss gegraben werden.« Sie lächelte in sich hinein. Er dachte wieder mit. Endlich war es ihr geglückt, ihn aus seiner Gruft herauszuholen. Nun musste sie aufpassen, dass er nicht wieder hineinrutschte!

Mit wachen Augen ging er danach im Haus herum. »Du hast ja wirklich viel Platz«, meinte er, als sei er erst in diesem Augenblick gekommen und nicht schon fünf Tage hier.

»Können wir nicht ein gemeinsames Schlafzimmer haben? Ich habe noch nie in meinem Leben allein geschlafen.«

»Auch nicht als Student?« Doreen schaute ihn verblüfft an.

»Nein, es war billiger zu zweit oder sogar zu dritt.«

»Aber ich schlafe seit Jahren allein und bin dadurch viel ausgeruhter und glücklicher.«

Jetzt schaute er überrascht aus. »Aber ich dachte, ihr seid ein glückliches Paar«, stotterte er mit aufgerissenen Augen.

»Waren wir«, bestätigte sie ihm. »Gerade deshalb! Weil wir uns nicht gegenseitig auf den Wecker fielen. Wenn ich nachts ständig gestört werde, bin ich am Tage knurrig, ist doch klar.«

Er konnte es immer noch nicht fassen. »Herma und ich waren immer zusammen. Deshalb war ich auch so verstört. Sie hat nachts mächtig mit den Zähnen geknirscht … Ach nein, seitdem sie ein Gebiss hatte, nicht mehr.«

»Siehst du! Wahrscheinlich habt ihr euch gegenseitig gestört. Zähneknirschen ist nämlich auch so ein Signal dafür, dass etwas nicht in Ordnung ist! Nein, mein Lieber! Ein gemeinsames Schlafzimmer kommt nicht infrage!«

»Aber wie ... wo ...« Verlegen schaute er zu Boden. »Wenn ich nachts wach wurde und meine Hand sachte über ihren Körper wandern ließ ...« Er bekam verträumte Augen.

»Hach, wenn ich dann gerade eingeschlafen bin, kommt deine Hand angewandert! Na, das wär mir eine Störung! Da wär ich ja den ganzen nächsten Tag nicht zu genießen!«

Er blickte sie mit offenem Mund an. »Darüber habe ich noch nie nachgedacht«, gab er zu. »Ich meinte stets, Herma war sehr glücklich damit.«

»Das ist schon möglich. Das will ich gar nicht bestreiten! Aber für mich ist das nichts! Vielleicht würde das einmal klappen und hundertmal nicht. Aber auf das eine Mal lasse ich's nicht ankommen. Wenn wir ein Pärchen werden, dann mit getrennten Schlafzimmern. Hast du bemerkt, dass die Betten in beiden Zimmern breit genug für alles Mögliche sind?« Sie sah ihn spitzbübisch an, sodass er verwirrt seinen Blick niederschlug. »Lass es dir durch den Kopf gehen. Solltest du dich für mich entscheiden, dann denk an deine Jugend zurück. Damals war eine Werbung noch üblich. Und darin steckten Alexander und ich eigentlich während unserer ganzen Zeit.« Sie lächelte glücklich. »Eben ... vielleicht ... wegen der getrennten Schlafzimmer.«

Schon am nächsten Tag kam Willi mit einem bunten Herbstblatt zu ihr. »Schau doch mal, wie herrlich diese Zeichnung ist. Ich möchte es dir schenken.« Er legte es ihr auf die Handfläche. »Als Kinder haben wir solche Blätter gepresst und dann zu Glückwunschkarten für unsere Eltern verarbeitet. Ich war im Fach Zeichnen nicht schlecht. Aber ob ich das jetzt mit über siebzig noch kann? Meine Hände sind nicht mehr die ruhigsten.«

»Trau es dir einfach zu. Übrigens gibt es da irgendwo einen Zirkel. Ich erinnere mich, dass ich mal mit Alexander eine Ausstellung besucht habe. Wir waren beeindruckt von den Bildern.« Sie verstummte und schaute nachdenklich auf das Blatt. »Ich glaube, das kleine Bild über dem Schreibtisch haben wir dort erworben. Wollen wir in die Stadt fahren? Dann können wir uns erkundigen.« Sie nahm ein vergilbtes dickes Gartenbuch, schlug es auf und legte das Blatt zwischen die Seiten. »Dein erstes Geschenk für mich«, sagte sie und blitzte ihn von der Seite an. »Wenn es trocken ist, werde ich einen schönen Platz dafür finden.«

Er meldete sich noch am gleichen Tag in dem Zirkel an. Der Anfängerkurs hatte erst ein Mal getagt.

»Da hast du noch gar nicht viel versäumt«, meinte Doreen. »Sicher wird am Anfang noch einmal wiederholt, was in der ersten Stunde dran war.«

Zu dieser seiner ersten Stunde begleitete sie ihn bis zur Tür des Seminarraumes, in dem der Zirkel stattfand. Dankbar drückte er ihr zum Abschied die Hand. Sie lächelte ihm noch einmal Mut zu und ging nach Haus. Natürlich wartete sie voller Spannung auf sein Kommen.

Als er kam, sprudelte er über, wollte alles gleichzeitig berichten und verheddderte seine Schnürsenkel beim Abstreifen der Schuhe. Unwirsch schob er sie unter die Heizung, um ihr die Mappe zu zeigen, in der seine ersten Versuche schlummerten.

Sie zog ihn zum Tisch und ließ sich nun haarklein alles berichten und zeigen. Auf einem Blatt fesselten sie einige zarte wie derbe Striche.

»Was ist das? Soll das ein Akt werden?«

»Du erkennst es?« Er freute sich wie ein Kind. »Der Dozent hat es auch gelobt. Mit meinen Aquarellversuchen war er nicht zufrieden. Die Farben sind nicht mein Ding.«

»Für mich ist beides zu kompliziert. Ich bewundere alle deine Blätter hier. Wollen wir sie auslegen?«

»Ja, diese zwei müssen sowieso noch trocknen. – Dort sind alles solche Alten wie ich. Der Jüngste ist vierundsechzig«, berichtete er. Während des Abends erzählte er noch viele Kleinigkeiten und ging des Öfteren zu seinen Produkten und zeigte ihr, was er verbessern wolle.

Als sie dort im Clubhaus waren, hatte sie aber auch etwas für sich erspäht: einen Vortragszyklus zur gesunden Lebensführung. Der lief zwar nicht zur gleichen Zeit wie Willis, aber das störte sie nicht und Willi würde sich daran gewöhnen müssen, dass sie nicht alles gemeinsam taten.

Er wunderte sich zwar ein wenig herum, fügte sich aber dann dem Unvermeidlichen.

Schon nach der ersten Stunde kam sie ebenfalls mit einem Blatt angewedelt und hielt es ihm unter die Nase.

Er las laut: »Heilende Gewürze, und hinter ›erstens‹ steht gleich »Chili‹! Iih! Das scharfe Zeug mag ich doch gar nicht!« Entsetzt blickte er sie an. »Willst du damit jetzt dein schön Gekochtes versauen?«

Sie holte tief Luft. »Aber sowas sagt man doch nicht«, meinte sie tadelnd, griente jedoch dabei.

»Ja, einverstanden. War ein Ausrutscher! Aber Herma hat das Zeug auch nicht verwendet.«

»Aber es stand in eurem Gewürzregal.« Sie legte ihren Kopf schief und sah ihn sinnend an. »Und es war nicht mehr voll!«

Er funkelte sie ärgerlich an. »Herma hat mich nie belogen!«

»Habe ich auch nicht gesagt. Nicht mal gedacht«, wehrte sich Doreen. »Aber ich sage ja auch nicht jedem, was ich alles zum Würzen verwende! Und hier steht, dass Chili gut für die Durchblutung ist. Mensch, da nehmen die Leute Tabletten zur Blutverdünnung und hier haben sie ein völlig natürliches Mittel, das keine so fürchterlichen Nebenwirkungen hat wie dieser künstliche Kram! Das außerdem auch noch von der Leber abgebaut werden muss. Und die Rückstände verursachen dann die nächste Krankheit. Neue Tabletten folgen und schließlich geben sie beim Einkaufen laut an, wie viel sie von dem Zeug täglich schlucken! Habe ich letztens gehört, als ich in der Schlange vor der Kasse stand.«

Willi sah sie nachdenklich an. »Vielleicht ist es nur so scharf, wenn man viel davon nimmt.«

»Na, bestimmt«, versicherte ihm Doreen. »Dafür bin ich auch nicht. Ich will doch nicht beim Essen denken, dass ich einen Höllenbraten schlucke. Hach, wie in Budapest! Ich habe gleich eine Karaffe Wasser leer getrunken! Alexander hat vielleicht gelacht, als mir die Tränen liefen!«

»Na, dann bin ich ja beruhigt«, meinte Willi nun. »Aber wenn man nur so ein bisschen nimmt, wirkt es wahrscheinlich überhaupt nicht.«

»Wenn man es überall nimmt, auch bei den Süßspeisen, summiert es sich. Sieh mal, hier steht nämlich auch: wirkt wie Glutamat. Und das ist auch so ein Gift!« Sie überlegte einen Moment. »Letztens im Restaurant hat doch das Stück Torte so gut geschmeckt, dass wir beide gleich noch eins nachbestellen wollten. Erinnerst du dich? Da meinte die Dame an unserem Tisch ganz leise: ›Ich würde es nicht machen. Da ist bestimmt Geschmacksverstärker drin‹, und hat mir dann noch geraten, stets vorsichtig zu sein, wenn ich nach dem Essen irgendwo so einen Jieper auf mehr verspüre. Damals habe ich sie nicht so ganz verstanden. Aber heute bin ich ja schlauer. Und sieh mal hier, dieses Kurkuma. Das habe ich nur selten verwendet, weil es so fürchterlich färbt und Flecke macht, wenn man unvorsichtig ist. Damit kann man das gefährliche Kortison ersetzen. Wirken sonst die Naturmittel erst nach längerer Zeit, kannst du hiermit deine Schmerzen sogleich dämpfen. Ähnlich einer Schmerztablette.«

Willi blickte sie skeptisch an. »Dann hefte dir den Zettel am besten sichtbar irgendwo in der Küche an, dass wir ihn dann auch finden, wenn wir mal Schmerzen haben. Ich hau mir jetzt bestimmt nicht auf den Daumen, um das zu probieren.«

Doreen brach in schallendes Gelächter aus. »So gefällst du mir! Diesen Humor habe ich ja SO vermisst!«

Drei Wochen später war sich Doreen sicher, dass Willi über den Berg war. Er schnitt ein Thema an, das sie bisher vermieden hatte.

»Ich glaube, ich habe mich hier sehr gut eingelebt. Wollen wir nicht meine Wohnung dort auflösen? Was meinst du?«

»In dieser Beziehung bin ich ganz deiner Meinung.« Sie lächelte ihn liebevoll an. »Und sollten wir eines Tages nicht mehr miteinander auskommen, kannst du auch hier in der Stadt eine andere Bleibe wählen …«

»Ich glaube nicht, dass ich mich von dir trennen kann, obwohl wir eigentlich noch nicht einmal verlobt miteinander sind.« Dabei spielte er darauf an, dass sie das Bett noch nicht gemeinsam genutzt hatten. Er griente. »Aber es wird immer spannender mit dir.« Er trat zu ihr und streichelte sanft ihren Nacken.

Es wurde eine glückliche Partnerschaft über lange Jahre. Er ging mit dreiundneunzig. Nach ihm wollte sie keinen Partner mehr. »Ich habe jetzt mehr mit mir zu tun«, meinte sie zu Manuela und Peter, die beide quicklebendig waren und ihr Vieles im täglichen Leben abnahmen.

Sie musste noch erleben, wie Enkel Christians Ehe in die Brüche ging, er daraus keine Lehren zog, sondern immer tiefer im Suff versank und schließlich starb. Auch Nicole ging viel zu früh und Axel folgte ihr nur wenige Jahre danach.

Beinahe hätte Doreen die hundert erreicht, wenn sie nicht unaufmerksam vom Gehweg herunter auf die Straße in ein Motorrad gelaufen wäre.

»Er kann nichts dafür«, waren ihre letzten Worte.

Emilias Wandlung

Emilia schob im ehemaligen Stall das Rad in den Ständer, nahm die Einkaufstasche vom Lenker und ging mit wiegendem Schritt zum Haus, den leichten Schmerz in der rechten Hüfte ignorierend. Mit einem Lächeln grüßte sie ihre Blumen, die ihr mit leuchtenden Blüten zunickten.

Sie standen nicht in Reih und Glied wie Soldaten. Nein! Sie wucherten wild durcheinander. Auch Küchenkräuter wie Thymian und ausdauerndes Bohnenkraut wiegten sich gemeinsam mit ihnen im leichten Sommerwind. Emilia sorgte nur dafür, dass sich das Unkraut nicht breitmachte und ihre Blumen verdrängte. Noch redete ihr keiner rein. Noch nicht!

Ihr Jüngster lebte mit ihr im Haus. Aber vor ein paar Monaten hatte er Iris mitgebracht.

»Das ist diesmal die Richtige und deshalb werden wir oben mit dem Umbau beginnen!«, hatte er ihr ein paar Tage später erklärt.

Die ruhige Zeit schien damit vorbei zu sein. Ruhe! Sie seufzte verhalten. Wie oft hatte diese Ruhe ihr in den vergangenen Jahren Tränen abgezwungen! Irgendwie hatte sie zwar nach Wolfgangs Herzinfarkt weitergelebt, kam sich aber dabei auch oft genug wie halb gestorben vor. Vielleicht hätte sie den inständigen Wunsch der Kinder, keinen neuen Mann ins Haus zu bringen, unbeachtet lassen sollen.

Damals waren noch einige Angebote gekommen, die sie samt und sonders abgeschmettert hatte. Sie seufzte erneut, als sie den Einkauf in die Schränke sortierte. Jetzt, mit zweiundsechzig, standen ihre Chancen ziemlich schlecht. Überall lebten Witwen und eine im Nachbardorf hatte nun schon den dritten Mann innerhalb der letzten zehn Jahre verloren!

Als Udo, ihr Ältester, zu seiner Katrin und deren Oma zog, hatte er gemeint: »Jetzt hätte ich nichts mehr gegen einen Neuen im Haus!« Ihr Blick ließ ihn verstummen und verlegen werden. »Ich glaube heute, wir waren sehr egoistisch!«, setzte er rasch hinzu.

»Ja, aber das nützt mir jetzt auch nichts mehr. Eines Tages sitze ich hier ganz allein herum«, hatte sie entgegnet und sich abgewendet, um ihn nicht ihre Trauer sehen zu lassen.

»René kann ja oben ausbauen und dann hier wohnen, damit du nicht so einsam bist«, versuchte er zu trösten und strich ihr leicht über die Schulter. »Wir wohnen ja auch bloß drei Kilometer entfernt. Da sind wir schnell mal bei dir.«

Na ja, das sagte sich so leichthin. Aber die Wirklichkeit sah anders aus! Oft genug war SIE noch nach ihrer Arbeitszeit hingefahren. Bloß gut, dass sie nach Wolfgangs Tod gleich die Fahrerlaubnis gemacht hatte! Deshalb war sie nun wenigstens nicht nur aufs Rad angewiesen.

Letztens war sie mit Regine, ihrer Nachbarin linkerhand und seit drei Jahren ebenfalls Witwe, zur Schlössernacht gewesen. Es war einmalig schön! Nie wäre Emilia auf so eine ausgefallene Idee gekommen! Aber Regine hatte von ihren drei Kindern zwei Karten zum Geburtstag geschenkt bekommen und sollte sich jemanden mit fahrbarem Untersatz dazu suchen. Regine besaß keine Fahrerlaubnis und per Bus war da nichts zu machen.

»Wollen wir nicht ab und zu mal ins Theater?«, hatte sie auf der Rücktour Emilia gefragt.

»Früher sind wir vom Betrieb des Öfteren im Theater gewesen«, hatte Emilia unentschlossen geantwortet. »Aber heute kosten die Karten ja ein kleines Vermögen!«

»Tja, damals wurden wir monatlich mit 'nem Bus hingekutscht«, erinnerte sich Regine. »Das gab ja einen Pluspunkt im Wettbewerb der Brigaden!« Sie lachte bitter auf. »Hätten mal lieber einen richtigen Wettbewerb führen sollen und nicht nur so einen zum Schein. Dann wäre die Wirtschaft wahrscheinlich nicht zusammengebrochen!«

»Vielleicht«, sagte Emilia zögernd. »Mit Politik habe ich mich nie befasst. Wer weiß, was dabei alles eine Rolle gespielt hat, und wir Kleinen hier unten können das wohl kaum einschätzen. Aber die Vergangenheit ist vergangen. Mich interessiert vielmehr das jetzige System. Haben wir jetzt wirklich mehr Freiheit als damals in der DDR?«

»Na, aber ja!«, sagte Regine vehement. »Wir können wählen … und reisen …«

»Ja, das Reisen! Ja, aber nur, wenn du Kohle hast! Und die Wahlen!?« Emilia bog von der Bundesstraße ab. Nun waren es nur noch drei Kilometer bis zu ihrem Haus. »Das sind doch alles nur noch Marionetten da oben. Hinter denen stehen doch die Mächtigen der Konzerne und Banken, und die ziehen die Fäden. Ob du das wahrhaben willst oder nicht!«

»Dann braucht man ja gar nicht mehr zur Wahl zu gehen, wenn das SO ist«, meinte Regine bedrückt.

»Deshalb wählen doch viele aus Protest nicht die großen Parteien oder gehen eben nicht hin.« Sie drosselte das Tempo. »So, nun sind wir gleich zu Hause. Es war ein wunderbarer Ausflug und vielleicht sollten wir uns wirklich mal ins Theater wagen.«

»Ich höre mich mal um, wie man an Karten herankommt«, erbot sich Regine sofort und stieg aus, um das Hoftor zu öffnen und hinter Emilia wieder zu schließen.

Mit einem lauten Gute-Nacht-Gruß, der ein paar Hunde in der Nachbarschaft munter werden ließ, lief sie ihrem Häuschen zu und Emilia ging in ihres.

Zur DDR-Zeit hatte sich Emilia nicht um Politik gekümmert, schimpfte zwar mit den anderen über die schlechte Versorgung und all die Hemmnisse, aber nach den Gründen fragte sie nicht. Es ging ihr doch wunderbar! Sie verdiente gutes Geld in der Genossenschaft und nach Feierabend schuftete sie auf ihrem Stückchen Land noch in den Erdbeeren und Tomaten, die eine schöne Stange Geld einbrachten, weil sie vom Staat teuer aufgekauft und billig im Laden verkauft wurden. Oder verkippt! Nicht nur einmal lagen Berge von Tomaten hinten im Feld! Oder Blumenkohl! Da konnte einem das Herz bluten. Vor allem, wenn man wusste, dass es woanders nichts gab! Wie in Bitterfeld bei Tante Trudel.

Oh, Tante Trudel! Die wurde ja in diesem September schon neunzig! Emilia nahm sich vor, den Geburtstag auf keinen Fall zu vergessen. Sie überlegte, ob sie nicht hinfahren sollte. Bitterfeld könnte sie an einem Tag hin und zurück schaffen!

»Wenn ich gesund bleibe«, murmelte sie vor sich hin. »Apropos gesund: Wo habe ich denn das Buch von der Louise Hay hingelegt?« Sie ging mit suchendem Blick ins Wohnzimmer und steuerte auf die Anbauwand zu. »Na klar! Das Krebsbuch von Griffin liegt obendrauf!« Sie zog das eine und schob das andere und hielt endlich das richtige in der Hand. In der Mitte lag eine bunte Ansichtskarte. Dort schlug sie es auf, blätterte ein paar Seiten weiter und las dann sehr konzentriert.

»Hab ich der Lisa doch richtig gesagt«, murmelte sie dann, »dass sie irgendetwas nicht sehen will. Steht ja jede Menge über Augenprobleme hier drin! Aber so wie Lisa aussieht, müsste sie auch mehr Rohes essen. Womöglich trinkt sie gar kohlensäurehaltige Getränke oder überhaupt zu wenig!«

Das laute Klingeln des Telefons schreckte Emilia auf. Schnell legte sie das Buch fort, eilte in die andere Ecke des Zimmers und nahm den Hörer ans Ohr. Ihre nur elf Jahre jüngere Nichte meldete sich.

»Hallo, Marianne! Was gibt's denn, dass du um diese Zeit schon anrufst?« Das war wirklich eine große Ausnahme und Emilia wunderte sich entsprechend stark.

»Ich habe eine Einladung für den Dreiundzwanzigsten, also in etwa vierzehn

Tagen«, erklärte Marianne. »Das ist bei Brandenburg. Ich kann aber zu dieser Zeit nicht hier weg. Möchtest DU hinfahren?«

»Worum geht es denn?« Emilia wusste, dass Marianne zu vielen verschiedenen Tagungen und sogar Demonstrationen fuhr, die meistens irgendetwas mit der Gesundheit zu tun hatten. Von ihr kamen auch die Ratschläge zur Anschaffung der neuen Bücher, die sie seit einiger Zeit las.

»Um gesunde Ernährung und um die Energie in unserem Körper. Es sind drei Redner vorgesehen. Wenn du Lust hast, schicke ich dir die Einladung.«

»Ist die nicht auf deinen Namen ausgestellt?«

»Schon. Aber wenn ich nicht kann, darf ich sie weitergeben. Du brauchst beim Einlass nur zu sagen, dass du mich vertrittst. Dann ist das in Ordnung.«

»Na gut, schick sie mir zu! Und wie geht's deiner Mutter jetzt?«

Sogleich begann Marianne zu schimpfen, dass jene sich noch immer an ihre alten Gewohnheiten klammere und einfach nichts mache, was sie ihr riet.

»Tja, mein Schwesterlein!«, seufzte Emilia. »Vielleicht geht es ihr noch nicht schlecht genug.«

»Nicht mal von dem einen Stock zu zwei richtigen Gehhilfen will sie wechseln«, schalt Marianne weiter. »Dabei ist es doch wichtig, dass beide Seiten gleichmäßig belastet werden.«

»Traudchen hat immer recht!«, sagte Emilia ironisch. »Und ich bin ja nur die jüngere Schwester. Ich darf so gut wie gar nichts sagen. Wenn sie nicht mal auf die ausgebildete Physiotherapeutin hört!«

»Ja, ich bin eben NUR die Tochter!« Marianne klang resigniert.

»Hoffentlich handelt sie sich mit dieser sturen Haltung nichts Schlimmes ein«, meinte Emilia noch besorgt. Dann beendeten beide das Gespräch.

Emilia kreiste auf ihrem Kalender das Datum rot ein.

Als sie zwei Tage später die Einladung in den Händen hielt und den Tagungsort las, fiel ihr ein Stein vom Herzen. »Da muss ich gar nicht in die Stadt Brandenburg«, murmelte sie erleichtert. »Das ist ja auf unsrer Seite. Gott sei Dank!« In die größeren Städte fuhr sie ungern. Schon wegen der Parkplätze! Meist stellte sie das Auto am Stadtrand ab und fuhr mit Bus oder Straßenbahn ins Innere. Große Einkäufe tätigte sie sowieso nur in den Läden nahe ihrer Behausung. Je näher, desto besser. Möglich, dass der Einkauf dann ein wenig teurer war, aber sparte sie das nicht am Sprit? Bei DEN Preisen heutzutage!

Zur Tagung nahm sie das cremefarbene, braunpaspelierte Kostüm aus dem Schrank, das sie sich zu Udos Hochzeit geleistet hatte und das ihre Figur, zugegebenermaßen nicht superschlank, gut zur Geltung brachte. Als sie nun in den Spiegel blickte, krauste sie ärgerlich die Stirn.

»Noch mehr Grau!«, schimpfte sie leise und fuhr mit den Händen zu den Schläfen. »Aber bevor ich mir ein anderes Kostüm kaufe, hole ich mir lieber dunkelbraune Haarfarbe und färbe die Biester!« Gleich nach diesem Gefühlsausbruch lächelte sie spöttisch über sich selbst. Dabei fiel ihr kritischer Blick auf die Haut im Gesicht und am Hals.

»Am Hals erkennt man das Alter einer Frau«, dachte sie und stellte erleichtert fest, dass sich hier noch keine Falten zeigten.

Sie kämmte ihr Haar, dem sie schon am Vortag die richtige Form verpasst hatte, griff zur Tasche und machte sich auf den Weg.

Natürlich war sie aufgeregt. Als sie das Auto auf dem Parkplatz abschloss und sich kurz orientierte, wie sie am günstigsten zum Tagungsraum käme, schlug eine Welle der Erregung hoch in ihr Gesicht, sodass sie automatisch mit dem Unterarm über die Stirn fuhr.

Noch eine Hand wie Halt suchend am Auto atmete sie zweimal tief ein und aus. Dann gab sie sich einen Ruck, nahm eine entschlossene Haltung an und ging los. Während sie so zwischen den Autos dahinlief, sah sie andere, einzeln und in Grüppchen, in die gleiche Richtung gehen. Das beruhigte sie komischerweise.

Am Einlass stand ein Mann mittleren Alters und besah sich die Einladungen. Vor ihr begrüßte er einen Vierertrupp mit Handschlag und einigen freundlichen Worten, die Emilia signalisierten, dass sich alle kannten.

Sie streckte ihm ihre Einladung entgegen.

Nach einem kurzen Blick darauf sah er ihr aufmerksam ins Gesicht. »Ah, Marianne kann wohl diesmal nicht!?« Halb Frage, halb Feststellung, und Emilia wollte gerade darauf antworten, als er schon weitersprach. »Darf ich deinen Namen erfahren?« Wieder so eine halbe Frage, aber diesmal zückte er einen Stift.

»Emilia Döhring«, sagte sie schnell und staunte über das Du. Ob das hier üblich war? »Meine Nichte kann heute nicht kommen«, fügte sie – sinnloserweise, wie sie fand – noch an.

»Wir sehen uns noch«, sagte der Mann nun, wies mit der Hand zum Saal, während er schon die nächsten Einladungen anschaute.

Leicht verwirrt lief Emilia in den Saal und blickte sich nach einem Platz um. Die Menschen schienen die nach vorn abgestuften Reihen von der Mitte her zu füllen, denn die meisten Randplätze waren noch frei.

Über mehrere Reihen und viele Köpfe hinweg begrüßten sich einige. »Ein vielstimmiger Kanon«, musste Emilia denken und lächelte unwillkürlich.

»Hier ist noch frei!«, sagte eine sonore Stimme dicht neben ihr und eine Hand wies auf die zwei freien Plätze in der nächsten Reihe. Ihr Blick streifte schnell den Sprecher.

Donnerlüttchen! Sah der Mann gut aus! Bestimmt ein paar Jahre jünger als sie. Verwirrt rutschte sie in den Sitz.

Der Fremde ließ sich neben ihr nieder, wandte sich ihr lächelnd zu und reichte ihr die Hand.

»Zum ersten Mal hier?«, fragte er dabei und blickte sie so aufmerksam an, dass sie spürte, wie sie errötete. Darüber ärgerte sie sich, was das Rot noch vertiefte. Sie nickte nur.

»Macht nichts«, sagte er und sie wusste nicht genau, ob er ihr erstes Hiersein oder ihr Erröten meinte. »Ich bin der Siegbert Rühlke und schon ein paar Jahre dabei.«

Noch immer blickte er sie an. Deshalb nannte sie schnell ihren Namen, um überhaupt etwas zu sagen.

»Emilia Döhring.«

»Nicht Galotti?« Nun grinste er unverschämt. Das holte Emilia endlich aus ihrer Verlegenheit heraus.

»Ich glaube nicht, dass meine Eltern den Schiller kannten, als sie mich so benamsten. Hat mir manchmal Spott eingebracht und ich fand ihn damals dämlich!«

»Aber heute ist Frieden!?«

Emilia bemerkte, dass er die direkte Anrede vermied, und ging nun in die Offensive.

»Na, Siegbert ist auch nicht gerade alltäglich«, meinte sie mit anzüglichem Lächeln.

»Deshalb lasse ich mich ja auch ›Siggi‹ rufen. Aber ›Emilia‹ würde ich nicht verhunzen. So ein schöner Name!«

»Charmeur!«, grinste sie. Das Geplänkel begann ihr Spaß zu machen.

Leider ging er nicht mehr drauf ein, sondern wies zum Rednerpult, neben dem der Mann vom Einlass an irgendwelchen Kabeln hantierte, während ein bärtiger Mann in das Mikrofon flüsterte und pustete. Doch nach einer kurzen Zählprobe begrüßte er die Anwesenden und begann seine Rede.

Es war überhaupt nicht langweilig, wie Emilia befürchtet hatte. Sie dachte gar nicht an ihre für diesen Fall eingesteckten Bonbons. Einmal begann ihr Nachbar heftig zu klatschen und alle fielen ein.

Als der Redner endete, waren fast zwei Stunden vergangen, wie Emilia mit einem raschen Blick auf ihre Armbanduhr feststellte.

»Kommen Sie«, sagte ihr Nachbar und hatte sich also für das SIE entschieden. »Wir versuchen mal, einen Imbiss zu bekommen.« Im Gedränge fasste er ihren Unterarm und schob sie sanft vor sich her. Ihr Blut pulste schneller.

Natürlich war der Stand schon dicht umlagert.

»Keine Chance!«, sagte sie lächelnd. »Aber ich bin gerüstet. Zumindest für eine kurze Zeit!« Sie griff in ihre Tasche und holte eine gefüllte Plastetüte hervor. »Schmalzstullen! Wenn Ihnen so etwas zusagt.« Sie drehte die Öffnung zu ihm.

»Gerne!«, sagte er mit hochgezogenen Brauen. »Darauf kommt natürlich so ein einzelner Mann nicht!«

Sie nahm sich nach ihm eine Stulle und beide aßen einträchtig nebeneinanderstehend. Verstohlen musterte sie ihn hin und wieder. Mindestens zehn Zentimeter größer als sie. Bestimmt eins achtzig! Und kein Bauch! Über den lebhaften hellbraunen Augen wölbten sich dichte Brauen, schwärzer als die Haare, die schon mit Grau durchsetzt waren, besonders an den Schläfen. Das Gesicht war eher schmal mit markanter Nase und ausgeprägtem Kinn. Keine Falten! Auch nicht am Hals! Deshalb schätzte sie ihn auch jünger als zweiundsechzig. Sie gab sich einen inneren Ruck und erlaubte sich eine Frage.

»Sind Sie beruflich an diesen Themen hier interessiert?« Joi, das war gut gefragt, lobte sie sich selbst. Darauf müsste sie eigentlich eine Menge erfahren.

Er schob den letzten Happen in den Mund, und wenn die Zähne echt waren …

»Oder er hat einen sehr guten Zahnarzt«, dachte Emilia belustigt, als sie seinem Blick folgte, der kurz ihre Stullentüte streifte, bevor er antwortete. Sie drehte sogleich anbietend die Öffnung der Tüte zu ihm.

»In meinem Alter ist man entweder im Vorruhestand oder arbeitslos«, sagte er sarkastisch und griff nach der nächsten Stulle. »Danke! Schmeckt vorzüglich!«

»Stimmt!«, nickte sie, meinte aber nicht die Stulle. »Oder Rentnerin wie ich«, führte sie das Gespräch weiter.

»Wenn ich dreiundsechzig bin! Aber bis dahin muss ich noch zwei Jahre überbrücken. Sie haben es geschafft!?«

Wieder diese halbe Frage. Das schien ein Markenzeichen von ihm zu sein! »Ja, ich bin zweiundsechzig und glücklicherweise eine Frau.«

»Also: Das Letzte möchte ich auf keinen Fall anders haben!«, lachte er. »Aber nun besorge ich uns etwas zu trinken!«

Er verschwand rasch in der Menge, noch bevor sie sich dazu äußern konnte. So hielt sie nach einem stillen Örtchen Ausschau und als sie es entdeckt hatte, eilte sie auch schnurstracks dorthin. Sie würde diesen Burschen schon wiedersehen! Spätestens im Saal in der Sitzreihe. Die Nummer hatte sie sich gut gemerkt!

Als sie vom Örtchen kam, herrschte schon ein eifriges Gedränge zum Saal. Keine Chance, hier jemanden zu finden, wenn man nicht gerade über ihn stolperte!

Sie saß auf ihrem Platz und schaute neugierig in die Runde. Das Stimmengewirr war erheblich. Mitten im Saal unterhielten sich welche über fünf Sitzreihen hinweg!

Neben ihrem Ohr wurde plötzlich ihr Name geraunt und als sie den Kopf drehte, blickte sie in die leuchtenden Augen von Siggi.

»Ich habe etwas zum Trinken ergattert! Hoffentlich ist es nicht falsch. Nur schwarzer Kaffee!«

Sie schenkte ihm ein dankbares Lächeln. »Nicht gerade mein Lieblingsgetränk, aber besser als gar nichts. Dankeschön!« Sie nahm ihm den Plastebecher ab. »Oi, ist ja noch ganz warm! Wie haben Sie das ausgehalten?«

»Ich bin eben hart im Nehmen!«

Sie trank vorsichtig und schaute ihn dabei an. Auch er wandte seinen Blick nicht ab. So hingen ihre Augen ineinander und Emilias Herz begann zu klopfen, dass sie meinte, er müsse es hören. Zeit und Raum schienen zu verschwinden. Erst als es ringsum still wurde und eine Stimme vom Rednerpult durch den Saal schallte, lösten sie sich voneinander. Mit Bedauern. Alle beide!

Während der nächsten Rednerminuten bekam sie nicht viel mit. Ihr spukten viele Fragen durch den Kopf. Ob er weit von hier wohnte? Allein? Klang das nicht vorhin an?

Tief sog sie die Luft ein und bemühte sich, endlich auf das zu hören, was durch die Lautsprecher kam. Wie sollte sie vor Marianne bestehen, wenn sie nicht mal wusste, was im Vortrag behandelt worden war!

Doch immer wieder glitten ihre Gedanken ab und als sie einmal verstohlen zu ihm hinsah, trafen sich ihre Blicke. Ertappt senkte sie sofort den Kopf und griff in die Tasche zum Taschentuch, um sich damit die Verlegenheit aus dem Gesicht zu wischen. »Bestimmt bist du jetzt rot geworden!«, dachte sie dabei ärgerlich. »Was soll der Mann bloß von dir denken!« Und sie gestand sich ganz heimlich ein, dass sie wollte, dass er gut von ihr dachte.

»Gleich Pause!«, hörte sie ihn dicht an ihrem Ohr flüstern und konnte ein leichtes Zusammenzucken nicht verhindern. Sie wagte einen schnellen Blick und stellte beruhigt fest, dass er zum Redner hinuntersah und dabei bestätigend nickte. Das veranlasste sie, endlich hinzuhören, was dort gesprochen wurde.

Aha! Ja, das hatte sie auch schon erlebt, dass der Arzt kaum Zeit für ein Gespräch hatte, sondern sehr schnell ein Rezept ausschrieb, damit er sie loswurde.

So jedenfalls hatte sie es empfunden. Deshalb war sie auch gar nicht zur Apotheke gefahren, um das Medikament zu holen!

Sie klatschte genauso lange wie ihre Nachbarn, obwohl sie bestimmt nur die Hälfte mitbekommen hatte. Während der Beifall verebbte, erhoben sich die Ersten. Emilia fühlte seine Hand auf ihrem Arm.

»Kommen Sie! Den Letzten beißen die Hunde!« Er zog sie mit diesen Worten aus der Reihe und nahm sie in Schlepptau.

Dadurch waren sie wirklich ziemlich weit vorn an der Essenausgabe. Es gab nur ein einziges Gericht: Kartoffelsuppe mit Würstchen. Aber es schmeckte ausgezeichnet!

»Ich hole mir einen Nachschlag!«, erklärte Siggi, als er auf dem Tellergrunde angelangt war.

»Ich nicht! Das reicht mir völlig«, sagte Emilia rasch und er enteilte, hatte aber zuvor noch mit unnachahmlicher Geste auf seinen Platz gewiesen. Und sie hielt ihn frei!

Mit einem leuchtenden Blick und einem »Danke fürs Freihalten« nahm er wieder Platz. Diesmal aß er geruhsamer und schaute des Öfteren zu ihr hin.

»Ich möchte, dass wir uns wiedersehen«, sagte er und schob den leeren Teller sachte zurück. »Aber darüber könnten wir besser draußen sprechen. Hier werden die Plätze gebraucht. Neben dem Parkplatz weiß ich ein Stückchen parkähnliches Gelände. Dort können wir uns die Beine vertreten. Wollen Sie?«

Emilia nickte zustimmend und erhob sich. Schnell stellte er die beiden Teller ineinander und nahm sie an sich. Neben dem Ausgang stand ein Wagen, auf dem sich schon die ersten Teller stapelten.

Da sie zögerlich ging, nahm er wie selbstverständlich ihren Arm und führte sie durch die herumstehenden Menschen nach draußen.

»Aber wenn Sie verheiratet sind …«, stieß Emilia in einem Atemzug heraus, kaum dass sie in das parkähnliche Gelände eintraten.

Abrupt blieb Siggi stehen und zwang sie ebenfalls zum Anhalten. »Wirke ich auf Sie wie ein Frauenheld?« Entsetzen und Belustigung schienen in seiner Miene miteinander im Wettstreit zu liegen.

»Eigentlich nicht«, gab Emilia wahrheitsgemäß zu. »Aber ich wollte das vorher klarstellen. Ich bin nämlich seit einundzwanzig Jahren allein und habe keine Ahnung, wie so eine Anmache – Verzeihung, so sagt mein Sohn dazu – vor sich geht.« Schon wieder wurde sie rot. Das gefiel ihm.

Er lächelte warm und nahm ihre Hand. »So lange bin ich noch nicht allein, aber fünf Jahre sind es nun auch schon. Ich habe mich seitdem zunehmend für

Gesundheitsfragen interessiert und auch verschiedentlich engagiert. Aber eine Frau wie Sie ist mir in der ganzen Zeit noch nicht begegnet. Sie ziehen mich an wie ein Magnet, wie das Licht die Fliegen … Vom ersten Moment an kamen Sie mir so vertraut vor, als hätten wir uns schon früher gekannt.«

Nun lächelte Emilia auch. »Vielleicht in einem anderen Leben?!« Sie hatte über Wiedergeburt schon einiges gehört und daraufhin neugierig nachgelesen, aber so ganz konnte sie sich damit nicht identifizieren.

»Vielleicht?!« Er blickte sie so treuherzig an, dass sie dahinschmolz und in seinem Blick gefangen war. »Wir haben also schon EIN Thema, mit dem wir viele Stunden gemeinsam füllen können. Nun stellt sich nur die Frage nach dem WO.«

Wie er das sagte! Sie fühlte das Kribbeln im Bauch und empfand es als Wunder. Ihr Herz klopfte im Sturm der Gefühle. »Ich bin aus Werder«, hörte sie sich sagen. »Ach nein! Eigentlich wurde unser Dörflein nur eingemeindet und liegt westlich von Werder. So richtige Werderaner sind wir nicht. Und schon gar keine Werderschen! Das sind nur die seit Urzeiten ansässigen Familien.«

»Na, dann sind wir doch räumlich gar nicht weit auseinander. Vielleicht zwanzig Kilometer? Da fällt mir ja ein Stein vom Herzen!« Er zog ihre Hand an seine Lippen. »Wollen wir nicht das steife SIE weglassen?«

»Von mir aus! Aber hier ist nichts zum Anstoßen!«, meinte sie spitzbübisch lächelnd und spielte damit auf das übliche Trinkzeremoniell an.

Er lachte befreit auf. »Wenn es weiter nichts ist!« Sofort wechselte er die Haltung und verhielt sich wie ein Kellner, der eine Flasche Sekt entkorkt, ein Glas nimmt, es gegen das Licht hält, um auf seine fleckenlose Reinheit hinzuweisen, und langsam Sekt hineinfließen zu lassen. Mit einer Verbeugung überreichte er ihr das Glas und füllte rasch genauso ein zweites.

Sie beobachtete verblüfft, wie er nun die imaginäre Flasche in den nicht vorhandenen Sektkübel stellte und sich selbst das unsichtbare Glas übergab. »Echt!«, sagte sie anerkennend.

Er griente, wechselte aber sehr schnell den Ausdruck zu geradezu grenzenloser Anbetung. »Stoßen Sie mit mir an auf eine gemeinsame, glückliche Zukunft!« Beschwörend klang nun seine tiefe Stimme und löste bei ihr wieder dieses ungewohnte Flattern im Bauch aus.

Emilia hielt ihm ihr »Glas« hin und er stieß seines sachte dagegen. Sie glaubte wirklich ein leises Klingen zu hören und traute ihm zu, es irgendwie verursacht zu haben. Schon wollte sie das unwirkliche Glas zum Munde führen, als er leicht verneinend den Kopf bewegte, den Arm zum Henkel bog und sie mit einem Blick aufforderte, mit ihrem Glas und Arm wie üblich hindurchzufahren.

Sie spielte mit und nun »tranken« sie beide mit ineinander gehängten Armen. Danach nahm er ihr das Glas ab und stellte es mit seinem zusammen neben sich auf dem »Tisch« ab.

»Vollendet gespielt!«, dachte sie belustigt, doch zugleich wurden ihre Knie weich, denn sie wusste ja, was nun kam.

Lächelnd hob er beide Hände und legte sie zart auf ihre Oberarme. Sein Blick verfing sich in ihren Augen und strahlte so viel Liebe aus, dass sie erzitterte. Als seine Lippen die ihren berührten, fühlte sie eine Energie in sich hineinströmen, die sie in einen Schwebezustand versetzte. Nie zuvor hatte sie so intensive Gefühle gespürt. Jede einzelne Zelle in ihr schien zu vibrieren. Dass es so etwas gab! Bei anderen vielleicht! Und in Romanen! Aber sie war eine gestandene (»alte« wollte sie nicht einmal denken) Frau!

Viel zu schnell löste er sich wieder von ihr. »Emilia«, sagte er andächtig.

Noch ganz verwirrt durch den erlebten Gefühlssturm stammelte sie leise seinen Namen. Und hätte am liebsten weitergeküsst! Aber da kamen andere um das Gebüsch herum und wollten sich wohl auch die Beine vertreten.

»Nehmen wir Flasche und Gläser mit?«, fragte Siggi leise und lächelte ihr bewundernd zu. »Ich würde zu gern weitermachen.«

»Ich auch!«, sagte sie und blieb für zwei Sekunden in seinen Augen hängen. Doch wenn sie nicht überrannt werden wollten, mussten sie sich fortbewegen. Es war eine große lärmende Gruppe. Dabei wären sie viel lieber allein geblieben!

Er nahm ihren Arm. »Komm! Vielleicht finden wir ein anderes Plätzchen!«

Nein, sie fanden keins, denn es strömten immer mehr Menschen in die kleine Oase, und schließlich begrüßten noch einige Siggi lautstark, Emilia mit musternden Blicken streifend.

Er stellte sie den Leuten unbefangen als neue Mitkämpferin vor und legte dabei unmissverständlich seinen Arm um ihre Schultern.

»Noch ein bisschen schüchtern!«, meinte einer mit anzüglichem Blick.

»Überhaupt nicht!«, begehrte Emilia auf. »Nur neu!« Ein befreiendes Lachen auf beiden Seiten erklang.

»Na, dann wünsche ich, dass du mit uns SEHR alt wirst!«, sagte der andere und wandte sich seiner Truppe zu. Ein Gruß mit der Hand und sie schlenderten davon.

Siggis Arm lag noch immer um Emilias Schultern und ihr sanfter Druck ließ sie auf dem Weg weitergehen, ohne dass es ihr bewusst wurde.

»Musst du nachher umgehend nach Hause oder hast du noch ein wenig Zeit?« Er fragte leise, um die nun überall Herumstehenden nicht mithören zu lassen. Doch ihr klang es wie Musik.

»Mich würde dein Zuhause interessieren«, sagte sie freimütig. Die Wohnung erzählt viel vom Inhaber, glaubte sie zu wissen. Und ein Mann … fünf Jahre allein …! Er lachte offen und schien ihre Gedanken erraten zu haben.

»Was meinst du, wie mich meine Tochter rund machen würde, wenn ich keine Ordnung hielte!«

»Du wohnst bei deiner Tochter – oder umgekehrt?«

»Nein, weder noch! Sie wohnt nur ein paar Häuser weiter im gleichen Dorf! Ihre Kinder sind nun auch schon groß. Der Jan ist bald mit der Lehre fertig. Nur die Mädchen toben noch im Haus herum.«

»Mein Großer ist seit Jahren aus dem Haus und ich habe nur einen Enkel. Der Jüngste wohnt noch bei mir und baut jetzt oben aus, weil er nun scheinbar doch endlich die Richtige gefunden hat. Die Beziehungen sind heutzutage ziemlich kurzlebig. Nach ein paar Wochen ist schon wieder eine andere die Richtige. Obwohl … eigentlich hat er das erst bei Iris behauptet. Die Fünfte oder Sechste, die er mir vorgestellt hat!«

Siggi pfiff durch die Zähne. »Oh, ein ganz schöner Hallodri, wenn dazwischen noch einige andere waren, die du NICHT gesehen hast!«

»Ist wohl heute üblich«, meinte sie seufzend. »Unsre Zeit war nicht so hektisch und die Werte haben sich doch inzwischen auch verändert.«

»Womit du recht hast!«, stimmte er sogleich zu. »Die Menschen glauben nicht mehr an Gott, dafür aber an ihren Doktor. Sie sehen einen weißen Kittel und fallen in eine Gläubigkeit, die ihresgleichen sucht. Doch ich wollte eigentlich nicht mit dir übers Referat diskutieren, sondern wissen, ob wir noch zu mir fahren.«

Emilia senkte verlegen den Blick. »Aber …«

Er ließ sie nicht aussprechen. »Ich bin ganz brav. Es geschieht nur das, was DU willst!«

Konnte Siggi denn Gedanken lesen? Oder stand es ihr zu deutlich im Gesicht? Sie wunderte sich schon, denn bei Wolfgang war ihr so etwas nie passiert. Und bei ihren Jungs auch nicht! Da musste immer alles klar und deutlich ausgesprochen werden. Nur über Gefühle schwieg jeder. War das ihre Schuld?

Siggi und Emilia waren in den Strom geraten, der in den Saal zurückflutete. Erst als sie auf ihren Plätzen saßen, wurde ihr seine Frage wieder bewusst. »Ich komme mit. Aber …«

»Schon wieder ein ABER?!« Er sah sie belustigt an und sprach rasch weiter. »Netzen ist nicht weit. Von hier aus musst du nur geradeaus weiterfahren. Wer zuerst am Ortsschild ist, wartet dort auf den anderen. Einverstanden?«

Emilia nickte hastig, denn der nächste Redner begann seinen Vortrag. Sie versuchte sogar, ihre Gedanken im Zaum zu halten und mitzudenken. Das war aber verdammt schwer! Ihre Gefühle spielten verrückt, nur weil Siggis Arm leicht an ihrem anlag.

Mit Wolfgang war das anders gewesen. Nicht dermaßen erregend! Dabei war sie doch damals jung und verliebt gewesen und hatte ihn angehimmelt. Irgendwie waren Wolfgang und Siggi krasse Gegensätze! Nicht im Äußeren. Nein! Die Größe war etwa gleich, das Haar dunkel und lag fast ein bisschen wellig am Kopf, und auch figürlich, fand sie, ähnelten sie sich.

Mit ihren Gedanken an dieser Stelle angelangt, traf sie die Erkenntnis wie eine Erleuchtung: Die Augen machten den großen Unterschied! Wolfgangs waren blaugrau gewesen und hatten irgendwie starr geblickt. Siggis Augen dagegen leuchteten hellbraun, hatten aber auch grüne und viele andersfarbige Pünktchen darin. Sein Blick war lebhaft und konnte leuchten vor Liebe, strahlen vor Glück! Wie vorhin nach dem Kuss.

Oje, nun hatte sie wieder nichts mitbekommen! Was sollte sie Marianne nur sagen? »Na, die Wahrheit, du Schaf!« Beinahe hätte sie es laut gesagt und ein Lächeln huschte in ihre Mundwinkel.

Dann saß Emilia im Auto und schlug die Richtung nach Netzen ein. Da vor ihr noch einige Fahrzeuge fuhren, konnte sie nicht erkennen, ob Siggis darunter war. Auf dem Parkplatz hatten ihre Autos weit voneinander entfernt gestanden und es hatte geraume Zeit gedauert, bis sie auf der Straße war.

Bei Siggi anscheinend noch länger, denn vor dem Ortsschild parkte noch kein Auto. So fuhr sie ganz nach rechts auf die Rasenkante und wartete. Die Spannung stieg. Immer öfter blickte sie in den Rückspiegel. Als sie schon überlegte, ob sie aussteigen und sich die Beine vertreten sollte, kam ein blauer Ford, hupte kurz und fuhr langsam an ihr vorbei.

Ja, es war Siggi! Sie bezähmte ihre Gefühle und hängte sich hinter ihn. Nach einem kleinen Stück bog er von der Dorfstraße ab und kurz darauf leuchteten seine Bremslichter. Sie hielt dicht hinter ihm und beugte sich übers Lenkrad, um einen Blick auf die Umgebung zu werfen.

Das Häuschen, vor dem sie parkten, sah fast genauso aus wie ihres. Auf der gegenüberliegenden Seite stand ein größeres! Aber dann hätte er bestimmt dort gehalten.

Ihre kurze Musterung hatte ihm genügt, um nun neben ihrer Tür zu stehen und nach dem Griff zu fassen. Schnell löste sie den Gurt und fasste automatisch nach ihrer Tasche, als sich auch schon die Tür öffnete.

Sie schwenkte die Beine nach draußen. Galant nahm er ihren Arm und half ihr vorsichtig, aber wirkungsvoll beim Aufstehen. Trotzdem schwankte sie leicht. Oder gerade deshalb?

»Das ist mir ja noch nie passiert und völlig ungewohnt«, meinte sie überrascht und lehnte einen Moment an seiner Brust.

»Aber schön!«, sagte er voller Inbrunst und sie nickte bejahend, wieder vollkommen von ihren Gefühlen überwältigt. Ein großes Staunen blieb in ihr, als er sich löste und zum Haus wies.

»Klein, aber mein!«, sagte er leise.

»Man könnte es mit meinem verwechseln«, meinte sie dazu.

»Dann ist aber mit einem Umbau bei dir oben kein Wohnungsproblem gelöst«, sagte er daraufhin. »Oder ist dein Sohn ein Zauberkünstler?«

Während dieser Worte führte er sie zur Haustür und schloss auf. Dann zögerte er kurz.

Sie bemerkte es und griente. »Du musst mich heute nicht über die Schwelle tragen«, sagte sie trocken. »Heb es dir für später auf!«

»Ich habe wirklich daran gedacht«, gestand er. »Wollte dich aber auch nicht verprellen!«

»Richtig! Man kann das auch in den falschen Hals kriegen.« Neugierig schaute sie in den Flur.

»Na, dann wollen wir mal sehen, ob es dem deinen gleicht!« Siggi lächelte sie an und öffnete die erste Tür.

»Der Flur ist mit seinen Türen schon mal genauso. Demnach müsste das hier das Wohnzimmer sein.« Sie schaute in den Raum.

Er stellte den Daumen hoch und lachte: »Getroffen!«

Emilia drehte sich um ihre Achse. »Dann ist das die Küchentür und die daneben führt in die einstige Speisekammer, jetzt umgebaut zum Bad. Stimmt's?«

»Volltreffer! Daneben das winzige Kinderzimmer und gegenüber ein kleines Schlafzimmer, gerade groß genug fürs Doppelbett und einen Kleiderschrank. Ach ja, ein Kinderwagen passte noch rein!« Er wandte sich der Treppe zu.

»Genauso steil wie bei mir!«, kommentierte sie.

»Na, und wie willst du hier ausbauen?«, fragte er sofort, nachdem sie emporgeklettert waren.

»Wir haben zuerst das Dach neu eindecken lassen. Damit kam eine solide Isolierung und im ganzen Haus wurde es wärmer. Meine Jungs haben nun auf dieser Seite alle Wände herausgenommen und nur die Balken stehengelassen. Das soll Renés neues Wohnzimmer werden.«

»Aha, René! Und wie heißt der andere?«

»Oh, den Udo habe ich ja noch gar nicht erwähnt! Der ist schon ein paar Jahre aus dem Haus und hat EIN Kind: einen Jungen, den Paul!«

»Donnerwetter! Kein Percy oder Garrit?« Er schmunzelte. »Aber die guten alten Namen werden jetzt wieder modern. Ich habe hier im Dorf schon Moritz und Robert gehört. Und sogar Annemarie! Komm, wir gehen wieder hinunter. In der Wohnstube ist es gemütlicher.«

Sofort begann Emilias Herz wieder zu klopfen wie ein Dampfhammer.

Im Wohnzimmer wies Siggi auf die bequeme helle Polstergarnitur. »Such dir einen Platz. Ich hole etwas zum Trinken. Allerdings habe ich nicht mal Sekt im Haus! Und der wäre heute eigentlich fällig.«

»Aber den haben wir ja schon getrunken! Hast du es vergessen?« Ihre Augen blitzten voller Schalk.

Er schlug sich mit der flachen Hand vor die Stirn. »Ach, natürlich! Wie konnte ich nur!« Schnell wurde er wieder ernst. »Aber wir müssen jetzt wirklich ordentlich trinken. An solchen Tagen ist es immer zu wenig! Apfelsaft! Verdünnt oder pur?«, erkundigte er sich von der Küchentür aus.

»Wie du es trinkst!«, rief sie ihm hinterher und spürte nun wahrhaftig enormen Durst.

Er kam mit einer großen Wasserkaraffe, zwei Gläsern und einer Saftflasche zurück.

»Ah, selbstgepresst?«, fragte sie, eigentlich nur, um die eigene Anspannung nicht noch stärker werden zu lassen.

Ein leuchtender Blick belohnte sie. »Pressen lassen! Im vorigen Jahr hatte ich eine überreiche Ernte, sodass noch einige Flaschen vorhanden sind.« Während er sprach, schenkte er ein, setzte sich ihr gegenüber und stieß mit ihr an.

»Auf uns!«, sagte er liebevoll und sie wiederholte es leise. Dann trank sie das Glas in einem Zug leer. Er ebenfalls, und schenkte sogleich nach. Sie sah ihm zu, erwartungsvoll.

Siggi zog seinen Sessel, bis sich seine Knie mit ihren mischten, blickte ihr in die Augen und nahm ihre Hände in seine. Unbekannte Ströme schienen durch sie hindurchzufließen. Voller Staunen sagte sie in seine Augen hinein: »Wie machst du das nur, dass ich mich so seltsam fühle, immer, wenn du mich berührst?«

Er lächelte voller Liebe. »Dieses Strömen? Du spürst es auch? Ich kenne es in diesem Maße auch erst seit heute. Ich habe vor einiger Zeit eine Gruppe für Tantra besucht …«

»Tantra??« Ihre Hände zuckten in seinen, als wolle sie sie zurückziehen. Er hielt sie fest. »Das ist doch … etwas … Versautes!« Ihr fiel nicht das rechte Wort ein und sie errötete.

Sein Lächeln verblasste. »Das wird nur von Unwissenden behauptet«, sagte er ernst. »Die Sanskriptsilbe ›tan‹ bedeutet ›ausdehnen‹ und so viel wie ›allumfassendes Wissen, Gewebe, System‹. Also überhaupt nichts ›Schweinisches‹.«

»Aber …« Ihre Röte vertiefte sich.

»Du musst dich nicht entschuldigen!«, sagte er hastig. »Das ging mir genauso. Ich war auch voreingenommen. Und wie! Aber solche Menschen wie Marianne haben mich aufgeklärt, bis ich mich durchgerungen habe. In der Gruppe bekam ich eine Partnerin zum Üben, aber das Strömen habe ich nur ganz schwach gespürt. Als ich jedoch im Saal hinter dich trat, schien mich plötzlich elektrischer Strom zu durchfließen. Es war ein Wunder für mich!«

»Für mich auch«, hauchte Emilia. »Selbst in der Jugend habe ich das nicht erlebt!« Sie staunte, wie leicht ihr diese Worte über die Lippen kamen.

»Ich auch nicht! Dabei habe ich Cornelia geliebt! Aber was wussten wir schon über unsere Körper und was über Liebe!«

»Wir kamen vom Dorf«, erinnerte Emilia ihn lächelnd. »Die Aufklärung erledigten die allgegenwärtigen Tiere. ›Da musst du nicht hingucken!‹, sagte meine Mutter mal tadelnd zu mir, als ich – etwa fünfjährig – mir bald den Hals ausrenkte, um die vor dem Tante-Emma-Laden kopulierenden Hunde zu beobachten!«

»War bei mir so ähnlich. ›Wehe, du gehst an das Große Doktorbuch! Das ist nur was für Erwachsene! Verstanden?‹ Die drohende Miene, mit der das verkündet wurde, war genau das Richtige, um meine Neugier enorm anzustacheln. Aber gebracht hat die Lektüre nichts weiter, als dass ich nun wusste, wie eine nackte Frau aussah. Mit Cornelia ging ich auf Entdeckungstour. Aber weit kamen wir dabei nicht. Viel zu schnell lagen wir ermattet in den Kissen! Nach den ersten Jahren wurde es Routine und zunehmend enttäuschender. Vornehmlich, wenn Zeitdruck oder andere Überlastungen dazukamen. Dann wimmelte sie mich manchmal ab oder ließ es über sich ergehen, bloß um schnell ihre Ruhe zu haben.«

Emilia seufzte. »Genau wie bei mir. Ich war so unheimlich scharf auf Zärtlichkeit! Aber nie bekam ich auch nur annähernd genug davon. Ich war noch nicht mal angewärmt, da war er schon fertig und schnarchte. DAS war enttäuschend! Doch trotz allem fehlte es mir, als er vor einundzwanzig Jahren dem Herzinfarkt erlag.«

»So lange allein? Kein andrer Mann?«, wunderte sich Siggi.

»Tja, meine Söhne wollten nicht. Sie waren damals zehn und neunzehn Jahre.«
Sie seufzte erneut. Entsagungsvoll. Plötzlich blickte sie ihm lächelnd in die Augen. »Dann hätten wir uns heute wahrscheinlich NICHT kennengelernt!«

»Stimmt! Mit so einer Entscheidung geben wir unserem Leben eine neue Richtung. Genau wie heute! Nichts ist hinterher wie vorher!«

»Du meinst, das IST heute so ein Schicksalstag?«

»Ja, Emilia. Ich möchte mit dir ein neues Leben beginnen.« Er drückte sanft ihre Hände, die während der ganzen Zeit eine innige Verbindung dargestellt hatten. »Ich möchte nicht mehr ohne dich sein.«

»Ich auch nicht! Aber wir kennen uns doch noch gar nicht!«, fügte sie erschrocken an.

»Wir müssen ja nichts erzwingen! Jetzt lernen wir uns erst einmal peu à peu kennen … unsere Vorlieben und unsere Schwächen …«

»Na, davon habe ich eine ganze Menge!«, fiel sie ihm sofort vehement ins Wort.

Er küsste ihre Fingerspitzen. »Sag nie etwas Schlechtes über dich, weil ich dir dann widersprechen muss!«

»Aber wir sind nun mal keine Engel!«, behauptete sie. »Jeder hat Fehler!«

»Natürlich! Und wenn ich mich darüber aufrege, gehen die dann weg?« Listig lächelnd blickte er ihr in die geweiteten Augen.

Sie lachte auf. »Bestimmt nicht!«

»Wenn ich dich jedoch darauf aufmerksam mache und dich bitte, es zu ändern, würdest du es dann tun?«

»Aber …«

»Du hast viele ›Aber‹! Auch das kann man ändern. Finde in allem das Schöne, Gute, Vorteilhafte, und schon verflüchtigen sich die ›Aber‹! Das sind nämlich nur Ausreden! Ich kenne das von mir. Früher war ich genauso!«

In diesem Moment fiel ihr Blick auf die große Wohnzimmeruhr hinter ihm. »Auweia! So spät ist es schon? Da wird sich aber René wundern, wo ich geblieben bin!«

»Der ist doch alt genug, um auch mal alleine zurechtzukommen!«, meinte Siggi trocken.

»Aber …«

»Schon wieder ein ›Aber‹? Na gut. Trinken wir unsere Gläser aus und ich fahre mit zu dir!«

Ihr blieb das nächste »Aber« im Halse stecken, so überrascht hatte er sie. Er konnte nicht anders, er musste über ihre Miene laut auflachen.

»Ach, Emilia, Emilia, du hast wirklich noch viel zu lernen! Das machen wir jedoch gemeinsam. Ich verspreche, nie die Geduld zu verlieren. Auch wenn du hundert ›Aber‹ hast!«

»Aber jetzt hast du mich überfahren!«, protestierte sie schwach. »Ich wollte ihm so ganz gemächlich beibringen, dass ich da jemanden kennengelernt habe …«

»Darüber können Wochen vergehen. Das ist nur eine Ausrede, wenn man sich vor etwas drücken will. Kenne ich! Sehr gut sogar! Ist aber nicht gut für die Seele. Komm! Ich werfe ein paar Kleinigkeiten in eine Tüte und dann fahren wir.« Er reichte ihr das Glas, nahm seins und trank es aus.

Während beide auf den Flur gingen, zeigte er stumm auf die Badtür und verschwand im Schlafzimmer.

Sie lehnte sich von innen an die Tür und atmete ein paarmal tief durch. »An wen bin ich denn da nur geraten?«, fragte sie sich hilflos, löste sich und schaute abwesend in den Spiegel. »Aber es ist wunderbar!«, sagte sie versonnen und lächelte sich zu, um sich dann zu erleichtern.

Als sie im Flur erschien, kam Siggi mit einer halbgefüllten Plastetüte auf sie zu. »Dort möchte ich auch noch rein«, meinte er sanft. »Überleg mal, welches Auto wir nehmen!« Dann schloss sich die Tür hinter ihm.

Der Spiegel im Flur zeigte ihr verdutztes Gesicht. Doch sogleich regte sich Trotz in ihr. »Fahrtauglich bin ich jedenfalls noch! Was soll'n die Leute denken, wenn ich mit 'nem fremden Auto ankomme!« Wiederum, wer war denn um diese Zeit noch auf der Straße? Die meisten hockten doch schon vor ihren Flimmerkisten!

»Nun, entschieden?«, fragte Siggi, die Tür zum Bad hinter sich schließend und mit der Tüte wedelnd.

»Ja, mit meinem!«

Er saß ganz brav auf seinem Platz und redete ihr auch nicht rein, wie manche Beifahrer das so an sich haben.

»Hier wohnst du also!«, stellte er fest, als sie vor ihrem Tor hielt. »Die Häuschen sehen sich wirklich zum Verwechseln ähnlich«, konstatierte er sachlich. Dann wollte er aussteigen, um das Tor zu öffnen.

»So ohne wird das wahrscheinlich nichts«, meinte sie lächelnd und hielt das Schlüsselbund hoch. Ein orientierender Blick, ein Griff und ein Schlüssel lag in seiner Hand, während die anderen ein leises Klingen beim Verrutschen ertönen ließen. »Für die Hoftür«, klärte sie ihn auf.

Nach ihrer Durchfahrt schloss Siggi wieder Tor und Tür und schlenderte dem Auto nach, das sie in die Garage fuhr. Nein, eigentlich in den dazu hergerichteten

Stall. Welche Tiere mochte er früher beherbergt haben? Groß war das Gehöft nicht, genau wie bei ihm. Ein paar Schweine, höchstens EINE Kuh, und natürlich Kleinvieh mochte es gegeben haben. Eine kleinbäuerliche Wirtschaft eben. »Zum Leben zu wenig, zum Sterben zu viel«, hatte seine Oma immer gesagt und: »Lern man tüchtig in der Schule, Junge, damit du etwas Ordentliches werden kannst.« Erlebt hatte sie seinen Abschluss als Ingenieur nicht mehr, aber jedes Mal glücklich genickt, wenn er ihr seine Zeugnisse präsentiert hatte. Und mit Cornelia war sie gleich ein Herz und eine Seele gewesen.

Gerade als Emilia die Garage abschloss, wurde die Haustür aufgerissen und ein junger Mann baute sich auf der obersten der drei Stufen auf. »Wo kommst DU denn jetzt her!« Dann erblickte er den Fremden und seine Abwehr wurde schier greifbar. »Was will'n DER?«

Bevor Emilia etwas sagen konnte, grüßte Siggi den Burschen mit einem fröhlichen »Guten Abend!« und trat an ihn heran. »Ich bin Siegbert Rühlke«, stellte er sich vor und streckte ihm die Hand entgegen.

Der hoch über ihm aufragende junge Mann übersah geflissentlich die Hand. »Na und? Was wollen Sie?«

In Siggis Mundwinkel kam ein Schmunzeln. »Ich begehre die Hand deiner Mutter und du kannst ›Siggi‹ zu mir sagen!«

»Werde mich hüten!«, knurrte René und steckte beide Hände demonstrativ in die Hosentaschen.

»René!«, rief Emilia tadelnd beim Heraneilen. »Meine Güte, habe ich dich schlecht erzogen!«

»Lass nur!«, sagte Siggi besänftigend und legte seine Hand auf ihren Arm. »Junge Hähne sind nun mal so, wenn ein andrer Gockel im Revier erscheint.« Er grinste unverschämt zu René hoch.

Der drehte sich brüsk um und lief ins Haus. Sie hörten ihn die Treppe hochdonnern und eine Tür zuknallen.

»Das war ein bühnenreifer Abgang!«, meinte Siggi belustigt.

»Siehst du, das wollte ich eigentlich vermeiden!«, sagte Emilia kleinlaut.

»Das hättest du nur verschoben. Er fühlt seinen Besitz bedroht!«

»Ich bin doch nicht sein Besitz!«, empörte sie sich ziemlich laut, was ihr sogleich bewusst wurde. Wesentlich leiser kam: »Lass uns reingehen, sonst wissen das die Nachbarn auch gleich noch!« Verwirrt stieg sie vor ihm die drei Stufen hoch und legte ihre Tasche achtlos auf die Flurgarderobe.

»Ich begrüße dich in diesem Haus, auch wenn …«

»Lass nur! Das klärt sich schon noch!«, fiel er ihr ins Wort. Sanft strich er über ihren Arm. »Wir hätten bei mir noch etwas essen sollen. Das ...« Er hob die Augen zur Decke. »... schlägt dir vielleicht jetzt auf den Magen.«

»Nein!«, lachte sie trotzig auf und ging in die Küche. »Das wäre ja wohl das Letzte!« Sie tischte auf, was der Kühlschrank hergab.

Als auch der Tee auf dem Tisch stand, lief sie in den Flur und Siggi hörte sie »Abendbrot!« rufen, dass es im Haus nur so schallte.

»Meinst du wirklich, er kommt? Das würde mich stark wundern!«

»Das ist SEIN Bier! Wir essen jetzt und basta!« Sie setzte sich und langte zu.

Er ließ sich nicht erst bitten, sondern schmierte sich eine Leberwurststulle. »Vielleicht hat er schon gegessen«, meinte er dabei und blickte sie schmunzelnd an. »Dann kannst du lange warten!«

»Ich warte ja nicht!« Sie biss kraftvoll in ihre Stulle. »Wer da schmollt an der Schüssel, dem schad't's am Rüssel!‹, hat meine Mutter immer gesagt und daran halte ich mich. – Unser erstes gemeinsames Abendbrot! Das lassen wir uns durch so einen Lümmel doch nicht vermiesen!« Es wurmte sie doch, dass sich René so verbiestert gezeigt hatte.

»Erzähl mir von dir«, bat Siggi, als sie beide aneinandergelehnt auf dem Sofa saßen, ein Glas goldenen Weines vor sich.

»Viel ist da nicht zu erzählen«, meinte sie nachdenklich. »Wolfgang war meine große Liebe. – Trotzdem, wenn die Jungs sich nicht quergestellt hätten, wäre ich bestimmt wieder verheiratet.«

»Und was hast du gelernt?«

»Nach der achten Klasse – damals gab es ja nur noch die Oberschule, für die ich aber nicht infrage kam – blieb ich zu Hause in der Landwirtschaft. Das war eben so. Dann wurde die Genossenschaft gegründet und meine Eltern traten ein. Ich nicht, weil ich da schon mit Wolfgang zusammen war. Als wir heirateten, bekamen wir eine Wohnung in Werder und zogen erst hierher, als meine Mutter gestorben war und mein Vater auch erkrankte. Der wollte nicht ohne sie weiterleben.« Einen Moment schwieg sie und erwartete wohl Siggis Nachhaken. Doch es kam nichts. »Weil die Kinder schon aus dem Gröbsten heraus waren, begann ich in der Genossenschaft zu arbeiten und trat damit mein Erbe an. Dauerte gar nicht lange, da kam unsre Obrigkeit mit dem Lernen. Dadurch habe ich heute einen Berufsabschluss.«

»Sei froh!«, sagte Siggi jetzt. »Ohne den wärst du wohl sogar heute noch schlechter gestellt.«

»Möglich. Aber der Obstbaumschnitt war für mich der reinste Horror! Diese pneumatischen Scheren waren verdammt schwer und viele bekamen Sehnenscheidenentzündungen.«

»Dabei haben wir ständig versucht, sie leichter zu machen«, sagte Siggi und ein grüblerischer Zug überschattete sein Gesicht.

»Ich werd' verrückt! Du hast daran herumgefummelt?« Perplex blickte sie ihn an.

Er nickte bedächtig. »Und wir haben um jedes Gramm gekämpft!«

»Ja-a, sie wurden mit der Zeit leichter«, räumte sie ein. »Aber für uns Frauen blieben sie viel zu schwer. Und wir hatten ja auch eine Norm zu schaffen! Ich war immer völlig verspannt, wenn die Schneiderei endlich vorüber war. Andere Frauen schafften es, in die Hallen an die Sortierbänder zu kommen. Ich nicht! Erst die Wende und das Aus mit der Genossenschaft beendeten diese Qual!«

Er seufzte. »Da haben wir fast zusammengearbeitet und lernen uns heute erst kennen. Dabei war ich einige Male mit draußen auf den Plantagen!«

»Beim Schnitt hatte ich keine Zeit, nach fremden Männern Ausschau zu halten«, meinte Emilia und lächelte ihn zärtlich an. »Da hätten wir schon übereinander stolpern müssen!«

»Nun ja, zu jener Zeit war ich auch noch verheiratet.« Er schwieg und sie ließ ihm die Zeit. »Cornelia hat die Wende nicht verkraftet. Sie war wie ich Ingenieur; allerdings in einem anderen Bereich. Hoch angesehen! Und dann lag sie plötzlich auf der Straße und keiner wollte sie mehr haben. Mir ging es ähnlich. Ich habe mich umgestellt und Versicherungen gemacht. ›Klinkenputzen kommt für mich nicht infrage!‹, hat sie empört gesagt und ist stur geblieben. Um dieses Thema redeten wir uns die Köpfe heiß. Dann kam der Krebs. Sie machte alles, was die Ärzte wollten: Operation, Bestrahlung und schließlich auch Chemo. Dann bekam sie Morphium und aus war's! Tja, heute weiß ich mehr und DAS hätte sie nicht alles erleiden müssen!«

»Aber Krebs ist nun mal tödlich!«, warf Emilia ein.

»Natürlich!«, bestätigte er mit bitterem Hohn. »Besonders, wenn du dich den Ärzten hingibst! Dann sogar mit neunzigprozentiger Sicherheit! Begibst du dich zu den Naturheilern, wirst du mit fünfundneunzigprozentiger Gewähr geheilt! Denk an den amerikanischen Radfahrer, der danach noch die Tour de France gewonnen hat. Ich glaube sogar: mehrmals!«

»Armstrong! Von dem habe ich auch gehört.«

»Hast du Pfirsichbäume im Garten?«

Überrascht blickte sie ihn an. Wie kam er vom Krebs auf Pfirsiche? »Kernechte aber nur. Fünf Stück! Die haben sich selbst vor ein paar Jahren dort angesiedelt.«

»Sehr gut! Die Samen der Pfirsiche enthalten nämlich …«

»Blausäure!«, fiel sie ihm ins Wort. »Genau wie die Bucheckern und Apfel-kerne und Pflaumen und Bittermandeln«, zählte sie auf und hätte wohl noch weitergemacht, wenn er ihr nicht plötzlich den Mund mit einem zarten Kuss verschlossen hätte.

Sie sah ihn dabei an und legte ungehalten die Stirn in Falten. Sofort zog er sich zurück, ein kleines Lächeln in den Mundwinkeln.

»Überfall mich nicht!«, forderte sie kategorisch. »Überhaupt! Wie hast du dir die Nacht vorgestellt? Ich habe nur ein Einzelbett und möchte auch nichts über-stürzen!« So, das war eindeutig, und sie ließ sich wieder entspannt zurücksinken. In seinen Arm, der noch immer um ihre Schultern lag. Einerseits genoss sie diese Zweisamkeit, andererseits war sie beunruhigt. Stieß sie ihn vor den Kopf, verschwand er womöglich wieder aus ihrem Leben. Sie wollte ihn jedoch nicht verlieren, wo sie ihn doch gerade erst gefunden hatte! So kuschelte sie sich noch ein bisschen mehr in seinen Arm.

»Verzeih, ich wollte nur die Aufzählung abkürzen! Drei Bittermandeln oder Pfirsichsamen täglich wirken vorbeugend gegen Krebs.« Er neigte seinen Kopf und blickte ihr liebevoll in die Augen. »Und was die Nacht anbetrifft: Dieses Sofa ist mir recht!«

In diesem Moment hörten sie René die Treppe herunterlaufen. Sie schwiegen beide und lauschten auf die Geräusche, die nun zu ihnen drangen.

»Die Kühlschranktür!«, kommentierte Emilia. »Er muss sich doch für morgen noch seine Stullen zurechtmachen.«

»Das machst nicht du?«, staunte Siggi offen.

»Ich werde mich hüten! Damit habe ich aufgehört, als er in der sechsten Klasse war. Immer dieses Gemeckere, weil ich das Falsche auf die Stullen gelegt hatte! ›Dann mach es dir gefälligst alleine!‹, habe ich damals gesagt und dabei ist es geblieben.«

»Ist auch richtig. Steine des Anstoßes soll man aus dem Weg räumen. Dann lebt es sich leichter. Feste Regeln …«

»Die Badtür!«, stellte Emilia fest und lächelte ihn an.

»Geht er immer vor dir schlafen?«

»Meistens ja. Nur am Wochenende ist es anders.«

»Überleg mal so ganz tief drinnen, ob es nicht günstiger ist, du ziehst zu mir und überlässt ihm das ganze Haus. Ich will dich nicht drängen!«, fügte er schnell noch an. »Aber so in Gedanken durchspielen könntest du es doch, Liebes.«

»Ja, sicher«, begann sie zögernd. »Aber …«

In diesem Moment begannen seine Augen, lustig zu glitzern. »… du hast deine Sicherheit hier, dein Wirkungsfeld, deine Bekannten«, vollendete er ihren Satz. Sie nickte bestätigend.

»Aber … Jetzt beginne ich auch schon mit einem ABER! … du bist doch noch jung! Nur alte Leute klammern sich an Vertrautes und können nicht loslassen.«

»Würdest du es denn machen?«, griff sie ihn an.

»Wenn MEIN Haus so bestückt wäre wie deins, sofort!«

Sie sog die Luft tief ein. »Aber leicht ist so eine Entscheidung nicht!«, meinte sie bekümmert und ließ ihre Augen durch die Stube schweifen.

»Ich weiß und ich will dich dabei nicht drängen. Du sollst dich frei entscheiden.« Er schwieg und beide lauschten.

Die Badtür wurde bewegt. Dann hörten sie sachte Schritte auf der Treppe und über sich, bevor völlige Ruhe eintrat.

»Das war's!«, sagte Emilia deprimiert. »Ich dachte, er würde wenigstens noch einen Gruß rufen. Aber nichts, gar nichts!«

»Sei nicht traurig, Liebste. Das wird schon wieder! Er muss vielleicht erst mit anderen darüber sprechen, damit sich in seinem Innern etwas klärt.«

»Vielleicht hast du recht. Hoffentlich! Ich mag solche Zustände nicht. Oder bin ich zu sehr auf Harmonie bedacht?«

»Das ist erst mal nichts Schlechtes! Nur wenn du dafür alles unter den Teppich kehrst, wird es falsch. Warte mal ein paar Tage, wahrscheinlich klärt es sich dann von ganz allein.«

»Und wenn nicht?« Zweifelnd schaute sie ihn an.

»Dann suchen wir die Aussprache!«, entschied Siggi und setzte mit dem WIR auch den Maßstab. Er küsste zart ihre Schläfe. »Wann muss René morgen aufstehen? Ich möchte ihn dabei nicht stören.«

»Halb sechs. Und um sechs geht er aus dem Haus.«

»Dann werde ich mich in dieser Zeit nicht rühren! Wir machen uns nun auch in die Federn, denn heute war doch ein sehr anstrengender Tag.« Er streichelte ihren Arm. »Oder bist du noch nicht müde?«

Sie blickte zur Uhr. »Irgendwie aufgewühlt bin ich. Ob ich überhaupt schlafen kann?«

»Das wird schon, wenn du erst einmal liegst«, meinte er, erhob sich und zog sie nach, sodass sie Brust an Brust standen. Er küsste sie auf die Augenlider, auf die Nasenspitze und auf den Mund. Hier verweilte er länger und vertiefte den Kuss langsam. Seine Hände strichen kaum spürbar über ihren Rücken, verweilten ein wenig unter ihrem Kreuz, bevor sie behutsam unter ihre Arme wanderten.

Da endlich schlang sie ihre Arme um seinen Nacken und schmiegte sich an seinen Körper. Sie gab sich ganz diesem neuen Gefühl hin. Alles in ihr vibrierte und schien nur auf ihn zu warten. Doch da waren noch immer diese Signallämpchen in ihrem Kopf, die im Hintergrund blinkten und warnten. Sie konnte sie nicht so einfach ausschalten.

»Ich möchte deinen Körper auch ohne Sachen spüren, Liebste«, flüsterte er beschwörend, als er den Kuss löste. Ihr Erschrecken ließ ihn seinen Wunsch relativieren. »Oder wenigstens leichter bekleidet.«

Verwirrt nickte sie. »Aber jetzt richten wir hier erst mal dein Bett.« Sie flüchtete in Aktivität. Er lächelte wissend und half ihr dabei, jedoch ihre Hand hier mit seiner streifend und dort ein Küsschen auf ihr Ohr drückend, sodass ihre Verwirrung noch weiter stieg, statt zu sinken.

»Darf ich zuerst?«, fragte er mit einem Blick zur Badtür und sie nickte hastig.

Kaum war er im Bad verschwunden, lief sie ins Schlafzimmer und lehnte sich tief atmend mit dem Rücken an den Kleiderschrank.

War sie denn verrückt geworden? Sich wie eine Jugendliche sofort in die Arme eines Mannes zu werfen? Und noch am Tage des Kennenlernens … Nein! So weit wollte sie es heute nicht kommen lassen! »Aber was spricht dagegen?«, flüsterte ihre andere Stimme. »Ist doch egal, ob heute oder morgen!« »Ist nicht egal!«, sagte sie laut und stieß sich entschlossen vom Schrank ab, um das Bettzeug herauszunehmen. Dabei fiel ihr Blick auf den Stapel der Nachthemden und sofort überlegte sie, ob sie nicht lieber das dünne mit dem spitzen Ausschnitt nehmen sollte. Mit dem, was sie zurzeit trug, konnte sie sich nicht mehr sehen lassen, so verwaschen, wie es war. Aber zum Wegwerfen eigentlich noch zu schade!

Als sie das Bettzeug hinübertrug, hatte sie sich schon für das dünne entschieden.

Gerade schüttelte sie die Steppdecke richtig auf, als Siggi wieder erschien.

»Das sieht richtig anheimelnd aus«, meinte er und bedankte sich mit einem Küsschen. »Nun werde ich auf dich warten und mach dir, bitte, keine Sorgen!« Er betonte die letzten Worte. »Es geschieht nichts, was dir missfällt.«

Konfus lief sie ins Bad, vollführte dort jedoch eine ganze Wendung, um sich das Nachthemd aus dem Schlafzimmerschrank zu holen. Sie war ja nicht allein wie sonst immer! Mit fliegenden Händen und ziemlich unaufmerksam absolvierte sie all die kleinen Handgriffe an diesem Abend. Beinahe hätte sie ihre Gesichtscreme auf die Zahnbürste gedrückt!

Bevor sie das Nachthemd überstreifte, flog ihr Blick abschätzig über ihren Körper: glatt und ohne Falten, keine Speckrollen irgendwo, die Brüste nicht mehr so knackig wie früher, aber auch noch nicht baumelig wie leere Fellstücke. Nun ja, der Bauch kam nicht so gut weg. Den hatten die beiden Jungs etwas demoliert. Aber andere Frauen hatten auch hier schlechtere Karten als sie.

Dann, als der Stoff ihren Körper umspielte, stellte sie fest, dass er eigentlich viel zu dünn war, um etwas zu verhüllen! Beinahe wäre sie erschrocken zum Schrank gerannt, um ein anderes Nachtgewand zu wählen. Für eine Sekunde stritten sich zwei Seelen in ihrer Brust. Dann fegte ein kleiner Sturm alle Bedenken fort und mit einem tiefen Atemzug öffnete sie die Tür und schritt zum Wohnzimmer.

Siggi legte das Buch aus der Hand, als er sie hörte, und seine Augen leuchteten voller Liebe und Bewunderung. Weder Begierde noch Geilheit wie bei Wolfgang entdeckte sie.

Siggi erhob sich. »Wunderschön!«, sagte er staunend und streckte ihr beide Hände entgegen. »So viel Schönheit habe ich nicht erwartet und bin überwältigt.«

Im ersten Impuls wollte sie fragen: »Willst du mich verschaukeln?« Aber …, wenn er es so empfand? Wozu sollte sie widersprechen?

Verlegen legte sie ihre Hände in seine geöffneten, doch er zog sie nicht heran, sondern führte sie leicht nach außen, um sich weiter an ihrem Anblick zu erfreuen. Es stieß sie nicht wie erwartet ab, nein, es erregte sie sogar. Sie konnte dieses Wunder nicht fassen! Wieso kamen erst jetzt, im Alter, diese Gefühle in ihr auf und nicht früher? Bei Wolfgang?

Siggi sah gut aus in seinem seidenen, kurzen Pyjama. Nirgends ein Schwimmreifen! Die Beine und Arme ohne Fehl und Tadel. »Treibst du Sport?« Die Frage rutschte ihr so plötzlich über die Lippen, dass sie darüber erschrak. War sie noch zu retten? In diesem Moment so eine blöde Frage zu stellen! Aber Sport mochte sie nicht! Sie empfand ihn als Quälerei.

Siggi lächelte liebevoll. »Wenn du ein bisschen Wandern und ein paar leichte Übungen am Morgen als Sport bezeichnest, dann ja. Aber du wirst sehen, das kann jeder. Es kommt nur auf die Regelmäßigkeit an, nicht auf Spitzenleistungen. DIE mag ich auch nicht.« Nun zog er sie sachte näher.

»Sport ist Mord«, stieß sie trotzdem noch hervor, obwohl ihre Gedanken schon anderweitig beschäftigt waren.

Er führte ihre Arme zu seinen Schultern und ließ sie dort los, um seine um ihren Körper zu legen und sie ganz heranzuziehen. Sie erschauerte, weil sie sofort wieder dieses seltsame Vibrieren in sich spürte.

»Du bist wunderschön!«, sagte er leise und senkte seinen Mund auf ihren. Er küsste sanft und sie empfand nur seine Liebe, ohne jede Forderung nach mehr.

Plötzlich fühlte sie ihre Brüste wie in der Jugendzeit, wie in den ersten Jahren mit Wolfgang. Dass es dann aufhörte, schrieb sie der ersten Schwangerschaft zu. Und dem zunehmenden Alter, weil es auch nach der zweiten Schwangerschaft ausblieb. Ein großes Staunen ergriff von ihr Besitz. Inzwischen war sie doch nun URALT! Woher kamen bloß plötzlich diese Gefühle?!

»Ich liebe dich!«, flüsterte Siggi und setzte den Kuss fort.

Sie begann ganz sanft seinen Nacken zu streicheln, fuhr in die Haare hinauf, verweilte dort, weil sie die Ströme in ihrem Innern kaum noch ertragen zu können glaubte.

Siggi ließ seine Hände nicht wandern, sondern zog sie nur ein wenig enger an sich heran, sodass sie seine Männlichkeit auf ihrem Hügel spürte.

Sie stöhnte in seinen Kuss hinein und fühlte seine Regung. Doch er wurde nicht aktiv, atmete nur tiefer und ließ den Kuss noch leichter werden. Für sie versank die Welt! Nur diese Gefühlsströme erfüllten sie und ließen sie Raum und Zeit vergessen.

Als Siggi nach Ewigkeiten den Kuss löste und ein wenig Abstand zwischen ihre Körper brachte, schien sie zu erwachen. »Was machst du nur mit mir?«, fragte sie leise.

»Das MACHE ich nicht! Das sind die Energieströme der Liebe. So machtvoll habe ich sie noch nie gespürt und ich bin unwahrscheinlich glücklich, dass auch du sie fühlst.«

»Aber … wie kommt das nur?«, stammelte sie verwirrt und gestand zur eigenen Verwunderung: »Ich würde jetzt alles mit mir geschehen lassen!«

Da schüttelte er sachte den Kopf. »Nein, es ist noch nicht die rechte Zeit. Du würdest dich vielleicht hinterher ärgern. Weißt du, dieses Fließen muss jahrelange Spannungen lösen. Spannungen, die noch aus deiner Ehe stammen. Sonst sind wir gleich wieder im damaligen Zustand. Das möchte ich nicht. Du sollst entspannt und aufnahmebereit sein für etwas völlig Neues, das auch ich SO noch nie erlebt habe. Ich möchte uns beiden also keine Enttäuschung bereiten.«

»Und das weißt du …«

»… fast alles aus Büchern, Liebste. Jetzt jedoch möchte ich es mit dir erleben, weil auch du diese Ströme fühlst. Doch sowie dich die Erregung in Spannung versetzt, wird es falsch. Wir wollen es in ganz entspanntem Zustand genießen. – In unserer Gesellschaft ist Sex immer gleichbedeutend mit Action, mit dieser … na, ich will mal sagen: mit dieser unästhetischen Rammelei. Und darin liegt der Fehler. Da glauben beide, Mann wie Frau, wenn sie nicht in diesen erregten Bewegungen sind, ist es kein Sex. Und wie oft warst du hinterher frustriert?«

»Na, in den letzten Jahren mit Wolfgang eigentlich immer!«

»Siehst du! Ich habe bei Cornelia ebenfalls gespürt, dass sie nicht zufrieden war, wusste aber nicht, wie ICH das ändern sollte. Mein schlechtes Gewissen hat mich dann halt Holz und Kohle reinschleppen und auch mal fragen lassen, was ich ihr noch helfen könne. Für ALLES wird man geschult, nur für die Liebe und die Erziehung nicht. Da wurstelt man sich so durch.«

Emilia fühlte plötzlich ihre Füße, bemerkte, dass sie viel zu lange gestanden hatte und wusste, dass darauf bestimmt wieder Hüftschmerzen folgen würden.

»Gut! Das erklärst du mir morgen genauer, ja? Jetzt bin ich wirklich müde.«

Er lächelte und strich ihr übers Haar. »Wir haben alle Zeit der Welt, meine Liebste, und werden uns gründlich kennenlernen. Gute Nacht und schlaf schön.«

Er beugte sich ein wenig vor und küsste sie leicht auf den Mund, ohne ihren Körper mit seinem zu berühren.

»Gute Nacht, Siggi. Schlaf gut und träum was Schönes! Du weißt doch: Was du unter einem neuen Dach träumst, geht in Erfüllung!« Wie kam sie denn plötzlich auf diesen Quatsch von ihrer Oma?! Sie löste sich aus ihrer Haltung und ging zur Tür. »Tschü-üs«, hauchte sie und verschwand. Das Wort »Liebster« wollte ihr noch nicht über die Lippen, obwohl es gleich dahinter hing.

Im Bett reckte und streckte sie ihre Glieder und fühlte sich so glücklich wie … Ja, wie denn? Wie im siebten Himmel? An René dachte sie überhaupt nicht, nur an diese neuen, berauschenden Gefühle! Und schien plötzlich zu schweben, zu schweben inmitten von Tönen, von nie gehörten Melodien, die mit ihr flogen, sie trugen, leicht und beschwingt über grüne Täler und Höhen. Ein glückliches Lächeln überflog ihr Gesicht und ihr Atem wurde langsam und gleichmäßig.

Der helle Morgen und eine Amsel im Fliederbusch weckten sie. Verblüfft stellte sie fest, dass sie am Abend die Jalousie nicht heruntergelassen hatte. »Dabei habe ich besser als sonst geschlafen«, murmelte sie und dehnte ihre Glieder wie eine Katze, erblickte das feine Nachtgewand und blitzartig schoss der Vortag in ihr Bewusstsein.

Ihre Gedanken überschlugen sich, prallten auf Renés Ablehnung und auf Siggis Liebe, schwenkten zum Inhalt des Kühlschrankes und hin zum schlafenden Mann in der Stube nebenan. Sie sog die Luft tief ein. »Wird schon werden!«, sagte sie leise zur eigenen Beruhigung und blickte zur Uhr.

»Sechs Uhr fünfundvierzig! Zeit zum Aufstehen!« Noch einmal reckte sie sich, spürte keine Schmerzen, wie sonst oft am Morgen, und setzte sich auf. Die nackten Füße fuhren in die samtenen Pantoletten und, den Blick im Grün vor dem Fenster, erhob sie sich lächelnd.

Mal sehen, was ihr dieser Tag bringen würde! Ob Siggi schon wach war? Sofort begann ihr Herz schneller zu schlagen. »Bleib ruhig!«, sagte sie sich und öffnete leise die Tür, um nach den anderen Türen zu schauen. Die Küchentür stand einen Spalt weit auf, wie es Renés Art war. Die anderen waren geschlossen.

Sie lief zum Bad und drückte auf die Klinke. Unverschlossen! Sie schlüpfte hinein und … stand Brust an Brust mit Siggi! Es verschlug ihr den Atem.

Er nahm sie in die Arme, hauchte einen Kuss auf ihre Stirn, drehte sich mit ihr um hundertachtzig Grad, sagte fröhlich: »Guten Morgen, mein Schatz!« und war verschwunden.

»Uff!«, sagte sie hinter ihm her, und da die Tür sich rasch schloss, ließ sie sich gleich nieder. Obwohl sie den Schlüssel nicht herumgedreht hatte, wusste sie einfach, dass Siggi JETZT nicht zurückkommen würde. Sie erfrischte sich unter der kalten Dusche … jetzt im Sommer ein Vergnügen … und überlegte dabei, ob sie das Nachthemd wieder überziehen sollte. »Eigentlich Quatsch! Man sieht sowieso alles. Da kann ich auch gleich so zurück ins Schlafzimmer gehen!« Im Stillen hoffte sie, dass er noch beim Ankleiden war und sie nicht bemerken würde, wenn sie vorbeihuschte.

Doch sie hatte sich getäuscht! Die Stubentür stand weit offen und Siggi lehnte am Fenster, ein dunkler Schatten vor dem strahlend jungen Tag. Obwohl ihr Fuß stockte, rührte er sich nicht.

Da rief sie hastig: »Guten Morgen!« und verschwand eilends im Schlafzimmer. Schnell schlüpfte sie in die Unterwäsche und überlegte, was sie darüber anziehen sollte. Sie wusste ja gar nicht, was für ein Wetter angesagt worden war. Und zum Thermometer hatte sie auch noch nicht geschaut!

Doch dann fiel ihr ein, dass sie ja hier zu Hause war und alles noch ändern konnte. So nahm sie ein Sommerkleid, eins von denen, die sie noch nicht alltags abschleppte, weil sie für den Müll noch zu schade waren, holte tief Luft und ging hinüber zu ihm.

Er hatte schon das Bettzeug zusammengerollt, die Couch eingeschoben und saß im Sessel mit einem Buch.

»Die ›Hay‹ ist gut!«, sagte er, klappte das Buch zu und legte es zurück auf den Tisch. »Was unternehmen wir nach dem Frühstück?« Er erhob sich bei diesen Worten und kam ihr entgegen.

Da warf sie alle Hemmungen über Bord, lief noch zwei Schritte auf ihn zu und legte ihre Arme um seinen Nacken, um ihn zu küssen.

Er erwiderte den Kuss ganz sanft mit gefühlvollen Lippen, ohne mit der Zunge in ihren Mund eindringen zu wollen, dass sie gänzlich dahinschmolz, so schön war es.

»So sollen nun alle unsere Tage beginnen«, wünschte er und sie nickte benommen. Nicht ein einziger klarer Gedanke formte sich in ihrem Kopf.

»Wollen wir nun frühstücken?«, fragte er und strich federleicht über ihre Brüste. »Oder müssen wir erst etwas einkaufen? Schließlich warst du auf mich nicht eingestellt.«

Emilia erwachte wie aus einem Traum. »Da Iris an diesem Wochenende nicht hier war, müsste noch genügend vorhanden sein.« Sie ging in die Küche und räumte alles auf den Tisch. »Ach, sieh mal, Bananen sind auch noch da!«

»Dann kann es ja losgehen! Banane und Apfel auf nüchternen Magen halten den Blutzucker niedrig«, meinte er, als er die Rohkost erblickte, und füllte die Kaffeemaschine. »Die gleiche habe ich auch. Aber meistens trinke ich Kräutertee.«

»Na ja, das müssen wir alles noch miteinander abstimmen«, meinte sie leichthin. »Morgens nehme ich Kaffee als Muntermacher, später dann Tee. Selbstgesammelt!«, fügte sie stolz hinzu.

»Oh!«, staunte Siggi. »Ich muss gestehen, dass in dieser Richtung meine Kenntnisse miserabel sind.«

»Dann ergänzen wir uns ja! Das ist doch gut!«, fand Emilia. Endlich ein Gebiet, wo sie anscheinend besser Bescheid wusste als er. »Löwenzahn …«

»Na, den kenne ich auch!«, fiel er ihr ins Wort.

Sie lachte auf. »Wer kennt DEN nicht?! Den sammle ich im Frühjahr in meinem Garten. Gleich mit Wurzel! Und im Juni hole ich mir Johanniskraut.«

»Das musst du mir zeigen! Das soll sehr gut sein!«

»Ist es auch. Im August suche ich mir Bockshornklee. Der ist gut für die Bauchspeicheldrüse.«

»Da ist mir nicht mal der Name bekannt, geschweige denn die Pflanze!« Siggi vergaß vor Bewunderung sogar das Abbeißen und hielt das Kuchenstück wie erstarrt vor dem Mund.

Sie kicherte. »Kannst weiteressen, sonst kommen die Fliegen rein!«

»Hier sind doch gar keine!«, tat er empört und biss kräftig zu. »Nachher gehen wir sicher einkaufen. René muss schließlich etwas zum Essen am Abend vorfinden.«

Ein Schatten legte sich über ihr Gesicht und er bedauerte schon seine Worte. »Wir könnten danach auch zu mir fahren und gemeinsam etwas aussuchen. Mir ist da heute Nacht so eine Idee gekommen …« Sein Blick wurde richtig verträumt und sie blieb in seinen Augen hängen.

Was machte die nur so ausdrucksstark? Sie hatte wohl immer die falschen

Männer angesehen! Niemals hatte sie in solche Augen geschaut! Sein Blick änderte sich.

Sie riss sich zusammen. »Gut, gehen wir einkaufen und ich zeige dir dabei gleich mein Dorf. Das wird ein schönes Getratsche werden, wenn ich mit dir durchs Dorf schleiche!«

»Kann ich mir gut vorstellen! Wird bei mir auch nicht anders sein!« Er grinste wissend und trank seine Tasse leer.

»Ich wasche aber erst noch ab!«, erklärte sie und begann sogleich mit der Arbeit. Er trocknete ab und achtete darauf, wo sie alles verstaute. Zwar hoffte er, dass sie zu ihm zog, aber übereilen wollte er nichts.

Als sie auf die Straße traten, kam Regine mit dem Rad gerade vom Einkauf zurück. Sie bekam große Augen und bremste viel zu scharf. Das Absteigen war schon fast ein Fallen.

»Nu schlag du auch noch hin!«, rief Emilia tadelnd.

»Na, wenn du mit solchen Überraschungen aufwartest!«, wehrte sich Regine und ließ sich den Mann vorstellen.

»Na, gucke mal da!«, tönte sie danach übertrieben laut. »Wann ist denn der nächste Gesundheitstreff? Vielleicht ist da auch für mich etwas dabei!« Alle drei lachten und verabschiedeten sich voneinander.

Auf dem weiteren Weg erzählte Emilia von Regine, von einigen anderen und vom Tante-Emma-Laden. So bekam Siggi in kürzester Zeit einen kleinen Geschichtsexkurs und etliche Persönlichkeitsbeschreibungen.

Als sie in den Laden kamen, stand natürlich der ungepflegte Kurt mit seiner Bierbüchse neben den Getränkekästen. Ihm fiel der Unterkiefer auf die Brust. Sonst ihren Eintritt stets mit einigen Bemerkungen kommentierend, fand er heute keine Worte.

»Nun krieg dich wieder ein!«, sprach Emilia ihn spöttisch an. »Und lass die Bierbüchse nicht fallen! Hast hoffentlich schon tüchtig dafür gearbeitet!«

»Klar, hab ich!«, presste er sich ab und wies auf einen Kistenstapel. »Ist dein Cousin auf Besuch?«, wollte er nun wissen, weil sie so gar keine Anstalten machte, ihm den Mann vorzustellen.

»Richtig geraten!«, lobte sie grinsend. »Wirst Siggi noch öfter hier sehen. Ist aber kein Biertrinker wie du!« Damit wandte sie sich ihrem Einkauf zu und Siggi schritt mit ihr durch den Laden, verfolgt von Kurts argwöhnischen Blicken.

Frau Müller, die Ladenbetreiberin, ließ sich ihre Neugier nicht anmerken und sortierte fleißig ihre verschiedenen Brötchensorten in »Bestellte« und »Unbestellte«. »Kurt«, sagte sie nebenbei, »trag mal den rechten Stapel noch nach hinten ins Lager.«

Folgsam stellte Kurt seine Bierbüchse ab und begann mit der Arbeit, dabei immer wieder einen Blick auf den Fremden werfend.

Emilia hob ihren Einkaufskorb auf den Ladentisch und Frau Müller tippte die Preise ein, bückte sich und legte die bestellten Brötchen, dunkle und helle, dazu.

»Die sehen genauso aus wie in unserm Dorf«, sagte Siggi nach einem begutachtenden Blick.

»Die bringt Fröbe montags, donnerstags und samstags«, gab ihm Frau Müller bereitwillig Auskunft. Der Mann musste also aus diesem Bereich sein, schloss sie daraus.

»Ja, DER kommt auch zu uns«, antwortete Siggi. »Die schmecken gut.« Er wies auf die Kiwis. »Darf ich ein paar davon in deinen Korb legen?«

Kurt hatte schnell gearbeitet, stand mit seiner Bierbüchse dicht hinter ihnen und spitzte die Ohren, damit ihm ja kein Wort verlorenginge!

»Nimm mal sechs Stück«, meinte Emilia und bezahlte alles. Kurts Neugier wurde nicht befriedigt, denn nun verabschiedeten sich die beiden und verließen den Laden.

Auf der Straße griente Emilia. »Jetzt werden sie sich aber einen Wunderbeutel anhängen wegen des Cousins!«

»Das glaube ich auch«, bestätigte Siggi und wechselte das Thema. »Die Äpfel sind aber verdammt teuer!«

»Ja. Deshalb hole ich mir welche von der Genossenschaft. Aber zurzeit sind keine mehr. Na, in einer Woche kann ich von meinem Klarapfelbaum die ersten ernten. Der trägt eigentlich immer gut. In diesem Jahr werde ich wohl mit meinen Sorten bis in den März kommen. Die letzte Ernte war nicht so reichlich. Deshalb musste ich schon im Januar welche dazuholen. Pro Kilo ein Euro! Das geht doch!«

»Allerdings! Ich besitze nur drei Apfelbäume, dafür umso mehr Pfirsiche. Und die hängen in diesem Jahr übervoll! Ich weiß gar nicht, wo ich sie alle lassen soll! So viele nimmt mir meine Tochter nicht ab und mehr als sechs Stück pro Tag kann ich gar nicht essen!«

»Oh, da schaffe ich mehr!«, rief sie und lächelte ihm glücklich zu. »Wir können sie ja einkochen und Marmelade davon machen und natürlich die Steine aufheben ...« Spitzbübisch schaute sie zu ihm hinüber. »Denn drei Samen am Tag sollen vorbeugend gegen Krebs sein.«

»Richtig«, bestätigte er lobend. »Das kommt durch das Vitamin B17, wie einer schon 1952 herausgefunden hat. Er war der Meinung, Krebs sei eine Mangelerkrankung wie Skorbut bei Vitamin C. Viele alte Leute wussten das und haben schon seit undenklichen Zeiten die Samen genossen.«

»Na ja, aber ich habe mal eine Nachricht gehört, dass ein kleines Mädchen an einer Marzipanvergiftung gestorben sei«, erzählte Emilia mit besorgter Miene.

»Natürlich kann man davon sterben«, sagte Siggi überzeugt. »Du kannst auch durch fünf Liter Wasser sterben. Trink sie mal ganz schnell hintereinander! Damit ertränkst du deine Organe! Nur die Menge macht etwas zum Gift oder zur Arznei!«

»Und warum bringen sie dann solche Nachrichten?«

»Wenn alle Leute sich gesund ernähren, verdient die Pharmaindustrie nichts. Nur kranke Menschen schaffen Profite! Deshalb wird Wissen unterdrückt. Aber wir sorgen dafür, dass es nicht untergeht!«

»Aber ihr bewirkt zu wenig!«, rief Emilia impulsiv.

»Das sieht nur so aus«, behauptete Siggi. »Das ist wie mit René. Zuerst scheint alles aussichtslos, aber plötzlich öffnet sich ein ganz neues Fenster, eine Einsicht …«

»Ach, René!«, seufzte Emilia. »Ich habe ihm doch abends immer ein warmes Essen geliefert! Wenn ich aber nun mit zu dir fahre …« Sie ließ den Satz unvollendet und blickte ihn besorgt an.

»Dann speisen wir eben heute alle gemeinsam bei dir und können dann einiges miteinander bereden«, wies Siggi einen Ausweg. »Bis dahin haben wir noch viel Zeit und wir könnten mal an der B1 ins Möbelzentrum schauen.«

Inzwischen waren sie wieder in Emilias Küche angelangt und packten die Einkäufe aus.

»Was willst du denn dort?«, fragte sie überrascht. »ICH brauche keine neuen Möbel!«

»Ja, aber vielleicht ich«, meinte er unbestimmt.

So schlenderten sie eine halbe Stunde später durch die ausgestellten Möbel und stellten fest, dass sie nicht immer einer Meinung waren. Er achtete sehr auf Pflegeleichtes, Geradliniges, sie mochte mehr das Verspielte, Romantische!

»Weißt du, pflegeleicht ist doch heute fast alles«, meinte sie dazu. »Wenn ich an die Möbel meiner Großeltern denke, stehen mir jetzt noch die Haare zu Berge. Einmal musste ich mit Oma wienern, bis sie glänzten. Das war ein Schock fürs Leben! Heute musst du nur darauf achten, dass sie dich mit ihren Ausdünstungen nicht umbringen!«

Sie hatten die Schlafzimmer erreicht und begutachteten dies und jenes und Emilia kam es vor, als sei Siggis Interesse riesig. Er schien ihr sogar aufgeregt. Warum nur?

Grad bogen sie um eine Ecke und Emilia blieb abrupt stehen. »Wow! Was ist denn das?! Ein Ehebett als Blüte! Oder siehst du etwas anderes?«

»Nein! Oder doch? Mir scheint es eher ein Faltenwurf zu sein … mit integriertem Licht!« Siggi griente. »Da muss man keine Lampen putzen!«

»Aber lesen kannst du damit bestimmt nicht!«

»Will ich auch nicht!«, erklärte er fröhlich. »Dafür weiß ich etwas Besseres!« Er strahlte sie an, dass sie verlegen wurde. Was ihm sehr gefiel und ihn zu einem Nasenküsschen ermutigte. »Gefällt es dir?«, fragte er anschließend.

»Das Küsschen?«, fragte sie scheinheilig zurück.

»Nein, das Schlafzimmer!«

»Ja, sehr sogar!«, nickte sie. »Aber ich brauche ja keins!« Was sie richtig bedauerte und er ihrer Stimme auch anhörte.

»Aber ich!« sagte er voller Inbrunst und blickte ihr tief in die Augen. »Ich bin nämlich genauso eingerichtet wie du. Das aber werden wir ändern. Bei dir herrscht Platzmangel, während bei mir alles möglich ist. Komm, Liebste, wir fragen nach den Lieferbedingungen!«

Ganz benommen saß sie dreißig Minuten später hinter ihrem Lenkrad und konnte einfach noch nicht losfahren.

»Hast du dir das wirklich gut überlegt?«, fragte sie und sah ihn im Geiste zur Bezahlung die Karte hinüberreichen, genauso selbstverständlich, wie sie es bei ihrem Vier-Wochen-Einkauf in einem Supermarkt tat. Aber welch ein Unterschied im Preis!

»Meinst du, ich hätte auch noch den kleinen Aufpreis zahlen können, damit wir es schneller haben?« fragte er, gespielt naiv. Ein Lächeln umspielte seine Lippen. »Aber die Zeit benötigen wir für eine gründliche Renovierung des Zimmers, Liebste! Wir können doch nicht so schöne Möbel in … Weißt du was? Wir sehen uns gleich noch nach passenden Tapeten um!«

»Das haut mich um!«, stieß Emilia überrumpelt aus.

»Dann lass dich nach dieser Seite sinken!«, rief Siggi theatralisch und breitete beide Arme zum Auffangen aus.

»Ach, du!«, stöhnte sie auf. »Du weißt genau, wie ich's meine! Das geht mir alles zu schnell!«

Siggi wurde ernst und umfing ihre Hand, mit der sie beim letzten Satz einen

Kreis beschrieben hatte. »Wir waren uns doch einig, dass wir zusammenbleiben wollen. Mehr heißt das hier auch nicht. Und wenn wir zusammen renovieren, lernen wir uns gleich besser kennen. Loslassen werde ich dich sowieso nicht mehr! Lieber lege ich alle meine schlechten Gewohnheiten ab.«

»Hast du denn welche?«, nahm sie sofort den ausgeworfenen Faden auf.

»Wer hat die in diesem Alter nicht?! So! Und jetzt kaufen wir noch Tapeten!«

Danach knurrte beiden der Magen und Emilia hielt an einem Schnellimbiss. Gesättigt fuhren sie mit den Tapeten zu Siggis Haus, besahen sich den zu renovierenden Raum, gingen dann in seinen Garten und fuhren zu ihr, wo sie in ihrem Garten umherstreiften.

Gegen siebzehn Uhr wurde sie unruhig. »Nun müsste René jeden Augenblick erscheinen. In dieser Woche fährt er bei seinem Kumpel mit. Fahrgemeinschaft, weißt du. In der nächsten ist er dran. Deshalb habe ich dann kein Auto!«

»Das ist in Ordnung. Wir können ja mit meinem fahren. Siehst du, René profitiert NUR durch unsere Verbindung. Damit kannst du ihn doch ködern!«, meinte er fröhlich grinsend und lief hinter ihr her zum Haus.

Zielstrebig spurtete sie in die Küche und begann mit den Vorbereitungen fürs Abendessen.

Siggi nahm sich die Kartoffeln vor. »Donnerwetter!«, staunte sie. »Du kannst aber dünn schälen!«

»Dein Messer ist auch superscharf!«, lobte er. »Leider kann ich sie nicht mehr schaben!«

»Sind auch gekaufte. Wer weiß, woher sie die wieder angekarrt haben! Nächste Woche kann ich welche im Garten aufroden. Die sind dann frisch und du kannst sie schaben.« Sie würzte indessen die drei Fischfilets, die sie vorhin aus dem Eisschrank genommen hatte.

Interessiert schaute Siggi ihr zu. »Drei Streuer? Welche Gewürze verwendest du denn?«

»Das interessiert dich?«, wunderte sie sich. Ihre Männer hatten dafür noch nie auch nur einen Gedanken aufgebracht! Hauptsache, es schmeckte gut! Sie nahm die Streuer nacheinander hoch. »Dieser enthält Ingwer, jener Knoblauchpulver und hier ist Chili drin. Gesalzen wird später.« Bei den letzten Worten lauschte sie nach draußen. »Ah, René kommt endlich!« Sie eilte zur Küchentür und verstellte so jeden Blick hinein.

Der an die eins achtzig große, dunkelgelockte René drückte die Haustür auf und starrte seiner Mutter überrascht ins Gesicht. Dann schweiften seine Augen wie suchend durch den kleinen Korridor und blieben misstrauisch in ihren hängen.

»Es gibt Fisch!«, kam sie einer Frage zuvor.

»Hm«, brummte er nur, nahm seinen Blick fort und ließ seine Arbeitstasche hinter der Haustür zu Boden sinken. »Ich will nach dem Essen noch weg! Kann ich's Auto haben?«

»Klar! Aber morgen früh brauche ich es wieder«, antwortete sie und drehte sich zurück zur Küche. »Wir essen pünktlich wie immer«, meinte sie über die Schulter hinweg, schob hinter sich die Tür zu und legte beschwörend den Finger auf den Mund. Siggi griente verständnisvoll und hoffte für Emilia, dass dieses Essen kein Reinfall werde. Außerdem hätte auch er gern mit dem jungen Mann gesprochen.

Eigentlich wollte Emilia nun alles in der Wohnstube richten, doch Siggi riet ab. »Die Küche reicht für uns«, meinte er. »Wenn du ihn zur Stube leitest, ist er schneller verschwunden, als du denken kannst!«

Überpünktlich standen die Speisen auf dem Tisch und Emilias Herz begann schneller zu schlagen. Würde ihr Junge vernünftig sein? Sie lehnte sich mit dem Rücken an den Kühlschrank und Siggi stellte sich so, dass René ihn nicht als Erstes erblicken würde.

Nun kamen schnelle Schritte die Treppe herab. »Bin nur noch rasch nebenan!«, rief René beim Vorbeilaufen an der Küche. Sie hörten die Badtür, dann das Rauschen des Wassers und wieder die Badtür.

Die Küchentür wurde aufgerissen und Renés Blick erfasste die drei Gedecke, schwenkte eilig in den Raum und wurde eisig.

»Setz dich!«, kam Emilias befehlende Stimme, ehe er genügend Luft zum Sprechen hatte. »Ich muss etwas mit dir besprechen! Also setz dich gefälligst und hau nicht gleich wieder ab! Du KANNST nicht immer davonlaufen!«

Renés junges Gesicht konnte keine weiteren Falten liefern als die auf der Stirn. Verbiestert nahm er auf seinem Stuhl Platz und starrte auf seinen Teller. Er sah und roch nichts von dem appetitlichen Essen. Seine Abwehr stand spürbar im Raum. Emilia ließ Siggi vorbei und setzte sich auf ihren vorderen Platz, von dem aus sie alles schnell nachrüsten konnte.

»Es wird sich einiges ändern und DU hast den größten Nutzen davon!«, sagte sie resolut während des Hinsetzens. »Siggis Haus ist genauso wie dieses, jedoch ohne weitere Einwohner! Wenn ICH zu ihm ziehe, hättest DU hier alles für dich und es müsste oben nichts weiter ausgebaut werden. Sprich mit Iris!«

Da fuhr René wie von der Tarantel gestochen hoch und Emilia hob beide Hände, als wolle sie sein Fortlaufen verhindern.

»Iris … wollte nicht … Verdammt! Ich weiß nicht, ob ein andrer dahintersteckt!« Er ließ sich auf seinen Sitz fallen. »Deshalb muss ich das Auto heute noch haben!«

»Das sind ja noch nicht einmal zwei Jahre!«, sagte Emilia entnervt. »Was machst du denn nur mit den Mädchen!? Bist du so ein … Schlawiner, der nur nehmen will und nichts geben? Sollen die immer alle nach deiner Pfeife tanzen? Oha, ich glaube, ich habe dich wirklich zu sehr verwöhnt. Alles habe ich für dich getan, auf alles Mögliche verzichtet, damit dir nur ja nichts fehlen sollte! Aber ich merke jetzt: Das war ein Riesenfehler!« Sie spürte Siggis Hand auf ihrem Arm und wurde auch wirklich ruhiger. »Hör mal, in puncto Frauen kann Siggi dir vielleicht besser helfen, als du dir in deinen kühnsten Träumen vorstellen kannst.«

»Muss wohl so sein, wenn er dich in so kurzer Zeit um den Finger wickeln konnte«, brummte René ironisch. »Und wenn er dich dann satthat und raussetzt, stehst du plötzlich wieder hier auf der Matte und ich kann sehen, wo ich bleibe!«, griff er plötzlich an.

Siggi mischte sich ein. »Ich setze deine Mutter niemals raus!«, sagte er scharf. »So eine Frau habe ich noch nie getroffen und ich wäre schön blöd, wenn ich sie jemals wieder losließe!«

Überrascht blickte René auf und Siggi direkt in die Augen. Diese Liebe, die er darin sah, machte ihn butterweich. Er rutschte auf seinem Stuhl in sich zusammen. »Warum passiert nur anderen das und nie mir?«, murmelte er pessimistisch.

»Das kann ich dir erklären, wenn dir daran etwas liegt«, meinte Siggi. »Aber jetzt würde ich doch zum Essen raten, denn deine Mutter hat sich so viel Mühe gemacht und nun wird alles kalt.«

»Du hast ja mitgeholfen«, warf Emilia ein und in Renés Augen glomm ein großes Staunen auf.

»Ehrlich?«, fragte er und nahm von den Kartoffeln, ohne recht zu merken, dass Siggi sie ihm hinhielt.

»Ja!«, bestätigte Emilia. »Er kann dünner schälen als ich!«

Das Eis schien gebrochen und ihr fiel ein Stein vom Herzen. Ihr kurzer Blick zu Siggi erfasste sein aufmunterndes Lächeln und wärmte ihr Inneres. Sie nahm sich ihren Teil und aß nun mit gutem Appetit. Dabei wunderte sie sich, wie schnell sich alles geklärt hatte. Nach ihrer Methode hätte es bestimmt Wochen gedauert. Ob sich dann nicht ein paar Widerhaken in einer Seele verfangen hätten? Wer weiß!

»Vielleicht solltest du mal mit Siggi über Frauen sprechen. Er hat jedenfalls ein anderes Wissen als wir über die Liebe. Ich kann dir nur zu viel Zärtlichkeit raten. Wenn du das heute übliche Rumbumsen ausübst, musst du dich nicht wundern, dass deine Mädchen sich verflüchtigen.«

René hatte aufgehört zu kauen und starrte sie mit geweiteten Augen an.

»So habe ich noch nie mit dir gesprochen, stimmt's? Ich bin dabei, mich zu ändern. Und noch ist mit Siggi nichts passiert. Kein Quickie oder wie ihr es nennt! Wir haben ja Zeit und müssen uns nichts beweisen. Und DU nimm dir auch Zeit für Iris und mach ihr keine Vorwürfe! Kehre nicht etwa den Besitzer heraus nach dem Motto: mein Haus, meine Frau und so weiter. So, das musste mal gesagt werden, und nun können wir weiteressen!« Sie schob sich einen neuen Bissen in den Mund und blickte beim Kauen forschend zu René.

Endlich nahm er seine Augen von ihr fort und senkte sie auf seinen Teller. Sie sah ihm an, dass ein Gefühlssturm in ihm tobte. Automatisch stocherte er in Gemüse und Kartoffeln herum, schnitt ein Stückchen vom Fisch ab und schob es endlich auf seine Gabel. Statt es aber in den Mund zu schieben, verhielt er und schaute von einem zum andern.

»Und dann habt ihr schon beschlossen zusammenzuziehen?« Er konnte einfach nicht fassen, dass seine Mutter … eine alte Frau! Eigentlich hatte er sie geschlechtslos gesehen! Und nun das! Da stürzte eine Welt in ihm zusammen! Hatte er sie sich nicht schon als Hüterin seiner Kinder vorgestellt?

»Du hast wohl geträumt, du kannst dich hier einnisten, Kinder kriegen und ich mache den ganzen Haushalt!? Na, da hast du aber falsch gedacht! Musst neu ansetzen! Und vielleicht übernimmst du mal die Verantwortung für alles, was dich betrifft. Von heute an kaufe ich keine Strümpfe und kein Taschentuch mehr für dich und werde nicht mehr Putze für dich sein. Von heute an bist du erwachsen!« Sie hatte sich in Rage geredet und atmete laut aus.

»Na ja, ganz so heiß wird es nicht gegessen, wie es gekocht wurde! Aber in den nächsten Tagen ändert sich eine Menge«, sagte Siggi leise. »Und zu deinem Mädchen sei besonders zärtlich. Der Mann ist der Gebende, die Frau die Nehmende. Wenn du sie mit ganzem Herzen liebst, verströmt sie sich. Wenn nicht, wird sie zu dem, was du auch verachtest. Und lass dir Zeit beim Sex! Diese Hast, schnell zum Höhepunkt zu kommen, ist Gift für die Liebe und führt zu Spannungen, besonders bei den Frauen. Aber DAS müssten wir mal in aller Ruhe miteinander bereden.«

»Hast wohl schon 'ne Menge Frauen beglückt?«, griff René argwöhnisch an.

»Ne-e, mein Lieber!«, lachte Siggi. »Deine Mutter wird meine Zweite sein.«

Liebevoll blickte er zu Emilia. René, der den Blick auffing, fühlte Neid in sich aufsteigen.

»Und woher hast du dann die angebliche Erfahrung?« Misstrauisch schaute er ihn unter gerunzelter Stirn hervor an.

»Ich hatte jetzt fünf Jahre Zeit, um zu mir selbst zu finden. Dabei halfen mir viele wissende Menschen und gute Bücher. Wir haben übrigens eine gemeinsame Bekannte. Ach nein, für euch ist es sogar eine Verwandte. Marianne!«

»Ach nee!«, stöhnte René auf. »Die mit ihrem Gesundheitsflitz! Überall muss sie mitmischen und nun hat sie dich auch noch reingezogen!« Anklagend starrte er seine Mutter an.

Die lächelte ihn offen an. »Gott sei Dank, kann ich da nur sagen! Jetzt fängt mein Leben an! Und statt mir Glück zu wünschen, mault mein Jüngster hier herum!«

René schob seinen Teller vehement zurück, obwohl noch ein wenig drauf lag. Er erhob sich brüskiert. »Dann lasst euch nicht stören! Ich fahre jetzt!« Grußlos verließ er die Küche und stürmte die Treppe hinauf und nach kurzer Zeit wieder herunter. Leise hörten die Zurückbleibenden die Schlüssel klappern, als er sie von der Flurgarderobe grapschte, und die Haustür zuschlagen.

Nachdem auch die Autogeräusche verklungen waren, seufzte Emilia. »Das war wohl ein bisschen zu viel für ihn!«

»Mach dir bloß keine Vorwürfe!«, riet Siggi fürsorglich. »Er wird es verkraften.« Siggi drückte ein kleines Küsschen auf ihre Wange.

Da wandte sie sich ihm zu und legte den Kopf an seine Schulter. »Ich habe immer nachgegeben um des lieben Friedens willen.«

»Ich weiß. Weil du dem Zehnjährigen den Vater nicht ersetzen konntest, fühltest du dich immer im Zugzwang. Er sollte ja nichts vermissen!« Sie nickte leicht an seinem Halse, und er streichelte über ihr Haar, ihre Wange und ließ die Hand auf ihrer Brust zur Ruhe kommen. »Wir schaffen das alles gemeinsam, Liebste. Und dem Jungen wird es dann auch gefallen, glaub mir.« Er schwieg einen Moment. »Vielleicht solltest du noch heute deinen Ältesten anrufen und ihm von mir erzählen, damit er nicht um sieben Ecken davon erfährt. Dann hätten wir das nächste Problem!«

Emilia ermannte sich, setzte sich auf und starrte auf die Teller. »Du hast recht«, stimmte sie zu. »Wir räumen rasch ab und dann rufe ich an. Hinfahren können wir ja nun nicht. Das wollte ich nämlich!«

Kurze Zeit später saß sie auf der kleinen Truhe neben der Flurgarderobe, auf der das Telefon stand, während Siggi sich mit einem Buch in die Stube zurückgezogen hatte. Doch Emilia stellte den Ton laut, damit er mithören sollte.

Der Flinkste war wieder einmal Enkel Paul und sie unterhielt sich bestimmt fünf Minuten mit ihm über alles Mögliche, was einen Zwölfjährigen eben so beschäftigte. Dann fragte sie nach Udo.

»Papa ist bloß mal rasch zum Auto. Soll ich ihn rufen? Is' es wichtig?« Sie hörte deutlich seine Neugier.

»Wichtig ist es schon. Weißt du, ich habe da …« Kurz entschlossen schaltete sie innerlich um. »Was würdest du denn zu einem Opa sagen, den ich dir anbringen würde?«

Stille in der Leitung. »Paul, bist du noch dran?«

»Klar! Aber sag mal, woher hast du denn plötzlich 'nen Mann?! Papa! Papa! Oma hat 'nen Opa gefunden!«, hörte Emilia ihn aufschreien, dass ihr beinahe das Trommelfell platzte. Trotzdem musste sie vor Glück lachen.

»Wa-as?«, hörte sie Udo im Hintergrund erstaunt fragen. »Du spinnst mal wieder! Wer weiß, was du verstanden hast!«

Nun erklang Udos Stimme direkt am Apparat. »Mutti? Bist du noch dran? Was will mir mein Filius da wieder unterschieben? Du hättest einen Mann? – Tritt mir nicht auf die Zehen, du Zappelphilipp. Ich stelle laut, damit du alles hören kannst! – So, Mutti, nun erzähl mal! Paul ist ja aufgeregter als am Heiligabend! Was hast du dir eingebrockt?«

Emilia griente vor sich hin. »Du weißt doch, dass ich für Marianne zu einer Tagung gefahren bin.«

»Klar! Aber das war doch erst am Sonntag und jetzt … Paul, lass das!«

»Dort habe ich Siggi kennengelernt und wäre wohl heute mit ihm bei euch erschienen, wenn René nicht das Auto gebraucht hätte. Nun kann ich ihn euch erst morgen vorstellen.«

»Da bin ich baff! Das geht ja schneller bei euch als bei René! Warte mal einen Moment, Katrin kommt gerade herein!« Am anderen Ende der Leitung setzte eine mehrstimmige Verhandlung ein, bei der Pauls Stimme die Oberhand behielt.

»Hallo, Mutti? Hast du es mitbekommen? Wir sind in ein paar Minuten bei dir. Bis gleich!« Der Hörer wurde ziemlich unsanft aufgelegt.

Emilia legte ebenfalls auf und erhob sich. »Hast du es gehört, Siggi? Wir sind gleich nicht mehr allein!«

»Dann komm schnell zu mir, Liebste, damit ich dich noch mal küssen kann!« Er zog sie auf seinen Schoß und nahm sie in die Arme. Dabei ließ er sich gänzlich nach hinten in die Sofalehne sinken, sodass sie völlig auf seinem Körper lag.

»Herrlich!«, sagte er sanft. Dann liebkosten seine Lippen die ihren, dass ihr die Sinne vergingen. Sie dachte nicht mehr an den Wein und die Gläser, die sie eigentlich sofort holen wollte, sondern genoss dieses neue Gefühl, das in ihr aufstieg und sie vollständig ausfüllte.

Doch Siggi behielt einen klaren Kopf und rollte sie einfach küssend zur Seite. Erst jetzt lösten sich seine Lippen und er half ihr auf. »Wollen wir etwas zum Trinken kredenzen?«, fragte er, umfasste ihre Taille und wollte mit ihr Richtung Küche gehen.

»Die Gläser sind hier«, stoppte sie ihn und wies auf einen der Oberschränke. »Und eine Flasche Wein habe ich im Keller.«

»Dann lauf du in den Keller. Ich werde nach den Gläsern fahnden!«

Gerade als sie wieder oben erschien, hörte sie auch schon Autogeräusche und gleich darauf Pauls aufgeregte Stimme. Emilia konnte gerade noch Wein- und Saftflasche auf den Tisch stellen, als schon die Haustür aufflog und Paul hereinstürmte.

»Wo isser?«, brüllte er im Fußballerjargon. »Oma!? Da biste ja!« Er umfasste Emilia übermütig und drückte die fast gleich große Frau an seine Brust, dass sie nach Luft schnappte.

»Mann, bist du heute stürmisch!«, stellte sie fest, als er sie nun losließ und nach dem Mann äugte. In der offenen Haustür erschienen nun auch Katrin und Udo.

»'n Abend, Mutti!«, grüßte Udo und reichte ihr die Hand. Katrin schloss sich an. »Der Junge ist heute reinweg aus dem Häuschen!«, setzte sie entschuldigend hinzu.

»Das ist in Ordnung so«, sagt Emilia. »Anders wäre es mir nicht recht!«

»Ja, nich, Oma!«, mischte sich Paul ein. »Aber wo isser denn nun?!«

»In der Stube! Kommt! Das ist Siggi. Siggi, das ist Katrin, Udo und natürlich Paul!« Händeschütteln allerseits mit ein paar Floskeln.

»Du bist aber größer, als ich dachte!«, stellte Paul mit schiefgelegtem Kopf fest. »Muss ich ja hochgucken! Und noch 'n Ende wachsen! Soll ich nun Opa zu dir sagen?«

»Wenn du möchtest, kannst du es gern tun. Es würde mich freuen! Aber mit dem Wachsen lass dir ruhig Zeit. Außerdem werden wir Alten immer kleiner, je älter wir werden.«

»Nee! Ehrlich?«

»Ja, das ist normal. Ich habe schon einen GANZEN Zentimeter eingebüßt!« Siggi lächelte Paul verschmitzt an.

Paul besah ihn prüfend. »Na, ein Zentimeter ist ja nicht gerade viel!«, meinte er darauf geringschätzig. Sein Blick fiel auf die Flaschen. »Mensch, Oma! Darf ich Saft trinken?«

Nun wurde Emilia geschäftig. »Setzt euch! Wer möchte Wein? Udo, öffnest du mal die Flasche? Du kannst das doch so gut!« Sie rückte ihren Sessel, schob hier ein bisschen und dort noch etwas und reichte dann die Gläser zu. Siggi ließ Saft in Pauls Glas fließen und der strahlte ihn daraufhin an.

»Nun setz dich endlich, Mutti!«, forderte schließlich Udo, als alle saßen, nur sie noch stand. »Wie konnte dir denn DAS passieren?« Er griente und wies mit den Augen zu Siggi.

Emilia setzte sich auf den Sesselrand. »Tja, Schicksal! Er setzte sich an meine Seite und damit war alles entschieden!« Sie rutschte nun doch tiefer in den Sessel und blickte strahlend zu Siggi.

»Also Liebe auf den ersten Blick!«, sagte Katrin und hob ihr Glas. »Möge sie nie vergehen! Auf euer Wohl!« Sie stieß an Emilias Glas an und eröffnete damit die klingende Runde. Den meisten Spaß hatte Paul damit. Er stieß nach jedem Schlückchen an Emilias Glas. Trotzdem verfolgte er mit Luchsaugen das Gespräch.

»Und wie hat René auf diese Neuigkeit reagiert?«, erkundigte sich Udo und deutete mit dem Kopf leicht zu Siggi.

»Ganz schön verschreckt!«, sagte Emilia und erzählte haarklein, was sich abgespielt hatte. Nachdem sie noch die Aussichten vor ihnen ausbreitete, schüttelte Udo verwundert den Kopf.

»Dann hat er Haus und Auto! Was will er denn noch?«

»Seine Iris!«, meldete sich Siggi. »Da scheint ein Riss in der Beziehung zu sein!«

»Schon?«, rief Katrin.

»Nicht schon wieder!«, stöhnte Udo.

Emilia drehte sinnend ihr Glas. »Die Beziehungen halten ja heute alle nicht lange. Ich habe davon ja keine Ahnung, aber Siggi meint, das käme durch den aggressiven Sex, der jetzt propagiert wird.« Sie sah im Augenwinkel, dass Paul sich tiefer in den Sessel rutschen ließ und endlich mit dem Angestoße an ihr Glas aufhörte. Innerlich griente sie, wollte aber keine Abstriche bei diesem Thema zulassen. Der Junge war alt genug dafür. Seine Augen glänzten nun vor Neugier.

Emilia sah Siggi an. »Siggi kann besser darüber sprechen. Mir ist es noch reichlich neu!«

Katrin und Udo wandten nun ihre ganze Aufmerksamkeit dem Neuen zu.

»Wieso ist der heutige Sex aggressiv?«, wollte Udo dann auch sofort wissen.

Siggi lächelte. »Weil er unter Hochspannung betrieben wird! Meistens sogar unter Zeitdruck! Für Zärtlichkeit nehmen sich die Paare kaum noch Zeit. Dabei ist es für die Frau das Allerwichtigste!«

»Siehste!«, sagte Katrin und blickte Udo vorwurfsvoll an. »Und dann wundern sich die Männer, dass man keine Lust hat!«, fügte sie gleich noch hinzu.

Siggi nickte. »Liebemachen als Leistungssport! Dabei erzeugen die Spannungen bei der Frau – vor allem bei ihr – VERspannungen, ja, sogar Schmerzen. Alles in ihr verhärtet sich. Aber auch der Mann bekommt was ab! Häufig folgt Impotenz. Dabei kann Sex viel mehr, wenn er nicht unbewusst als wüste Rammelei betrieben wird, sondern liebevoll, langsam und zärtlich.« Im Stillen amüsierte er sich über Paul, während Katrin und Udo überhaupt nicht auf den Jungen achteten, weil sie brennend an diesem Thema interessiert waren. Zankten sie sich doch in letzter Zeit ziemlich häufig und Katrin hegte den Verdacht, dass es mit ihrem Unwillen zum Sex zusammenhing. Zunehmend fühlte sie sich danach unzufrieden und unglücklich.

»Ich wusste früher auch nichts über die Energieströme im Körper«, sprach Siggi weiter in die wissbegierigen Gesichter der beiden. »Heutzutage hört man ja schon hin und wieder etwas über Chakren und so …« Er überlegte, entschied sich jedoch, die Erklärung nicht zum Referat auszuweiten. »Der Mann ist der positive Pol und somit der Gebende, die Frau der negative und damit die Nehmende. Im Einzelnen ist die Brust der Frau positiv, die des Mannes negativ, während der Penis positiv und die Vagina negativ ist. Selbst ohne Liebe ist ein gewisser Energieaustausch beim Sex möglich. Ist jedoch Liebe im Spiel und das Paar langsam und zärtlich miteinander, kommt es bei der Vereinigung zum Fließen der Energie von den positiven Polen des einen über den innerlichen Magnetstab zu den Polen des anderen. Ein Kreislauf wird geschlossen und tiefe innere Befriedigung erreicht. Da muss nicht mal ein Orgasmus mit Erguss stattfinden. Diese Kräfte kann sich der Mann für andere Lebensaufgaben sparen.« Siggi schwieg und trank.

»Ein heikles Thema gleich für den ersten Abend«, meinte er dann lächelnd. »Aber es ist ein lebenswichtiges und wird meistens totgeschwiegen.« Mit einem Blick zu Paul fuhr er fort. »Ich bin gern bereit, eure Fragen zu beantworten. Es muss ja nicht alles heute noch sein.« Seine Augen wanderten zu Katrin und Udo. »Sprecht mal erst miteinander darüber. Wie ihr euch fühlt, zum Beispiel. Überhaupt ist es sehr wichtig, über seine Gefühle mit dem Partner zu reden. Wie soll sonst der andere wissen, wie es einem geht?«

Nachdenklich drehte Katrin ihr Glas, in dem der Wein im satten Goldton schimmerte. Sie sah es nicht. »Sowas müsste in der Schule gelehrt werden.« Sie hob den Kopf und schaute Udo an. »Wir reden doch nur noch über Organisatorisches miteinander.« Es klang traurig.

»Na, na!«, fuhr Udo auf.

»Überleg erst, bevor du protestierst, mein Lieber!«, sagte Katrin spöttisch. Dann wurde sie sich des Jungen bewusst und schaltete um. »Und ihr wollt dann gemeinsam in seinem Häuschen leben?«

»Oma, dann sehe ich dich ja gar nicht mehr!«, beklagte sich plötzlich Paul. »Hierher konnte ich schnell mit'm Rad kommen …«

»Wann bist du denn mit dem Rad gekommen? Habe ich da grad geschlafen?«, erkundigte sich Emilia lächelnd.

»Na ja, aber ich konnte …«, sagte Paul verlegen.

»Es gibt ja Telefon«, vermittelte Siggi gutmütig. »Das ist zwar auch nur ein Ersatz, aber man kann über viele Dinge reden. Vielleicht sogar leichter als direkt.«

»Oh Mann! Ist das schon spät!«, rief Katrin plötzlich. »Und du musst morgen in die Schule!«

»Ach!«, machte Paul mit abfälliger Handbewegung. »Ist doch nur noch bis Freitag. Dann sind endlich große Ferien!«

»Aha! Freitag kommt die ganze Wahrheit ans Licht!« Emilia grinste ihn liebevoll mit ein bisschen Spott an.

»Na ja, Oma, 'ne Eins ist nicht drauf«, meinte Paul gedehnt. »Aber auch keine Vier oder noch Schlimmeres!« Er setzte sich steil auf und trank sein Glas leer. »Krieg ich wieder was von dir?« Er umhalste sie stürmisch. »Ich möchte mir nämlich was kaufen!«, sagte er geheimnisvoll.

Katrin und Udo erhoben sich. »Komm, du Schlawiner!«, sagte Katrin und Udo setzte noch eins drauf: »Mutti, lass dich auf keine Zusage ein! Wer weiß, was er vorhat. Uns hat er noch nichts verraten und bevor wir nicht unseren Segen gegeben haben, wird nichts gekauft!«

Paul zog einen Flunsch. »Das ist nichts Schlimmes!«, beteuerte er gleich darauf lautstark.

»Komm jetzt! Du machst noch die Nachbarn wach!«

»Die schlafen doch noch gar nicht!« Er ließ von Emilia ab und reichte Siggi die Hand. »Tschüs, Opa!«, sagte er würdevoll und griente ihn bewundernd an. Was der neue Opa alles wusste?! Und hatte er nicht sogar angeboten, dass er ihn übers Telefon ausquetschen könnte? Das würde er aber weidlich ausnutzen! Da war so eine Sache …

»Ey, wir haben ja deine Telefonnummer gar nicht!«, krähte er mitten in die Abschiedszeremonie hinein.

Siggi grinste und fischte aus seiner Brieftasche ein kleines Adresskärtchen heraus. »Hier, für dich! Aber gib den anderen die Nummer ebenfalls!«

»Klaro, kriegen sie!«, versprach Paul großspurig und winkte noch aus dem Auto heraus mit dem Kärtchen.

Als Emilia ins Haus gehen wollte, wies Siggi aufs offene Tor. »Wollen wir das nicht schließen? Das ist ja eine richtige Einladung für ungebetene Gäste.«

»René wird doch bald kommen«, meinte sie unschlüssig. »Bisher hat es stets der Letzte zugemacht.«

Siggi kam nun mit langen Schritten heran und griff nach ihrer Hand. »Wir können ja auch so lange aufbleiben. Langweilig wird es uns bestimmt nicht!«

»Mit dir wohl nie«, antwortete sie und tauchte in seine Augen ein.

Die Zärtlichkeiten, die schon auf dem kurzen Weg bis zur Stube und danach getauscht wurden, genossen beide in vollen Zügen. »Weißt du, dass ich nur in der Anfangszeit mit Wolfgang so etwas unbeschwert genossen habe? Bald wurde er drängender und ich dachte, dass ich es ihm schuldig bin.«

»Vielleicht hat er gar das übliche Mittel eingesetzt: ›Wenn du mich liebst, dann beweis es mir!‹ Ist eigentlich Erpressung. Denn wenn sie es nicht zulässt, liebt sie ihn ja nicht!«

»Hast du es auch angewendet?«

»Nein, aber viel besser war meine Methode auch nicht. Ich will mich da nicht reinwaschen! Jedenfalls habe ich mich dabei ziemlich mies gefühlt und heute weiß ich auch, warum! Deshalb handle ich heute anders.«

Kurz nach zwölf hörten sie das Auto und brachten sich ein wenig in Ordnung, falls René eventuell noch reinsehen würde. Emilia rechnete fest damit, weil er sonst IMMER seinen Kopf durch die Tür gesteckt und »Gute Nacht!« gewünscht hatte.

Diesmal ließ er die Schlüssel laut auf die Flurgarderobe fallen und rief nur von dort aus »Gute Nacht!«

Emilia blickte enttäuscht zu Siggi.

»Aber das ist doch ein Fortschritt«, tröstete er lächelnd und wuschelte zärtlich in ihrem Haar. »Das wird schon noch!«

»Ich habe gedacht, er erzählt mir noch etwas über … Iris.« Die Enttäuschung drückte sie noch immer.

»Wenn sie ihn rausgeworfen hätte, wäre er viel früher hier gewesen! Also ist bestimmt wieder alles in Ordnung!«

Emilia seufzte. »Hoffentlich! Sie ist nämlich ein ganz patentes Mädchen. Manchmal hat er in den letzten Jahren verdammt junge Dinger angeschleppt. Passten überhaupt nicht zu ihm!«

»Weil er sich in ihren Augen als der Größte spiegelte. Sie bewunderten ihn und das schmeckte ihm besser als Honig!« Er küsste sie sanft. »Nun wollen wir's wie gestern halten. Ich schlafe hier. Und morgen fahren wir zu mir und bringen dann dein Auto hierher zurück. Was meinst du dazu, Liebste?«

»Genauso machen wir das! Und am Abend kann ich hier wieder ein Essen zubereiten.«

»Wunderbar!«

Am nächsten Vormittag fuhren sie zu Siggi und begannen, sein Schlafzimmer auszuräumen. Das war ein Gerenne in die oberen Zimmer, treppauf – treppab! Pausen wurden zum Schmusen genutzt und zum Obstessen.

Plötzlich stand Siggi mit einer, wie es Emilia schien, Arzneipackung in der Hand an der Küchentür.

»Komm, Liebste! Jetzt füllen wir erst einmal unsre Depots mit Mineralstoffen auf. Du sagtest doch, du hättest Knochenschmerzen und würdest deshalb Bäder nehmen. Damit bekommst du sie jedoch nicht weg! Mit diesen unbestimmten Knochenschmerzen weist deine Seele auf den Mangel an Mineralstoffen und Spurenelementen hin. Wir essen viel zu viel Zucker und Weißmehlprodukte, trinken alles Mögliche, manches sogar noch mit Kohlensäure! Diese Giftstoffe muss der Körper entsorgen! Dazu aber benötigt er Minerale.«

»Aber ich esse doch eine ganze Menge Obst!«, regte sich Emilia auf und funkelte ihn empört an.

Siggi sah sie ein bisschen von oben herab an und lächelte. »Was ich bisher gesehen habe, war nicht besonders viel. Ich schlage dir vor, es einfach mal zu schlucken. Nein, nicht nur MAL, sondern von heute an IMMER«, berichtigte er sich. »Und in etwa vierzehn Tagen müssten deine Knochenschmerzen der Vergangenheit angehören. Willst du das mir zuliebe mal versuchen?« Jetzt glitzerten seine Augen wieder und Emilia fand keine Widerworte. Wenn er sie so anblickte, war sie immer hin und weg.

Sie seufzte ergeben. »Na gut! ›Versuch macht klug!‹, wie meine Oma immer sagte. Das ist aber ein ganz schön großer Torpedo!«, staunte sie im gleichen Augenblick, als Siggi ihr die Kapsel überreichte.

»Komm in die Küche! Wir trinken gleich mal ordentlich, bevor wir wieder weiter rauf und runter wetzen!«

Dann stand Siggi vor dem leeren Kleiderschrank.

»Bevor ich alles dem Müllfahrzeug überantworte, frage ich erst mal meine Tochter und deren Familie, ob sie etwas möchten. Und da ist auch noch ein Nachbar mit seinen Kaninchen, der eventuell zugreift.« Er lachte auf. »Und es natürlich zweckentfremdet nutzen wird!«

Als er das so sagte, kam Emilia ein Gedanke, der so neu für sie war, dass sie innehielt und ihn entsetzt anstarrte.

»Was ist denn, liebste Emilia?« Sofort kam er zu ihr und nahm sie in die Arme.

»Na ja«, kam es verzagt, »daran habe ich überhaupt noch nicht gedacht: Wenn ich zu dir ziehe, geht doch bei mir alles den Bach runter.« Ihre Augen schwammen sogleich in Tränen. Er war einen Moment ratlos, streichelte sie nur und verteilte kleine Küsschen über ihr Gesicht.

»Was dir am wichtigsten ist, nimmst du mit, Liebste«, sagte er weich und hörte nicht auf, sie zu streicheln. »Wiederum dürfen wir unsre Herzen nicht zu sehr an Dinge hängen.« Ganz leise begann er zu deklamieren:

»Bau nicht ein allzu festes Haus
Als Heim auf irdschen Grund und Boden;
Man trägt dich doch dereinst hinaus
Und legt als tot dich zu den Toten.
Du wohnst hier nur im Wanderzelt;
Die Heimat fordert all dein Sinnen.
Und suchst du deine wahre Welt,
So richte deinen Blick nach innen.
Dein wahres Heim, es ist nur dort
Jenseits des Erdenlands zu schauen,
Und jede Tat und jedes Wort
Trägt dazu bei, daran zu bauen.
Trau nicht dem angenehmen Weg,
Den Tausende durchs Leben wandern!
Weich ab, erklimm den steilen Steg,
Und lass sie lächeln, all die andern!
Sieh auf die Toren nicht zurück
Und achte nicht auf ihre Stimmen;
Denn wisse wohl: Dein wahres Glück
Liegt hoch und lässt sich nur erklimmen!

Ganz still war es. Eine einzelne Fliege füllte den Raum mit ihrem Summen. Andächtig hatte Emilia zugehört.

»Das ist wahr«, seufzte sie. »Man sollte sein Herz wirklich nicht an Dinge hängen. Aber leicht ist das nicht! Von wem ist das Gedicht? Von dir doch wohl nicht, oder?« Sie traute ihm inzwischen auch das zu.

Er lachte geschmeichelt auf. »Nein, wirklich nicht! Ich bin schon froh, dass ich's ohne Fehler aufgesagt habe! Es ist von Karl May!«

»Karl May?«, wiederholte sie überaus erstaunt. »Der Karl May, der die Indianerbücher geschrieben hat?«

»Genau der! Ich war auch überrascht, als ich es zum ersten Mal las! Und wenn du den Zeilen genau folgst, merkst du, dass er auch zu den Eingeweihten gehört haben muss, so wie Goethe und viele andere auch. Vielleicht hat er seine Indianerbücher selbst erlebt. Wie ein Traumreisender, weißt du! Früher habe ich mir das nicht vorstellen können, aber inzwischen weiß ich mehr darüber!«

»Den Text musst du mir mal aufschreiben«, überlegte Emilia laut. »Nicht nur für mich. Den kann ich auch meinen Kindern schenken!« Sie dachte nicht mehr an ihre kürzliche Verzweiflung.

»Muss ich nicht!«, sagte Siggi, nahm sie an der Hand und zog sie zur Stube. Er gab der Tür einen Schubs und drehte Emilia sachte herum. Da hing hinter der Tür – eingerahmt! – dieses Gedicht. Er umfasste sie von hinten und lehnte sie an seinen Körper. »Immer, wenn ich mal verzweifelt war, habe ich hier gestanden und es laut gelesen. Es hat mich stets getröstet.« Er küsste ihren Nacken. »Nun hat es auch bei dir gewirkt.«

Sie drehte sich in seinen Armen herum und legte ihre um seinen Hals. »Dass ich es nicht gesehen habe«, wunderte sie sich. »Dabei hast du es so schön mit Blumen umrahmt!«

Er lächelte und war dankbar. »Wenn du es früher gesehen hättest, womit hätte ich dich dann von deinem Kummer ablenken sollen, Liebste? Auch mir kommen in ruhigen Momenten Zweifel. Aber dann schalte ich sofort auf Angenehmes und sehe nur noch dein liebes Gesicht vor mir! Wir sind doch noch so herrlich jung! Nur wer alt ist, will nichts Neues mehr beginnen!«

Ihre Augen strichen über sein Gesicht und blieben in seinen liebevollen hängen. »Du hast recht. Wir sind noch jung, und seit ich mit dir zusammen bin, habe ich gar keine Knochenschmerzen mehr. Da bin ich wohl sogar jünger – geworden! Ich habe gar nicht mehr an meine Pillen gedacht! Und gestern war eigentlich mein wöchentliches Rheumabad fällig. Ich habe es einfach vergessen!« Plötzlich kicherte sie wie ein junges Mädchen. »Wenn wir so weitermachen, werden wir hier nie fertig!«

»Aber es ist soo schön«, stöhnte er wohlig und küsste sie hingebungsvoll.

Ein lautes Klingeln riss sie förmlich auseinander. Emilias Hände fuhren sofort zu den Haaren und versuchten vergeblich, Ordnung hineinzubringen.

»Ist nur das Telefon!«, griente Siggi. »Das hat keine Augen!« Er nahm den

Hörer ab und meldete sich. Dann stellte er laut, legte die hohle Hand über den Hörer und informierte sie: »Meine Tochter!«

»… du denn für Sachen, von denen ich nichts weiß, aber das ganze Dorf scheinbar genauestens?!«

»Bist du denn schon zu Hause? Dann kommen wir gleich mal rum, damit du mehr weißt als das Dorf! Hab sowieso einiges zu klären.« Nach nur wenigen Worten legte er auf.

»Komm, Liebes! Ich zeige dir, wo Bianca wohnt. Aber Rüdiger ist noch unterwegs. Den kann ich dir erst am Wochenende vorstellen. Er hat Touren durch halb Europa.«

»Deine Tochter hat wohl einen ›richtigen‹ Bauern geheiratet?«, erkundigte sich Emilia angelegentlich, als Siggi auf ein merklich größeres Haus als seins zusteuerte.

»Nun ja, das waren früher die sogenannten Mittelbauern. Einige Kinder von denen spielten nicht mit uns. Fühlten sich als etwas Besseres! Sieh mal! Bianca hält schon die Haustür in der Hand und vergeht vor Neugier! Hallo, Töchterchen! Bist du noch allein?«

»Ja, die Mädchen kommen heute erst in einer knappen Stunde. Mit dem Bus«, fügte sie erklärend für die Fremde hinzu und musterte sie kurz. »Aber ich habe die Kaffeemaschine schon angeschmissen. Kommt rein!«

»Bianca, ich möchte dir Emilia vorstellen und gleich dazusetzen, dass ich von nun an nicht mehr alleine bin.«

»Das wurde ja auch höchste Zeit!«, meinte Bianca burschikos und reichte Emilia grinsend die Hand. Dann ging sie voraus in eine große Wohnküche mit einer gemütlichen Sitzecke für acht Personen. Von ihrem Platz aus konnte Emilia fast den ganzen Hof überblicken. Alles war sauber und ordentlich, die Wände der Stallungen wurden von goldgrünem Efeu und wildem Wein verdeckt.

»Ich habe auch heißes Wasser für Tee! Was wird also gewünscht?« Bianca vermied die direkte Anrede und blickte forschend vom Vater zu Emilia und zurück.

»Also, wir nehmen lieber Tee!«, sagte Siggi.

»Habe ich mir doch gleich gedacht!«, rief Bianca aus. »Für beide deine Sorte, Paps?« Siggi nickte und amüsierte sich, wie Bianca die Klippe zu umschiffen versuchte.

Emilia fühlte sich gefordert. »Wenn ich ›Bianca‹ und ›Du‹ sagen darf, dann kannst du auch ›Emilia‹ und das ›Du‹ verwenden.«

Bianca stieß erleichtert die Luft aus. »Gott sei Dank! Das Rumgeeiere hat mich schon ganz blümerant gemacht!«

Kaffeeduft durchzog den Raum. Bianca stellte Teegläser mit -beutel vor die beiden und goss heißes Wasser ein. Für sich nahm sie Kaffee.

»So, nun erzähl mal!«, forderte sie ihren Vater auf.

Er berichtete und kam zum Schluss gleich zu den praktischen Dingen. »Wir haben ein neues Schlafzimmer geordert. Nun kannst du die alten Möbel haben.«

»Alt!«, lachte Bianca auf. »Die stehen erst knapp fünf Jahre bei dir!«

»Der Kleiderschrank nicht!«, widersprach Siggi. »Das ist noch der alte. Was du nicht willst, biete ich im Dorf an. In knapp vierzehn Tagen kommen die neuen Möbel. Bis dahin muss alles weg sein.«

Biancas Augen wurden groß. Emilia glaubte, ein schalkhaftes Aufblitzen darin wahrzunehmen. »Paps! Doch nur das Schlafzimmer, oder?«

»Ja, natürlich! Mal sehen, was Emilia von ihren Sachen mitbringt. Darüber zu sprechen, hatten wir noch keine Zeit. Aber wenn René, ihr Jüngster, nicht allzu viel verdient und seine Flamme vielleicht auch nicht, dann wird wohl das meiste dort bleiben.« Er blickte Emilia aufmerksam an.

Sie zuckte unsicher mit den Schultern. »Das ist alles noch nicht in Sack und Tüten. Wer soll denn das alles in drei Tagen über die Reihe bringen?!«, begehrte sie auf.

»Tja, die Liebe!«, sagte Bianca versonnen lächelnd. »Ihr könnt euch doch auch Zeit lassen!«

»Natürlich!«, bestätigte Siggi. »Aber ein monatelanges Hin und Her ist nicht gut.«

Emilia griente mit erhobenen Brauen. »Wer A sagt, muss auch B sagen! Und in den sauren Apfel beißen!«

Bianca blickte sie forschend an. »So ganz glücklich klang das eben nicht.«

Da seufzte Emilia. »Wenn man jung ist, spielt nur die Liebe eine Rolle. Jetzt hängt so viel mehr dran.«

»Auch solche Klischees wie ›Einen alten Baum verpflanzt man nicht!‹ müssen überwunden werden.« Siggi nahm ihre Hand und strich mitfühlend darüber. »Und ihr Jüngster hat ein bisschen verrückt gespielt. Aber das wird schon! Sag auch: ›Es wird alles gut!‹ Schließlich bekommt er Haus und Auto und wenn dann seine Liebste mitzieht, bist du vielleicht bald wieder Oma.«

Draußen erklangen Kinderstimmen. Die Haustür wurde aufgerissen und die beiden Mädchen stürmten unbekümmert und laut miteinander sprechend ins Haus.

»Du, das riecht nach Kaffee! Mutti ist da!« Die Küchentür schlug auf und zwei brünette Mädchen starrten erschrocken auf die Erwachsenen.

»Opa!«, sagte die Größere verwundert.

»Ina«, sagte Bianca und deutete mit der Hand zu der Großen. »Dreizehn! Und Simone, zehn Jahre. Und das, meine Lieben, ist eure neue Oma! Emilia heißt sie und Opa ist ganz närrisch! Also heißt sie willkommen, sonst verliert ihr euren Opa!« Bianca grinste diabolisch.

Gesittet kamen die Mädchen näher und reichten Emilia nacheinander die Hand. Simone deutete sogar einen Knicks an. »Oma Emilia! Das hört sich aber hübsch an«, sagte sie dabei. »Bist du auch so ein Gesundheitsfantaker wie Opa?«

»Was bin ich?«, hakte Siggi überrascht nach. »Hat Mutti so gesagt?«

»Nee, Papas Freund letztens!«, erklärte Ina. »Du meinst einen Fanatiker!«, belehrte sie die einen Kopf kleinere Simone. »Aber was DER sagt, darf man nicht so genau nehmen«, setzte sie noch überheblich hinzu. »Ist doch schön, wenn Opa auf seine Gesundheit achtet und kein Suffkopp ist wie andere in seinem Alter.«

Die Erwachsenen hatten amüsiert zugehört.

»Euer Opa weiß mehr als ich!«, sagte Emilia bedeutungsvoll.

»Dafür kennt sie manches Kräutlein, von dem ich noch nicht einmal den Namen gehört habe!«, fiel Siggi rasch ein.

»Also eine Kräuterhexe! Ach, wie interessant!« Ina umhalste ihren Opa. »Dann passt ihr doch gut zusammen! Und wo wohnt ihr nun? Hier oder bei ihr?« Das war ihr sehr wichtig, denn bisher war Opa immer für sie dagewesen.

»Hier!«, konnte Siggi noch sagen, dann wurde er auch von Simone fast zerdrückt. »Hilfe!«, röchelte er und wedelte pathetisch mit den Armen. »Ich ersticke!«

»Du musst dich freikaufen, Opa!«, kreischte Simone.

»Na gut!«, stöhnte er. »Ihr könnt meinen Kleiderschrank haben!«

»Was soll'n wir denn damit, Opa?!«, krähte Simone empört. Sie hatte an Eis gedacht!

Doch Ina ließ von ihm ab. »Kann ICH den haben?« Zu Simone gewandt, großzügig: »Dann kannst du meinen kriegen!«

Nun kehrte auch Simone dem Opa den Rücken und schaute mit schiefgelegtem Kopf ihre große Schwester an. Alle sahen schmunzelnd, wie es in ihr arbeitete.

»Na gut«, kam es zögerlich. »Und wo soll DER, bitte schön, in meinem Zimmer stehen?« Sie stemmte beide Hände in die Seiten.

»Komm mal mit!«, sagte Ina und fasste nach Simones Hand. Fort waren sie. Ihre Stimmen verklangen im Flur treppauf.

»So, die sind wir erst mal los!« stellte Bianca fest. »Aber bestimmt haben wir die Folgen zu tragen!«

Emilia hatte die beiden mit wachen Augen beobachtet. »Meine Jungs sind zu weit auseinander«, meinte sie nachdenklich. »Dadurch sind sie wie Einzelkinder. Und René habe ich viel zu sehr verzogen, ihm zu viel durchgehen lassen. Wenn es nun nicht nach seinem Kopf geht, flippt er aus.«

»Vielleicht siehst du es nur heute ein bisschen zu schwarz«, meinte Siggi. »Aber für eine Einschätzung kenne ich ihn zu wenig. Aber das wird schon!«, tröstete er gleich und wechselte das Thema. »Wollen wir alle zu mir gehen und überlegen, was ihr nehmt?«

Bianca erhob sich resolut. »Richtig! Ich pfeife die zwei herunter!« Sie verließ die Küche und Siggi stellte die Tassen in die Spüle. Emilia erhob sich und ging zur Tür, als ein wirklich alles durchdringender Pfiff ertönte, sodass sie zusammenfuhr.

»Das geht ja durch Mark und Bein!«, meinte sie und blickte im Flur Bianca entgegen. Die Mädchen kamen wie wild die Treppe heruntergepoltert und stürmten voraus.

Bei Siggi im Haus ging ein großes Gefeilsche um Dinge los, die gar nicht zur Debatte standen. Emilia amüsierte sich köstlich über die beiden.

Plötzlich steckten sie die Köpfe zusammen und tuschelten miteinander. Dann kam's!

»Können wir nicht mit zu Oma Emilia fahren und dort auch aussondern?«, fragte Ina schließlich und Simone nickte eifrig mit dem Kopf, um Emilia zu einem JA zu animieren.

Emilia schüttelte entsetzt den Kopf. »Dann bricht für meinen Jüngsten eventuell die ganze Welt zusammen. Die halbe ist es schon!«, protestierte sie.

»Wie alt is'n der Kleine?«, erkundigte sich sogleich Simone. Ina zeigte ihr einen Vogel!

»Der KLEINE ist einunddreißig!«, grinste Emilia und deutete mit erhobenem Arm die ungefähre Größe an. »Und mein Großer – der aber der Kleinere ist – wird in diesem Jahr schon vierzig!«

»Also URALT!«, kam es abschätzig von Simone.

»Aber mein Enkel Paul ist zwölf«, fügte Emilia rasch an und wartete auf die Reaktion. Inas Augen blitzten nur interessiert auf, während Simone beinahe etwas gesagt hätte, es sich aber nach einem schnellen Blick zu ihrer Mutter verbiss. Die atmete hörbar ein.

»So!«, sagte Bianca abschließend. »Morgen Nachmittag holen wir den Kleinkram und, wenn Papa hier ist, den großen Schrank. Einverstanden?« Die beiden nickten. »Dann lasst uns jetzt gehen! Ihr müsst bestimmt noch Hausaufgaben machen!«

Schnell verabschiedeten sich die drei und kurz darauf standen Emilia und Siggi im stillen Haus.

»Wir haben noch ein paar Minuten, bevor wir zu dir fahren«, stellte Siggi nach einem Blick zur Uhr fest, nahm Emilia in den Arm und küsste sie zärtlich.

Siggi fuhr sein Auto so in Emilias Hof, dass René ohne weitere Komplikationen beim Wunsch, zu seiner Freundin zu kutschen, mit dem anderen Auto herunterfahren konnte.

Doch er wollte nicht! So saßen sie denn nach dem Essen vor den leeren Tellern und Emilia konnte und wollte ihre Neugier nicht länger zügeln.

»Was ist denn nun mit Iris? Oder warst du gestern gar nicht bei ihr?«, platzte sie heraus.

René runzelte die Stirn und warf ihr einen unwilligen Blick zu. »Ich war bei ihr«, quetschte er dann durch die Zähne. Doch es war, als hätte er damit einen Korken entfernt. Plötzlich purzelte alles rasch hintereinander heraus. »Sie wollte mich zuerst nicht mal reinlassen! ICH musste betteln und habe schließlich versprochen, dass ich nur mit ihr rede. Warum um alles in der Welt sind Weiber so zickig?!« Voller Empörung blickte er Emilia an.

»Hast du überhaupt mitbekommen, was Siggi dir gestern geraten hat?«

»Na, was schon! Zärtlich sein! Wie denn, wenn ich sie gar nicht anfassen darf!« René warf wilde Blicke in Siggis Richtung. »Und wieso ist der Mann der Gebende und die Frau die Nehmende? Totaler Schwachsinn!«

»Darf ich dazu etwas sagen?«, fragte Siggi vorsichtshalber.

»Na klar! Das will ich schließlich erklärt haben!« René reagierte wie ein bockiges Kind, fand Emilia und schämte sich für ihn. Aber Siggi schien sich gar ein wenig zu amüsieren, wie sie an seinen blitzenden Augen zu erkennen glaubte.

»Vielleicht hast du einen etwas altertümlichen Standpunkt zur Frau überhaupt. Deine Mutter wollte dir das Leben leicht machen. Du solltest den Vater nicht vermissen. Du wurdest ein kleiner Despot!«

René fuhr hoch wie von der Tarantel gestochen. Doch er kam nicht zum Reden, weil ihn Emilia anfauchte.

»Reg dich ab! Es stimmt, was Siggi sagt! ›Getroffene Hunde bellen!‹ Den Ausspruch kennst du bestimmt noch von Opa! Also bleib ruhig und höre richtig zu!«

René sackte in sich zusammen und starrte vor sich auf den Tisch.

Siggi lächelte ihr warm zu. »Eine Frau«, begann er leise, »darf man nicht als Dienstmädchen oder überhaupt als minderwertig ansehen. Sie ist nicht mehr, aber auch nicht weniger als du selbst. Mann und Frau sind völlig gleichwertig, weil sie zwei Hälften eines Ganzen sind. Keiner ist ohne den anderen vollständig. Dabei ist der Mann der positive Pol und somit der Gebende, die Frau der negative Pol und demzufolge die Nehmende. Und noch genauer ...« Siggi blickte René scharf an und wartete auf seine Reaktion.

»Ja?«, sagte René, nun schon etwas besänftigt und vor allem: neugierig, was der Fremde ihm da verklickern wollte.

»Im Einzelnen sind die Brüste der Frau positiv, die des Mannes negativ, der Penis positiv, die Vagina negativ. Wenn sich beide langsam, ga-anz langsam vereinigen und ineinander ruhen, strömt die Energie in einem Kreislauf und kann heilen, was der heute propagierte Sex kaputt gemacht hat.«

»Was soll'n der kaputt gemacht haben?«, warf René mehr als skeptisch ein.

»Der heutige Sex ist zielorientiert nur auf Orgasmus und Erguss ausgerichtet und demzufolge auf Action und Anspannung. Das führt zu VERspannungen bei der Frau, ja, sogar zu Schmerzen, zum Beispiel während der Regel, aber auch zu Kopfschmerzen oder ähnlichen Sachen. Der Penis wird immer gefühlloser und eines Tages ist der Mann impotent. Dann glauben die Männer, sie müssten nur die Frau wechseln und alles ist wieder wie in der Jugend! Ein großer Trugschluss! Denn bald ist die Neue genauso unzufrieden oder nörglerisch oder Sex ablehnend wie die Vorherige. Und der Mann ist selbst bei der Achten noch der Meinung, es liege an den Frauen! Eigentlich liegt es an dem UNWISSEN. Im Fernsehen kann man den in sich ruhenden Sex nicht zeigen! Wäre ja stinklangweilig!« Siggi schwieg nachdenklich. René hatte seine aggressive Haltung aufgegeben und malte gedankenvoll mit dem Zeigefinger das Muster der Tischdecke nach.

»Na ja«, sagte er zögernd, »da ist was dran. Meine Freundinnen ...« Emilia und Siggi registrierten beide für sich, dass er nicht »Weiber« sagte, und werteten es als Fortschritt. »... hatten nach einer gewissen Zeit ständig irgendetwas in dieser Richtung.« Er schaute bedeutungsvoll zu Siggi. »Und Iris hat mir sogar ganz deutlich gesagt, dass ihr das ständige Gebumse auf die Nerven falle! Dabei dachte ich, wenn sie sich an mich schmiegte, sie wolle es.«

»Sie wollte Zärtlichkeit, wahrscheinlich auch liebevolle Worte«, sagte Emilia eindringlich. »In meiner Generation hat man als Frau diese lieblose Art noch hingenommen als naturgegeben. Dabei gibt es sogar im Tierreich andere Beispiele.«

René guckte spöttisch zu seiner Mutter. »Du willst doch nicht etwa Tiere als zärtlich beim Sex bezeichnen!«

»Ist das Schnäbeln mancher Vögel keine Zärtlichkeit? Oder keine Liebe, wenn er ihr ein Insekt oder Fischlein bringt? Wie oft hast du deinen Mädchen denn eine Kleinigkeit überbracht, ohne dass sie gleich dachten, dass sie sich dafür nun hinlegen müssten? Wie viele lieben Worte hast du Iris ins Ohr geflüstert?« Emilia sah ihn durchdringend an und René senkte verlegen den Kopf.

»Das muss kein teurer Rosenstrauß sein!«, mischte sich Siggi ein. »Da macht es sogar ein Blümlein vom Wegesrand oder ein schöner Stein, ein hübsches Schneckenhaus, wenn es mit Liebe dargeboten wird. Wenn sie dich liebt, wird sie all diese Dinge sorgfältig aufbewahren und dir noch nach fünfzig Jahren erzählen, wann und wo du es ihr überreicht hast.«

»Na, jetzt übertreibst du aber!«, meinte René grinsend.

»Überhaupt nicht! Nachdem meine Frau gestorben war und ich wieder einigermaßen denken konnte, begann ich aufzuräumen. Was meinst du, was ich da fand? Einen Schuhkarton mit all den nichtigen Kleinigkeiten, die ich ihr auch noch in den ersten Jahren unsrer Ehe angeschleppt hatte. Niemals vorher oder nachher habe ich mehr geheult als damals!« In Erinnerungen verhaftet schwieg er und selbst René störte ihn nicht. Das musste der erst mal verdauen. Frauen waren seltsam. Aber … Die Verblüffung spiegelte sich in seinem Gesicht, als es ihm bewusst wurde: Die ersten Zeilen von Iris lagen noch immer in seinem Nachtschrank!

Siggi hatte sich inzwischen wieder gefangen und blickte aufmerksam zu René. Er sah, wie es in ihm rumorte, und wartete.

»Aber wo kriege ich jetzt irgendeine Kleinigkeit her?«, fragte er schließlich hilflos.

»Fand Iris etwas bei dir wunderschön? Hat sie irgendetwas von dir bewundert?«, griff Emilia helfend ein.

René überlegte. Dann erstrahlte sein Gesicht. »Ja!«, rief er erleichtert aus und sprang gleichzeitig auf, dass der Stuhl arg ins Wanken geriet. Er wollte sofort hinausstürmen, doch Siggis »Halt!« ließ ihn auf der Stelle erstarren. Fassungslos blickte er ihn an.

»Du willst zu deiner Freundin? Dann muss ich dir noch einen Rat geben: Das Tempo in der Liebe lass immer, ich betone: IMMER die Frau bestimmen. Du kannst sie stimulieren: Geh besonders zart mit der Frauenbrust um. Es ist der Schlüssel zur Liebe und das Schloss zu ihrem Herzen!« Siggi lächelte. »Nun kannst du meinetwegen gehen.«

Einen Moment schaute René ihn noch an, ließ scheinbar die Worte in sein Inneres fließen. Dann nickte er bestätigend. »Ich werde es beherzigen!«, versprach er und wünschte: »Einen schönen Abend, ihr zwei!« Er stürmte die Treppe hoch und sie hörten ihn oben poltern.

»Endlich allein!«, sagte sie lächelnd und erhob sich, stellte das Geschirr in die Spüle und die Reste in den Kühlschrank. Siggi half ihr.

Kaum war der Tisch blitzblank, legte sie ihm die Arme um den Hals. »ICH soll also das Tempo bestimmen?«, scherzte sie. Allerdings hörte Siggi den Ernst dahinter.

»Natürlich! Das habe ich doch schon in unseren ersten gemeinsamen Stunden angedeutet.« Siggi drückte einen Kuss auf ihre Stirn. »Und dabei bleibe ich auch!«

»Dann möchte ich jetzt lieb geküsst werden!«, verlangte sie und bot ihm ihren Mund dar. Ganz sachte legten sich seine Lippen auf ihre. Langsam steigerte er den Druck. Ihre Finger wühlten in seinem Nackenhaar und sie entspannte sich immer mehr.

Da polterten Füße die Treppe herunter und ließen Emilia zusammenzucken wie ertappt.

»Ich fahre zu Iris!«, tönte Renés Stimme wie eine Fanfare durch den Flur und die Haustür donnerte hinter ihm ins Schloss.

»Das hört sich richtig erleichtert an!«, meinte Siggi und wollte weiterküssen.

»Wenn wir nun schon gestört wurden, können wir eigentlich erst noch überlegen, womit ich bei dir einziehe. Meinst du nicht auch, Liebster?« Das letzte Wort hatte sie mit Mühe über ihre Lippen gebracht. Aber es war ihr gelungen und sie war stolz auf sich. Und Siggi honorierte es sofort.

»Das erste Mal, dass du mich so genannt hast! Dafür muss ich dich belohnen!« Er küsste sie etwas stürmischer als vorhin. »So, nun können wir uns umsehen, geliebte Emilia.«

»Wie du das aussprichst… So hat das noch keiner zu mir gesagt!« Sie blickte ihn an wie ein Weltwunder. »Es ist nicht zu fassen!«

»Was denn, Liebste?«

Sie schüttelte nur fassungslos den Kopf.

Er legte den Arm um ihre Taille. »Also, die Küche lassen wir hier, oder?« Seine Augen glitzerten voller Schalk.

Sie kam in die Gegenwart zurück. Ihre Augen streiften durch den Raum. »Wenn wir DIE anfassen, fällt sie zusammen«, meinte sie abwertend. »Die überlassen wir René. Damit der auch noch was zu tun hat!«, kicherte sie plötzlich albern.

Siggi zog sie in die Stube. »Und hier?«

Sie blickte sich um und auf einmal war ihr, als sei sie hier eine Fremde. Alles sah so alt aus, so abgewohnt! Sie sah wieder die von René beschädigten Kanten an der Anbauwand und die kleinen Säurelöcher im Teppich, Folgen des Schenkens eines Chemiebaukastens zu Weihnachten! Was um alles in der Welt wollte sie mit diesem alten Kram in Siggis schöner Stube?!

Ihr Blick blieb an den Bildern von Wolfgang und den Kindern hängen. Am längsten verweilten ihre Augen auf dem Bild, das sie alle vier zeigte: René mit der großen Schultüte in der Mitte! »Das werde ich mitnehmen!«

Siggi nickte. »Könnten wir neben das von meiner Familie stellen. Von Biancas Jugendweihe!«, fügte er erklärend hinzu. »Und dann vielleicht noch Bilder der Enkel?«

Unschlüssig sah sich Emilia um. Sie hatte überall welche stehen: in der Anbauwand, auf dem Fernseher ... »Eigentlich ist so'n Haufen Kram Quatsch! Sind bloß Staubfänger und erinnern ständig an Vergangenes! Dafür habe ich doch Fotoalben! Wenn mir wirklich mal danach ist, kann ich mir doch darin die Bilder angucken!«

»Richtig! Woll'n wir gar keine aufstellen?«, gespannt sah Siggi ihr ins Gesicht.

Sie überlegte angestrengt. Eine steile Falte grub sich zwischen die Augenbrauen. Dann glättete sich ihr Gesicht und sie verkündete erleichtert: »Nur das mit der Schultüte!«

»Gut«, meinte Siggi dazu, »und sonst gar nichts?«

Emilia wurde etwas verlegen. »Na ja, ist vielleicht großer Kitsch, aber ich würde die ... die Figur gern mitnehmen.«

»Wieso Kitsch?! Ist doch hübsch! Eine Maria ohne Kind!« Er ging näher heran und betrachtete die etwa zwanzig Zentimeter hohe Madonna.

»Die hat sich zuerst bei bestimmten Wetterlagen verfärbt«, erklärte Emilia. »Nach gewisser Zeit nicht mehr und ein Weilchen später begann sie zu krümeln. Da habe ich sie einfach mit farblosem Lack überstrichen.« Sie atmete tief ein. »Aber sie hat mir in den letzten Jahren viel Trost gespendet. Ich habe ihr alle meine Probleme gebeichtet. Hinterher war mir leichter!«

»Dann wollen wir ihr dafür danken.« Er kreuzte seine Hände vor der Brust und verneigte sich ganz ernsthaft vor dem Figürchen. Zuerst dachte Emilia, dass er Spaß mache, und blickte verstört in sein Gesicht. Aber da gab es keine hintergründigen Lachfältchen! Noch nicht mal andeutungsweise!

»Ich danke dir, dass du Emilia beschützt und zu mir geführt hast. Danke!« Richtig inbrünstig sprach er die Worte und in Emilias Kopf blitzte das Bild des Pastors in ihrer kleinen Dorfkirche auf, wie er zu ihrer Konfirmation gesprochen hatte. Daraufhin murmelte sie ihr »Danke!« wie ein Amen.

Siggi wandte sich voller Ernst ihr zu und nahm sie in die Arme. »Natürlich nehmen wir sie mit! Jeder Mensch braucht so eine Stütze. Einer nutzt ein Bild, ein andrer einen Baum. Das hat den Vorteil, dass alles, was gesagt wird, nicht in alle Welt ausposaunt werden kann. Selbst bei dem besten Freund kannst du dessen nicht sicher sein. Leider!«

»Hast du das schon erlebt?«

»Glücklicherweise nicht! Doch in unserem Dorf gab es das. Irgendeine kleine Verstimmung zwischen den beiden und einer konnte seinen Mund nicht halten. Jetzt sind die zwei bis aufs Blut verfeindet. Schlimm ist das!«

»Bei uns beiden wird sowas nicht vorkommen?!« Emilia fragte ängstlich und wagte nicht zu atmen.

»Nie, meine Liebste!«, sagte Siggi beschwörend. »Wir werden uns immer alles sagen und jede Verstimmung gleich aus dem Weg räumen. Wenn du dich über mich ärgerst, müssen wir so lange reden, bis alles geklärt ist und wieder eitel Sonnenschein herrscht.«

»Umgekehrt aber auch!«, rief sie erleichtert und küsste ihn stürmisch.

»Umgekehrt natürlich auch«, bestätigte er, als er wieder Luft bekam. »Aber nun lass uns weitermachen. Möbel oder Teppiche willst du also keine mitnehmen?« Er drehte sich mit ihr im Kreis. »Auch nicht das Schränkchen dort? Oder das Blumenregal vor dem Fenster?«

»Ach ja! Meine Blumen!« Mit geweiteten Augen schaute sie sich um. »Aber alle kann ich nicht mitnehmen. Dann finden WIR in deiner Stube keinen Platz mehr!«

»Also gut, einige aber! Lass uns mal durch alle Räume gehen und nachsehen, was dir noch wichtig ist.«

Vor einem schmalen Schränkchen mit Gläsern, Sammeltassen und einigem Nippes blieb sie stehen. »Das vielleicht? Es würde noch auf deinem Flur zwischen den Türen Platz finden. Alles Andenken aus einer anderen Zeit«, seufzte sie. »Die Muscheln in der Tasse dort stammen von der Ostsee. Du weißt ja, wie man um solch einen Ferienplatz damals kämpfen musste!« Sie lächelte wehmütig.

»Oh ja!«, stimmte er zu. »Wir haben zweimal einen ergattert! Einmal mit Kind und einmal, als Bianca schon groß war und nicht mehr mit uns Alten mitwollte. Das waren noch Zeiten! Heute kannst du in jedem Jahr hingondeln! Musst nur eine Tasche voll Geld mitnehmen!« Er lachte sarkastisch auf.

»Aber aussehen soll es jetzt schöner!«, betonte sie.

»Freilich! Jetzt kann jeder, der Geld hat, in den Baumarkt gehen und sich holen, was er braucht. Ohne große Tauschaktionen!« Die Erinnerung zauberte bei ihm Lachfältchen in die Augen- und Mundwinkel.

»Der andre Kram bleibt hier!«, sagte Emilia plötzlich entschlossen. »Wir wollen in deiner Wohnung richtig leben und uns nicht durch alte Möbel drängeln müssen!«

»Vielleicht stellen wir sogar eines Tages fest, dass uns in der Stube auch etwas Neues besser bekäme.« Er drückte seinen Mund auf ihr Ohrläppchen.

Sie kicherte wie ein junges Ding. »Das kitzelt!«

»Dann mache ich's gleich noch mal!«, alberte er nun auch und zog sie fester an seinen Körper.

»Lass uns zur Stube wechseln«, meinte sie. »Wir müssen ja nicht hier rumstehen.«

»Aber wir könnten auch noch ein bisschen ins Freie gehen«, schlug er vor. »Weißt du, das fehlt mir langsam.«

»Jetzt? Es ist schon fast dunkel!«

»Na und! Habt ihr keinen Weg, der einigermaßen glatt ist, damit man sich nicht die Beine bricht?«

Emilia überlegte kurz. »Ja-a, die Plattenwege der einstigen Genossenschaft«, rief sie fröhlich, um gleich wieder zu zweifeln: »Aber ich bin sie schon ewig nicht gegangen!«

»Ach, die Wirtschaftswege mit den MZ1-Platten? Na, die sind bestimmt noch in Ordnung! Nimm dir eine Jacke mit. Es könnte sein, dass es außerhalb des Dorfes windig ist!«

So liefen sie eng umschlungen und erzählten dabei intensiv, sodass Emilia gar nicht bemerkte, wie weit sie schon vom Dorf entfernt waren.

»Schau mal, der Große Wagen!«, sagte Siggi plötzlich und wies hinauf zum Himmel.

Sie legte den Kopf in den Nacken. »Und das ist Kassiopeia, das W da oben. Kennst du noch andere Sternbilder? Ich kenne nur noch den Kleinen Wagen mit dem Polarstern.« Ihre Stimme bebte traurig.

»Wenn wir von nun an immer hinausgehen, können wir uns noch viele einprägen«, tröstete er sofort. »Meinst du nicht auch, Liebste?«

Sie nickte versonnen. »Ein wunderschöner Anblick! Ich habe es stets bedauert, dass ich so wenige Sterne namentlich kenne, und andere bewundert, die vom Sirius und vom Löwen sprachen.«

»Holen wir alles nach!«, versprach Siggi und küsste sie.

Ihre erste Reaktion war abwehrend. Dann aber siegte die Vernunft. Wer würde sie schon um diese Zeit hier draußen sehen, und sie gab sich seinem Kusse hin.

So viel Spaß hatte Emilia noch nie beim Tapezieren gehabt! Sie kleisterte die Bahn ein und half ihm dann beim Ausrichten der Bahnen an der Wand.

»Früher musste ich immer an einer Seite den Rand abschneiden«, bemerkte sie lachend. »Und wenn ich nicht aufpasste, war's genau an der falschen!«

»Solche Tapeten wurden ja auch überlappend geklebt! Ich glaube, die bekommst du jetzt gar nicht mehr. Diese zum Stoßen sind aber nichts für unebene Wände, wie sie oft noch in den alten Bauernhäusern vorkommen.« Während seiner Worte war er mit der Bahn auf die Leiter gestiegen und ließ sie nun langsam abrollen. Emilia griff das Ende und richtete es zusammen mit ihm aus.

»Gut! Du kannst ausstreichen!«, sagte sie und trat wieder zu ihrer Kleisterei.

Er strich mit der Tapezierbürste die Bahn fest. Glaubte er jedenfalls und wandte sich ihr zu. »Diese glatten Wände machen nicht viel Kummer.«

Sie sah vom Einkleistern auf, und was sie hinter ihm erblickte, ließ sie sofort loskichern. »Überhaupt keinen Kummer!«, gickelte sie. »Na, dann dreh dich mal um!« Sie prustete los, als er wie ein Sportler aus dem Stand zur Wand sprang, an der sich in immer schnellerem Tempo die soeben geklebte Bahn der Schwerkraft ergab und dem Fußboden zustrebte.

Sie legte ihre Quaste vorschriftsmäßig ab und eilte ihm zu Hilfe. Von unten nach oben drückten sie nun die Bahn wieder an die Wand. »Halt mal gut fest!«, sagte er und kletterte auf der Leiter nach oben. So stand sie mit erhobenen Händen unter der hängenden Bahn und wartete darauf, dass er sie ihr abnahm. Doch das lief ein wenig anders als geplant und plötzlich klatschte ihr das bekleisterte Ende halb rechts aufs Haar und auf die Wange. »Iih!«, quietschte sie auf.

»Durchhalten!«, rief er, doch sie hörte, dass ER mit einem Lachanfall kämpfte, während er die Bahn mit der Bürste bearbeitete. »Du kannst dich in Sicherheit bringen!«, griemelte er und kam heruntergestiegen. Beide standen nun gespannt grinsend vor der Wand und warteten. Aber die Tapete blieb oben!

Sie schauten einander an und begannen lauthals zu lachen. Sie lachten und lachten, bis ihnen die Tränen aus den Augen rannen.

»Ich kann nicht mehr!«, stöhnte er und wischte sich mit dem Handrücken übers Gesicht. »Wie die Bahn dir ins Gesicht geklatscht ist! Sah das komisch aus!«

Sie schnappte sich den Lappen, womit er immer die Tapezierbürste abrieb, und wischte sich den nun trocknenden Kleister von der Wange. »Mir tut der Bauch weh! So toll gelacht habe ich lange nicht mehr.« Schon prustete sie erneut los. »Dein Gesicht hättest du sehen sollen, als die Bahn sich so ganz langsam dem Fußboden näherte! Und dann dein Hechter, damit sie es nicht schafft! Also, das war reif für die Kamera!« Sie knallte den Lappen immer noch kichernd auf die

Leiter. »Ich geh erst mal ins Bad und mach mich landfein. Das ist schon an den Händen ein blödes Gefühl, wenn der Kleister trocknet! Aber im Gesicht ist es unerträglich!« Sie lief davon.

Er sah ihr schmunzelnd nach und griff dann zur Quaste, um die begonnene Bahn fertig einzustreichen. Als sie wieder ins Zimmer trat, stand er schon mit der Bahn auf der Leiter.

Sie hatten gerade das letzte Stück über der Tür mit Tapete beklebt, als das Telefon klingelte. Siggi wischte sich die Hände am Putzlappen ab und nahm den Hörer auf. Er lauschte, dann winkte er ihr zu und stellte laut.

»Aber ja, Paul, das habe ich gesagt und dazu stehe ich auch. Wo hast du denn Probleme? In der Schule?«

»Nö!«, kam es wie aus der Pistole geschossen. »Na ja … oder doch …nur anders, als du denkst«, druckste er herum.

»Sag nur einfach, was dich drückt, Paul, und dann werde ich sehen, ob ich dir einen Rat geben kann!«

»Da ist ein Mädchen«, stieß Paul nun hastig hervor, »das gefällt mir … sehr. Aber sie sieht mich gar nicht«, klagte er.

»Hm! Hast du schon versucht, ihre Aufmerksamkeit zu erregen? Ich meine damit aber nicht: ein Bein stellen oder auf den Arm boxen und solche schlimmen Sachen.«

»Sowas würde ich ja nie machen!«, empörte sich Paul.

»Andre Jungs schon«, meinte Siggi. »Jedenfalls zu meiner Schulzeit! Hast du ihr schon mal irgendetwas gegeben? Kann ein Schulbuch gewesen sein – oder auch etwas aufgehoben, was ihr entfallen war?«

»Nö, da waren immer andere schneller!«

»Dann ist sie scheinbar sehr umlagert?«

»Ja-a, und nicht nur aus unsrer Klasse! Nö, sogar aus der siebenten und einer aus der achten Klasse! Aber der ist so ein Kleiner mit Brille«, kam es ein wenig abfällig.

»Vorsicht! Bewerte keinen nach deinem Maßstab. Frauen bewerten anders! Dann leg ihr doch mal ein hübsches Blümchen auf den Tisch. Das muss keine Rose sein! Dabei kommt es nicht auf die Größe an. Selbst ein Gänseblümchen könnte das Richtige sein. Wenn du natürlich wüsstest, was sie gern mag, das wäre ideal.«

»Nö, weiß ich nich!« Wieder dieser verzagte Ton.

»Dann nimm einfach ein Blümchen und leg es hin und achte danach auf ihre Reaktion. Wenn sie es achtlos vom Tisch wirft, dann hat sie weder für die

Blume ein Herz noch für einen Verehrer. Nimmt sie die Blume und guckt dann nach einem andern, weißt du, dass ihr Herz dem gehört und kannst dich nach einer anderen umsehen. Damit musst du nämlich auch rechnen. Weil manche diese Wahrheit nicht sehen wollen, verzehren sie sich lieber jahrelang nach ein und derselben Frau, während daneben eine nur auf einen lieben Blick, auf eine kleine Aufmerksamkeit wartet, um dir dann alle Liebe der Welt zu schenken.«

Ein nachdenkliches »Hmm« kam von Paul. Einen Moment herrschte Stille. Siggi wollte schon nachhaken, als Paul begann: »Dann soll ich mich lieber nach einer anderen umgucken?!«

»Das meine ich nicht! ICH würde erst mal ausloten, ob sie mich mag. Wenn nicht, würde ich mir eine andre aussuchen, die nicht so umschwärmt ist. Oft genug sind das die Besseren!« Er lauschte in den Hörer.

Paul atmete ein paarmal heftig. »Na ja«, kam es dann langgezogen und leicht unzufrieden. Empfand jedenfalls Siggi.

»Du bist nicht so ganz zufrieden mit meiner Antwort. Aber, Paul, dafür gibt es keine Patentlösung. Manchmal entscheidet, ob man im richtigen Augenblick das Erforderliche tut. Und gewinnt! Wenn man aber eine schlechte Grundeinstellung zu allem Weiblichen hat – ich meine, wenn einer schon abfällig ›Weiber‹ sagt, wird er kaum bei einer Frau richtig ankommen. Kurzzeitig vielleicht. Das sind dann die Typen, die alle naselang 'ne andre haben.«

»Wie René?!«

»Um das einschätzen zu können, kenne ich ihn zu wenig.«

»Aber der hat auch immer ›Weiber‹ gesagt«, erzählte Paul aufgebracht. Und hatte sich ihn sicher als Beispiel genommen, nahm Siggi an.

»Ich hoffe, er sagt es nun nicht mehr«, meinte Siggi. »Sei DU mal zu allen Mädchen höflich und zuvorkommend, dann wirst du bald staunen, welche Chancen sich dir auftun. Aber das braucht selbstverständlich ein bisschen Zeit. Also verlier nicht gleich die Geduld.«

»Hm-m«, machte Paul wieder. »Na ja, werd's versuchen.«

»Nein, sei nicht so unentschlossen. Dann wird es nichts! Sage lieber: Das mache ich von nun an und dann bekomme ich das beste Mädchen, das es gibt!«

»Meinst du wirklich, Opa?«

»Ja, das meine ich wirklich! Du musst nur fest daran glauben und danach handeln. Nicht sofort, aber demnächst!«

»Na gut! Dann werde ich es so machen! Tschüs und grüße Oma von mir!« Und schon hatte er aufgelegt.

Siggi und Emilia sahen sich schmunzelnd an.

»Zwölf Jahre!«, meinte sie. »Und schon die gleichen Probleme wie wir!«
»Wir haben sie nicht mehr!«, betonte Siggi. »Wir haben uns gefunden!« Er nahm sie in den Arm und küsste sie zärtlich.

An diesem Abend erinnerte Emilia irgendetwas an Marianne, als sie von ihrer kleinen Abendwanderung zurückkehrten und im Flur ihre Jacken weghängten. »Oje!«, rief sie plötzlich aus, sodass Siggi sie erstaunt anblickte. »Jetzt habe ich wieder nicht angerufen!«

»Wen denn, Liebste?«, erkundigte er sich.

»Na, Marianne! Ich wollte mich bei ihr bedanken!«

»Es ist noch nicht mal zehn! Die schläft bestimmt noch nicht!« Er zog Emilia mit zum Telefon. »Weißt du denn die Nummer aus dem Kopf?«

»Nein, aber sie steckt in meinem Portmonee und das ist in meiner Tasche«, erklärte sie bestimmt.

Schon reichte er ihr die Tasche. »So, damit du es nicht wieder vergisst, ruf gleich an! Ich verziehe mich einstweilen in den kleinsten Raum des Hauses.« Ein Küsschen werfend verschwand er aus ihren Augen.

Sie lächelte selig hinter ihm her, legte sich die Nummer neben das Telefon und wählte. Nach dem vierten Zeichen wurde abgehoben und Marianne meldete sich etwas unwirsch, wie Emilia fand.

»Habe ich dich aus dem ersten Schlaf gerissen?«, fragte sie sogleich und entschuldigte sich.

»Nein, ich könnte jetzt noch gar nicht schlafen, weil ich noch für morgen etwas vorbereiten muss.«

Rasch hakte Emilia an dieser Stelle ein: »Dann will ich dich nicht lange ablenken. Aber ich MUSS dir unbedingt für die Einladung danken. Ich habe das Glück meines Lebens dort gefunden!«

»Wa-as?«, rief Marianne überrascht dazwischen.

»Ja, ja, und du kennst ihn!« Emilia war vor Aufregung etwas lauter geworden. »Es ist Siggi! Erinnerst du dich? Ungefähr eins achtzig, lebhafte, liebevolle Augen …« Weiter kam sie nicht.

»Siggi? Na klar kenne ich Siggi! Prima Kumpel! Hat aber auch Schweres durchgemacht! Weiß aber nicht mehr so genau, wie das war. Jedenfalls hat es bei ihm zu einer Wende geführt und nur das ist wichtig!«

»Und deine Einladung hat bei mir zu einer Wende geführt!«, rief Emilia selig. »Ich sitze jetzt hier an seinem Telefon und in vier Tagen kommt unser neues Schlafzimmer und eines Tages werden wir dich überfallen!«

»Dann meldet euch vorher!«, beschwor Marianne sie sofort. »Sonst trefft ihr mich vielleicht nicht an.«

»Weiß ich doch! Aber das musste ich dir unbedingt berichten und nun kannst du weiter vorbereiten.«

»Ja, sei nicht böse, aber beim nächsten Mal will ich das alles genauer hören. Mach's gut!«

Nach Emilias kurzem Abschiedsgruß klickte es auch schon. Marianne hatte aufgelegt. Sie musste wirklich noch viel zu tun haben, denn sonst tratschten sie länger miteinander!

Der letzte Tag vor der Lieferung des Schlafzimmers brach an. Das Zimmer war fertig und wartete auf die neuen Möbel. Emilia schlug die Augen auf und sah sich in Siggis Stube um. Ja, sie schliefen noch immer getrennt. Er war nach oben ins Kinderzimmer gezogen, als sie mit der Renovierung begannen. Morgen sollte diese Übergangszeit also zu Ende sein! Inzwischen hatte Emilia keine Angst mehr davor, denn sie wusste nun, dass Siggi nichts erzwingen würde.

Jetzt lauschte sie einem unbekannten Geräusch nach. Irgendwelche Tropfen … Sie setzte sich auf. Regnete es etwa? Schnell war sie am Fenster! Wirklich! Es goss in Strömen! Ab und zu tropfte es auf den Fenstersims. War da nicht auch fernes Donnergrollen? Na, dann konnten sie die Gartenarbeit vergessen! Sie sah zur Uhr und lief rasch ins Bad.

Am Frühstückstisch beschlossen sie, den Regentag zu nutzen und dem Schloss Sanssouci einen Besuch abzustatten.

Weil es aber überhaupt nicht aufklarte, änderten sie ihre Absicht ein wenig und fuhren zum Neuen Palais.

»Hier müssen wir bei dem Regen nicht weit laufen«, meinte sie und spannte ihren großen Familienschirm auf. »Wir waren nur ein einziges Mal hier«, gestand sie, als sie dicht an ihn geschmiegt dem Eingang zustrebten. »Udo war damals schon in der neunten Klasse. Komisch, dass man die schönen Dinge in der Nähe immer nicht wahrnimmt und nach weit entfernten Zielen sucht!«

Er sagte nichts darauf, angelte nach der Geldbörse, während sie mit dem Schirm kämpfte. Den musste sie dann auch abgeben, worüber sie richtig froh war. Klitschnass hatte er schon ein beträchtliches Gewicht!

Sie genossen beide die Führung, machten sich gegenseitig auf Kleinigkeiten, aber auch auf sie berührende Dinge aufmerksam. Dabei nahm Emilia verwundert den großen Unterschied zwischen Wolfgang und Siggi wahr. Wie Tag und Nacht, musste sie denken. Wolfgang war durchgelatscht und froh, als er wieder draußen war. Siggi verhielt manchmal und sie musste ihn anspornen, weil die Führung schon im nächsten Raum verschwand.

Nach der Führung ergatterten sie noch zwei Plätze im Restaurant und sahen beim Schlemmen, dass der Himmel sich aufhellte.

»Mit dir macht mir ein Schlossbesuch sogar Spaß«, erklärte Siggi dabei. »Früher fand ich es furchtbar.«

Sie lächelte geschmeichelt und musste wieder an Wolfgang denken. Vielleicht ging es dem damals genauso! Woran mochte das wohl liegen? Und schon fragte sie nach dem Grund.

Er überlegte ein Weilchen. »Wahrscheinlich, weil man es als Bildung fürs Kind mitmachen ›musste‹. Wenn man nicht mit dem Herzen dabei ist, macht es eben keinen Spaß!«

»Das kann sein! Wir haben es damals auch aus genau diesem Grund absolviert. Und als wir durch den Park schlenderten, begann René schon zu nerven, dass er nicht mehr laufen könne, dass es langweilig sei und so weiter. Wir sind dann in die Stadt gefahren, und erst als er einen Steckbaukasten in Händen hielt, war er zufrieden und hörte auf zu nörgeln.«

»Wenn es aufklart, könnten wir ja auch noch in der Stadt herumlungern. Was meinst du dazu?«

»Ich habe nichts dagegen. Aber nur, wenn es nicht regnet!«

»Na gut! Und wenn es regnet, fahren wir noch ein bisschen in der Gegend herum, bevor wir wieder heimwärts sausen!«

Nach dem Bezahlen entdeckte er die Reklame fürs Schlosstheater. »Sieh mal!«, machte er Emilia darauf aufmerksam. »Das würde ich gern mal mit dir erleben!«

»Mann, Siggi! Das ist doch unheimlich teuer!« Entsetzt sah sie ihn an. »Du bist doch kein Millionär!«

»Das nicht, aber in diesem Jahr werden wir wohl keine Urlaubsfahrt machen! Dann könnten wir uns mal so etwas leisten. Entdecken wir erst einmal unsere nähere Umgebung, bevor wir uns auf einen Trip in ferne Länder einlassen, Liebste.«

Sie staunte ihn wie den Weihnachtsmann in ihren Kindertagen an. »Du hast aber Einfälle! Ich möchte gar nicht in ferne Länder! Was man da so alles mit sich machen lassen muss!« Sie schüttelte sich voller Abscheu. »Und wenn man ins Ausland fährt, sollte man wenigstens die Landessprache ein bisschen verstehen und möglichst auch etwas sprechen. Das ist jedenfalls meine Meinung!«

»Du sprichst mir aus dem Herzen!«, stimmte Siggi zu. »Obwohl … in einigen Gegenden wird schon so viel Deutsch gesprochen …«

»Mallorca! Ballermann!!«, rief sie entsetzt dazwischen, blieb stehen und blickte ihn mit großen Augen an. »Willst du etwa dorthin?«

Siggi griente. »Bestimmt nicht, liebste Emilia! Aber die kroatische Adria oder der Golf von Neapel würden mich schon interessieren. Und von Bekannten habe ich erfahren, dass man dort ganz gut ohne große Sprachkenntnisse durchkommt.« Er hatte sie sanft weitergezogen. Sie verstaute ihren Schirm im Auto und nahm auf dem Beifahrersitz Platz.

»Na, das muss ja nicht jetzt entschieden werden«, meinte sie leichthin. »Wenn wir das eines Tages wollen, werden wir uns sicher zuvor kundig machen. Stimmt's, Liebster?«

Sein Blick erstrahlte. Immer öfter verwendete sie nun schon Kosenamen und jedes Mal gab er ihr auch ein Küsschen dafür. So auch jetzt. »Danke«, flüsterte er und startete.

Sie hatten in der Nähe des Nauener Tores einen Parkplatz gefunden und waren durch die Altstadt flaniert, hatten am ehemaligen Busbahnhof in einer kleinen Gaststätte eine preiswerte Mahlzeit genossen und den ausgebuddelten Stadtkanal bewundert.

Nun saßen sie mit pflastermüden Füßen im Auto auf dem Weg zur Heimat. »Weißt du was?«, meinte sie plötzlich, als sie von der B1 abbogen, »wir kaufen eine Kleinigkeit in unserem Laden und ich mache René ein warmes Abendessen. Einverstanden?«

Siggi schmunzelte. »Das habe ich mir schon so ähnlich gedacht. Deshalb bin ich ja auch gar nicht auf die Autobahn gefahren.«

»Du bist ein Schatz!«, rief Emilia glücklich.

René staunte nicht schlecht, als er bei seiner Heimkehr den typischen Essengeruch im Hausflur erschnupperte und seine Mutter in der Küche vorfand.

Nach einer für ihn untypischen, geradezu überschwänglichen Begrüßung, bei der er sie an sich drückte und sogar ein Küsschen auf ihre Wange hauchte, schüttelte er Siggi bald den Arm aus dem Gelenk.

»Ist das eine Freude, mal wieder so richtig abends essen zu können«, meinte er dabei. »Erst wenn man etwas verloren hat, schätzt man es richtig!«

»Das hast du aber schnell erkannt!« Emilia war perplex.

Plötzlich hatte es René eilig. »Ich mache mich rasch landfein! So'n Essen muss man würdigen!« Schwupp, war er fort und die beiden sahen sich verwundert an.

»So kenne ich meinen Jüngsten gar nicht!«, konnte Emilia nur sagen. »Sollten so ein paar Tage Entzug so viel bewirken?«

»Vielleicht hättest du öfter mal Urlaub machen sollen!«, schmunzelte Siggi.

»Ja-a, das habe ich nie gemacht«, gab sie zögernd zu. »Aber dann hätte ich wahrscheinlich eine Aushilfe besorgt und alles wäre wie gewohnt abgelaufen!«

Siggi deckte schon den Tisch und sie wandte sich wieder ihren Töpfen zu. Nachdenklich rührte sie die Nudeln um. »Ich hätte ihn auch in der Küche mehr einspannen sollen. Die arme Frau …!«

»Wenn er sie richtig toll liebt, wird er sich ändern, Liebste. Ich habe vor der Ehe auch nur Kartoffeln aus der Erde holen können. Vom Kochen hatte ich keinen blassen Schimmer!«

»Ja, DAS war früher so üblich! Aber ich hätte es bei meinen Kindern schon ändern können. Ändern müssen!«, setzte sie mit Betonung hinzu.

Siggi seufzte. »Hinterher ist man immer klüger …«

René betrat die Küche.

»Oh!« »Ah!«, riefen Emilia und Siggi gleichzeitig.

»Du hast dich aber in Schale geworfen!«, stellte Siggi fest.

»Du willst anschließend noch weg!?«, vermutete sie.

René griente nur und setzte sich auf seinen Platz. Er hatte seine fast neue Jeanshose und ein ebenso unberührtes T-Shirt an. »Ich fahre nachher zu Iris«, sagte er und häufte sich Nudeln auf den Teller. Emilia schöpfte ihm die Ketchupsoße mit Würstchenstücken darüber.

»Hmm! Da tropft mir der Zahn!«, sagte er noch, dann schaufelte er und hatte keinen Blick oder Gedanken für etwas anderes. Emilia und Siggi sahen sich amüsiert wie auch nachdenklich an und aßen ebenfalls schweigend.

Endlich legte René den Löffel weg, lehnte sich, sich streckend, zurück und strich mit der Linken über seinen imaginären Bauch. »Hat DAS geschmeckt! Danke, Mutti! Super! Kannst öfter kommen!« Nach einem langen, die Sättigung anzeigenden Atemzug zu Siggi: »Du natürlich auch!«

»Du wirst uns jetzt wohl immer im Doppelpack nehmen müssen!«, griente Siggi fröhlich.

»Du willst noch zu Iris?« Mit dieser Frage gab Emilia dem Gespräch eine andere Richtung und René seufzte. Theatralisch, wie sie fand. Doch nicht mehr so trübsinnig wie vor vierzehn Tagen.

»Gestern durfte ich sie schon küssen!«, platzte er heraus. »Aber wenn ich beim Streicheln ein bisschen zu tief rutsche, merke ich, wie sie sich verspannt. – So 'ne Kleinigkeit ist mir früher nie aufgefallen!« Er blickte bei diesem Geständnis Siggi sinnend an.

»Aber sie liebt dich noch?«, rutschte es Emilia heraus.

Er nickte stumm. »Hat sie mir jedenfalls gesagt!«, betonte er nachträglich.

»Wenn nicht«, warf Siggi ein, »hätte sie dich längst rausgeworfen!«

Emilia erinnerte sich an frühere Gespräche mit den beiden. »Wohnt sie immer noch in dem heruntergekommenen Haus mit den ungeklärten Eigentumsverhältnissen?«

René sah sie irritiert an und nickte nur.

»Dann machst du dich hoffentlich nützlich und holst auch mal Kohlen oder hackst Holz. Denn ich glaube, auch das würde sich für deine Beziehung lohnen. Sie hat dich hier bei mir nur als Pascha erlebt! Nicht mal eine Tasse hast du aus dem Schrank genommen!«

»Das ist aber nicht meine Schuld!«, wehrte sich René. »Du bist doch immer gleich gesprungen, wenn noch etwas auf dem Tisch fehlte und ich es laut feststellte!«

»Ja, ich weiß«, seufzte Emilia. »Aber jetzt kannst du es stillschweigend holen.«

»Jawohl! Nicht erst laut darüber nachdenken«, betonte Siggi, »damit die Frau es nicht als Kritik versteht und den Fehler gutmachen will.«

»Meine Güte!« stöhnte René. »Auf was man alles achten soll!«

»Nicht ›soll‹ oder ›muss‹, sondern lieber ›will‹ oder ›kann‹!«, meinte Siggi lächelnd. »Sonst stellst du dich gleich wieder in eine Schmollecke und lastest vielleicht der Frau einen Minuspunkt an.«

»Ich verteile doch keine Minuspunkte!«, empörte sich René.

»Unbewusst!«, sagte Siggi. »Das geschieht automatisch tief in unserem Unterbewusstsein. Leider! Dass Frauen ein anderes Bewertungssystem haben als Männer, wurde auch schon von Wissenschaftlern festgestellt!«

»Donnerwetter!«, staunte René.

»Und nimm immer Schnittblumen. Die welken schneller und du kannst wieder neue schenken. Und um Gottes willen keine Riesensträuße! Lieber kleine! Das ist romantischer und hält den Zauber der Liebe frisch. Wenn du sie ihr aus eigenem Antrieb bringst, sieht sie, dass du sie verstehst und auf sie eingehst!«

»Meine Güte, worauf muss … eh … kann ich denn noch alles achten!?« Entsetzt schaute er seine Mutter an.

Sie schmunzelte. »Als ganz kleine Kinder habt ihr das gekonnt. Da brachtet ihr mir mal ein hübsches Schneckenhaus oder ein Blümchen – manchmal schon ganz zermatscht in euren schmutzigen Händchen!« Sie lächelte voller Wehmut an diese schöne Zeit. »Aber je größer ihr wurdet, desto mehr verlor es sich!«

Siggi nickte. »Hat der Kleine nicht viel mehr Lob dafür bekommen? Ist nicht mit der Zeit dieses Loben weniger geworden?«

Emilia guckte ihn erschrocken an. »Stimmt!«, gab sie zögernd zu. »Wenn sie so angetappelt kamen, habe ich mich irrsinnig darüber gefreut. Später ... nur noch ... na ja ... mäßig. Und manchmal gar nicht, weil sie von oben bis unten bekleckert waren! Dann ist es sogar vorgekommen, dass ich es achtlos annahm und, statt zu loben, losgewettert habe!« Sie blickte schuldbewusst ihre Männer an.

»Genau wie es unsre Eltern uns vorgelebt haben«, kommentierte Siggi. »So schleppen sich die Erziehungsfehler durch die Generationen!«

»Na, und ich darf das jetzt alles ändern!«, stellte René sarkastisch fest. »Wenn das man gut geht!« Zweifelnd sah er die beiden an.

»Der Zweifel tötet den guten Vorsatz!«, hakte Siggi sofort nach. »Wenn du dir etwas vornimmst, dann zweifle nie am Gelingen. Du kannst den Weg zum Ziel ändern, wenn dir ein großer Brocken in die Quere kommt, aber nie das Ziel anzweifeln.« Er lächelte. »Heute heißt dein Ziel Iris. Um das zu erreichen, denk dir laufend Neues aus. Mal können es Blumen sein, mal ein Kinobesuch oder eine andere Aufmerksamkeit. Schleift sich etwas ein, wird es langweilig.« Nun blickte er zärtlich zu Emilia. »Das ist auch unsere Aufgabe. Unser gemeinsames Leben darf nicht im alltäglichen Trott versanden. Routine ja, Rituale auch, aber trotzdem immer etwas Neues, damit das Leben und die Liebe interessant bleiben.«

Renés Augen waren bei seinen Worten größer geworden. Unfassbar! Und er hatte die Alten für jenseits von allem gedacht! Und nun das! Seine eigene Mutter!

Er erwischte sich beim Staunen mit offenem Mund und schloss ihn hastig. Dabei fiel sein Blick auf die Küchenuhr. »Oh, schon so spät!« Er sprang auf. »Darf ich euch jetzt verlassen? Sonst komme ich zu spät zu Iris. Ich wusste ja nicht, dass ich hier ein Essen kriege, und habe ... Hast du noch 'ne Flasche Wein im Keller, Mutti?« Trotz der Hektik, die ihn erfasst hatte, bettelten seine Augen.

»Ein Rotwein und ein Weißwein«, konnte Emilia noch sagen, da war er schon aus dem Raum.

Sie sah zu Siggi und beide grienten. Schon hörten sie ihn heraufkommen. »Tschüs, ihr zwei!« Die Haustür knallte und weg war er.

»Peng!«, machte Emilia und erhob sich. »Waschen wir noch ab oder lassen wir dem Lümmel alles stehen?«

»Wir woll'n mal nicht so sein«, meinte Siggi großmütig. »Aber eine kleine Bemerkung könnte ich mir nicht verkneifen!« Seine rechte Hand markierte eine Schreibbewegung.

Beide räumten ab und sie ließ Wasser einlaufen. »Und was soll ich da schreiben? Vielen Dank fürs Abendessen? Aber er hat sich doch vorhin bedankt! Oder dass ich nächstens den Abwasch stehen lasse? Ach nein! Das ist mir nichts! Ich habe es doch gern getan! Und wir hatten doch auch unseren Spaß dabei!«

»Hast recht, meine Liebste! Das war eben so meine erste Reaktion und die muss ja nicht richtig sein!« Er griff zum Trockentuch.

»Halt!«, rief sie befehlend. »DAS werden wir nicht erledigen! Das Geschirr bleibt stehen!« Sie grinste. »Mal sehen, ob wir es beim nächsten Mal noch so vorfinden, wie wir es heute verlassen.«

»Du bist gut!« Er grinste ebenfalls. »Darauf wäre nun ICH nicht gekommen!«

Nachdem das Abwaschwasser ausgelaufen war, breitete sie das Trockentuch demonstrativ über das umgestülpte Geschirr.

»So, fertig!« Sie nahm sich die Schürze ab und hängte sie an die Küchentür, legte ihm die Arme um den Hals und gab ihm einen Kuss. »Nun ab nach Hause, mein Schatz!«

Seine Augen erstrahlten. »Das hast du zum ersten Mal gesagt«, stellte er fest und küsste sie andächtig. »Aber wir können noch Sachen mitnehmen, Liebste«, erinnerte er.

Sie hatte es plötzlich eilig, schnappte sich aus dem Kleiderschrank einen Kopfkissenbezug, bat ihn, den aufzuhalten, und stopfte ihre Wäsche wahllos hinein.

Er staunte laut darüber.

»Aussortieren kann ich zu Hause immer noch! Aber wir wollten doch noch spazieren gehen!« In den nächsten Kissenbezug kamen die im Schrank hängenden Kleider, Jacken und Mäntel mitsamt Bügeln. »So, das reicht für heute!«

Sie schleppten die gefüllten Kissen zum Auto und verstauten sie auf dem Rücksitz. Als sie beide mit den Köpfen von hüben und drüben im Auto steckten, hörten sie Regines Stimme.

»Ein toller Anblick! Zwei Hinterteile mit Beinen und nichts weiter!«

Emilia schnellte heraus. Klar, dass sie sich dabei den Kopf stieß! Sie rieb sich anklagend die schmerzende Stelle. »Musst du mich so erschrecken?!«

»Ja, muss ich!«, sagte Regine und gab ihr die Hand. Siggi umrundete das Auto zur Begrüßung und lehnte sich leicht ans Fahrzeug, während Regine weitersprach.

»Mit niemandem kann man mehr reden«, beklagte sie sich.

»Du kannst mich doch anrufen!«, wehrte Emilia ab.

»Wie denn? Ohne Nummer!«

»Oh, entschuldige! Daran habe ich nicht gedacht!« Schuldbewusst griff Emilia nach ihrer Tasche, die noch auf dem Beifahrersitz lag. »Ach, Quatsch! Ich habe ja gar nichts zum Schreiben drin! Siggi, gibst du Regine mal eins deiner Kärtchen? Da ist die Nummer drauf!«

Siggi fischte nach seiner Börse und reichte ihr die Karte mit einer leichten Verbeugung. »Bitte schön! Und wenn wir nicht sofort erreichbar sind, nicht aufgeben. Wir treiben uns ziemlich viel draußen herum.«

»Bei dem Wetter kein Wunder! Und heute hat es sogar geregnet! Da müssen wir nicht wässern!« Regine äugte ins Auto. »Schleppste deine Sachen weg?«

»Ja, wie du siehst. Und wenn wir uns eingerichtet haben, holen wir dich mal rüber«, versprach Emilia in die traurigen Augen Regines. »Morgen kommt unser neues Schlafzimmer! Das kannst du dann auch bewundern. Sowas hast du noch nicht gesehen!« Sie musste einfach angeben, sonst wäre sie geplatzt. Doch ganz tief im Untergrund keimte der Verdacht, dass sie Regine damit wehtat. Deshalb gab sie dem Gespräch eine andere Richtung. »Du, wir nehmen dich auch mal mit ins Theater! Machen wir doch, Siggi, nicht wahr?«

Was blieb ihm andres übrig als zuzustimmen? Als sie dann beide allein im Auto saßen, schwiegen sie ein Weilchen.

»Aber nicht jedes Mal«, begann Siggi vorsichtig.

»Was: nicht jedes Mal?«, fragte Emilia irritiert zurück.

»Aber wir nehmen deine Freundin nicht jedes Mal mit ins Theater, oder?«

»Ach so! Nein, natürlich nicht!«, sagte sie und begann eine lange Erklärung für diese Theatereinladung, die ihr da so ohne vorherige Absprache herausgerutscht war.

»Dann ist es gut«, sagte er nur, als sie endlich mit ihrer Begründung fertig war.

Am Vormittag sollte das Schlafzimmer angeliefert werden. Sie wurden immer aufgeregter, je weiter der Zeiger sich der Zwölf näherte. Im Garten zu arbeiten, trauten sie sich auch nicht, weil sie von dort die Straße nicht einsehen konnten. Nun rupften sie das letzte Unkräutlein im Vorgärtchen aus und wussten nicht, womit sie sich noch beschäftigen könnten. Als sie gerade darüber beratschlagten, fuhr das Möbelauto vor. Während Siggi an der Gartenpforte blieb, rannte sie, um alle Türen weit aufzureißen. Mit leuchtenden Augen stand sie im Schlafzimmer und dirigierte die Männer.

Am Ende strahlten deren Augen auch, als Emilia ihnen ein gutes Trinkgeld in die Hände drückte. Sie winkten noch aus dem Fahrerhaus heraus.

Aneinandergelehnt standen Emilia und Siggi dann vor dem romantischen Schlafzimmer. Sprachlos!

»Wunderschön!«, sagte sie endlich und seufzte leise.

»Wenn mir das vor einigen Wochen jemand prophezeit hätte, ich hätte ihm einen Vogel gezeigt!«, sagte er lächelnd und zog sie in die Arme. Dann sog er schnüffelnd die Luft ein. »Riechst du es auch?«

»Ja, es riecht neu!«

»Ob es wirklich so unbedenklich ist, wie sie mir beim Kauf zugesichert haben?« Er ließ sie los und wanderte wie ein Jagdhund suchend durch den Raum. »Hast du irgendwo so ein Ökosiegel gesehen?«

»Davon habe ich keine Ahnung!«, gab sie bestürzt zu. »Aber hinterm Schrank war so ein komisches Zeichen angeklebt. Willst du den jetzt abrücken und nachsehen?«

»Eigentlich habe ich dazu keine Lust!«, gab er unzufrieden zu. »Aber wenn du einverstanden bist, schlafen wir wie immer und lassen hier heute Nacht das Fenster offen, damit eventuelle Schadstoffe verduften können.«

»Dann tragen wir heute noch gar nichts hier rein?!« Mit schiefgelegtem Kopf blickte sie ihn forschend an.

Einen Augenblick überlegte er. »Lieber nicht!«, entschied er. »Bist du sehr enttäuscht, Liebste?« Er legte seine Hände an ihre Taille und rieb seine Nase an ihrer.

»Nein, ist doch nur aufgeschoben«, sagte sie leichthin. »Es ist doch immer schön mit dir. Auch auf der schmalen Klappliege!« Sie lächelte aufrichtig, küsste ihn lange und zärtlich ohne jegliche Verklemmung. »Wenn das Fenster weit offen bleibt«, meinte sie danach zögernd, »können ja Einbrecher oder Katzen rein.«

Siggi kratzte sich nachdenklich am Kopf. »Also: An Einbrecher will ich gar nicht denken! Und Katzen? Hm. Eigentlich gar nicht so schlecht! Die gehen nämlich nicht hin, wo ihnen Gefahr droht!«

Sie lächelte. »Wenn also eine Katze sich hier heute Nacht breitmacht, können wir ohne Bedenken einziehen?«

Er nickte und schaute sich aufmerksam das breite Bett an.

Sie folgte seinem Blick. »Ich würde allerdings dann vorschlagen, du suchst eine Decke, damit wir sie darüberbreiten können!«

»Vorschlag angenommen!«, sagte er und verschwand, um mit einer nicht ganz neuen Decke wieder zu erscheinen.

An diesem Abend ließ sie ihre Hand zu einer Stelle wandern, die sie bisher stets vermieden hatte. Aber sie fand, es wurde nun langsam Zeit für Berührungen dieser Art. Eigentlich, gab sie innerlich zu, war es nur eine Ausrede, dass sie es für das neue Schlafzimmer aufheben wollte.

Und es sah doch auch gut aus, was sich dort ihren Augen geboten hatte, wenn sie unbekümmert nackt in dieser sommerlichen Hitze voreinander herumgelaufen waren. Warum also sollte sie es jetzt nicht berühren?!

Er stöhnte wohlig »Oh, Liebste!« und küsste ihre Schulter, während seine Hand ihre Brust umschmeichelte.

Er blieb entspannt, obwohl sie sein Pulsieren spürte. Erregung stieg in ihr auf und sie hatte Mühe, weiterhin ruhig und entspannt zu bleiben.

Als seine Hand jedoch nach unten wanderte und seine Zunge ihre Brustwarze umspielte, tat sie sich ganz weit auf.

»Bitte, tu es!«, stieß sie zwischen zwei tiefen Atemzügen hervor. »Ich liebe dich!«, hauchte sie zum ersten Mal und schob sich ihm entgegen. Er atmete heftiger, war aber nur schwach erigiert und sie dachte schon, es würde nichts geschehen.

Doch langsam, sehr langsam suchte er sich seinen Weg und sie glaubte, vor Lust vergehen zu müssen, obwohl es ganz anders war als früher. Niemals zuvor waren Gefühle dieser Art in ihr entstanden. Alles schien zu ihm hin zu strömen. Mit ihm zu verschmelzen war ihr sehnlichster Wunsch in diesem Augenblick.

Doch als er noch tiefer in sie eindrang, überkam sie plötzlich ein gewaltiger Schmerz, sodass sie aufschrie. Sofort hielt er inne und streichelte ihre Brüste.

»Was ist das? Es war doch so schön!«, sagte sie verstört.

»Bleib ruhig«, flüsterte er suggestiv. »Das sind die alten Schmerzen, die sich lösen müssen, damit du geheilt wirst. Ganz ruhig, Liebste, das muss sein, aber es geht vorbei und dann wird alles gut sein.« Er sprach immer weiter und hörte nicht auf, ihre Brust dabei ganz zart zu streicheln. »Bleib ganz entspannt. Erst wenn alle Schmerzen von damals sich gelöst haben, wenn du alle Verletzungen loslässt, hinter dir lässt, bist du wirklich frei.«

»Ist das bei dir auch so?« Der Schmerz war vergangen. Sie konnte wieder klar denken.

»Ja, sicher, so ähnlich, denn ich bin ja keine Frau. Und Schmerzen kann man nicht messen. Was der eine gerade so fühlt, kann für den anderen unerträglich sein.« Er lachte leise. »Wissenschaftler wollen immer alles messen, und was sie nicht messen können, ist für sie auch nicht vorhanden. Demzufolge sind Glück und Freude und alle diese unwägbaren Sachen nicht da!« Er lächelte ihr liebevoll zu und streichelte und streichelte.

Langsam kehrte ihre Ruhe zurück. Seine sonore, betörende Sprechweise tat ihre Wirkung und sie entspannte sich wieder. Dabei bemerkte sie verwundert, dass er noch immer in ihr ruhte. »Es ist so schön mit dir, dass ich immerzu so liegen könnte.«

»Ich auch! Stundenlang, Liebste. Raum und Zeit spielen keine Rolle mehr. Nur wir zwei sind wichtig und sonst nichts!« Beide bewegten sich nicht, spürten nur ihren Gefühlen nach. Lange Zeit.

»Ich habe es gut«, sagte Emilia verträumt. »Aber was machen Alleinstehende wie Regine? Die werden ja nie geheilt!« Richtig bekümmert klang es.

»Ein bisschen vielleicht doch. Nur wissen sie nicht, wie sie es bewerkstelligen müssen. Und darin liegt das Problem!«

»Du glaubst …« Sie war perplex.

»Ja! Eigentlich weiß ich's«, behauptete er. »Aber da schneiden wir ein Tabuthema an! Alle betreiben es, aber keiner spricht darüber. Ich meine die Selbstbefriedigung!«

Sie verspannte sich. Er fühlte es und lächelte in die tiefe Dämmerung hinein. »Hast DU doch auch betrieben! Ich ebenfalls. Wozu leugnen? Aber nach dem Tantraseminar habe ich den Penis mit der Hand nur umschlossen. Weiter nichts! Erinnere dich, was ich René erklärte: Der Penis ist positiv, die Brust negativ. Zwar können durch den Arm die Energien nur schwach fließen, doch ich glaube, sie tun es und bringen eine kleine Heilung zustande.«

»Aber eine Frau hat keinen Penis, den sie mit der Hand umfassen kann!«, äußerte Emilia aufmüpfig. Sie spürte unter ihrer Hand, wie sein Zwerchfell vibrierte. Er lachte also und sie wollte sich schon aufregen.

»Aber Finger!«, stieß er hervor. »Sie sollte sie gut einspeicheln und ganz langsam, wirklich: ga-anz langsam auf der Seite liegend einführen und darin ruhen lassen. Längere Zeit, unbeweglich! Die hohle Hand müsste über der Klitoris liegen, damit die nicht gereizt wird. Sonst wird es doch wieder Rubbelsex und die Energien können nicht fließen. Vielleicht sollte die Frau auch ein Kissen zwischen die Knie legen, damit die Hand nicht eingeklemmt wird. Könnte ich mir vorstellen! Na ja, ich bin keine Frau. Das muss wohl jede selbst ausprobieren, wie es am besten funktioniert. Aber ich habe meinen Arm dabei auch mit einem Kissen unterstützt.«

»Meinst du, ich hätte dann jetzt keine Schmerzen, wenn ich so gehandelt hätte?« Gespannt wartete sie auf seine Antwort.

Sie spürte, wie er ungewiss mit der Schulter zuckte.

»Das weiß ich nicht. Schon möglich! Schmerzen habe ich keine. Doch ich hoffe, dass ich mit der Zeit viel mehr fühlen kann. Im Seminar wurde berichtet, dass sich Gebärmutter und Eichel geradezu magnetisch anziehen, je näher sie sich kommen, und schließlich kleine Entladungen stattfinden, die sehr lustvoll sein sollen. Aber bis dahin ist noch ein weiter Weg, Liebste, und wir brauchen bestimmt viel Geduld!« Er schwieg und umhüllte mit seiner Hand ihre warme Brust, fühlte darunter ihren regelmäßigen Herzschlag und ein Glücksschauer durchrieselte seinen Körper. Er schloss die Augen, genoss es und trieb schon am Rande der Schläfrigkeit.

»Verrückt!«, sagte Emilia plötzlich laut und holte ihn in die Gegenwart zurück. »So ein Gespräch wie mit dir habe ich bisher nicht mal mit meiner besten Freundin geführt! Kannst du mir erklären, wie sowas möglich ist?«

Inzwischen war es völlig dunkel geworden. Er drückte seine Lippen an ihre Schulter. »Weil du mit niemandem so intim warst wie mit mir. Und für mich ist es das schönste Lob von allen, die ich in meinem bisherigen Leben erhalten habe.«

Er drehte sich und die innige Verbindung mit ihr löste sich automatisch. »Ich glaube, mir ist der Arm eingeschlafen. Das ist jetzt sehr prosaisch, aber leider nicht zu ändern. Du musst ihn erst aufwecken, Liebste, bevor ich noch etwas anderes beginnen kann.«

Sie lachte auf und schaltete das Licht ein. »Lass ihn mich massieren, Liebster. So ein Gefühl lässt nichts anderes zu und wir können auch morgen weitermachen.«

Oh ja! Sie hatten kaum das neue Schlafzimmer – weder Einbrecher noch Katze waren darin gewesen – mit Bettzeug versehen, als er sie verschmitzt anblickte.

»Wollen wir nicht mal probieren, ob es auch weich genug für uns ist?«

»Jetzt? Gleich?«, fragte sie irritiert. »Ich dachte, wir schleppen noch die Wäsche in den Schrank!«

»Danach sind wir vielleicht zu k. o.«, sagte er schelmisch und blinzelte mit einem Auge. »Und wenn das Bett nichts taugt, kann ich doch gleich reklamieren!« Seine Stimme klang beschwörend und sie ließ die Türen des Schrankes zu.

»Aber jetzt? Am hellerlichten Tag?«, wandte sie schon halb bezwungen ein.

»Dann können wir uns in die Augen sehen!«, begründete er und zog sie näher. Und näher. Und begann das Wenige, das sie der Hitze wegen nur anhatte, zu lösen. »Deine Brüste sind ohne BH viel schöner«, kommentierte er dabei.

»Aber wir wollten doch die angenehme Temperatur am Morgen für das Einräumen nutzen«, äußerte sie noch, obwohl schon überzeugt, dass die Arbeit bestimmt nicht wegliefe.

»Es gibt auch morgen wieder einen Morgen mit solchen Temperaturen«, versprach er mit betörender Stimme.

Nur zu gern ließ sie sich ablenken und fasste ihrerseits zu dem Knopf, der seine kurze Hose in der Taille hielt.

»Und wenn wer kommt?«, war ihr letzter, schwacher Einspruch.

»Wir müssen ihn ja nicht reinlassen«, entgegnete er. »Wir können ja hinten im Garten sein und das Klingeln nicht hören«, begründete er weiter. Doch seine Hände und seine Lippen besiegten ihren scheinbaren Widerstand.

Sie ließ sich aufnehmen und zum Bett tragen. Selig stöhnte sie neben ihm, fühlte voller Wonne seine nackte Haut an ihrer, seine kosenden Hände an ihrer Brust. Seine vor Liebe strahlenden Augen ließen sie alle Hemmungen vergessen, alle Unsicherheit und Scham war verflogen.

Viel schneller als in der Vergangenheit – und trotz des hellen Tages – war sie entspannt und öffnete sich.

»Aber werde ich wieder Schmerzen haben?«, flüsterte sie noch bang.

Er küsste ihre Schläfe. »Ich werde sehr langsam und vorsichtig sein und immer, wenn du ›Halt‹ sagst, werde ich warten. Wir haben alle Zeit der Welt, Liebste.« Seine Lippen strichen über ihre Wange, seitlich vor dem Ohr, und es erregte sie völlig anders als jemals zuvor irgendetwas.

Solche Empfindungen und eine so tiefe Freude hätte sie nie für möglich gehalten. Wenn es ihr jemand erzählt hätte, ihr Finger wäre sofort zur Stirn geflogen.

Sie genoss all das bei seinem vorsichtigen und sehr, sehr langsamen Eindringen, millimeterweise mit ständigen Stopps dazwischen. Schon dachte sie nicht mehr an die Schmerzen vom Vortag, fühlte sich leicht und beschwingt. »Wie ein Wölkchen am blauen Himmel«, musste sie denken.

Da geschah es! Der Schmerz durchzuckte sie. »Halt!«, stöhnte sie und hielt die Luft an.

»Atme, Liebes, atme tief ein und aus«, suggerierte er ihr, immer und immer wieder.

Und sie entspannte sich. Doch plötzlich flossen ihre Tränen.

»Ich weiß gar nicht, warum ich plötzlich heulen muss«, schluchzte sie. »Mir ist so wohl wie niemals zuvor. Wenn nur dieser Schmerz nicht käme.«

»Aber ist er nicht heute schon etwas geringer als gestern, Liebste?« Er küsste ihre Tränen fort.

Sie spürte in sich hinein. »Doch, ja, da magst du recht haben. So schlimm wie gestern war er diesmal nicht!«

»Na, siehst du, Liebling. Es heilt. Wir müssen ein wenig Geduld haben, dann wirst du keine Schmerzen mehr fühlen. Glaub mir!« Seine beruhigende Stimme tat ihre Wirkung. Ihre Tränen versiegten und sie entspannte sich wieder.

»Du bist ja noch drin!«, staunte sie mit einem Mal. »Ich fühle dich und ein sanftes Strömen. Oder Pulsieren?«

»Das ist mein Herzschlag«, lächelte er. »Aber da ist auch ein Strömen. Du bist wieder entspannt. Das ist gut so.«

»Und doch ist da ein Pulsieren!«, behauptete sie. »Das kommt von mir. Von der Gebärmutter?« Unsicher tastete sie nach diesem unbekannten Geschehen, diesen fremden Gefühlen. »Es ist herrlich! Ich kann das gar nicht beschreiben. Dazu fehlen mir die Worte. Sowas habe ich noch nie gefühlt!«

»Bei mir ist es ähnlich«, murmelte Siggi. »Das ist eine Entdeckungsreise für uns beide. In uns, aber auch in unserer Sprache. Wir werden sehr viel lernen müssen, schätze ich. Vielleicht sollten wir uns ein neues Wörterbuch zulegen.«

»Wozu denn das?«, fragte Emilia ein bisschen befremdet. Wie kam Siggi denn jetzt auf ein Wörterbuch?!

»Du hast doch soeben gesagt, dass dir die Worte fehlen. Also kaufen wir uns ein Wörterbuch und lernen neue Wörter.«

Sie kicherte. »Was DU alles für Einfälle hast!?« Sie drehte den Kopf und blickte in seine leuchtenden Augen. Schon verschwand der Lachreiz und eine Woge der Liebe zu ihm flutete durch ihre Seele. »Ich liebe dich!«, sagte sie aus tiefstem Herzensgrunde und spürte IHN sich in ihrem Inneren regen.

»Ich auch, meine Liebste«, murmelte er und schob sich einen Millimeter voran, immer auf der Hut vor ihren Schmerzen, die auch er in gewisser Weise spürte. Als Spannung nämlich. Und dass er sie fühlte, machte ihn froh, weil es ihm zeigte, dass auch seine Heilung voranschritt.

Das Leben war herrlich! Niemals zuvor hatte er so bewusst seinen Körper, seinen Penis gefühlt und gleichzeitig auch diese Frau, die er noch gar nicht lange kannte und doch seit undenklichen Zeiten zu kennen glaubte.

»Es ist mir, als kenne ich dich seit Urzeiten«, raunte Emilia in diesem Augenblick. »Dass es so etwas gibt, hätte ich nicht gedacht. Diese Liebe, die in mir ist, ist so unendlich groß … Ich kann nicht beschreiben, wie groß …« Sie schwieg und er streichelte ihre Brüste sanft wie eine Feder.

»Ich fühle genauso, Liebste«, wisperte er, traute sich nicht, lauter zu sprechen, um diese Empfindungen nicht zu zerstören. »Worte dafür sind so fade. Mir ist, als erschaffen wir unsre Welt neu, eine Welt voller Liebe und Freude.«

»Wie du das sagst! Wunderbar! Dieses Strömen ist in mir, in meinem ganzen Körper! Genau wie du es beschrieben hast! Ich kann meine Gebärmutter fühlen. Ein leichtes Pulsieren! Oder Vibrieren? Ich weiß nicht genau. Muss mich noch mehr hineinfühlen … Ach!« Sie stöhnte auf. Er rührte sich nicht.

»Sei ruhig, Liebste, sei ganz entspannt!«, flüsterte er beruhigend. »Gleich ist es wieder vorbei. Das war wieder so ein verspannter, harter Punkt von früher. Es vergeht und kehrt nie wieder, Liebes. Bleib ganz ruhig, ganz gelassen. Versuche einfach, an nichts zu denken, fühle nur in dich hinein.«

»Ja, da ist jetzt wieder alles weich und offen. Es wartet auf dich. Fühlst du es?«

»Ja, Liebste«, murmelte er und schob sich ein winziges Stückchen voran.

»Es ist wunderschön, dich so zu fühlen«, sagte sie in seine Augen hinein. Sie schloss sie nicht mehr wie früher. Wozu sollte sie sich vor ihm abschotten? Sein Blick war so weich und sein Atem floss so gleichmäßig, dass sie nichts, aber rein gar nichts an die früheren Zeiten erinnerte, als sie sich ausgenutzt und missbraucht vorgekommen war. Und schlecht, weil sie wieder einmal nicht zum Höhepunkt gekommen war.

Sie war ganz in der Gegenwart, dachte an nichts, fühlte nur in sich hinein, fühlte jetzt, wie er sich ganz wenig in ihr bewegte, immer wieder und nur sehr schwach und trotzdem schien da eine Explosion stattzufinden. Erst in der Vagina. Dann rauschte sie zum Kopf und zum Herzen.

War das der neue Orgasmus? Es war nicht vergleichbar mit dem, was sie zuvor je erlebt hatte. »Oh, Liebster«, wisperte sie und Tränen kullerten ihr aus den Augen. Gleichzeitig aber musste sie lachen.

Er rührte sich nicht, doch auch seine Augen schwammen im Wasser. »Dass es so schön sein kann, habe ich mir in meinen kühnsten Träumen nicht vorstellen können«, sagte er leise nach einer langen Zeit. »Dabei passiert doch eigentlich gar nichts, wenn ich mit früher vergleiche.« Bei diesen Worten zog er sich aus ihr zurück.

»Schade«, meinte sie und blickte lächelnd in seine Augen. »Ich könnte stundenlang so mit dir zusammen sein. So wohl habe ich mich noch nie gefühlt. Und nur Liebe ist in mir! Nichts von all den einst so schlimmen Gefühlen. Ich täte mich nicht wundern, wenn ich mich jetzt wie ein Vogel in die Lüfte erheben würde. Mir ist so leicht, so frei. Fühlst du dich auch so?«

»So ähnlich! Ein Singen und Klingen ist in mir, dass ich bedaure, kein Sänger zu sein.«

»Hach! Und ich bin so voller Energie, dass ich jetzt drei Schränke einräumen kann und nicht nur einen!«

Er lachte auf. »Ach ja, der Schrank! Na, siehst du, er hat gewartet! Und jetzt geht die Arbeit gleich noch mal so gut!«

Inzwischen war es warm geworden und sie machten sich nicht die Mühe, etwas über ihre Nacktheit zu ziehen. Sie fanden es völlig normal, beim Hin und Her mit den vielen Sachen sich im Vorbeigehen hier und dort zu streicheln, ein Küsschen auf irgendeinen Körperteil zu drücken oder sich in den Arm zu nehmen, um den herrlichen Körper des anderen zu fühlen, der so viel Freude und Lust bereiten konnte.

Sie sah ihren Körper nun mit seinen Augen und fand keinen Makel mehr. Nicht die etwas breiteren Hüften und den dafür zu schmalen Oberkörper mit den ihrer damaligen Ansicht nach zu kleinen Brüsten oder die leichten X-Beine. Und schon gar nicht die von Silberfäden durchzogenen braunen Haare! Alles war jetzt in Ordnung, weil ER es schön fand! Sie spiegelte sich in seinen Augen und tiefste Zufriedenheit durchströmte sie.

»Fertig!« Sie standen aneinandergelehnt vor den ordentlich bestückten Fächern des riesigen Schrankes.

Lächelnd drehte sie ihr Gesicht von der Arbeit weg und ihm zu. »Wollen wir jetzt erst essen oder lieber weitermachen?« Ihr verschmitzter Ausdruck sagte ihm, dass sie NICHT vom Arbeiten sprach, sondern vom Liebemachen.

»Wie hättest DU es denn lieber?«, fragte er zurück.

»Wenn das möglich wäre, immer nur mit dir vereint zu sein, dann wäre ich dafür«, beschrieb sie umständlich ihr Gefühl.

»Also auf gut Deutsch: Wir essen später!«

Sie nickte heftig und schlang ihre Arme um seinen Hals, presste ihren Körper an seinen und rieb sich wollüstig an ihm. »Ich bin ganz feucht«, flüsterte sie ohne jede Scham. DAS hätte sie früher niemals über die Lippen gebracht. Aber sogar dieser Gedanke war ausgelöscht. Sie befand sich vollkommen frei von alten Hemmungen in der Gegenwart und genoss sie in vollen Zügen.

Ab und zu empfand sie noch kurze Schmerzen, aber wirklich nur kurz und schwächer und schwächer werdend. Doch noch bekam sie jedes Mal einen Schreck.

Er hatte sie an den Rand der höchsten Lust getrieben mit seinen sachten und dazwischen stärkeren Stößen. Ihr Atem ging rhythmisch kurz und ihr Bauch zuckte konvulsivisch. Alles drängte gegen seinen Wonnepfahl … und mit einem letzten Aufbäumen und einem markerschütternden Schrei stieß sie ihn hinaus. Heiß rann eine Flüssigkeit an beiden hinunter.

Kaum erfasste sie diesen Umstand, als sie fürchterlich erschrak. »Entschuldige«, hauchte sie zwischen zwei noch heftigen Atemzügen. Scham kroch ihr zum Herzen.

Siggi erfasste ihr Erbleichen und wurde aus der höchsten Seligkeit herausgerissen. »Aber wieso denn, Schätzchen?« Blitzartig durchzuckte ihn die Erkenntnis, dass sie es falsch einordnete. »Du hast nicht uriniert! Das ist etwas ganz anderes! Deine Prostata, stimuliert durch den G-Punkt, hat sich ergossen.

Glaub mir, das ist etwas Ähnliches wie bei mir. Da käme ja auch keiner auf den Gedanken, dass es Pipi ist! Wir können beide stolz darauf sein. Das ist etwas ganz Besonderes.« Die Erklärung schien ihm noch nicht zu genügen. Deshalb fügte er schnell an: »Bei den alten Griechen – und woanders auch – gab es Göttinnentempel, in denen es als Elixier, als Unsterblichkeitstrunk verabreicht wurde. Frauen können beim Erguss ein paar Tröpfchen abgeben, aber auch einen ganzen Becher voll. Das ist von Frau zu Frau verschieden. Ich bin unheimlich glücklich, dass ich dir dieses Erlebnis bereiten durfte.« Er hatte lange gesprochen. Jedes seiner Worte beruhigte Emilia und sie begann wieder ruhig zu werden und in sich hineinzufühlen. Ja, so gelöst hatte sie sich noch nie gefühlt … und soo glücklich! Es gab also immer wieder noch Steigerungen. »Unfassbar!«, murmelte sie. »Ich liebe dich von Minute zu Minute mehr. Dass ich DAS erleben darf!«

Dieser Tag und auch der nächste waren nur der Liebe geweiht. Sie konnten einfach nicht genug voneinander bekommen und liebten sich mit nur kurzen Pausen.

Am dritten Tag, der ebenfalls wieder so begann, schrillte während des Frühstücks das Telefon. Sie sahen sich an.

»Wollen wir abnehmen?«, fragte Siggi unschlüssig und blickte in ihre Augen.

»Na ja, wir können ja mal eine kleine Pause einlegen«, griente sie mit blinkenden Augen.

Er nahm den Hörer ab und lauschte hinein. »Es ist für dich, Liebste«, sagte er dann, übergab und wandte sich der Stulle zu, um sie weiter zu bestreichen und dann genüsslich zu kauen. Seine Augen streichelten indes ihre makellose Haut.

»Ach, du bist es, Regine«, sagte sie und lächelte glücklich in sich hinein. Sie stellte laut, sodass Siggi mithören konnte.

»Ja, ich bin's«, klang es unzufrieden an ihre Ohren. »Wie lange räumt ihr denn noch ein?! Ich denke, jetzt könntet ihr doch mal fertig sein.«

»Ja, wir sind fertig und haben dich nicht vergessen. Möchtest du heute oder morgen abgeholt werden?«

»Lieber heute als morgen! Wer weiß, was da alles dazwischenkommen kann«, tönte Regine, nun schon wieder besser gelaunt.

»Gut!«, versprach Emilia. »Wir essen noch fertig und dann werfen wir uns ins Auto und holen dich ab. Bis nachher.«

Regine bedankte sich und Emilia legte auf. »Regine klang aber deprimiert!«, stellte sie fest und aß nachdenklich weiter.

»Ich springe schnell unter die Dusche, während du noch dein Mahl beendest«, meinte Siggi. »Danach kannst du duschen und ich räume ab. So geht es schneller.«

Emilia seufzte theatralisch. »Ich hätte ja lieber weitergemacht!«

»Ja, das Leben greift hart ein!«, rief er schon von der Badezimmertür. Spöttelnd natürlich! Dann hörte sie das Wasser rauschen und lächelte zufrieden.

Gemeinsam brachten sie das Schlafzimmer noch in Ordnung, kippten das Fenster hier und im Bad für die kurze Zeit des Fortseins an, um mit dem Durchzug eine bessere Lüftung zu gewährleisten.

Trotzdem schnüffelte Regine dann unverhohlen. »Es riecht nach Liebe! Ich glaube, ihr seid in den letzten Tagen hier kaum herausgekommen. Da spricht blanker Neid aus mir«, gestand sie und knuffte Emilia leicht in die Seite. »Aber das Schlafzimmer ist auch eine glatte Versuchung dafür. So ein romantisches Flair! Mann, hätte ich euch gar nicht zugetraut!«

»Was meinst du damit? Das Schlafzimmer oder die Liebe?«, forschte Emilia.

»Eigentlich beides! Und ihr seht euch an, als wolltet ihr gleich weitermachen.« Sie seufzte und lächelte dann friedfertig. »Aber ich gönne es euch. Vor allem dir, meine Liebe. Musstest so lange allein sein. Mögest du mit ihm noch die Goldene feiern!«

»Der Wunsch ist gut!«, rief Siggi freudig. »Darauf stoßen wir an! Mit Apfelsaft!«, setzte er rasch hinzu, bevor die Proteste wegen der Hitze und des Alkohols kommen konnten.

Am späten Nachmittag brachten sie Regine wieder zurück und genossen ein Abendessen mit ihr und René zusammen.

René blickte immer wieder zu seiner Mutter hin. Es war ihm schier unfassbar, wie verändert sie aussah. Mindestens zehn Jahre jünger, fand er, sei sie in diesen paar Tagen geworden. Und, oh Wunder, er sprach es auch aus!

Sie lächelte glücklich. »Tja, mein Lieber, die Liebe bringt Wunder zustande. Ich fühle mich auch wie verjüngt. Aber nicht nur zehn, nein, sogar wie zwanzig Jahre jünger. Und, was ist mit Iris?«

»Siggi hat recht! Ich überlasse alles ihr und wir sind jetzt schon bei kleinen Intimitäten angelangt und es macht mich glücklicher als alles, was ich früher betrieben habe. Danke, Siggi!« Aufrichtig reichte er ihm seine Hand und drückte sie kräftig.

Eine ganz neue Weihnacht

Johanna schluchzte gequält. Vorweihnachtszeit! Schon schlimm genug! Aber vor zwei Tagen nun auch noch ihr sechzigster Geburtstag! Und Helmuth nicht dabei. Wie hatten sie sich das Leben so schön ausgemalt! Er und sie als Rentner! Was wollten sie zukünftig nicht alles gemeinsam unternehmen!

Und vor zwei Monaten dann das Aus! Mit dreiundsechzig! Bei wem ziepten denn nicht mal die inneren Organe in diesem Alter? Bei ihr auch. Das war doch völlig normal! Schließlich hatte er Diabetes, genau wie sie. Natürlich musste man ein bisschen aufpassen und Tabletten einwerfen. Aber damit konnte man doch leben!

Freilich war er vor ein paar Jahren schon impotent geworden. Aber das machte ihr nicht viel aus. Sie hatte es ja oft genug nur über sich ergehen lassen, weil sie ihn nicht vor den Kopf stoßen wollte. Er hatte sich danach stets minderwertig gefühlt und sie behandelt, als sei sie Luft für ihn. Ihre unbewusste Rache war ihre ständige Nörgelei und Besserwisserei. Und trotzdem glaubte sie, eine gute Ehe zu führen. Genau wie alle Paare, die sie kannte!

Doch dann, vor zwei Jahren, hatte ihr ihre Tochter Mareike mit teuflischem Grinsen ein Büchlein zu Weihnachten geschenkt. »Zeit für Weiblichkeit« hieß es und eröffnete ihr ungeahnte Horizonte. Nichts zuvor hatte so sehr ihr Leben verändert wie dieser Text! Sie übernahm nun die Führung in der Liebe und Helmuth war glücklich. Sie fanden wieder zusammen, trotz Impotenz, und nie im gesamten Leben mit ihm war sie so ausgeglichen und zufrieden gewesen. Alles Nörgeln und Kritteln kam ihr nun absurd vor! Freilich, besonders zärtlich war er auch jetzt nicht. Und am Tage, so zwischendurch, mal eine Liebkosung auszutauschen, kam noch immer nicht aufs Tablett.

Und dann, wie aus heiterem Himmel, hatte Helmuth diese Schmerzen in der Lebergegend! Keine drei Monate später stand sie hier. Hier auf dem Südfriedhof! Plötzlich sollte sie allein durchs Leben gehen. Jetzt, wo es gerade so schön mit Helmuth geworden war!

Natürlich kümmerten sich die Kinder, Schwiegerkinder und Enkel um sie. Besonders Benny, ihr Ältester, mit seiner Frau Rebecca und der siebzehnjährigen Nadine und dem fünfzehnjährigen Enrico. Sie wohnten nicht weit von ihr ebenfalls in den Plattenbauten.

Tochter Mareike lebte mit ihrem Freund Nils und ihrer fünfzehnjährigen Tochter Jenny in der dreißig Kilometer entfernten Landeshauptstadt. Sie kamen am seltensten.

Etwas öfter erschien ihre Jüngste, Sorina, sieben Jahre jünger als Mareike und auf dem nächsten Dorf lebend. Ihr Mario arbeitete in einer Genossenschaft und sie hatten sich auf seinem Hof viele Kleintiere angeschafft. Die Produkte, die Sorina im großen Garten zog, verkaufte sie an der vielbefahrenen Hauptstraße. Noch hoffte sie ja auf einen Job in ihrem erlernten Beruf, denn die Kinder, Bettina, acht Jahre, und Sebastian, fünf Jahre, waren aus dem Gröbsten heraus und die Schwiegermutti würde sie gern betreuen.

Ja, Sorina lebte mit den Schwiegereltern zusammen und verstand sich glänzend mit ihnen. Aber das war ja auch kein Wunder: Sorina war schon als kleines Kind anschmiegsam und leicht zu lenken gewesen. Anders als Mareike, die ständig Widerworte hatte.

Und vor Weihnachten die längste Wunschliste schrieb, sodass sich die anderen darüber lustig machten. Während sich Benny und Sorina über ihre Geschenke freuten, zog Mareike jedes Mal einen enttäuschten Flunsch. Nie erhielt sie das Richtige!

Damit hakten sich ihre Gedanken wieder am Fest mit seinem Lichterglanz fest. Wie sollte sie das in diesem Jahr bloß überstehen?!

Hinter ihr erklang ein Hüsteln. Rasch fuhr sie sich mit dem Tüchlein übers Gesicht. Wollte jener Mann wieder die Harke? Sie wandte sich langsam um. Ja, er war es. Sie spürte deutlich seine Verlegenheit.

»Wieder die Harke?«, fragte sie und wollte ihm damit über seine Unsicherheit hinweghelfen. Er war groß, größer als sie! Und sie war nicht klein! »Meine Walküre!«, hatte Helmuth manchmal gescherzt, weil sie blond – jedenfalls früher – und blauäugig war.

Dieser kräftig gebaute Mann vor ihr hatte dichtes, graumeliertes Haar und richtige Rehaugen, die sie jetzt so treuherzig anblickten, dass sie gar nicht wusste, wie ihr wurde. Wärme stieg in ihr hoch. Bis in die Wangen!

Er schüttelte sachte den Kopf. »Nein, nicht die Harke«, sagte er und Hoffnung schwang in seiner sonoren Stimme. »Ich sehe Sie so oft hier und immer allein. Genau wie ich! Gehen wir ein Stück zusammen?« Die letzten Worte kamen ganz leise. Im Zweifelsfall hätte er glatt behaupten können, sie nicht gesprochen zu haben.

Ein zartes Lächeln stahl sich in ihre Mundwinkel. Sie nickte bejahend. Dann drehte sie sich noch einmal zum Grab um, streichelte es mit den Augen und formte in Gedanken ein Abschiedswort. Nun erst wandte sie sich voll dem Fremden zu.

»Seit wann sind SIE allein?«, begann sie das Gespräch.

»Seit drei Monaten und fünf Tagen«, antwortete er und fuhr rasch fort:

»Gestatten Sie, dass ich mich vorstelle: Gerhard Frey mit Ypsilon.« Er verneigte sich, griff nach ihrer behandschuhten Hand und hauchte einen Kuss darauf. Sie vermerkte es erstaunt. So etwas war ihr ja in ihrem ganzen Leben noch nicht untergekommen!

»Johanna Bukow«, stellte sie sich nun ebenfalls vor. Das gehörte sich schließlich so.

»Johanna«, wiederholte er und es hörte sich so zärtlich an, dass sie errötete. »Ein schöner alter Name. Meine Frau hieß Elisabeth.« Er schob seine Hand leicht unter ihren Arm und führte sie langsam fort.

Das war für sie völlig ungewohnt und sie hatte Mühe, sich seinem Gang anzupassen. Bei Helmuth war sie stets nebenher gelaufen – ohne jeden Körperkontakt. Er käme sich dann komisch vor, hatte er mal geäußert. So, als hätte er einen Hund, den er führen müsse!

Dass SIE dieses Nebeneinander seltsam fand – als würde er sich ihrer schämen! –, danach fragte er nicht. Und SIE – fügte sich natürlich!

»Waren Sie lange verheiratet?« Die Frage riss sie aus ihrer Gedankenkette.

»Verheiratet waren wir nicht ganz vierzig Jahre, aber zusammen schon zweiundvierzig«, sagte sie und seufzte leise. »Dabei wollten wir den Vierzigsten groß feiern! So mit allen Kindern und Enkeln. Und der weiteren Verwandtschaft!«

»Oh, eine Großfamilie?« Der Herr Frey beugte sich interessiert etwas nach vorn und schaute ihr aufmerksam ins Gesicht.

»Nur drei Kinder und fünf Enkel!«, sagte sie hastig, weil sie ihn nicht verschrecken wollte. Eine ganz winzig kleine Hoffnung keimte tief im Untergrund, ihr selbst noch völlig unbewusst.

»Drei!«, sagte er betont. »Ich habe nur zwei! Eine Tochter und einen Sohn. Aber beide sind kaum für mich vorhanden!« Es klang so bedauernswert, dass sie schnell einhakte.

»Was sind die denn, dass sie sich gar nicht um Sie kümmern können?« Aus ihrer Stimme klang wohl eine gewisse Empörung heraus, sodass er gleich Entschuldigungen für seine Kinder hervorholte.

»Madlen ist Ärztin im großen Krankenhaus und Christoph ist als Entwicklungshelfer in Afrika. Den sehe ich meistens nur einmal im Jahr.«

»Oje!«, hatte Johanna zwischendurch überrascht ausgerufen und gleich noch verwundert: »Afrika!«

»Und für Enkel haben sie auch noch nicht gesorgt. Madlen würde ja jetzt gern. Endlich! Aber es klappt einfach nicht! Inzwischen ist sie schon siebenunddreißig!«

»Oha! Das ist ja wirklich sehr alt fürs erste Kind. Aber heute machen die Ärzte ja alles möglich!«

»Ja, sicher, in anderer Beziehung vielleicht, aber hier scheinen sie machtlos zu sein!« Es klang deprimiert und Johanna versuchte zu trösten.

»Vielleicht sollte sie zuerst eine Entschlackungskur machen! Und die eventuell sogar in einer anderen Umgebung! Im Krankenhaus steht sie doch unter Dauerstress!« Sie hatte nur unangenehme Erinnerungen ans Krankenhaus und gleich kam ihr Helmuth wieder in den Sinn. Wie manche dort mit den Kranken umsprangen! Nein! Bloß alles tun, um nicht selbst dort rein zu müssen!

»Stimmt!«, pflichtete Gerhard Frey ihr bei. »An so etwas habe ich dabei noch nie gedacht! Ich werde mal nachhaken, ob sie es in Betracht gezogen hat.«

Beide schwiegen und liefen jetzt auf dem Hauptweg Richtung Ausgang. Man konnte stundenlang hier spazieren gehen, ohne einen Menschen zu treffen.

»Dort vorn ist ein Restaurant«, sagte jetzt Herr Frey. »Darf ich Sie einladen? Ich bin Diabetiker und müsste jetzt etwas essen und trinken.«

Entsetzt schaute sie auf ihre Armbanduhr. »Ich doch auch! Wie konnte ich das nur vergessen! Aber die Zeit ist ja wie im Fluge vergangen!«

»Da haben wir ja noch etwas gemeinsam«, lächelte er und führte sie über die Straße in die Gaststätte. Hier nahm er ihr fürsorglich den Mantel ab, lenkte sie zu einem Tischchen am Fenster und rückte ihr den Stuhl zurecht. Alles geschah mit fließenden Bewegungen und so selbstverständlich, als hätte er dies seit Unendlichkeiten getan. Bei Helmuth hatte es immer linkisch ausgesehen und sie hatte stets versucht, es irgendwie zu vermeiden und, wenn das nicht möglich war, zu kaschieren.

Als dann der Ober die Bestellung aufnahm, konnte sie sich des Eindrucks nicht erwehren, er sei hier altbekannt. Ihr verwunderter Blick schien ihn sogleich zu einer Erklärung zu animieren.

»Ich bin oft stundenlang draußen herumgeirrt und dann hier eingekehrt. Zu Hause wartete ja niemand mehr. So habe ich auch hier noch manche Stunde gesessen. Oder sollte ich eher sagen: totgeschlagen?«

Sie sah seine Trauer und nickte voller Mitleid. »Bei mir war in den ersten Tagen immer jemand da. Sie hatten wohl alle Angst, weil ich wie erstarrt war.«

»Ja, wenn es plötzlich kommt!« Er atmete tief ein. »Meine Elisabeth litt an Alzheimer und ich konnte sie im letzten Jahr keine Minute aus den Augen lassen. Es war für uns beide eine Erlösung, als es zu Ende war.« Er schwieg und sie hatte darauf nichts zu sagen. Dazu wusste sie zu wenig über diese Krankheit. Deshalb hielt sie sich an ihrem Wasserglas fest.

Indem kam der Ober und servierte das Essen. Es sah gut aus und schmeckte auch so. Als Gerhard die Rohkost zur Seite schob, wunderte sie sich und überlegte, ob sie dazu etwas sagen sollte oder ob das anmaßend sei. Sie selbst aß zuerst das Rohe und es fiel ihm auf.

Er hob die linke Braue! Das hatte sie vorhin schon lustig gefunden und es hatte sie zum Nachahmen in unbeachtetem Augenblick verführt. Doch ihr gelang es nicht! Wie ER das wohl machte?

»Ihnen schmeckt das wohl besonders gut?«, fragte er nun und lächelte sie an.

»Darauf kommt es nicht an!«

»Sondern?«

»Rohkost wirkt in unserem Verkehrsweg wie ein Schnellzug, Gekochtes wie ein Bummelzug. Bevor ich das wusste, habe ich die Schwierigkeiten, die ich damit hatte, stets dem Rohen zugeschrieben und gestöhnt: ›Das rohe Zeug vertrage ich nicht!‹ Aber mit dem Diabetes musste ich mich mit einigen anderen Ernährungsgewohnheiten vertraut machen und habe eine Menge gelernt. Auch das Essen von Rohkost.«

»Aha, so ist das also!«, rief er aus. »Ich hatte in den letzten Jahren keine Zeit, mich mit solchen Dingen zu beschäftigen«, fügte er entschuldigend an und nahm nun zwischendurch vom Rohkostsalat.

»Ob das gut geht?«, meinte sie und lächelte schelmisch.

»Oh, Sie haben ja Grübchen! Dann müssen Sie aber recht oft lächeln. Das sehe ich gern!« Er staunte sie an.

»Das werde ich wohl auch, wenn Ihr Bummel- mit dem Schnellzug so durcheinandergewürfelt wird!« Sie lachte ungeniert.

»Meinen Sie, dass das wirklich irgendwelche Auswirkungen hat? Das habe ich noch nie bemerkt!«

Inzwischen beendeten beide ihr Mahl. Er griff zum Wein, den er zu ihrer stillschweigenden Verwunderung gleich mit dem Essen bestellt hatte, und hob ihr sein Glas entgegen.

»Sind Sie nicht auch der Meinung, dass wir uns nun lange genug kennen, um zum vertrauteren DU (Wie er das aussprach! Ein wohliger Schauer durchrieselte sie.) überzugehen?«

Sie lächelte offenherzig und hob glücklich ihr Glas. »Gerhard!«, sagte sie leise und stieß mit ihm an. Tief versank sie in seinen braunen Augen und fühlte voller Verwunderung ein Schweben, ähnlich wie in ganz jungen Jahren bei ihrer ersten – natürlich unerfüllten! – Liebe.

Ihm schien es ähnlich zu gehen. Endlich näherten sich seine Lippen.

Der hauchzarte Kuss traf Johanna wie ein Stromschlag und machte sie für einen Moment atemlos. In ihre Überraschung hinein hörte sie seine Worte und musste sich zusammennehmen, um ihren Sinn zu begreifen.

»Meine Elisabeth hatte nicht so leuchtend blaue Augen wie du. Mehr graublau.«

»Mein Helmuth hatte auch graublaue. Solch braune Augen, wie du sie hast, sind mir noch nie über den Weg gelaufen!« Hatte sie jetzt ein Kompliment gemacht? War das schicklich? Sie hielt die Luft an.

»Das glaube ich nicht!«, lächelte er. »Die gibt es doch haufenweise. Du wirst sie nur nicht beachtet haben, weil sie nicht im richtigen Kerl steckten!« Er hob ihr erneut sein Glas entgegen und stieß an ihres. Der zarte Klang schwebte durch den Raum und einen Lidschlag lang horchte sie ihm nach.

»Und du meinst«, sagte sie nun spöttisch, »du bist der richtige Kerl, weil ich sie jetzt bemerke?«

Er nickte vehement. »Genau so meine ich das. Ich glaube, uns hat das Schicksal zusammengeführt!«

Sie blickte ihn mit geweiteten Augen an. »Meinst du das ehrlich? Schicksal? Darüber weiß ich nichts. Wie du das so sagst, kommt es mir ziemlich mysteriös vor!«

Er wurde sichtlich verlegen. »Ja«, sagte er gedehnt, »das hängt mit dem Glauben zusammen. Bist du kirchlich gebunden?«

»Ich war mal evangelisch. Aber als so viele austraten, sind wir auch raus. Bist du in einer Kirche?«

»Nein!«, sagte er heftig. »Sie fesseln und es geht doch insgesamt nur um Macht. Dafür ist ihr jedes Mittel recht. Ich habe mich mal für die Geschichte interessiert. Da stellten sich mir alle Haare auf! Und bin ausgetreten. Aus der katholischen!« Er schaute sie bedeutungsvoll an.

»Oha!«, sagte sie anerkennend. »Die Katholiken waren ja stets viel gläubiger als wir.« Sie lachte. »Allerdings fand ich sie auch falsch. Sie betrogen und dann liefen sie zur Beichte und schon waren sie frei und sündigten weiter.« Sie lächelte und sprach dann rasch weiter. »Meine Mutter wohnte nach dem Krieg neben einer SEHR katholischen Frau. Die hat doch glatt so einem armen Schlucker aus der Stadt für seine Bettwäsche ihre vierzehnjährige Zuchtgans angedreht! Der arme Kerl hat die doch bestimmt nie gar bekommen! Solch alte Viecher verbrennen ja, bevor sie weich werden.«

»Das ist ein starkes Stück! Aber wenn ich es mir recht überlege ... ja, die Beichte hat unser schlechtes Gewissen beruhigt. Das stimmt! Aber es kommt wohl auch auf die Erziehung zu Hause an. Meine Mutter hat schnell mal den Latschen genommen, wenn wir irgendjemandem geschadet hatten. Da brauchte sie uns nicht mehr zur Beichte zu treiben. Sie schickte uns höchstens zu demjenigen hin und ließ uns Abbitte leisten. Weißt du, wie schwer DAS ist? Hingehen und sich entschuldigen?« Er sah sie bedeutsam an.

»Oh ja, das kenne ich auch!«, sagte Johanna lebhaft, und rein zufällig streifte ihr Blick die Armbanduhr. Sie erschrak zutiefst. »Meine Güte! So spät ist es schon? Mein Enkel wollte zum Kaffee erscheinen. Ich muss los! Sonst steht er vor verschlossener Tür und ALLE machen sich Sorgen.« Sie sprang auf und eilte zur Garderobe. Sie dachte weder an die Bezahlung noch an ihr halbvolles Glas.

»Warte einen Moment!«, rief er hinter ihr her. »Ich bringe dich zur Bahn!« Rasch legte er einen Schein auf den Tisch, rief dem Ober zu: »Stimmt so!« und griff sich seinen Mantel, während sie schon dem Ausgang zustrebte. Er zog sich während des Laufens an und holte sie so vor dem Restaurant wieder ein.

»Du hast aber einen schnellen Schritt drauf!«, meinte er anerkennend, indem er neben ihr mit langen Schritten versuchte, sich ihrem Tempo anzupassen. Es waren nur ein paar Meter bis zur Straßenbahn und er dankte ihr innerlich, dass sie nicht sofort vorfuhr.

»Treffen wir uns morgen wieder?«, fragte er bang.

»Natürlich!«, sagte sie betont burschikos. »Ich kann mich doch nicht von dir aushalten lassen! Morgen um elf bin ich wieder hier.« Da rollte die Bahn heran. Sie reichte ihm rasch ihre Hand und tauchte für zwei Sekunden noch einmal in seine braunen Augen. Dann stieg sie ein, drehte sich rasch um und hob die Hand zum Gruß.

Erst als sie ihn nicht mehr sah, richtete sie ihre Aufmerksamkeit auf das Innere der Bahn. Es waren noch Sitzgelegenheiten frei und sie nahm einen Platz am Fenster. Nur scheinbar schaute sie nach draußen. In Wirklichkeit ließ sie noch einmal die letzten Stunden vor ihrem geistigen Auge Revue passieren und bemerkte erst jetzt, dass sie noch nicht wusste, womit er einst sein Brot verdient hatte. Bestimmt war er etwas »Besseres« gewesen. So wie er sich benahm! In ihrem ganzen Bekanntenkreis gab es niemanden, der eine Frau so begrüßt hätte. Ein kräftiger Handschlag und das war's dann!

Schon sah sie wieder seine Augen vor sich, seine dichten Brauen … und wie er nur eine hochziehen konnte! Sofort probierte sie es erneut. Aber es klappte nicht und sie lächelte spöttisch ihrem Spiegelbild zu.

In der Wohnung hatte sie gerade ihre Sachen abgelegt, als schon der fünfzehnjährige Enrico erschien.

»Hallo, Oma! Heute musst du mit mir ein Gedicht lernen«, rief er schon von der Flurgarderobe aus. Dann kam er in die Stube und stutzte, als er sie erblickte.

»Ey, du siehst aber heute anders aus!« Er beschaute sie sehr aufmerksam und sie wurde verlegen unter seinem Blick. »Warst du lange draußen?«, mutmaßte er.

»Auch«, sagte sie. »Auch! Ja, aber ich möchte noch nicht darüber sprechen. Kannst du das akzeptieren?«

»Na klar, Oma! Du wirst mir schon erzählen, was dir Schönes passiert ist. Du siehst nämlich heute so …« Er suchte nach dem richtigen Wort. »… so froh aus. Nicht mehr so traurig. Wurde ja auch Zeit!«, setzte er dann altklug hinzu.

»Was für ein Gedicht müsst ihr denn lernen?«, lenkte Johanna rasch ab.

»Über ganz tolle Freundschaft und so«, meinte er und nahm ein Buch aus dem Plastebeutel.

»Doch nicht etwa ›Die Bürgschaft‹ von Schiller?« Sie lächelte neugierig.

»Was denn? Du kennst die?« Endlich hielt er das Buch in der Hand und ließ den Beutel zu Boden gleiten. »Ellenlang ist die!«, sagte er voller Empörung.

»Ich weiß! Die mussten wir auch lernen. Und vielleicht kann ich sie sogar noch.« Sie begann zu deklamieren und er blätterte schnell, um vergleichen zu können.

Zwei Strophen gingen glatt von ihren Lippen, doch in der dritten stockte sie und griente schelmisch. »Müsst ihr eigentlich alles lernen?«, fragte sie schnell.

»Nöö, nur, wer möchte! Und ihr musstet alles?«

»Ja!«, nickte sie eifrig. »Aber ich hatte nur die ersten beiden gut drauf, dann hier … Zeig mal dein Buch. Diese beiden in der Mitte und die beiden am Schluss. Und nun stell dir mal vor: Ich komme als Dritte dran und nach der zweiten Strophe unterbricht mich der Lehrer …« Ihr Finger glitt erneut suchend über die Schrift, blieb mittendrin hängen und gab Enrico das Buch zurück. »…Und die Sonne versendet glühenden Brand …«, deklamierte sie weiter und er verfolgte voller Staunen den Text. Nach wiederum zwei Strophen endete sie.

»Hier unterbrach der Lehrer erneut und forderte die beiden letzten Strophen.« Sie konnte sie ebenfalls ohne Fehler aufsagen und Enrico wunderte sich sehr.

»Ja, ja«, meinte sie lächelnd. »So ein Schwein hat man aber nicht immer. Die anderen Strophen konnte ich nicht. Wäre ich mit anderen dran gewesen, hätte ich keine dicke Eins bekommen.

»Dann lerne ich genau die Strophen, die du noch immer kannst, Oma. Dann brauchst du das Buch gar nicht!«

So lernte Johanna mit Enrico »Die Bürgschaft«.

»Ihr habt es doch gut! Du brauchst nur ein paar Strophen zu lernen. Meine

Mutter musste noch ›Das Lied von der Glocke‹, ebenfalls von Schiller, auswendig aufsagen können. In ihrem Buch umfasste es fünfzehn Seiten und war nicht so gleichmäßig gereimt wie ›Die Bürgschaft‹!«

»So'n Quatsch! Wozu soll'n das gut sein?!«, empörte sich Enrico.

»Auswendiglernen schult das Gedächtnis. Es hat also auch etwas Gutes. Und manchmal kann man sich mit solchen Texten auch aus ganz tiefer Traurigkeit heraushelfen. Weißt du, das habe ich eigentlich jetzt erst gemerkt!« Sie wies auf die Bücher in der Anbauwand. »In den letzten Wochen habe ich mir schon öfter dort Hilfe geholt.«

»Nicht im Fernsehen?« Er sah wie alle Kinder zu gern fern, sodass ein Entzug eine große Strafe war.

»Nein! In einem Buch kann man immer wieder dasselbe lesen, bis man es kapiert hat. Fernsehen ist wie der Wind: schnell vorbei; du kannst es nicht festhalten.«

»Na ja, Oma, wir schon! Wir können es aufnehmen und wieder abspielen!« Er stand auf, streckte sich und blickte herablassend auf sie hinunter.

Sie lachte auf. »Du bist ja ein ganz Schlauer. Und wenn dich eine Stelle besonders fasziniert, spulst du den Film zurück und guckst sie immer wieder an, hey!«

»Genau! So, Oma, jetzt muss ich aber los!« Er umarmte sie und drückte ein Küsschen auf ihre Wange. »Und danke fürs Gedichtlernen!«, rief er beim Hinausgehen zurück zu ihr.

»Wir können ja morgen weiter … Halt! Morgen bin ich unterwegs!« Gerade rechtzeitig dachte sie noch daran. »Morgen habe ich etwas vor. Da muss auch keiner von euch kommen. Sagst du Bescheid?«

»Klaro, Oma! Und übermorgen?«

»Weißt du, ich werde euch abends anrufen und Bescheid sagen. Das wird am besten sein.«

»Gut, Oma. Dann mach's gut!« Fort war er! Sie stand einen Moment im Flur und schaute versonnen auf die zugefallene Tür. Schön war es, dass die Kinder und Enkel sich ihrer so annahmen. Aber was würden sie sagen, wie reagieren, wenn nun plötzlich – und es war ja wirklich ziemlich plötzlich! – ein neuer Mann bei ihr auftauchen würde? Sollte sie eine Geheimniskrämerei beginnen? So etwas lag ihr nicht. Da gehörten Ausreden, ja, sogar Lügen dazu! Nein! Das musste sie sich nicht antun. »Da müssen wir eben durch! Nicht wahr, Helmuth?!«, sagte sie laut und energisch, drehte sich um und ging in die Küche, um etwas zu essen.

Am nächsten Tag wartete Gerhard schon an der Haltestelle und fragte noch halb in der Begrüßung nach ihrem Enkel.

»Ich war kaum in der Wohnung«, lachte sie. »Und gemerkt hat er auch, dass ich irgendwie verändert war.« Und sie erzählte ihm humorvoll die Episode mit Enrico und seinem Gedicht. »Für heute habe ich aber vorgebeugt«, schloss sie schelmisch lächelnd. »Nun habe ich Zeit und muss nicht wieder Hals über Kopf fortrennen!«

Inzwischen waren sie auf dem Seitenweg und gingen zu Helmuths Grab.

Dort angelangt, grüßte Gerhard: »Guten Tag, Helmuth!«, drückte Johannas Hand und ging weiter zu seiner Elisabeth.

Zwei Atemzüge lang blickte sie ihm nach und drehte sich dann dem Grab zu. »Ach, Helmuth«, seufzte sie, »ich hoffe, du bist mir nicht böse, dass ich mich einem andern zuwende. Nie hätte ich nach ihm geschaut, wenn du noch gelebt hättest. Das schwöre ich dir!« Sie schwieg nachdenklich und schob ein wenig an den Gestecken herum. »Eigentlich hast du ja Schuld. Wenn du nicht hier wärst, hätte ich ihn ja nicht kennengelernt. Vielleicht wolltest du es sogar, damit ich nicht allein bleibe?« Sie hielt inne. Diese Gedanken waren seltsam neu für sie. Könnte es sein, dass es doch so etwas wie eine Seelenwanderung gab? Irgendwie hatte sie das Gefühl, als striche etwas durch sie hindurch, und Freude erfüllte plötzlich ihr Herz. Und Dankbarkeit!

»Ja«, sagte sie voller Inbrunst, »ich danke dir und wünsche dir Frieden und Glück auf allen deinen Wegen.« Liebevoll streichelten ihre Augen das Grab. »Mach's gut bis zum nächsten Mal! Jetzt gehe ich zu Elisabeth.« Sie formte mit den Lippen einen Kuss und schlenderte zu Gerhard, den sie etwa zwanzig Meter entfernt zwischen zwei Büschen hindurch mit geneigtem Kopf stehen sah.

»Guten Tag, Elisabeth!«, sagte sie leise, als sie neben ihn trat. Im Innern richtete sie auch an diese fremde Frau einige Worte des Dankes und ein Versprechen für die Zukunft.

Als Gerhard nach ihrer Hand griff, sagten beide wie aus einem Munde: »Auf Wiedersehen, Elisabeth!« und wiederholten den Gruß: »Auf Wiedersehen, Helmuth!«, als sie dort vorbeischlenderten, nun schon Hand in Hand.

Stumm gingen sie ein Weilchen nebeneinander her, querten den breiten Hauptweg und bogen auf der anderen Seite in einen Nebenweg ein, ein älteres Gebiet mit großen Grabstellen für uralte Familien, sogar Bauten. »Gruften«, dachte Johanna und blickte neugierig um sich. »Hier war ich noch nie!«, sagte sie verwundert.

Gerhard verhielt seinen Schritt und zwang sie damit, ebenfalls stehenzubleiben. Er drehte sie zu sich herum und blickte ihr in die Augen. »Gestern warst du viel zu schnell verschwunden«, sagte er bedauernd und senkte seine Lippen auf ihre.

Johanna genoss diesen ersten, richtigen Kuss. Der gestrige, der die Brüderschaft besiegelte, war doch nur ein Hauch gewesen. Und war ihr trotzdem durch und durch gegangen. Jetzt spürte sie Gerhards zärtliche Lippen und unwillkürlich musste sie denken, dass Helmuth niemals so gefühlvoll geküsst hatte. Sicher war sie auch in der Jugend geküsst worden und wusste, dass es da gewaltige Unterschiede gab. Doch einen Zungenkuss hatte sie zum Beispiel nie gemocht!

Aber diese Lippen, die küssten, als ob sie sprachen! Oh ja, sie sprachen sehr beredt und ihre Knie wurden weich. Wärme durchrieselte ihre Glieder und ihren Leib. Sie hätte stundenlang so küssen können, aber Gerhard löste sich sachte.

»Heute habe ich Zeit«, hauchte sie und wünschte sich die Fortsetzung des Kusses.

Gerhard deutete ihre Haltung richtig und küsste sie erneut. Diesmal mit etwas mehr Leidenschaft.

»Wollen wir zu mir fahren?«, fragte er danach leise.

»Wenn du keinen Überfall planst«, flüsterte sie unsicher. War das nicht unschicklich? Einstmals gehörte Bemerkungen zu solchem Verhalten rauschten im Bruchteil einer Sekunde durch ihr Bewusstsein, weckten jedoch nur einen gewissen Trotz. Wer wollte wagen, sie zu kritisieren?! Vielleicht die Kinder? Ach was! Sollten doch froh sein, dass sie aus dem Jammertal heraus war! Nun konnten sie sich wieder um die eigenen Probleme kümmern!

»Ich werde dich nicht drängen«, versprach Gerhard.

»Dann zu dir! Ich bin sehr neugierig!«, gestand sie und ein Bild von ihrer eigenen Wohnung tauchte vor ihrem Inneren auf. Ob er auch so wohnte?

»Neugierig bin ich auch«, lächelte er. »Dein Lebensumfeld interessiert mich ebenfalls.«

»Ich wohne doch in der Platte. Da ist das Umfeld nicht besonders schön!«

Vor dem Friedhof bog Gerhard ab, statt geradeaus zur Straßenbahn zu gehen. Sie blickte verwundert zu ihm auf.

Seine Augen leuchteten auf. »Ich bin mit meinem Wagen hier«, erklärte er strahlend und hakte sie unter.

»Wir besaßen kein Auto«, äußerte sie und es schwang deutliches Bedauern mit. »Helmuth war dagegen, weil wir in der Stadt wohnten und alles mit den öffentlichen Fahrzeugen erreichen konnten. Nur wenn er die Koffer zum Bahnhof schleppte, einmal im Jahr zur Urlaubszeit, dann brummte er manchmal.«

Indessen waren sie auf dem nahegelegenen Parkplatz zu einem »dicken Schlitten« gekommen, neben dem er anhielt.

»Mann!«, rief sie überrascht. »Das ist deiner? So einen können sich meine Kinder NICHT leisten!«

Er drückte auf irgendetwas in seiner Hand und öffnete dann ihre Tür mit einer einladenden Handbewegung. »Nimm Platz und gurte dich an. Das kennst du sicher von deinen Kindern! Es ist eigentlich in allen Autos gleich.«

Als er neben ihr saß und sich ebenfalls anschnallte, blickte sie noch immer verwundert um sich. »Ist das geräumig hier drin!«, staunte sie.

Er lächelte amüsiert, aber auch geschmeichelt. »Ich wollte immer schon einen BMW. Als Student fuhr ich eine Ente! Das ist so ein ganz Lütter und bei meiner Größe eckte ich drinnen überall an. Als nächsten nahm ich einen VW. Bei dem war das W immerhin schon da!«, setzte er spöttisch hinzu, startete und fuhr los.

Johanna genoss die Fahrt neben ihm. »Bei den Kindern sitze ich immer hinten. Mit den Enkeln zusammen!«, erklärte sie dazu. »Aber in dem hier sitzt man ganz anders! Das ist ein völlig anderes Fahrgefühl!«

Jetzt wandte sie ihre Aufmerksamkeit nach draußen. »Wohin fährst du denn? Das ist ja eine mir gänzlich unbekannte Gegend!«, wunderte sie sich nun. Er griente nur und warf ihr ab und an einen belustigten Seitenblick zu. »Lauter Villen!«, kommentierte sie weiter. »Ach, sieh doch mal! Das ist aber eine große!«

Er hielt genau vor dieser an.

»Waas? Die gehört dir?« Sie bekam den Mund nicht mehr zu, als er nun den Gurt löste.

»Nein!«, lachte er. »Ich halte nur lieber hier an. Schau mal hinter mir her!«, forderte er sie auf und ging umsichtig über die Straße, um auf der anderen Seite ein schmiedeeisernes Gittertor zu öffnen. Dann kam er zurück und ließ sich in den Sitz rutschen.

»Die Straße macht hier einen leichten Bogen«, erklärte er und wies nach draußen. »Deshalb befürchte ich stets, dass mich so ein Verrückter, wie es sie jetzt nun mal gibt, über den Haufen kachelt!«

»Aber allzu viel kleiner scheint diese Villa auch nicht zu sein«, meinte Johanna, als sie durch die Einfahrt rollten.

Er schmunzelte. »Oh doch! Ein gehöriges Stück kleiner!«

Schnell hatte sie sich des Gurtes entledigt und stand schon, bevor er ihr beim Aussteigen behilflich sein konnte. Sie schritt aus der geräumigen Garage und begann sofort erneut mit dem Staunen, während sich hinter ihr das Tor selbsttätig schloss.

»Ist ja kaum noch als Garage zu erkennen!«, rief sie überrascht, als sie sich neben ihm umwandte.

»Ich habe sie vom goldblättrigen Efeu vollständig überwuchern lassen«, sagte er dazu und schob seinen Arm unter ihren. »Ich begrüße dich auf meinem Grund und Boden, Prinzessin.«

»Hach! Das hat noch niemand zu mir gesagt! Bin ich dazu nicht schon zu alt?«

Eigentlich wollte er ihr einen Kuss geben, doch ihre Reaktion hatte es verhindert.

»Wieso? Prinzessinnen bleiben auch nicht ewig jung!« Er amüsierte sich köstlich. »Nun werde ich dir mein Reich zeigen.« Er umfasste ihre Taille und führte sie an der Garage vorbei in den hinteren Teil des Grundstücks. »Es ist alles etwas verwildert«, entschuldigte er sich. »Aber ich habe mich jetzt erst dem Inneren des Hauses zugewandt, um wieder eine wohnliche Atmosphäre um mich zu haben.«

»Du musst dich nicht entschuldigen«, sagte sie und drückte ihren Kopf leicht an seine Schulter. »Ich fühle mich in einen Park versetzt. Es ist sogar jetzt noch schön hier. Wie muss das erst im Sommer sein!« Der Weg schlängelte sich zwischen alten Eichen und großen Büschen hindurch. »Oh, sogar ein Pavillon! Wie romantisch! Da kann man ja sogar bei Regen drin sitzen!«

»Wenn es nicht windig ist! Ich wollte ihn schon verglasen. Vielleicht machen WIR das?« Er beugte sich vor, um ihr ins Gesicht zu sehen, und freute sich über ihre staunenden Augen.

»Vielleicht«, sagte sie unsicher und lächelte ihn glücklich an. Perspektiven eröffneten sich da …

»Willst du hinein?«, fragte er. »Aber es ist jetzt nicht sehr angenehm. Gehen wir lieber weiter. Wenige Meter hinter dem Pavillon ist das Grundstück zu Ende. Wir laufen nun auf der anderen Seite dem Haus zu. Früher war das der Gemüsegarten. Vor allem Elisabeths Reich. Das sieht natürlich nun nicht schön aus. Vor drei Jahren haben wir noch zusammen darin gewerkelt, aber die letzten beiden Sommer …« Er schwieg bedrückt.

»Das kriegen wir schon wieder hin!«, sagte sie aufmunternd. »Ich habe zwar nie einen Garten besessen, bin also völlig unbeleckt, aber mit dir wird es bestimmt schön werden.«

Er hielt inne und nahm sie in den Arm. »Ich danke dir für diese Aussicht!« Bevor sie antworten konnte, lagen seine Lippen auf ihren und sie erwiderte den Kuss mit aller Inbrunst.

Es begann zu nieseln. Er löste sich und lächelte. »Komm ins Haus. Dort ist es jetzt angenehmer.« Zügig schritten sie auf den rückwärtigen Teil der Villa zu, er schloss die Tür auf und ließ sie eintreten.

»Ich dachte schon, wir müssen vorn über die Freitreppe«, meinte sie scherzend.

»Jede Villa hat einen Hintereingang«, griente er. »Wie hätten denn sonst die Dienstboten hereinkommen sollen!«

»Oh, hattet ihr auch welche?«

Er lachte über ihre Mimik. »Ja und nein. Als wir heirateten, bekamen wir von Elisabeths Eltern die Köchin sozusagen als Draufgabe mit. Sie war schon fast sechzig und wollte gern hierbleiben.« Er nahm ihr den Mantel ab und hängte ihn neben seinen in die Garderobe, ein kleiner Raum gleich neben dem Eingang.

»Hach, der ist ja so groß wie meine Küche!«, rief sie mit einem umfassenden Blick.

»Diese Tür führt in den Keller«, erläuterte er und nahm sie an der Hand. »Dorthin gehen wir ein andermal.« Sie schritten vier helle Marmorstufen hinauf, die sich gut abhoben vom braun getäfelten Eingangsbereich.

»Ich komme mir vor wie im Märchen«, sagte sie staunend, als er vor ihr eine mit Glas durchsetzte Tür aufschob. Hatte sie das Wohnzimmer erwartet, wurde sie enttäuscht. Sie stand in einem geräumigen Korridor, dessen Täfelung von einigen Türen unterbrochen wurde. Auch in diesen waren Glasscheiben mit weißem Dekor, die wohl Szenen aus dem früheren Alltag darstellten. Später würde sie sie sich genauer ansehen. Jetzt war sie neugierig auf die Zimmer. Wenn schon bis hierher alles so gediegen war, wie würde es da drinnen erst aussehen!? Schlösser hatte sie mit Helmuth ja schon mehrere besichtigt, aber in einer Privatvilla war sie noch nie gewesen!

Gerhard schob vor ihr die Türen auseinander und sah ihr dabei ins Gesicht.

»Wow!«, sagte sie wie ihre Enkel. »Ein Tanzsaal!« Sie ging wie betäubt drei Schritte hinein, blieb stehen und drehte sich langsam um die eigene Achse. Eigentlich spärlich möbliert. Ein großer Tisch und ein kleiner runder, einige Sitzmöbel und so etwas wie Kommoden, zwei Stück, nahmen dem Raum nichts von seiner Größe. Trotzdem wirkte er anheimelnd. Sie fühlte sich von dem kleinen Sofa – oder wie mochte das wohl hier heißen? – richtig angezogen.

Er hatte kein Auge von ihr gelassen. »Möchtest du noch mehr sehen?«

»Ist das die Südseite?«, fragte sie, als hätte sie seine Frage gar nicht vernommen, und deutete auf die fünf hohen Fenster.

»Richtig! Und es ist gut, dass die großen Ulmen ihre Schatten bis hierher werfen. Freilich machen sie es jetzt etwas zu dunkel.«

»Vielleicht ist es deshalb hier so gemütlich«, meinte sie und wandte sich ihm zu. »Schön hast du es hier. Ja – und wo ist die Küche?« Damit beantwortete sie seine vorherige Frage.

Er griff ihre Hand und führte sie an dem großen Tisch vorbei zu einer unscheinbaren Tür rechts in der Ecke, die ihr gar nicht aufgefallen war. »Hier drin ist unser Esszimmer und rechts schließt sich die Küche an«, erklärte er und öffnete die Tür dorthin.

»Dein Esszimmer ist wie meine Stube«, kicherte sie. »Und die Küche ist so groß wie unser Schlafzimmer. Meine Güte! Was hast du doch für Platz!« Sie drehte sich und schüttelte voller Verwunderung den Kopf. »Jetzt muss ich aber doch mal fragen: Was für einen Beruf hast du eigentlich? Das alles kostet doch haufenweise ...!« Sie blickte ihm offen ins Gesicht. Wurde er verlegen?

Nein, er lächelte und kein Schatten trübte seine braunen Augen. »Ich bin ... ach nein: Ich war Manager in einer großen Firma, die vor Jahrzehnten meinen elterlichen Betrieb geschluckt hat. Ich wurde sozusagen übernommen!« Es klang sarkastisch. »Im Grunde war ich froh, dort aufhören zu können. Und was ich jetzt noch bekomme, reicht für ein gutes Leben. Die Kinder sind versorgt. Wozu soll ich mich also noch schinden?«

»Ja«, nickte sie wissend, »dann wolltest du sicher mit Elisabeth noch viel erleben. Wir auch. Aber das Schicksal hat es anders bestimmt.«

Er wiegte bedenklich den Kopf. »Schicksal – ja und nein! Das meiste haben wir selbst in der Hand – mit unseren Gedanken, Worten und Taten. Aber darüber können wir später noch ausführlicher sprechen. Du wolltest sicher das ganze Haus sehen.« Er führte sie bis hinauf in den Dachbereich mit seinen Mansardenfenstern, wo früher die Dienstboten ihre Zimmer gehabt hatten.

»Na ja«, meinte sie spöttisch, »hier sieht es schon nicht mehr so herrschaftlich aus!«

»Das kann man wohl sagen! Und die Leute mussten nach draußen, wenn sie mussten, während es für die Herrschaft schon Toiletten im Haus gab! Tja, so war das damals, als das Haus achtzehneinundachtzig gebaut wurde!« Er blickte auf die Uhr. »Komm, wir müssen etwas essen.«

»Schon die Treppe hier hinauf ist ziemlich steil«, meinte sie beim Abstieg.

»Unsre Kinder haben hier oben gehaust, während unsre alte Köchin ganz unten ihr Zimmer hatte – bis sie starb. Wir schliefen im ersten Stock. Erst als es mit Elisabeth nicht mehr ging, zogen wir hier unten ein. – Ansonsten hatten wir Hilfen aus der Stadt, die stundenweise tätig waren, sodass die Zimmer oben in meiner Generation nicht mehr gebraucht wurden.«

Inzwischen standen sie in der Küche. »Was möchtest du essen?« Er stand in Herdnähe.

»Willst du etwa kochen?«, fragte sie verwundert.

»Hier, trink erst mal etwas!« Er gab ihr ein Wasser. »Kochen kann ich eigentlich nicht. Ich habe einige Fertigprodukte im Eisschrank. Tütensuppe mag ich nämlich nicht!« Er lächelte und zählte einige Gerichte auf. Dabei band er sich geschickt eine Schürze um.

»Die kenne ich alle nicht!«, unterbrach sie ihn. »Nimm irgendetwas. Wenn es dir schmeckt, werde ich es wohl auch essen können!« Sie gab ihm einen Kuss.

Während er hantierte, wies er spitzbübisch lächelnd auf die Schränke. »Schau einmal, wo du Teller und Besteck findest!«

»Bin schon fündig geworden«, rief sie belustigt und stellte die Teller auf den Tisch am Fenster.

»Willst du HIER essen?«, fragte er mehr als verwundert. »Hier habe ich noch nie gesessen!«

»Würde es dir denn viel ausmachen, hier zu essen? Schau mal, hier sitzt es sich doch gut. Dabei schaut man in die großen Eichen. Fehlt nur noch ein Eichhörnchen! Aber Vögel sind bestimmt genügend hier. Bei mir lohnt es sich nicht, aus dem Fenster zu schauen. Alles nur Häuserblocks ringsum!«

»Wenn es dir hier gefällt … Aber hier kommt Kerzenschein nicht so recht zur Geltung!«

»Lass die Kerzen für den Abend, wenn man draußen nichts mehr sieht. Hier ist es wunderbar. Und du mir gegenüber … Und draußen das Gewirr der Äste …« Versonnen sah sie aus dem Fenster.

Er lächelte liebevoll, neigte sich und drückte ein Küsschen auf ihr Ohr. Dann servierte er das Essen.

Sie roch und kostete. »Das schmeckt gut!«, lobte sie. »Wie heißt es? Bani gorenk?«

Er lachte. »Fast richtig. Bami Goreng!«

»Aha! Aber wenn wir deine Vorräte aufgebraucht haben, kommt etwas Vernünftiges auf den Tisch! So etwas muss die Ausnahme bleiben! Rohes hast du gar nicht hier – wie mir scheint?!«

»Hätte ich gewusst, dass du Rohköstlerin bist, hätte ich einen ganzen Korb voll gekauft!«, meinte er zerknirscht.

»Bin ich nicht!«, widersprach sie vehement. »Ich bin genauso zuckersüchtig wie drei Viertel aller Deutschen. Wenn das man reicht! Und noch immer kann ich nicht vom Fleisch lassen, obwohl mich die Massentierhaltung aufregt!« Beinahe hätte sie »anstinkt« gesagt. Aber das Ambiente hier und seine gepflegten Bewegungen ließen das Wort nicht über ihre Zunge gleiten.

Er sah sie aufmerksam an. »Auf die Straße gehst du aber deshalb nicht?«

Sie lachte auf. »Brauchst keine Angst zu haben! Ich bin kein Revoluzzer!« Liebevoll blickte sie ihn an. »Obwohl ich auch manchmal sage: ›Man müsste etwas tun!‹«

»Ja, ›man‹ ist so ein schönes unpersönliches Wort«, meinte er sarkastisch, »und verpflichtet zu nichts!« Inzwischen hatten sie alles aufgegessen und stellten die Teller zusammen. »Statt Sekt kredenze ich uns nun ein Eis. Das passt besser zur Küche!«, schmunzelte er und sie widersprach nicht. So griff er erneut in den Eisschrank.

»Mmm, das sieht aber lecker aus!« Das Wasser lief ihr im Munde zusammen und sie schluckte hastig, hoffte, dass er es nicht bemerke.

»Eismousse au Chocolat«, sang er und Johanna staunte ihn an. »Das ist französisch und schmeckt wirklich gut.« Er kam ihrer Frage zuvor. »Ich esse sonst kein Eis. Aber Elisabeth habe ich damit eine Freude machen können. Deshalb ist auch noch so viel hier. Alle vier Wochen kam ein Auto und belieferte mich mit allem. Das war sehr praktisch für mich. Sonst hätte ich mir anderweitig eine Hilfe nehmen müssen«, fügte er erklärend hinzu.

»Elisabeth hatte einen guten Geschmack«, bewertete sie nach dem ersten Happen. »Den hatte sie aber auch anderweitig!« Schelmisch blickte sie zu ihm hinüber. Er lächelte fröhlich zurück.

Als er das schmutzige Geschirr in den Automaten stellte, staunte sie erneut.

»Und was machen wir nun, Johanna?« Wie er ihren Namen aussprach, ließ sie sofort verlegen werden und nur mit den Schultern zucken.

»Vielleicht zeigst du mir jetzt den Keller? So gestärkt habe ich keine Angst mehr vor dem Hausgeist!« Sie wusste wirklich nicht, womit sie sich noch gemeinsam beschäftigen könnten, ohne zu große Nähe aufkommen zu lassen. Ihrer Meinung nach war es dafür noch zu früh. Nicht nur wegen der Tageszeit!

»Gern! Du sollst dich doch recht schnell hier eingewöhnen, und der einzige Hausgeist bin ich und der liebt dich schon jetzt grenzenlos!« Er schlang seine Arme um sie und küsste sie stürmisch. Sie erwiderte den Kuss, doch er spürte wohl ihr Zögern.

»Ich möchte dich nicht verlieren«, beschwor er sie. »Sag immer rundheraus, was dir nicht gefällt. Wenn es irgendwie machbar ist, stelle ich es ab. Ich alter Zausel bin sogar bereit, mich noch zu ändern!«

»Also: ›Alter Zausel‹ ist äußerst übertrieben!«, widersprach sie sofort. »Obwohl ich keine Ahnung habe, wie alt du wirklich bist. Du könntest, meiner Meinung nach, ebenso gut Ende fünfzig sein, aber auch ein gut erhaltener Siebziger!«

Gerhard lächelte belustigt. »Gut aus der Affäre gezogen. Bin fast genau ein Jahr jünger als Helmuth. Doch nun komm, geliebte Johanna, in den tiefen Keller«, sang er plötzlich mit tiefer Stimme.

»Hach, wie Gunther Emmerlich!«, kicherte sie. »Hättest auch Sänger werden können. Bei dieser Stimme!«

»Dazu war ich zu faul«, gestand er. »Da hätte ich ja Noten und ein Instrument spielen lernen müssen. Und stundenlang immer dasselbe üben. Nein! Bloß nicht! Ein Weilchen hat man mich mit dem Klavier genervt. Sieben war ich damals. Sie haben es schließlich aufgegeben.« Er öffnete nacheinander die Türen der Kellerräume und ließ sie hineinsehen.

»Ist ja riesengroß! Da könnten ja von der Räumlichkeit her bestimmt drei Familien drin leben!«

»Hier? Die Armen! Ohne jedes Tageslicht? Durch diese Lüftungsschächte kommt fast kein Licht herein!«

»Ich habe es nur mit unseren Wohnungsgrößen verglichen«, sagte Johanna entschuldigend. »Nein, ich möchte auch nicht hier unten wohnen. Ah, das scheint der Weinkeller zu sein!«

»Ja, allerdings jetzt sehr dürftig beschickt!«

»Und früher waren die Regale alle voll?«, staunte sie und trat in den Raum.

»Oh ja, aber das ist lange her! Solange ich hier bin, waren es nie über hundert Flaschen.«

»Das ist für meine Begriffe auch schon erheblich!«

Sie traten den Rückweg an und er legte den Arm um ihre Schulter. »Sag mal, Hannilein, was hältst du vom Weihnachtsmarkt?« Er blieb stehen und blickte ihr in die Augen. Bettelnd, wie ihr schien.

»Wollen wir hingehen?« Ihre Augen leuchteten auf. »Helmuth mochte den Rummel nicht. Da habe ich mir manchmal 'nen Enkel ausgeliehen und bin mit dem losgezogen. Das ist aber nun auch schon wieder zwei Jahre her. Aber wenn es regnet, macht es keinen großen Spaß.« Sie erinnerte sich an den Nieselregen am Vormittag.

Sie stiegen die Stufen empor und er öffnete die Haustür. »Komm, nachschauen!« Sie reichte ihm die Hand und gemeinsam traten sie hinaus.

Es war trüb. Natürlich. Aber es regnete nicht! »Eigentlich passt doch Sonnenschein gar nicht zum Weihnachtsmarkt!«, meinte er und zwinkerte ihr lustig zu.

»Na, dann man schnell hin!«, rief sie freudig. »Und wie? Mit deinem Auto?«

»Das wäre nicht schlecht, aber wenn ich dort mit dir Glühwein trinke, müsste ich es stehen lassen. Nehmen wir lieber den Bus. Nur fünfzig Meter von hier ist eine Haltestelle.«

Als sie ihre Tasche mitnehmen wollte, protestierte er lebhaft. »Damit bist du doch behindert! Gib mir deinen Rentenausweis und lass alles andre hier.«

Sie protestierte noch schwach. »Und wenn ich auch mal etwas kaufen will?!«

»Na gut, gib mir 'nen Tausender! Den kann ich grad noch unterbringen in meiner Brieftasche«, scherzte er.

Sie sah ihn empört an, ehe sie in Lachen ausbrach. »Einen Tausender habe ich in meinem ganzen Leben noch nicht gesehen, aber einen Fünfziger kann ich dir geben!« Sie holte ihre Tasche und zog ihn aus der Geldbörse. Zusammen mit dem Rentenausweis reichte sie ihn hinüber. »Gut, dann lasse ich die Tasche hier!«

»Hast du eine Dauerkarte für den Stadtverkehr?«

»Aber ja!« Schon griff sie erneut hinein. »Dann nimm den mal auch, denn aus meinen Manteltaschen kann er leicht herausrutschen.«

Er steckte alles in seine Brieftasche und diese dann in die innere Brusttasche des Jacketts. Groß baute er sich vor ihr auf und klopfte dabei auf seine linke Brust. »So, jetzt habe ich alles von dir und du musst mir einfach folgen, wohin ich auch immer will!«

»Wie bei der goldenen Gans«, lachte sie. »Mache ich aber gern, weil du ein recht ansehnlicher Bursche bist!«

»Donnerwetter! Das ist schon das zweite Kompliment von dir! Und ich Trottel bin noch zu keinem in der Lage gewesen! Das muss ich sofort ändern!« Damit gab er ihr einen Kuss. »Das ist für deine schönen Locken …«

»Hihihi«, kicherte sie. »Dauerwelle!«

»Das macht nichts! Aber wie du sie trägst, das ist einmalig!« Er half ihr in den Mantel. »Überhaupt bist du einmalig! Deine Augen können so strahlen und deine Lippen so süß lächeln, sodass dann die Grübchen erscheinen …«

»Nun ist es gut«, rief sie scheinbar entrüstet, obwohl sie sich selbstverständlich geschmeichelt fühlte. »Lass uns gehen, sonst spinnen wir hier bis zum Abend herum.«

Er schloss das Haus ab. »Noch rasch EINEN Kuss«, bettelte er, »bevor wir uns ins Getümmel begeben!«

Gern gestattete sie es. Danach griff er sofort nach ihrer Hand und ließ sie auch auf der Straße nicht los. Es freute sie und ließ sie verliebt zu ihm hinsehen, woraufhin er einen Kuss mit den Lippen formte und ihr zuwarf. Sie lächelte glücklich zu ihm hoch. Ein ganz neues Gefühl. Sie war schon eins fünfundsiebzig groß und hatte auf viele Männer herabsehen müssen. Endlich einer, der bestimmt noch fünfzehn Zentimeter größer war als sie, und ihr diesen Augenaufschlag ermöglichte, den sie manchmal bei anderen Frauen bewundert hatte.

Jetzt entdeckte er einen kleinen Stein und stieß ihn an, sodass er vor ihre Füße kollerte. Sie kicherte und begann zu dribbeln, bis er ihn erwischte und etwas weiter schoss. Zusammen liefen sie schneller dorthin und sie traf ihn zuerst. Leider so, dass er durch den Zaun entschwand. »Schade!«, rief sie bedauernd.

»Soll ich ihn holen?«, fragte er und zog dabei wieder nur die eine Braue hoch. Sie schüttelte verneinend den Kopf. »Wie machst du das?«, wollte sie wissen.

»Was denn?« Voller Unverständnis blickte er sie an, die nun ihrerseits die Brauen hochhievte und gleich darauf entmutigt sinken ließ.

»Na, nur eine Braue hochziehen! Bei mir kommen beide oder keine!«

»DAS meinst du?! Das muss ich mir schon in der Grundschule angeeignet haben. So genau kann ich das gar nicht sagen. DU musst es nicht können. Ich versuche ja auch nicht deine wunderschönen Grübchen nachzuahmen. Sowas hängt mit unsrer Einmaligkeit zusammen. Und die sollte man nicht aufgeben für irgendeine Modeerscheinung. Schau, der Bus kommt!«

Gerhard hatte noch Zeit, seine Ausweise zu angeln. Dann stiegen sie ein und er konnte sie wieder verstauen. Die Plätze waren alle besetzt und so stellten sie sich in der Nähe des Ausgangs an eine Haltestange. Seine Hände umfassten die Stange, nachdem er beide Arme um Johanna herumgelegt hatte. So standen sie Brust an Brust eng aneinandergepresst.

Sie reckte sich seinem Ohr zu. »So miteinander stehen ohne Sachen! Das ist schön!«, flüsterte sie und dabei leuchteten ihre Augen, dass ihm ganz heiß wurde.

Sein Blick verfing sich in ihrem. »Das glaube ich gern. Mir wird jetzt schon warm!«, gab er leise zurück. Glücklich legte sie den Kopf in seine Halsbeuge. Beide schwiegen und genossen das Miteinander.

»Wir müssen jetzt aussteigen!«, sagte er leise.

Sie schrak zusammen. »Ich hätte noch stundenlang so fahren können!«, sagte sie bedauernd.

»Wiederholen wir!«, versprach er und reichte ihr die Hand zum Aussteigen.

Es war ungewohnt für sie. Aber sie ließ seine Hand nicht mehr los. So schlenderten sie durchs Getriebe des Weihnachtsmarktes. Ihre Augen leuchteten genauso hell wie die der Kinder. Sie genossen Glühwein und frisch gebackene Kekse, hängten sich gegenseitig Pfefferkuchenherzen um, alberten herum und neckten sich, wie es eben frisch Verliebte immer so tun.

Mitten im größten Gedränge gab er ihr einen Kuss und ein vorübertreibender Jüngling rief: »Hoho, Alter!« Sie gickelten ihm nach.

»Blanker Neid!«, sagte sie.

Dann standen sie vor der lichtergeschmückten großen Tanne, aneinander-gelehnt, und schwiegen. Lange Zeit!

Sie brach das Schweigen endlich. »Hast du schon einen Baum?«, wollte sie wissen.

»Wollen wir ihn am Samstag gemeinsam holen?«, fragte er leise zurück und hauchte einen Kuss auf ihre Schläfe.

Sie nickte versonnen und blickte froh in seine braunen Augen. »Das wird bestimmt schön! Wir haben in den letzten Jahren nur noch so ein Plastikding aufgespannt.« Sie seufzte wehmütig. »Den Enkeln war's egal. Die haben nur nach den Geschenken geguckt. Aber ich muss zugeben, dass es seitdem für mich kein richtiges Weihnachtsfest mehr war.«

»Wir hatten immer einen echten Baum! Nein, stimmt nicht«, verbesserte er sich. »In den letzten Jahren konnte ich keinen aufstellen. Alzheimer lässt dir keine Zeit dafür. Auch Gardinen und all den liebenswerten Schnickschnack gab es schließlich nicht mehr im Haus.« Er seufzte und sah ganz traurig aus.

Rasch lenkte sie ab. »Lass uns noch einmal die Meile passieren und dann nach Hause fahren.«

»Nach Hause«, sagte er leise mit fragendem Unterton. »Zu dir oder zu mir?«

»Zu dir natürlich!«, sagte sie schnell. »In meinem Plattenbau vergeht dir nur die Weihnachtsstimmung!«

So schlenderten sie zurück. An einem Schießstand wollte er es wissen. »Ob ich wohl noch treffen kann wie früher? Damals habe ich immer abgeräumt!«

Sie kicherte. »Bei mir hat es nur zu Kleinkram gereicht!« Begeistert kommentierte sie jeden seiner Schüsse. Sie waren wirklich nicht schlecht und sie hielt am Ende einen kuschligen Pandabären im Arm, mindestens fünfzig Zentimeter groß, und diverse Kunstblumen.

Später saßen sie in seinem Wohnzimmer auf dem niedlichen Sofa, nippten am Rosé und erzählten von ihrem Leben. Hin und wieder legte er ein Video ein und sie konnte Elisabeth und seine Kinder bewundern.

»Elisabeth war kleiner als ich?«, fragte sie schließlich und biss sich auf die Lippen. »Entschuldige, aber es ist mir so rausgerutscht!«

»Das macht doch nichts«, meinte er. »Wir besitzen nun mal eine Vergangenheit. Und mit der wollen wir offen umgehen und kein Geheimnis daraus machen. – Es gab Sonnen- und Schattenseiten. Wie überall. Das wollen wir weder verklären noch in den Schmutz ziehen. Und deine Frage war ganz normal! Ja, Elisabeth war nur eins siebzig und auch runder als du. Na ja, zum Schluss war sie nur noch Haut und Knochen. Ich konnte ihr geben, was ich wollte.«

Johanna legte schnell ihre Hand auf seine. »Mach dir keine Vorwürfe. Es ist sowieso nicht mehr zu ändern.«

»Der Satz könnte von mir sein!«, rief er erfreut. »Das ist nämlich so eine Unart von uns heutigen Menschen, dass wir ständig im Vergangenen herumwühlen und es immer und immer wiederkäuen. Damit leisten wir uns einen Bärendienst. Bis hin zu Krankheiten!« Er schwieg. Sie wollte auf ein anderes Thema kommen und überlegte angestrengt, womit sie beginnen könnte, als er schon weitersprach. »Weißt du, dass ich vor diesem Weihnachtsfest Angst hatte?«

»Ich auch!«, bestätigte sie und schmiegte sich ganz fest an seinen Körper.

»Mein Christoph kann aus seinem Afrika nicht fort«, erzählte er traurig. »Und Madlen hat bestimmt wieder Dienst.«

»Freilich! Wenn sie keine Kinder hat!«, nickte sie sarkastisch. »Da ist sie immer dran! Aber ich überlege jetzt ernstlich, wie ich das in diesem Jahr mit meinen Lieben mache!«

Gerhard küsste sie. »Lass uns das morgen am Tage besprechen. Wir haben schon viel zu viel von der Vergangenheit geredet. Jetzt wollen wir mal zur Gegenwart zurückkehren. Du hast da heute etwas angedeutet … Weißt du es noch? Als wir im Bus standen!«

»Ach so! Ja, das weiß ich noch und es würde mich freuen, wenn wir es ausprobieren. Aber … sei nicht böse … Mir fällt gerade ein, dass ich zu Enrico gesagt habe, ich würde Bescheid sagen. Ich muss unbedingt noch anrufen. Du hast doch ein Telefon!?«

»Aber natürlich! Kennst du die Nummer auswendig?« Schon nahm er sie am Arm und führte sie zum Apparat.

Sie wählte konzentriert und er sah ihr lächelnd zu. Während des Rufzeichens blickte sie ihn versonnen an.

»Ja, guten Abend, Rebecca, ich wollte nur Bescheid sagen, dass ich morgen nicht zu Hause bin. Ihr seid bestimmt wie immer da! Dann komme ich gegen Abend vorbei. Schlaft schön und dann bis morgen!« Schnell legte sie auf. »Das war meine Schwiegertochter Rebecca!«, erklärte sie.

»Du hast ihr gar keine Zeit zu irgendwelchen Fragen gelassen«, stellte er schmunzelnd fest.

»Ja, das war die einzige Möglichkeit, schnell wieder bei dir zu sein!« Sie grinste verschmitzt. »Und du hast mich doch an etwas viel Schöneres erinnert.« Ihre Augen begannen zu leuchten. Sie legte die Arme um seinen Nacken und küsste ihn. »Dazu benötigen wir ein schönes, warmes Zimmer, vielleicht auch ein paar Betten … Nachdem wir uns für die Nacht zurechtgemacht haben …«

Er zog sie fest an sich und küsste sie stürmisch. »Du bist wunderbar. Welches Bad nimmst du? Das große oder das kleine?«

»In welchem hast du deine Utensilien?«, fragte sie zurück.

»Im großen natürlich! Aber wenn du möchtest …«

»Dann gehe ich ins kleine! Das große ist mir sowieso unheimlich. Zu ungewohnt!«, korrigierte sie sich und löste sich langsam von ihm.

Er sah ihr verliebt in die Augen. »Was brauchst du?«

»Nur meine Tasche! Und ein Handtuch!« Sie strahlte ihn an, legte dann die Arme noch einmal um seinen Nacken und küsste ihn. »Überlässt du nachher MIR die Führung?«, bat sie.

Wieder rutschte seine Braue hoch. »Oh!«, sagte er überrascht. »Das ist mir noch nie passiert! Etwas völlig Neues! Und das in meinem Alter! Dafür muss ich dich gleich küssen. Oder muss ich erst fragen?« Schelmisch blickte er sie an.

»Nein«, sagte sie ernst. »Das darfst du alles wie bisher. Es ist wunderbar. Nur nachher …« Sie küsste ihn und alles in ihr vibrierte vor Sehnsucht. Doch sie gab sich einen Ruck, löste sich endlich und ging langsam zur Tür.

»Wenn ich jetzt wüsste, wo der Lichtschalter ist«, sagte sie und spielte die Verzweifelte.

Natürlich eilte er herbei und legte sogleich einen Arm um ihre Schultern, mit dem anderen wies er um die Ecke. »Gleich hier links neben der Tür!«

Dankbar warf sie ihm ein Küsschen zu, schaltete und lief in die Garderobe, um ihre Tasche zu holen.

Gerhard räumte inzwischen die Gläser fort. Sie trafen sich auf dem Flur vor den Bädern. »Hier, ein Handtuch! Ich bin richtig aufgeregt!«, sagte er und versuchte, noch einen Kuss anzubringen.

»Ich auch! Schließlich knüpfe ich damit an meine Jugendzeit an.« Sie lachte und verschwand im Bad. Dort entnahm sie ihrer Tasche eine Zahnbürste und einen zusammengeschobenen Plastebecher, zwei Waschlappen und das Nachthemd, das dünn und trotzdem warm war. Sie hatte es absichtlich gewählt, weil es in der Tasche nicht viel Platz einnahm und weil es ihr so gut zu Gesicht stand. Mag sein, dass mancher die stilisierten Rosenblüten kitschig fand, vielleicht auch die Machart: langärmlig, der spitze Ausschnitt wurde durch einen Knopfverschluss beendet, dessen Leiste aber nur zehn Zentimeter unterhalb des Körpers endete. Hier begann der Ausschnitt in umgekehrter Form und ließ den Blick auf zwei wohlgeformte Beine frei. An diesem Hemd gab es keine Ecken und alle Kanten waren von einem vier Zentimeter breiten Volant eingefasst. Gerade der war es einst gewesen, der sie zum Kauf veranlasst hatte.

Da Gerhard bisher mit keinem Blick irgendetwas an ihr auszusetzen gehabt hatte, hoffte sie, dass er auch dieses Nachthemd nicht lächerlich finden würde. Zum Schluss entnahm sie noch ihrer Tasche ein paar flauschige Hauspumps.

Als sie fertig war, steckte sie den Kopf aus der Tür. Hier drin war es schön warm, aber auf dem Flur bekäme sie Gänsehaut, wenn sie länger warten müsste.

Gerade wollte sie sich wieder ins Warme zurückziehen, als er auf den Flur trat. Ein Pyjama vom Feinsten, erkannte sie gleich auf den ersten Blick. Sie lächelte und trat ebenfalls hinaus. Alle Unsicherheit verbarg sie tief im Innern.

»Oh«, sagte sie und begleitete den Ausruf mit einer entsprechenden Handbewegung, die ihm zeigen sollte, dass sie seinen Anzug einzuschätzen wusste.

Er ging ihr entgegen und ergriff ihre Hand noch in der Bewegung. »Wie eine Königin«, sagte er andächtig und küsste ihre Hand. »Lass uns schnell ins Warme gehen.« Während er ihre Hand nicht mehr losließ, legte er seinen anderen Arm um ihre Taille und lenkte sie zur Tür, die, wie sie wusste, ins Schlafzimmer führte.

Hier war es angenehm warm und kaum glitt hinter ihr die Tür ins Schloss, legte sie ihm die Arme um den Nacken und küsste ihn.

»Noch besser wäre es, wenn wir die störenden Knöpfe öffnen und nichts mehr zwischen uns ist«, hauchte sie danach und nestelte schon an seinen Pyjamaknöpfen. Er machte sich an ihren zu schaffen.

Unwillkürlich freute es sie, dass er keine Schwimmringe oder einen störenden Bauch besaß. »Vermeide ein Weilchen die erogenen Zonen, damit die Energien uns durchfließen können«, bat sie. »Während wir uns aneinander festhalten, achte auf deine Gefühle. Denke an nichts! Fühle nur nach innen!«

Er schob seine Hose nach unten. »Dass man das Denken abschalten kann, weiß ich«, bemerkte er leise und umfing sie.

Sie legte ihre Arme auf seine Schulterblätter und hielt sich daran ganz fest.

»Das ist mir neu. Sag mir, wie ich dich halten soll!«, bat er kaum vernehmbar und küsste ihre Schulter.

»Nur ganz fest! Und die Beine etwas auseinander setzen, damit ich zwischen deinen Füßen stehen kann.« Sie legte ihr Kinn in sein Grübchen über dem Schlüsselbein. »So ist es schön«, flüsterte sie verzückt.

»Ja, wunderschön!«, bestätigte er in gleicher Weise. Sein Glied hob sich ein wenig und schmiegte sich an ihre Falten. Er ließ die Hände nach unten gleiten, legte sie auf ihren Po und zog sie noch enger heran.

So standen sie mehrere Minuten lang und atmeten im gleichen Rhythmus.

Eine wohltuende Ruhe erfüllte Johanna. Aller Kummer war verschwunden. Tiefer Frieden senkte sich in ihre Seele.

»Es ist, als wären wir nur ein einziges Wesen«, flüsterte er.

»Komm jetzt! Ich kann nicht mehr stehen«, raunte sie und löste sich. »So ähnlich geht es auch im Liegen.« Sie zog ihn, doch er bremste und schaltete die Deckenbeleuchtung aus. Eine im Bettenkopfteil integrierte Leuchte glomm auf.

»Ah, wie schön!«, kommentierte Johanna und erblickte sich im großen Spiegel des Schrankes. »Oi!«, sagte sie erschrocken. »Hoffentlich lenkt mich das nicht ab. Ich bin nicht gewöhnt, dass mehrere Personen im Schlafzimmer aktiv sind!«

»Es kann aber auch anregend sein«, meinte er verschmitzt lächelnd und trat aus seinem Pyjamateil heraus. Noch immer hielt er ihre Hand. Ein ganz kleiner Ruck ließ sie aus der Balance kommen und er fing sie auf, hob sie hoch und trat mit ihr an das Bett.

»Oje!«, stöhnte er auf. »Hochheben ging ja, aber richtig ablegen kann ich dich nun nicht, höchstens loslassen! Das war ein Schuss in den Ofen!«

Sie kicherte. »Bleib stehen und lass nur den rechten Arm sinken. Dann geht das in Ordnung.« Sie sank mit den Beinen aufs Bett und hielt sich krampfhaft an ihm fest. »Mit Schuhen ins Bett!«, schimpfte sie gewollt provokativ. »Sowas kommt mir aber nicht noch einmal vor!«

»Bestimmt nicht!«, tat er zerknirscht. »Man soll sich nicht überschätzen! Ob das dieses Stehen bewirkt hat? Ich kam mir plötzlich vor, als könne ich Bäume ausreißen!«

»Ja, das macht der Energiekreislauf. Das sollten wir täglich tun. Viele Wehwehchen verschwinden damit. Da macht es nichts, wenn der Mann impotent ist.«

»Na, das bin ich glücklicherweise noch nicht!«, behauptete er vollmundig, stutzte aber gleich im Verklingen seiner Worte. »Obwohl … so wie früher ist es nicht mehr«, gab er recht kleinlaut zu.

»Brauchst dir keine Sorgen zu machen«, tröstete Johanna. »Mein Helmuth war impotent und wir hatten ein paar Jahre überhaupt nichts mehr miteinander. Als es begann, ist er von Pontius zu Pilatus gerannt. Sie boten ihm Pille, Pumpe und Operation an. Nein, das wollten wir nicht! So resignierten wir, bis …« Sie lachte auf und räkelte sich vor ihm in ihrer Nacktheit. »Schamlos!«, hätte sie früher gedacht.

»… bis mir meine Tochter, die Mareike, mit satanischem Grinsen ein Buch schenkte. Das hatte es in sich! Ich benötigte ein paar Wochen der Überwindung. Dann fing ich an zu experimentieren und wir kamen zu ganz neuen Erkenntnissen und Genüssen. Ja, rück heran! Ganz dicht! Ja, lass uns beide erst mal auf der Seite liegen. Du darfst mich streicheln. Überall! Und deinen Prinzen legen wir in die Mitte und lassen ihn gewähren!«

Ein Weilchen suchten sie noch nach der bequemsten Stellung. In diesem Alter war das nicht mehr so leicht wie vor zwanzig Jahren. Jetzt drückte es hier und dort klemmte etwas. Aber endlich lagen sie dicht an dicht und streichelten sich gegenseitig. Einarmig! Denn der andere Arm lag ziemlich eingequetscht unter ihren Körpern.

»Siehst du, im Stehen ist es schöner«, flüsterte sie. »Es kommt aber auf den Kontakt an. Die Brust der Frau ist positiv, die des Mannes negativ. Unten ist es umgekehrt: Der Penis ist positiv und die Vagina negativ.«

»Dann können wir den Kontakt noch verbessern«, wisperte er, »indem wir …«

»Ja – ja, tu es!«, hauchte sie. »Aber so langsam wie irgend möglich.« Sie schob ihr Bein hoch bis zu seiner Taille und bog sich ihm entgegen.

»Doch so wird das nichts, mein Lieb! Ich staune zwar über deine Beweglichkeit, aber …«, kommentierte er seine Fehlversuche, in sie einzudringen.

»Kein Problem!«, beruhigte sie ihn. »Nur Geduld! Das wird schon! Und wenn nicht gleich, dann eben später. Kannst du knien?« Sie drehte sich aus der Seitenlage auf den Rücken und spreizte die Beine.

»Oh, ein wunderschöner Anblick!«, rief er diesmal laut, während er sich im Knien versuchte.

»Und jetzt heb mich auf deine Oberschenkel«, wies sie ihn an und half noch mit entsprechenden Körperbewegungen nach. Dann wandte sie plötzlich den Kopf zur Seite und fing Speichel mit der Hand auf, um ihn auf beider Glieder zu verteilen.

»Oh!«, sagte er nur verwundert.

»Das ist das beste Gleitmittel, das es gibt, und garantiert ohne Nebenwirkungen!« Gleich wiederholte sie dies noch zweimal und nun rutschte er wirklich unproblematisch hinein.

»Langsam, langsam!«, bremste sie sein Ungestüm. »Das darf eine Minute und länger dauern! Je langsamer, desto besser! Jaa!«, hauchte sie im Ausatmen und entspannte sich dabei völlig. »Versuche alle Gefühle vorn in die Eichel zu bringen. Ich versenke mich ebenfalls in mich. Und wenn ich weine oder lache, fluche oder schimpfe, dann erschrick nicht, das hat nichts mit dir zu tun. Da lösen sich bei mir nur Verspannungen, schlimme oder schöne Erfahrungen. Das kommt vom G-Punkt. Wenn er stimuliert wird, kann es zu kleinen Explosionen kommen, die auch schmerzhaft sein können, aber auch wahnsinnig glücklich machen. Es ist jedes Mal eine Reise in ein unbekanntes Land. JEDES MAL! Jaa, du bist wunderbar langsam! Es ist herrlich mit dir!«

Sie schwiegen beide. Er, verwundert über ihre Worte und weil er es unbedingt richtig machen wollte.

»Sei nicht angespannt, mein Liebster. Atme ruhig wie ich. Entspanne dich! Wenn deine Steifheit nachlässt, lass nur, es macht nichts. Wichtig ist nur, dass du in mir bleibst.« Ihr Blick war weich und hing an einem Punkt über seinem Herzen.

Er lächelte ihr zu. »Du bist so wunderschön! So schön, dass ich gar keine Worte finde.«

»Dann schweig und fühle nur. – Ja, dieses sanfte Pochen deines Prinzen im Schloss der Prinzessin ist überirdisch. Lass es ihn so oft wie möglich tun! Bleib trotzdem entspannt.«

»Aber jetzt kann ich nicht mehr knien«, gestand er leise nach einer guten halben Stunde. »Bist du nun enttäuscht?«

»Warum sollte ich! Wir haben doch alle Zeit der Welt! Aber langsam, immer alles sehr langsam, auch das Lösen voneinander. Ja, so ist es gut … und nun strecke dich … Leg dich auf den Rücken und mach die Beine lang, damit das Blut zirkulieren kann. Ich werde es ein wenig aufmuntern.« Sie wechselte die Stellung und begann seine Beine zu streicheln. Dabei schob sie sich so hin, dass ihre Brust auf seinem Oberbauch lag.

»Es sieht hier sehr interessant aus«, scherzte sie.

»Das kann ich nur bestätigen«, gab er zurück. »Die rückwärtige Hügelkette ist anschauenswert und ich staune! Die Bewaldung reicht ja fast bis zur Taille! Aber du bist doch blond! Oder ist das nur Chemie?«

»Nein, bei mir ist alles echt! Es gibt halt blonde Frauen, die braune Körperbehaarung besitzen. Das hat schon Helmuth damals zum Wundern veranlasst. Und auch völlig fremde Mädchen in den gemeinschaftlichen Umkleidekabinen. Einmal wurde ich dort angegiftet – damals war ja alles noch ganz anders als heute: Ob ich es nötig hätte, mich unten herum zu färben! Die wurden aggressiv! Meine beiden Freundinnen haben denen aber Zunder gegeben! Die haben sich dann recht kleinlaut entschuldigt! Aber es muss an der Schule rund gelaufen sein, denn von Stund an wurde ich auch von Jungen mit entsprechenden Bemerkungen verletzt.« Sie schwieg und er dachte, sie hinge den unangenehmen Erinnerungen nach.

»Denk nicht mehr daran. Das ist lange her«, sagte er deshalb tröstend.

»Es ist auch kein Groll mehr in mir«, lächelte sie und begann andere Teile als die Beine zu massieren, was ihn zu wohligen Stöhnern verleitete, aber auch zu kräftigeren Griffen in ihr Hinterteil. Doch an den Wirbeln entlang strich er zwischendurch sehr zärtlich hinauf und hinunter, sodass ihre Erregung wuchs. Auch die Achseln vergaß er nicht. Als seine Hand jedoch über ihre Schenkel zum Zentrum ihrer Lust wanderte, stöhnte sie wonnevoll auf.

Da auch er davon profitierte und sich erregte, richtete sie sich auf und senkte sich langsam, langsam auf ihn nieder. Ohne Probleme glitt er in sie hinein, Millimeter um Millimeter.

»Herrlich!«, flüsterte sie und entspannte sich völlig. Ruhig und gleichmäßig floss ihr Atem und er passte seinen nach und nach an.

Ganz sachte begann nach einer Weile ihr Becken zu kreisen, wurde schneller und schneller wie auch ihr Atem. Er umfasste ihre Brüste und liebkoste sie mit den Fingern. Und dann geschah es bei beiden gleichzeitig.

Als sie wieder zu Atem kamen, lächelten sie sich glücklich an. »Deine Augen leuchten so intensiv wie kleine Sonnen«, sagte er leise und seine Stimme war voller Bewunderung.

»Und deine so liebevoll, wie ich noch keine gesehen habe«, gab sie zurück.

»Ich kann gar nicht beschreiben, wie sehr ich dich liebe, meine goldene Johanna. – Aber jetzt zieht er sich zurück«, sagte er mit Bedauern.

»Ich genieße es! Jetzt küsst er den Liebespunkt. Fühle es! Es ist ein Strömen von einem zum andern. Es ist wunderbar, es genießen zu können.« Sie schloss die Augen und versenkte sich voll und ganz, war mit allen Gefühlen an diesem Punkt präsent.

Er störte sie nicht durch Reden, sondern versuchte, das vorhin von ihr gelobte Pochen zu wiederholen.

Ein Lächeln blühte in ihren Zügen auf und verklärte ihr Gesicht. »Du bist einmalig!«, sagte sie anerkennend. »Aber nun muss auch ich einen Haltungswechsel vornehmen. Mal sehen, ob ich es schaffe, das linke Bein über dich hinwegheben zu können, ohne dass sich unser Einssein löst. Du kannst dich dabei auf die Seite drehen.«

»Du bist aber noch gelenkig!«, wunderte er sich erneut und versuchte, die Seitenlage zu erreichen und trotzdem in ihr zu bleiben. Es gelang nicht.

»Wäre auch zu schön gewesen!«, kommentierte sie kichernd. »Dazu fehlen uns wirklich zwanzig Jahre.«

»Vielleicht macht es die Übung. Sieh mal, das war schließlich das erste Mal. Und du hast doch selbst Geduld angemahnt. Nimmst du mich wieder auf?«

»Bist du noch nicht müde?«

»Du etwa?«, gab er die Frage spitzbübisch zurück.

»Noch nicht!« Sie hatte indessen ihre Beine über seine linke Seite gelegt, sodass sie im rechten Winkel zu ihm auf dem Rücken lag. Sie hatte dadurch beide Hände frei, er nur eine. Die andere war unter ihm und ihr eingeklemmt. Sie fühlte diese Hand unter ihren Rippen und registrierte, dass Helmuth das nie getan hatte. Dabei war auch sehr erregend, wie er seine Finger leicht zucken ließ.

Nachdem sie es eine Minute genossen hatte, wandte sie ihre Aufmerksamkeit nach unten. Ihre Hände umschmeichelten seinen Prinzen nur eine kurze Weile, dann schob sie Zeige- und Mittelfinger wie eine Schere hinter die Eichel, fasste mit der anderen Hand den Schaft und schon glitt er problemlos in sie hinein.

»Wie hast du denn das bewerkstelligt?«, fragte er verblüfft. »Meine Güte! DAS habe ich nie geschafft! Dazu musste er mindestens halbsteif sein!«

»Das ist nur eine Frage der Technik! Bei Impotenz müssen es beide lernen. Und dabei ist Geduld angesagt. Viel Geduld! Aber man erhält auch reichen Lohn!«

»Aber die meisten resignieren!«, meinte er. »Sonst gäbe es kein Viagra und andere Hilfsmittel.«

»Weißt du, was ich mir dazu denke? Die Männer haben sich selbst in diese Zwangslage hineinmanövriert. Im Matriarchat wird es beide Formen der körperlichen Liebe gegeben haben: die männlich aktive zum Kinder machen und die passive, lustvolle für die Frau. Als sich der Mann jedoch über die Frau erhob, wurde die weibliche Form zurückgedrängt und schließlich begannen die Männer mit ihrer Angeberei, wie viel und wie oft sie es schaffen.

Damit schufen sie einen Wertmesser und gleichzeitig gruben sie sich selbst das Wasser ab. Dann wurden zuletzt auch noch alle weisen Frauen verbrannt, damit die Männer viele Nachkommen und somit Untertanen erzeugen konnten. Tja, und heute ist der Druck so groß, dass schon Männer mit fünfzig impotent werden und verzweifeln, schließlich resignieren, weil das Wissen fehlt. Überwinden sie sich wirklich und suchen einen Arzt auf, bietet er nicht etwa Wissen an, sondern Pille und Pumpe mit und ohne Operation. Das bringt ja auch mehr auf sein Konto! Wissen bringt ihm doch nichts! Und wahrscheinlich hat er selbst nicht einmal eine blasse Ahnung davon, dass es zwei Arten von Sex gibt!«

»Das nehme ich auch an. Soviel ich weiß, lehren sie auf den Universitäten noch immer nur das jahrhundertealte Wissen und verschweigen den Studenten die neuesten Erkenntnisse. Es sei denn, sie kommen von der Pharmaindustrie und bringen etwas ein.«

Während dieser Worte hatte Johanna sich ganz sacht bewegt und seine Augen leuchteten auf. »In dieser Form habe ich noch nie diskutiert!«, griente er schalkhaft. »Was machst du nur mit mir?!«

»Das ist ja das Schöne an diesem Sex, dass man gleichzeitig miteinander reden kann. Oder auch miteinander schweigen. Die Stille ist ganz wichtig, weil sie gestattet, dass man nur in sich hineinfühlt und die Gegenwart genießt.«

»Genau! Wir sind mit unseren Gedanken viel zu wenig in der Gegenwart und genießen viel zu selten den Augenblick, in dem wir gerade sind. Du gibst mir ein neues Leben mit deiner Art der Liebe. Weißt du das?«

Sie lächelte und wandte den Kopf in seine Richtung. »Wir finden beide zu einem neuen Leben, Liebster.«

Sie schwiegen lange und sie fühlte diese Mattigkeit kommen, die ihrem Schlaf stets vorausging.

»Schläfst du schon?«, fragte sie ganz leise.

»Nein, aber viel fehlt nicht mehr!«, antwortete er, schon halb weggetreten.

»Dann gehe ich jetzt noch einmal ins Bad«, erklärte sie und löste sich gemächlich, wälzte sich aus dem Bett und stakste davon.

Er blickte ihr nach, nickte einverständig und folgte ihr, allerdings in sein Bad. Obwohl er sich dort beeilte, lag sie schon im Bett und lächelte ihm mit kleinen Augen entgegen. Er schlüpfte zu ihr.

Sie kuschelte sich an ihn. »Werden wir denn so schlafen können?«, fragte sie und gähnte herzhaft.

»Wer es nicht kann, dreht sich halt herum und keiner nimmt es übel. Wir sind beide ein Zusammensein nicht mehr gewöhnt. Gute Nacht, meine geliebte Johanna, meine Prinzessin.« Er küsste sie zärtlich und hingebungsvoll.

»Schlaf gut, mein Prinz, und träume schön.«

Kaum erwacht, genossen sie ihr neues Miteinander noch einmal. Zwei Stunden lang! Schließlich waren sie völlig ausgehungert nach Liebe.

»Alle Männer müssten wissen, dass es auch ohne das kurze Streben zum Höhepunkt mit seinem Erguss herrlich ist!«, wünschte er plötzlich weitherzig.

»Wie willst du das erreichen?«, lächelte sie. »Du kannst es nicht jedem sagen! Vielleicht ein Buch schreiben? Titel: Meine Erfahrungen mit dem Sex?« Nun kicherte sie anhaltend.

»Die Idee mit dem Buch ist gar nicht so schlecht! Darüber muss ich mal nachdenken! Wiederum lesen gerade Männer nicht besonders viel!« Er grinste auf einmal spöttisch. »Und der ›Playboy‹ wird's wohl nicht bringen!«

»Und der ›Spiegel‹ auch nicht!«, gluckste sie nun. Doch dann wurde sie ernst.

»Wollen wir heute zu mir? Und vielleicht zu Benny? Eigentlich heißt er ja Benjamin, aber keiner nennt ihn so!«

»Daran sind wohl die Eltern schuld«, griente er und setzte dann ernst werdend hinzu: »Ich würde gern deine Wohnung und Familie kennenlernen. Wobei ich schon jetzt weiche Knie bekomme. Ob sie mich ablehnen werden?«

»Warum sollten sie?! Du enthebst sie doch der Sorgen um mich! Sie müssen sich nun nicht mehr kümmern! Ablehnen!« Den Gedanken fand sie so abwegig, dass sie sich weigerte, auch nur ein klein wenig in dieser Richtung weiterzudenken! »Komm, wir stehen jetzt endlich auf und frühstücken! Oder hast du gar nichts? Dann müssten wir erst einkaufen.« Sie bedeckte sein Gesicht mit kleinen Küsschen.

»Ich würde am liebsten hier liegen bleiben«, brummte er zufrieden. »Immer diese Sorge ums Essen!«, mäkelte er dann und hielt sie mit beiden Armen fest an sich gepresst.

»Dann musst du noch eine andere Ernährung erfinden«, scherzte sie. »Dann könnten wir immer hier liegen bleiben.«

»Erfinden muss ich das nicht«, schnurrte er. »Gibt es alles schon. Aber es erfordert auch Anstrengung. So, nun noch dieser letzte Kuss und dann ist Schluss – und dann ist Schluss«, sang er, küsste sie und schob sie dann von seinem Körper fort. »Ach ja«, seufzte er dabei. »Und schon ergreift mich wilde Sehnsucht nach dir, meine süße Geliebte.«

Sie kicherte und enteilte. Im Bad blickte sie in den Spiegel und lächelte sich zu. Diese Gedanken! Diese Gefühle! Seltsam war ihr zumute. War das richtig, was sie tat? Gleich darauf ertappte sie sich dabei, dass sie an Gerhard mit viel mehr Gefühl, ja, Liebe dachte als jemals an Helmuth. Das erschreckte sie. »Ich glaube, das hat gar nichts mit dir zu tun«, beruhigte sie sich selbst. »Vielleicht bewirken es sogar Helmuth und Elisabeth, weil sie uns glücklich sehen wollen.« Währenddessen hatte sie sich zurechtgemacht und steckte ihrem Spiegelbild jetzt scherzend die Zunge heraus.

Als sie wieder aus dem Bad kam, er war in seinem noch tätig, lüftete sie und schüttelte die Betten auf. Dann lief sie in die Küche und sah im Kühlschrank nach, wusste nicht recht, was sie herausnehmen sollte und brachte schließlich Wurst wie auch Marmelade auf den Tisch. Nur die elektrischen Geräte beäugte sie skeptisch. Die Sorte kannte sie nicht.

Doch in diesem Augenblick erschien er und umfing sie von hinten. »Du hast ja schon alles fertig!«, lobte er bewundernd.

»Eben nicht!«, rief sie bekümmert. »Ich traue mich nicht heran! So eine Kaffeemaschine kenne ich nicht und bevor ich sie kaputt mache, lasse ich lieber die Finger davon!«

»Trinkst du Kaffee oder lieber Tee am Morgen?«

Sie stutzte. »Wieso? Trinkst du Tee am Morgen?« Für sie war das fast undenkbar. Bisher hatte sie stets geglaubt, ohne Kaffee nicht in die Gänge zu kommen. Aber sollte das schon der erste Streitpunkt werden? »Auf keinen Fall!«, beschloss sie innerlich und sagte laut: »Dann nehme ich auch Tee! Der soll ja gesünder sein.« Damit beruhigte sie sich gleich selbst.

Er lachte kurz auf und betätigte sich. Zuletzt stellte er einen Leuchter mit drei Kerzen auf den Tisch, die er entzündete und das Deckenlicht löschte. Die Trübe, die von draußen hereinsickerte, wurde nun von den gelbwarmen flackernden Flammen vertrieben.

Sie saßen sich gegenüber, sprachen kein Wort mit dem Mund, dafür umso mehr mit den Augen und konnten sich nicht sattsehen aneinander.

»Du tust mir gut!«, sagte er zum Ende des Frühstücks aus tiefstem Herzen. »So wohl habe ich mich schon lange nicht mehr gefühlt. Und endlich nicht mehr allein!« Noch bevor sie etwas erwidern konnte, sprach er schon weiter. »Ich bin dafür, mit dem Auto zu dir zu fahren und von dort dann weiter zu deinen Kindern.«

Sie kicherte. »Benny wohnt ja nur zwei Blocks weiter! Aber …« Sie schaute kurz auf ihre Uhr. »… da ist jetzt sowieso noch keiner! Und für Mareike ist es auch zu früh. Nur bei Sorina könnten wir Glück haben. Meinst du, wir können sie alle so einfach überfallen? Sollte ich sie nicht erst vorbereiten?« Zweifelnd schaute sie ihn an.

»Sicher gibt es immer zwei Möglichkeiten. Wir leben schließlich in einer dualistischen Welt. Aber ICH bin dafür, den Stier bei den Hörnern zu packen. Wenn sie MICH gesehen haben, lehnen sie mich vielleicht nicht mehr ab!« Er richtete sich zu voller Größe auf und sie musste lachen.

»Wie ein Gockel!«, rief sie belustigt. »Du bist ja ÜBERHAUPT NICHT eingebildet!«

»Überhaupt nicht!«, wiederholte er grinsend und überspielte damit seine Unsicherheit, die er aber mit den nächsten Worten zugab, wie sie verwundert erkannte. »Ich gehe ja jeden Tag zu unbekannten Kindern und mache dort meine Aufwartung.«

Sie sprang auf und umhalste ihn. »Oje, mein armer Liebster. Ist es wirklich so heikel?«

Er sog die Luft tief ein. »Das ist noch heikler, als mit unbekannten Managern zum ersten Mal zusammenzukommen«, gestand er. »Dort musste ich den Übermann spielen, aber hier …« Er seufzte. »Ich möchte sie ja für mich gewinnen, damit wir alle eine große Familie werden. Schon deinetwegen. Damit du dir keine Sorgen machen musst.«

»Das ist lieb von dir. Aber du sollst dir nun auch keine Sorgen machen, denn meine Kinder sind keine Menschenfresser! Die sind bestimmt froh, dass ich aus dem Tief heraus bin«, wiederholte sie ihre Auffassung von der Sache.

»Also fahren wir mit dem BMW zu dir und dann zu Sorina?!«, fasste er zusammen und sah sie fragend an.

Sie nickte zustimmend. »Und bei mir brutzle ich rasch etwas Leckeres zu Mittag. Gut, machen wir uns auf die Socken!«, rief sie burschikos und küsste ihn noch einmal hingebungsvoll.

»Ich war noch nie in so einem Block«, sagte er, als sie die Treppen zu ihrer Wohnung hinaufstiegen und er sich alles ganz genau besah. »Gibt es hier keinen Aufzug?«, erkundigte er sich im dritten Stock. »Für solche rüstigen Leute wie uns geht es ja, aber es sind ja nicht alle so!«

»So welche ziehen dann nach unten. Wir haben diese kleine Wohnung im vierten Stock auch erst nach den Kindern bezogen. Mit nur einem Kind hatten wir die gleiche, dann zogen wir in eine Vier-Raum-Wohnung und als dann noch Sorina kam, in eine mit fünf Räumen, damit jedes Kind sein Zimmer hatte.« Sie schloss auf und bat ihn einzutreten, während sie nebenbei den Lichtschalter betätigte.

»Oh, so ein winziger Flur!«, stellte er fest.

»Die Wohnung ist auch entsprechend«, griente sie und öffnete die Wohnzimmertür. »Uff, riecht ungelüftet. Lass mich schnell lüften. Behalte den Mantel an. Ich mache Durchzug, dann geht es am schnellsten.« Schon wieselte sie ins nächste Zimmer und riss dort ebenfalls das Fenster auf.

Es war das Schlafzimmer, wie er mit einem Blick feststellte. Alles sehr zweckentsprechend eingerichtet. Im Wohnzimmer die typische Anbauwand, die, wie er fand, wohl extra für diese Wohnungen erfunden worden war. Er mochte sie nicht, behielt aber diese Meinung für sich. Wozu sollte er sie damit verschrecken! Richtige Möbel hätten gar nicht hier reingepasst.

Er folgte ihr in die Küche. »Gott, wie niedlich!«, rief er, um überhaupt etwas zu sagen. Alles war so klein, so BEENGEND. Doch er wollte sie nicht verunsichern. Sie kam aus der Arbeiterschaft. Das war ihm vom ersten Augenblick an klar gewesen. Doch heute spielte ihre Herkunft keine Rolle mehr für ihn. Er war sicher, dass sie dies alles aufgeben könnte, um mit ihm zu leben. In SEINEM Haus. Umgekehrt kam ja wohl NICHT infrage! Das schien ihr auch völlig klar zu sein, wie er ihrem Verhalten, ihren Bemerkungen zu ihren Lebensverhältnissen entnommen hatte.

»Da habt ihr ja wirklich ziemlich beengt gewohnt«, meinte er vorsichtig, nachdem er auch noch das Bad gesehen hatte.

»Ja«, nickte sie zustimmend, »besonders bei einer Feier! Bring mal hier in der Stube dreizehn Personen unter! Die Enkel haben in den letzten Jahren schon vorgezogen, in der Küche zu sitzen!«

»Dort konnten sie sicherlich ›ihre‹ Musik hören«, meinte er und sie registrierte es mit Erstaunen.

»Woher weißt du denn DAS?«

Er lächelte nachsichtig. »Ich lebe ja nicht auf dem Mond. Wenn ein Auto vorüberfährt und von den Rhythmen bald zerrissen wird – vor allem von den Bässen –, dann muss auch ich so etwas zur Kenntnis nehmen. Meine Kinder bevorzugten Klassisches. Madlen vor allem Mozart.«

»Ich schließe die Fenster! Kannst den Mantel jetzt ausziehen!«, rief sie ihm zu und eilte durch die Wohnung.

Er tat es und stellte dann fest, dass sie wirklich aus jedem Fenster irgendeinen Block mit einem Stückchen Himmel darüber sah. Nirgends ein Baum. Ja, entlang der Häuser standen schon hohe Büsche und auch verschiedene Bäume, doch die reichten nicht bis hier hinauf.

»Darf ich mal auf den Balkon?«, fragte er zur Küche gewandt, in der sie eifrig hantierte.

»Du kennst dich aus mit dem Mechanismus?«, fragte sie zurück. Ihr war so, als hätte sie bei ihm ebensolche Griffe gesehen.

»Ja-a!« Er trat hinaus und stutzte. Die Wände überzog Efeu. Als er genauer hinsah, bemerkte er die Kästen, aus denen es herauswucherte. »Toll!«, sagte er anerkennend. Dann beugte er sich über die Brüstung und suchte nach den Bäumen. Wirklich, nur entlang der Häuser. Ansonsten nur Gras.

Er trat zurück und ging zur Küche, lehnte sich ans Türfutter und sah ihr beim Hantieren zu. »Warum ist der Platz zwischen den Blöcken ohne Bewuchs? Ich hätte dort verschlungene Wege zwischen Büschen und Bäumen vermutet.«

Sie holte tief Luft. »Und wo hätten unsere Kinder spielen sollen? Hast du die graslosen Flächen links und rechts vor den Wäschepfählen gesehen? Die Pfähle fungierten als Tore! Ja, wer ein Herz für die Kinder hatte, ließ seine Wäsche nur am Vormittag dort trocknen. Natürlich gab es auch immer Ausnahmen. Aber das haben wir in den Mieterversammlungen geklärt. Auch, dass die Kinder in den Büschen an den Häusern Versteck spielen durften. Manchen mussten wir bedeuten, dass sie sich lieber eine andere Bleibe suchen sollten. Kinder brauchen Spielflächen! Schon schlimm genug, dass sie in solchen Kästen wohnen müssen!« Er schnupperte. »Es riecht gut!«, stellte er fest und reckte sich, um an ihr vorbei in die Töpfe zu gucken.

»Dauert nicht mehr lange! Die Kartoffeln sind gleich gar. Kannst du Kohlrabi schälen?« Sie schaute ihn über die Schulter hinweg verliebt an.

»Ich denke schon! Wenn ich dazu ein Messer bekomme …« Seine Augen strichen über die Schrankflächen hin.

»Dort in der Schublade. Nimm eins mit schwarzem Griff. Die sind am schärfsten«, wies sie an.

Während er schälte, klapperte sie schon mit den Tellern, rührte nebenbei in einem Topf herum und pikste gleich danach die Kartoffeln an. »Noch einen Moment. Aber die Möhren sind schon!« Schwuppdiwupp, hatte sie sie mit dem Messer von den Kartoffeln herunter auf den Teller gehebelt und den Deckel wieder geschlossen. Sie schob auf jeden Teller eine Möhre und schnitt sie behände in zentimeterlange Stücke. Jetzt bot er ihr den geschälten Kohlrabi auf der flachen Hand dar. »Und nun?«, wollte er wissen.

»Schneid ihn noch senkrecht durch. Eine Hälfte für dich und eine für mich. Meine kannst du auch noch waagerecht durchschneiden. Dann kann ich besser abbeißen. Ob du dir Scheiben oder Streifen daraus machst, ist deine Sache.«

Seine Augen wurden groß. »Kohlrabi habe ich noch nie soo gegessen. Schmeckt der denn roh?«

»Freilich! Besser als Möhren! DIE esse ich stets nur mit Kohlrabi zusammen. Und immer angegart! Schau!« Sie nahm ein Möhrenstück vom Teller, schob es in ihren Mund, biss vom Kohlrabi ab, kaute nun genüsslich und schaute ihn dabei auffordernd an.

Etwas voreingenommen folgte er ihrem Beispiel vorsichtig. Dann, nach ein paar Kaubewegungen, ging ein Strahlen über sein Gesicht. »Das schmeckt ja wirklich!«, sagte er anerkennend und legte nach.

Sie lächelte und wandte sich ihren Töpfen zu. »Kannst dich schon setzen«, meinte sie dabei und stellte nun nacheinander die Töpfe und zuletzt eine kleine Pfanne auf die Untersetzer, die zwischen ihren beiden Gedecken schon auf dem Tisch gelegen hatten.

Wann sie die wohl hingelegt hatte? Als er zum Schälen hereinkam, war der Tisch doch noch leer gewesen!

Er setzte sich und fand es etwas beengt. »Aber gemütlich«, sagte er laut in Fortsetzung seines Gedankens. »Das sieht lecker aus«, lobte er nun. »Es scheint Fisch zu sein!«

»Ja, das ging am schnellsten. Lass es dir schmecken. Wenn ein Gewürz fehlt, musst du es sagen. Noch kenne ich deine Geschmacksrichtung nicht.«

»Ach, weißt du, früher hat Elisabeth gekocht und mir hat es geschmeckt. Dabei habe ich mir über Gewürze keine Gedanken gemacht. Damit werde ich auch jetzt nicht beginnen.«

Sie griente und dachte an Helmuth, der auch zufrieden alles geschluckt hatte, was sie auf den Tisch brachte.

Auf der Fahrt zu Sorina bekam sie doch Herzklopfen. Gerhard fuhr eigentlich zu langsam für diesen Wagentyp. Johanna meinte zu wissen, warum, und verstand ihn. Ihr stand es ja auch noch bevor. Zuerst wohl bei der Ärztin.

Als sie in die Hofeinfahrt einbogen, lag das Gehöft im trüben Grau des frühen Nachmittags verlassen vor ihnen. Kein einziges Tier war zu sehen. Nicht einmal die Hühner!

»Lebt hier überhaupt jemand?«, fragte Gerhard irritiert und stieg aus.

»Muss am Wetter liegen!«, mutmaßte Johanna und schlug die Tür zu.

Er hob die Augenbraue. »Das ist aber kein Trabant!«, bemerkte er grinsend.

»Oh, entschuldige, BMW, ich muss noch üben!«, grinste sie zurück.

Er streckte die Hand nach ihr aus und sie legte ihre hinein. So vereint liefen sie zur Hintertür des Hauses und traten in den dämmrigen Flur.

»Hallo! Niemand hier?«, rief Johanna, dass es schallte. Sie warteten. Gerade als sie noch einmal rufen wollte, rührte sich hinter der linken Tür etwas und sie hörte eine Stimme.

»Komme ja schon! Alte Frau ist doch kein D-Zug!«

»Die Schwiegermutter!«, konnte ihm Johanna noch zuflüstern, bevor sich die Tür öffnete.

Eine verarbeitete Frau, deren Figur von einer Kittelschürze umhüllt war, erschien. Ihr Gesicht erhellte sich, als sie Johanna erkannte.

»Das ist ja ein seltener Besuch mitten in der Woche«, sagte sie und reichte Johanna die Hand, während ihr Blick neugierig nach dem Mann neben ihr tastete.

»Traudchen, das ist Gerhard!« Eine Sekunde stockte Johanna. Sie hatte noch nicht über solch eine Vorstellung nachgedacht. Sollte sie herumdrucksen? Auf keinen Fall! »Er wird von nun an immer an meiner Seite sein!«, sagte sie und ließ damit keine Zweifel über die Beziehung offen.

Traudchen riss die Augen auf. »Oh!«, war alles, was ihr dazu einfiel. Das andere verkniff sie sich, wusste, dass es verletzen würde. »Wollt ihr zu mir hereinkommen oder zu Sorina hinaufgehen?«, fragte sie und zog sich damit aus der Affäre.

»Ist sie oben? Und wer ist denn noch hier? Draußen sieht alles recht verlassen aus!«, meinte Johanna unentschlossen.

»Alfred und Mario pruckeln an den Geräten herum. Muss ja im Frühjahr alles wieder in Ordnung sein. Sorina ist mit Basti oben und Bettina muss jeden Moment mit dem Schulbus ankommen. Na, denn kommt mal!« Sie wieselte zur Treppe und lief sie eilends hinauf. Diese Schnelligkeit hätte Gerhard ihr gar nicht zugetraut. Er vermutete, dass sie aus Neugier vorauseilte.

Johanna ahnte es nicht, sie wusste es. Traudchen ließ sich nichts entgehen! Sie stiegen ihr nach und hörten dann auch die Ankündigung.

»Hach, ihr zwei! Was glaubt ihr, wen ich euch hier bringe?!«

Bevor die beiden rätselten, trat Johanna ein und zog Gerhard an der Hand nach.

»Oma!« »Mutti!?«, riefen der fünfjährige Sebastian und Sorina gleichzeitig und bekamen kullerrunde Augen, als sie den großen Mann hinter Johanna auftauchen sahen. Auch hier nutzte Johanna den Überraschungseffekt und ließ keine lange Verlegenheitspause aufkommen.

»Das ist Gerhard. Wir haben uns auf dem Friedhof kennengelernt und werden nicht mehr voneinander lassen.« Während des Händeschüttelns sprach sie gleich weiter. »Ich bin nicht für lange Förmlichkeiten und möchte auch kein ›Sie‹ hören. Ob ihr nur ›Gerhard‹ oder ›Onkel‹ oder ›Opa‹ sagt, ist eure Sache. Mit dem ›Opa‹ könnt ihr ihm bestimmt eine Freude machen, denn seine Kinder haben das noch nicht geschafft.«

Ihr wurde warm im Mantel. »Können wir ablegen? Dann wird es gemütlicher.«

Nun hatte Sorina wohl ihre Überraschung endlich überwunden und sprang beflissen auf.

»Natürlich! Ich bin vielleicht eine Gastgeberin!«, tadelte sie sich und wies auf die Plätze. »Setzt euch. Möchtet ihr einen Kaffee?« Sie nahm die Mäntel und brachte sie in den Flur. Inzwischen saßen alle um den großen Tisch und Sebastians Augen hingen wie gebannt an dem fremden Mann.

»Lieber Tee! Grünen, wenn du hast. Ansonsten nimm einen Kräutertee«, wies Johanna sie an.

»Sprecht etwas lauter, dann höre ich auch alles«, sagte Sorina aus der Küche. Dann kam sie zur Tür mit entsetztem Ausdruck im Gesicht. »Ich habe ja nur Brot und Aufstrich!«

»Musst nicht panisch werden«, beruhigte sie Johanna. »Wir haben soeben erst bei mir zu Mittag gespeist.« Sie betonte das letzte Wort. Es war eins von denen, die sie stets in Ausnahmefällen anwendete.

Sie sahen Sorina die Erleichterung an, als sie sich wieder zur Küche wandte. Gleich darauf kam sie mit Teegläsern. »Wie ist denn das so schnell passiert?«, fragte sie nun und Johanna und Gerhard wussten sofort, was sie damit meinte.

»Ich habe Johanna schon ein paarmal auf dem Friedhof gesehen und schließlich gewagt, sie anzusprechen«, erklärte Gerhard mit seiner klangvollen, warmen Stimme, die auch hier ihre Wirkung nicht verfehlte. Sorinas Augen bekamen einen schwärmerischen Glanz und Sebastians Mund blieb offen.

»Meine Frau ist schon etwas länger tot. Und eigentlich war sie schon Monate davor für mich nicht mehr erreichbar. Alzheimer!«, fügte er erklärend an.

»Ich glaube, Helmuth und Elisabeth sehen zufrieden zu uns herab«, warf Johanna ein, weil sie einem Vorwurf vorbeugen wollte. Und er kam auch, allerdings nicht von Sorina.

»Ist ja aber man noch nicht mal ein Vierteljahr vergangen«, sagte Traudchen tadelnd.

»Sollen wir heucheln?«, fragte Johanna und sah sie scharf an. »Sei froh, dass dein Alfred gesund und bei dir ist. Man weiß erst hinterher, was einem der andere wert gewesen ist.« Damit spielte sie auf den oft erniedrigenden Ton an, den Traudchen des Öfteren Alfred gegenüber hatte. Und ihre Besserwisserei! Sie wusste ja jetzt, dass die Frauen durch den männlich orientierten Sex zu diesen Xanthippen werden. Aber mit Traudchen über das Thema Sex zu sprechen, hatte sie nicht gewagt. Warum eigentlich nicht? Weil es gesellschaftlich tabu war? Außerdem war Traudchen nicht ihre Freundin, sondern Sorinas Schwiegermutter! Aber schade fand es Johanna in diesem Moment schon, dass die Aufklärung nicht alle Frauen erreichte. Innerlich fühlte sie den Druck zu sprechen, aber noch war die Hürde zu hoch und sie scheute sich, sie zu nehmen.

Sorina holte den Tee und goss ihn ein. »Zucker?«, fragte sie dabei. Gerhard hob abwehrend beide Hände.

»Es sei denn, hier gäbe es Stevia«, meinte er lächelnd.

»Is'n das?«, fragte Sebastian neugierig. Sorina hätte ähnlich gefragt. Sie setzte sich und ließ Gerhard nicht aus den Augen.

Er lächelte sie an. »Das ist die indianische Süßstoffpflanze«, erklärte er nun in die Augen des Jungen hinein. »Sie ist dreißigmal süßer als Zucker, aber unsere Bauchspeicheldrüse erkennt sie nicht und so wird auch kein Insulin ausgeschüttet. Die Pflanze ist eine Wohltat für die Menschheit, aber in Deutschland hat die

Pharmaindustrie ein Verbot erwirkt. Nun muss man sie sich aus dem Ausland schicken lassen.«

»Das ist ja interessant!«, sagte Sorina hingerissen.

»Aber man kann ja Süßstoff nehmen«, äußerte Traudchen überheblich.

»Die sind in Japan inzwischen alle verboten«, lächelte Gerhard zu ihr hinüber. »Das sagt wohl einiges über ihre sogenannte Unbedenklichkeit.«

In diesem Augenblick donnerte unten die Haustür. »Hallo, Oma! Hallihallo, Mutti!«, schallte es herauf. »Ich habe Hu-u-unger!« Der Hungergesang kam die Treppe hoch, untermalt von gelindem Donner der bestiefelten Füße. Sorinas Augen leuchteten schalkhaft, aber auch voller Stolz.

»Ich habe Hu-u…!« Abrupt brach der durchdringende Gesang ab, als Bettina in der Tür erschien und alle sitzen sah.

»'n Tach, mein Schatz!«, sagte Sorina spottend. »Deine Suppe steht auf dem Herd. Du kannst deinen unbändigen Hunger sofort stillen, damit unsere Ohren nicht abfallen.«

»Tschuldigung!«, murmelte die Achtjährige verdutzt. »Konnte ja nicht wissen, was hier los ist!«

»Du, wir haben 'nen neuen Opa!«, platzte Sebastian wichtig heraus und erhielt von Traudchen sogleich einen missbilligenden Blick. Sorina griente nur dankbar, weil er ihr die Vorstellung abgenommen hatte.

»Gerhard heißt er«, vollendete Sebastian und nickte bekräftigend.

»Und 'nen BMW fährt er! Stimmt's?« Bettina blickte Johanna und Gerhard abwechselnd an. »Dachte eigentlich, da ist einer bei Papa und Opa hinten.« Sie ließ ihre Schulmappe von der Schulter rutschen und beförderte sie mit einem Tritt in die Ecke neben dem Schrank. Ihre Jacke flog obendrauf. »So, jetzt hole ich mir meinen Teller her. Dann kann ich wenigstens alles mitkriegen, was hier passiert.«

Johanna amüsierte sich und tauschte mit Gerhard einen belustigten Blick. Nur Traudchen schien peinlich berührt. Aber keiner ging drauf ein. So schluckte sie nur und hielt sich ansonsten zurück, was Johanna erstaunt zur Kenntnis nahm und Gerhards Anwesenheit zuschrieb. Komisch! Bei Helmuth hätte sie sich eine Meckerei nicht verkniffen!

»Wie war es denn in der Schule?«, fragte Johanna, um die aufkommende Stille nicht peinlich werden zu lassen, als Bettina mit ihrem Teller wieder erschien, sich setzte und erst mal den Löffel durch die Suppe zog, um ihn genüsslich abzuschlecken.

»Hmm! Schmeckt prima!«, sagte sie und schaute ihre Mutti bewundernd an.

»Och, eigentlich wie immer, Oma.« Sie schlang ein paar Löffel voll gierig hinunter. »Na ja, der Max hatte natürlich seine Aufgaben wieder mal nicht gemacht und rumgekaspert. Hat aber diesmal einen Eintrag dafür bekommen.« Sie löffelte nun genießerisch und schaute zwischendurch immer wieder zu Gerhard.

»Wo … habter euch denn kenn'gelernt?«, fragte sie zwischen zwei Happen.

»Auf dem Friedhof«, antwortete Johanna wahrheitsgemäß.

»Upps!«, machte Bettina überrascht. »Wie denn das?« Auf der Straße, ja, das konnte sie sich vorstellen. Aber auf dem Friedhof? Zwischen all den Gräbern? Das war ihr zu abwegig.

»Ich habe deine Oma zum ersten Mal gesehen, als ich zum Grab meiner Frau gelaufen bin. Sie weinte so sehr! Dann sah ich sie beinahe täglich dort und sie gefiel mir immer mehr. Schließlich habe ich mir die Harke geborgt.«

»Dreimal!«, warf Johanna lächelnd ein.

»Und beim nächsten Mal habe ich mir ein Herz genommen und sie zum Essen eingeladen!«, vollendete Gerhard seinen Bericht.

»Und nun wollen wir uns und unsere Familien gegenseitig kennenlernen«, sagte Johanna und blickte in die Runde. An Traudchens verkniffenem Mund blieb ihr Blick hängen. »Ich finde, in unserem Alter müssen wir uns nicht nach der öffentlichen Meinung richten und erst Jahre verstreichen lassen, nur weil es die Konventionen so wollen. Meistens ist es dann zu spät für eine neue Partnerschaft. Und Helmuth hat nichts dergleichen verlangt. Im Gegenteil! Er wollte, dass ich glücklich werde.« So, das musste mal gesagt werden! Traudchen hatte es nicht nötig, den Moralapostel zu spielen.

»Mutti, ich rede dir da auch nicht rein!«, beteuerte Sorina sogleich, als hätten die Worte ihr gegolten. »Das muss jeder selber wissen. Ich lebe mein Leben und du deins. Im Gegenteil! Wir haben uns gesorgt, dass du in deiner Trauer versinkst und langsam zugrunde gehst. Es war ja kaum mit anzusehen, wie du dich gegrämt hast. Mich freut es, dass du nun aus dem Tief heraus bist und wieder richtig lebst!«

»Kannst du eigentlich Ski laufen?«, fragte Bettina plötzlich mit Blick zu Gerhard. »Wenn es schneien sollte, ist nämlich hier keiner, der mir das beibringen kann. Und ich wünsche mir doch so sehr Schier, damit ich so laufen kann wie die im Fernsehen!«

»Da musst du aber noch ordentlich üben!«, meinte Gerhard.

»Und vor allem musst du dir Schnee wünschen«, ergänzte Johanna lächelnd. »In unserer Jugend lag noch in den Wintern jede Menge davon. Aber jetzt wird er immer magerer. Auf so ein bisschen kann man nicht Ski laufen!«

»Willst du dir kein Skateboard wünschen?«, fragte Gerhard. »Das kann man zu jeder Jahreszeit nutzen.«

»Aber wir haben doch hier keine einzige glatte Straße!«, klagte Bettina sofort. »Und auf die Fernstraße dürfen wir nicht!«

»Das ist auch richtig!«, sagte Sorina streng und lenkte dann ein: »Es gibt aber noch genügend andere Geräte, die man in ähnlicher Form verwenden kann.«

Bettina zog einen Flunsch und knallte den Löffel neben den Teller auf den Tisch. »Welche denn?«, fragte sie heftig. »So laufen, dass die Haare flattern!«, fügte sie mit verklärtem Blick an.

Johannas Blick streifte ihre blonden, nun bald die Taille erreichenden Haare. »Na, zum Beispiel ein Fahrrad«, sagte sie betont langsam.

»Hab ich ja!«, entgegnete Bettina unzufrieden.

»Vielleicht ein größeres?«, bohrte Johanna weiter.

»Oh ja«, meldete sich Sebastian plötzlich begeistert. »Und ich kriege deins! Darauf kann ich schon fahren!«, fügte er rasch noch an und schaute von der Mutti zu Oma Johanna.

Beide schmunzelten.

»Dann werden wir das mal dem Weihnachtsmann bestellen«, meinte Sorina. »Wollt ihr noch einen Tee?«, erkundigte sie sich mit Blick auf die leeren Gläser.

Gerhard sah zu Johanna. Die schüttelte den Kopf. »Wir gehen mal zu den Männern. Dabei kann ich Gerhard gleich den Hof zeigen und dann werden wir mal bei den anderen vorbeischauen.«

»Darf ich mit?«, rief Sebastian. »Ich auch?«, tönte hoffnungsvoll Bettinas Stimme.

»Über den Hof ja, aber nicht zu den anderen«, entschied Sorina. »Und etwas anziehen!«, schob sie noch nach, da die beiden sonst sicher so losgerannt wären.

Nach der Besichtigung und dem kurzen Plausch mit den Männern genehmigte Johanna den beiden Kindern noch eine Extratour mit dem BMW.

»Opa Gerhard fährt bis zur Kreuzung und dann zurück«, erlaubte sie. »Aber wenn ihr dann nicht zufrieden seid, gibt es das nie wieder!« Damit beugte sie erneutem Betteln vor und die zwei beherzigten es. Mit leuchtenden Augen verabschiedeten sie sich und winkten dem Auto hinterher, bis es an der Kurve außer Sicht geriet.

»Jetzt toben sie bestimmt hinein und die Treppe hinauf, wie du es vorhin von Bettina gehört hast!« Johanna lächelte zufrieden. Dieser Besuch war so ähnlich verlaufen, wie sie sich ihn vorgestellt hatte.

Auf der geraden Strecke fuhr Gerhard plötzlich an den Straßenrand und hielt. Er löste beide Gurte und Johanna wunderte sich darüber.

»Ich muss dich erst mal wieder küssen. Gegen die alte Frau dort sahst du gerade wie eine Jugendliche aus.« Er zog sie leicht zu sich herüber und sie ließ es gern geschehen. Der Kuss zog sich in die Länge. »Mehr ist in unserem Alter hier draußen leider nicht drin«, seufzte er, als er sich endlich von ihr trennte.

Sie kicherte. »In so einem BMW ist aber eine Menge Platz. Und WARM ist es auch!«

Erstaunt blickte er sie an. »Du würdest …?«

»Theoretisch ja, aber praktisch jedenfalls nicht hier auf offener Straße«, griente Johanna. »Das ist mir denn doch ein bisschen zu …« Sie suchte nach dem richtigen Wort.

»Ausgefallen?«, ergänzte er und gurtete sich an.

»Auch! Anstößig! Man muss die Umwelt ja nicht herausfordern. Und den besonderen Kick haben wir doch wohl nicht nötig«, setzte sie noch hinzu, während sie sich anschnallte.

Er fuhr an. »Sag mir, wo ich jetzt hinfahren soll!«

»Wir können die Schnellstraße nutzen und sind dann in einer halben Stunde bei Mareike. Die hat in dieser Woche Frühdienst. Bei Nils, ihrem Partner, weiß man nie, wann er da ist. Und Tochter Jenny? Tja, da kommt es auf die Schule an. Heutige Fünfzehnjährige haben wohl einen ganz anderen Packen zu bewältigen als wir damals.«

Mareike erleichterte vor dem Haus gerade ihr Auto vom großen Einkauf, als Gerhard seinen BMW neben ihr einparkte. Sie beachtete ihn gar nicht.

»Die wird aber Augen machen, wenn ich jetzt hier aussteige!«, kommentierte Johanna spitzbübisch.

Aber selbst das ließ Mareike nicht aufmerken. Erst als Johanna sie ansprach, fuhr sie erschreckt zusammen. »Duuu? Was machst DU denn um diese Zeit hier? Und wie kommst Du überhaupt HIERHER?«

»Mit dem BMW natürlich, den du gar nicht zur Kenntnis genommen hast!«, entgegnete Johanna.

»Entschuldige mal! Aber wer kann denn ahnen, dass DU in 'nem BMW steckst!« Sie äugte um Johanna herum und ihr Blick wurde von Gerhards Gestalt gefesselt.

Johanna folgte ihrem Blick. »Darf ich euch vorstellen? Gerhard, das ist meine älteste Tochter Mareike! Mareike, das ist Gerhard Frey mit Ypsilon. Wir haben uns auf dem Friedhof kennengelernt und wollen fortan miteinander leben. Dazu möchten wir zwar nicht euren Segen, wären aber froh, wenn ihr uns nicht dreinredet!« Das hatte ziemlich energisch geklungen.

Mareikes Augen waren zuerst groß geworden. Beim letzten Satz kniff sie sie zusammen. Sogar eine Falte zwischen den Brauen entstand. »Na, ich doch nicht, Mutti! Hab mir sowieso schon Sorgen deinetwegen gemacht, weil du gar nicht aus dem Tief heraus wolltest! Weißt du, welcher Felsbrocken mir jetzt von der Seele fällt?« Während dieser Worte reichte sie Gerhard die Hand. »Ich danke Ihnen, dass Sie mir diese Sorgen abnehmen.«

»Und jetzt werden wir Ihnen die vielen guten Sachen hineinschaffen«, meinte Gerhard mit Blick auf den Rieseneinkauf.

»Oh ja, das ist schön! Dann muss ich nicht dreimal laufen!« Mareike sah ihn dankbar an.

Auch Johanna nahm zwei Beutel auf, während sich Gerhard einen Getränke-kasten griff. So blieben für Mareike nur noch drei etwas kleinere Tüten und sie konnte unterwegs den Hausschlüssel aus der Tasche nehmen.

»Unten wohnen die Vermieter«, erläuterte Johanna währenddessen. »Weil Nils alles kann, haben sie diese Wohnung im Obergeschoss ziemlich preiswert be-kommen. Müssen natürlich den älteren Leutchen so einiges machen.«

»Zum Beispiel Rasen mähen«, ergänzte Mareike. »Oder auch etwas mitbrin-gen.« Damit stellte sie zwei Tüten an der unteren Wohnungstür ab und ging weiter.

Gerhard wunderte sich darüber, sagte aber nichts dazu. Wer weiß, was zwi-schen ihnen abgesprochen war. Zur Haustür konnte ja kein Fremder rein und diesen Einkauf entwenden.

»Eine schöne Wohnung«, meinte er anerkennend, nachdem er sie gezeigt be-kommen hatte. Zwar erschienen ihm die Zimmer recht klein, aber Johanna hatte erklärt, dass sie im Sommer lichtdurchflutet wären. »Und der Spitzboden ist auch noch ausgebaut. Da kann sie ihren Besuch unterbringen.«

Mareike zuckte die Achseln. »Na ja, Jenny ist fünfzehn. Da dauert es vielleicht nicht mehr lange und sie hat Familie!« Sie kicherte. »Weiß man's!«

»Ist das schon dunkel!«, stöhnte Mareike, als sie alle wieder im Wohnzimmer waren, und knipste Licht an.

»Ist doch bald Sonnenwende!«, tröstete Johanna. »Aber ich möchte nicht, dass ihr euch immerzu siezt. Gerhard soll sich doch recht bald in unserer Familie zu Hause fühlen und dazu gehört auch das Du.« Sie schaute Mareike bittend an.

»Ich würde gern ›Mareike‹ sagen«, tönte Gerhard. »Übrigens ein schöner Name. Er passt auch.«

Mareike sah ihn überrascht und fragend an.

»Blond und blauäugig und schlank! Das, meine ich, passt zu dem Namen. Ma-nuela und Carmen würde ich als unpassend empfinden.« Er lächelte sie gewinnend an und Mareike schmolz dahin. Sie sprang auf, holte eine Weißweinflasche und drei Gläser aus der Küche. »Dann müssen wir aber anstoßen!«, forderte sie und amüsierte sich, wie zwischen den beiden verliebte Blicke hin und her flogen.

»Jenny?«, fragte Johanna nebenbei.

Mareike winkte ab. »Wer weiß, wann die heute wieder erscheint. Darauf müssen wir nicht warten.« Sie erhob ihr Glas. »Dann wünsche ich uns ein glückliches Leben miteinander. Auf du und du!« Sie lächelte und stieß mit beiden an. »Gerhard«, sagte sie danach leise. »Darf ich doch?!«

Gerhard nickte lächelnd. »Alles andre wäre nur verlogen, denn den Vater kann niemand ersetzen.«

Eine halbe Stunde später saßen sie wieder im Auto und fuhren zu Benny.

»Also«, fasste Gerhard zusammen, »bis jetzt ging alles gut. Mareike und Sorina haben mir gefallen. Auch die beiden Kinder. Schade, dass Jenny nicht sichtbar wurde.«

»Vielleicht hat sie schon einen Freund«, mutmaßte Johanna. »Heutzutage ist alles möglich!«

»Mit fünfzehn? Oh, fünfzehn! Wie ahnungslos waren wir damals noch!« Gerhard seufzte theatralisch, sodass Johanna laut auflachte. »Dabei bin ich gerade dabei, erneut Wissen zu erwerben.« Er sah kurz von der Straße zu ihr, wieder mit einer hochgezogenen Braue. Sie gab den Blick liebevoll lächelnd zurück.

Nachdem sie bei Benny geklingelt hatten, wurde kurz darauf die Tür aufgerissen. Benny stand vor ihnen und blitzte sie empört an.

»Da bist du ja! Wir haben uns verdammt Sorgen gemacht, als Nadine hier ankam und berichtete, dass sie sich bei dir die Finger wund geklingelt hätte.«

»Aber ich hatte doch Rebecca gesagt, dass ich heute herkommen werde«, verteidigte sich Johanna schockiert und drückte erschrocken die Hand vor den Mund. »Hat sie euch nichts gesagt? Wieso …«

Benny unterbrach sie aufgebracht. »Dann telefoniere ich in der Gegend herum und da berichtet mir Sorina, dass du mit 'nem … Mann …« (Das kam aber abwertend heraus!) »… unterwegs bist! Findest du DAS in Ordnung? Ich jedenfalls nicht!« Er stand noch immer in der Tür und hielt sich daran fest. »Vor drei Tagen warst du noch ein Bündel heulendes Elend und jetzt tust du so, als wäre Papa schon Jahre tot!«

Johanna hatte ein paarmal versucht, seinen Redeschwall zu unterbrechen. Jetzt kamen ihr die Tränen und als er nun eine Pause einlegte, konnte sie nichts mehr sagen. Die Kehle war ihr wie zugeschnürt. Gerade von Benny, ihrem Ältesten, immer so Mitfühlenden, hätte sie das nicht erwartet! Sie wandte sich schluchzend zu Gerhard, der sie umgehend in die Arme schloss und einen bitterbösen Blick zu dem jungen Mann sandte. Weinende Frauen machten ihn immer ganz hilflos. Auch diesmal wusste er nicht, was er tun könnte. So streichelte er über Johannas Haar und hauchte einen Kuss auf ihre Stirn.

Das war wohl für Benny das Letzte. Er knallte die Tür zu, dass es im Hausflur widerhallte. Irgendwo begann ein Hund zu bellen und ein Kind zu greinen.

»Komm, Liebste! Lass uns schnell verschwinden aus diesem ungastlichen Haus. Wir gehen zu dir und beraten dort, wie wir uns verhalten wollen, ja? Es wäre ja auch zu schön gewesen, wenn alles glatt gegangen wäre«, setzte er noch zu seinem Vorschlag hinzu.

»Aber gerade Benny!«, schluchzte sie. »Von jedem andern hätte ich es vielleicht erwartet, aber nicht von ihm!«

»Vielleicht hätte er nicht so verbiestert reagiert, wenn wir ihm irgendwie anders ... Bescheid gegeben hätten. Ob seine Frau ihm nichts erzählt hat? Die ist vielleicht auch verstört, weil dein Anruf so kurz war. Womöglich ist dein Benny auch nur beleidigt, weil Sorina als Jüngste es vor ihm erfahren hat.« Seine Gedanken rotierten, um noch ein paar Gründe zu finden. Dabei führte er sie langsam und fürsorglich die Treppen hinunter. »War wirklich deine Schwiegertochter am Apparat? Vielleicht war es eine Frau Becker, die Endung wie üblich auf ›a‹ gesprochen!«

Johanna Tränen versiegten und sie schnäuzte sich ausgiebig. »Das wäre möglich. Ich habe ja gleich losgeschnattert«, räumte sie ein und philosophierte weiter: »Der Mensch ist doch ein seltsames Wesen. – Erst reden sie alle, dass ich mich zusammenreißen soll, weil es nun mal nicht zu ändern ist, und wenn ich dann endlich aus dem Tief raus bin, gefällt es ihnen auch wieder nicht.«

»Jetzt bist du ungerecht«, tadelte Gerhard vorsichtig. »Nur Benny hat überreagiert und die Gründe kann er wahrscheinlich selbst nicht benennen. Vielleicht tut es ihm jetzt schon leid!«

In ihrer Wohnung angekommen, rannte sie gleich zum Telefon und wählte Mareikes Nummer. Ganz aufgeregt schilderte sie den Auftritt bei Benny.

Mareike wiegelte ab. »Mutti, du kennst doch Benny. Du weißt doch, was das für ein Brausekopf ist! Mach dir nichts draus. Ich rede mit ihm. Auch mit Sorina. Dann bearbeiten wir ihn beide. Nun sei mal wieder fröhlich und guter Dinge. Es wird alles gut!«

»Siehst du, Mareike ist ein kluges Kind!«, sagte Gerhard und musste sie noch ein Weilchen trösten, bis sie endlich wieder lächelte.

»Pass mal auf!«, schlug er zuletzt mit Verschwörermiene vor. »Wir holen am Samstag zusammen den Weihnachtsbaum. Zudem überlegen wir uns eine schöne Einladung, die wir bei Benny mit einem Brief verstärken. Und am Dreiundzwanzigsten sind deine Lieben alle zur Bescherung bei mir im Haus. Dort ist für so viele Menschen genügend Platz. Mal sehen, ob ich wenigstens meine Tochter für diesen Abend organisieren kann. Na, was meinst du zu meinem Vorschlag?«

»Du bist der Beste!«, rief sie, schon wieder strahlend, und umarmte ihn glücklich. »Nun macht mir Weihnachten keine Kopfschmerzen mehr!« Sie küsste ihn hingebungsvoll und hatte ihren Schwung wieder. »Jetzt packe ich einen Teil meiner Sachen und dann fahren wir zu dir. Hier ist es mir irgendwie zu eng. Es drückt mich ordentlich! Früher habe ich das gar nicht verspürt.«

Er schmunzelte nur und half ihr beim Packen. Zwischendurch küssten sie sich immer wieder. Er trug schon mal einen großen und einen kleinen Koffer zum Auto, während sie noch eine große Tüte füllte. Dann fielen ihr die Vorräte ein. Unschlüssig stand sie vor dem Kühlschrank und starrte in ihn hinein, als Gerhard zurück in die Küche kam.

Sie seufzte kurz auf. »Was mache ich mit dem Inhalt? Auch mitnehmen?«

»Ja, was zuerst schlecht wird, würde ich mitnehmen«, meinte er schließlich.

Schon hatte sie eine Kühltasche in der Hand und räumte eine Menge hinein.

»Dann nimm alles mit«, schlug er plötzlich vor, als er die fast leeren Fächer sah. »Dann können wir den Stecker ziehen und Strom sparen.«

»Hast du denn so viel Platz bei dir?«, fragte sie vorsorglich noch, griff aber dabei schon nach den verbliebenen Dingen.

»Bei mir ist für noch viel mehr Platz vorhanden!«, bestätigte er lächelnd.

»So! Und jetzt fahren wir zu dir!«, sagte sie sich erhebend und warf die Kühlschranktür zu.

»Der Stecker!«, erinnerte er.

»Ach ja, danke!« Sie zog ihn heraus und legte ihn über den Schrank.

»Auslaufen kann nichts?«, erkundigte er sich rasch, weil er sich an einen seiner Fehler zu Beginn seiner Hausmannszeit erinnerte.

»Ich hatte ihn erst kürzlich abgetaut. Viel Eis kann noch nicht wieder drin sein.« Sie drehte sich um ihre eigene Achse und beäugte ihr Umfeld kritisch. Natürlich hatte sie jetzt einen anderen Blick dafür als früher, als es ihr Ein und Alles gewesen war.

Ihre Augen blieben an ihren Blumen hängen. »Oje, ihr Armen! Euch habe ich ja ganz vergessen!«, rief sie entsetzt. »Und ich wollte gerade die Heizung runterdrehen!«

»Ich bringe die Kühltasche hinunter und stelle die Standheizung an. Dann laden wir deine Lieblinge noch ein. Ich glaube, die können wir alle unterbringen. Gib mir eine ältere Decke mit für die Rücksitze!«

»Danke, Liebster! Du hast für alles eine Lösung.« Sie küsste ihn dankbar und gab ihm dann eine Decke. Nun kontrollierte sie ihre Blumentöpfe. »Wie gut, dass ich euch heute noch nicht gegossen habe«, meinte sie zu ihnen. »Dann verkraftet ihr den Transport bestimmt besser. Und harter Frost ist auch nicht. Ja, und bei Gerhard habe ich keine Blumen gesehen. Jedenfalls nicht in der Wohnung!«

Fünfmal liefen sie. Dann standen alle Blumen im Auto, die größten auf dem Boden hinter dem Beifahrersitz.

»Ich fahre ganz vorsichtig mit diesem kostbaren Schatz«, versprach Gerhard, als er Johannas besorgte Blicke sah, die sie nach hinten warf.

In seiner Wohnung staunte er, nach welchen Kriterien sie den Standort für jeden einzelnen Topf feststellte.

»Morgensonne für die, Abendsonne für jene … Und ich dachte immer, es sei egal, wo ich sie hinstelle. Jetzt höre ich auf einmal, dass einige gar nicht ans Fenster wollen.«

»Manche, wie der Ficus, haben lieber einen hellen Standort im Zimmer, während das Schiefblatt gern im Südfenster in der prallen Sonne steht. Dann erst bekommt es schöne kräftige Farben.« Liebevoll strich sie über die Blätter einer Clivie. »Sie dagegen will immer den gleichen Lichteinfall haben, sonst blüht sie nicht.«

»Hast du deshalb den Eislöffel dort stecken?«, fragte er überrascht.

»Ja, ich hatte nichts anderes bei der Hand«, gab sie lächelnd Auskunft.

Er nahm sie in den Arm. »Es sieht hier gleich wohnlicher aus«, verkündete er und küsste sie. »Frauen wissen das. Ein Mann wundert sich nur, dass irgendetwas fehlt, kommt aber nicht darauf, was es sein könnte. Zweimal habe ich schon Schnittblumen gekauft, aber die begannen dann so seltsam zu riechen …«

Sie lachte auf. »Hast du ihnen immer frisches Wasser gegeben?«

»Muss man das?«

Sie wiegte den Kopf. »Na ja, nicht bei allen. Bei manchen gießt man nur dazu. Andre muss man jedes Mal neu anschneiden und frisches Wasser geben.«

»Siehst du, auch wieder eine Wissenschaft für sich!«, stöhnte er komisch. »Aber nun bist DU ja hier! DU nimmst das alles in deine schönen Hände.« Er küsste ihre Hände abwechselnd. »Und machst aus dieser kahlen Klause ein wohnliches Heim für uns beide. Sag mir immer, wo ich dir helfen kann, denn Ahnung habe ich von diesen Dingen ÜBERHAUPT nicht!«, behauptete er steif und fest.

Das nahm sie ihm nicht ganz ab, lächelte aber nur und wies auf ihre Sachen, die noch eingeräumt werden wollten.

Nach dem Abendessen saßen sie zusammen und grübelten über die Einladung. Mehrere Zettel mussten erst in den Papierkorb wandern, bevor sie einigermaßen mit dem Text zufrieden waren. Nun stand oben ganz groß:

»Der Weihnachtsmann lädt ein:

(Darunter folgten die Namen der verschiedenen Familien)
zum 23. 12. um 17:00 Uhr in das Haus Nr. 15 in der Hans-Sachs-Straße zur großen Bescherung!

Traurige oder ähnliche Gesichter können am Portal hinterlegt werden!«

Über diesen letzten Satz hatten sie lange diskutiert und Gerhard war noch immer nicht überzeugt, dass er dort stehen sollte.

»Morgen lesen wir es uns noch einmal durch und wenn wir dann beide damit einverstanden sind, schreibe ich es richtig schön ab. In meiner allerbesten Schrift!«, betonte er schließlich und legte das Blatt mitten auf den Tisch.

»In die Mitte des Blattes kommt der Text und ringsherum klebe ich noch Weihnachtsmänner, Engel und eben solch bunte Sächelchen, damit es nicht so eintönig wirkt«, meinte Johanna noch.

»Aber jetzt genießen wir unser Beisammensein!«, verlangte er schließlich rigoros, entzündete Kerzen, löschte das Deckenlicht und zog sie endlich in seine Arme. »Ich habe schon solche Sehnsucht nach dir.«

Sie schaute ihn hingebungsvoll an. »Ich auch, Liebster!«, sagte sie und schmiegte sich ganz eng an ihn an.

Trotz der Kleidung fühlte sie seinen muskulösen Körper und erschauerte, weil ihr sogleich die gemeinsame Nacht und der frühe Vormittag einfielen. War das wirklich erst vor so kurzer Zeit gewesen? Es kam ihr schon so fern vor, während ihr Hunger nach ihm riesengroß zu sein und ins Unermessliche zu wachsen schien.

Sie küssten sich, vergaßen Zeit und Raum und begannen im gleichen Augenblick, sich gegenseitig die Sachen auszuziehen.

»Hier?«, fragte er und löste seine Lippen dabei ein wenig.

»Woanders ist es jetzt sicher kalt«, meinte sie nach dem nächsten langen Kuss. Sie konnte sich jedenfalls nicht erinnern, dass er im Schlafzimmer die Heizung hochgedreht hatte. »Wir müssen uns ja nicht obenherum freimachen. Vielleicht können wir diesen Würfel dort nutzen?!« Sie löste sich von ihm und hatte die

Strumpfhosen und Höschen schneller ausgezogen, als er sein Okay geben konnte.
»Du musst gar nichts weiter ausziehen!«, meinte sie zu ihm, während sie sich Söckchen überstreifte, die sie zu seiner Verwunderung plötzlich irgendwoher genommen hatte.

Auch konnte er sich auf ein flauschiges Handtuch setzen, das vorher jedenfalls noch nicht dort gewesen war. Aus seinem Bestand stammte es auf keinen Fall!

»Ich kann mich nur wundern!«, meinte er und streckte die Hände verlangend nach ihr aus.

Doch noch kam sie nicht, hob nur graziös ihr Kleid an und bewegte sich zwei Meter vor ihm wie eine Bauchtänzerin, sodass der schwingende Stoff mal alles enthüllte, mal wieder versteckte. Es war ein raffiniertes Spiel im Schein von fünf flackernden Kerzen und es erhitzte ihn. Nie zuvor war ihm so etwas passiert! Elisabeth hatte sich nur in der Dunkelheit mit ihm vereint. Wie erklärte es Johanna? »Wenn sich die Frau in der Opferrolle fühlt, lastet sie ihre Unzufriedenheit immer dem Mann an und entlädt ihren Zorn, ihre Frustration oder ihre Kritik in Form bissiger oder verachtungsvoller Bemerkungen. Niemals kann diese Beziehung glücklich sein!« Aber ihm kam doch seine Ehe mit Elisabeth glücklich vor.

»Woran denkst du?«, fragte ihn Johanna plötzlich. »Soeben lässt er das erhobene Köpfchen traurig sinken!« Sie kam tänzelnd auf ihn zu. Sofort war er wieder in ihrem Bann, als das erhobene Kleid nichts mehr verdeckte. Mit einer geschickten Bewegung steckte sie den Saum im spitzen Ausschnitt ihres Kleides fest, legte ihre Hände auf seine Schultern und schob sich breitbeinig über ihn.

»Sie lädt den Prinzen in ihr Schloss«, flüsterte sie und bewegte sich behutsam über seinem Köpfchen hin und her. »Die Festtafel ist bereit und alle Gäste warten gespannt auf den Prinzen.« Langsam, ganz langsam senkte sie sich tiefer hinab. Seine Hände legten sich auf ihren Po, zart, ganz zart, um sie nicht zu stören oder sie anzutreiben. Es war doch zu herrlich, wie sie lockte und nur millimeterweise tiefer ging.

»Jetzt ist er am Portal ihres Schlosses«, kommentierte sie leise, »und betätigt den Klopfer!« Sie ließ ihren Liebesmuskel kurz hintereinander zucken.

»Der Prinz antwortet«, hauchte er verzückt und ließ ihn am Eingang pochen.

Sie gab das Lächeln liebevoll zurück und senkte sich ein wenig tiefer. Ihre Hände ruhten schwer auf seinen Schultern. Beinahe hätte sie gefragt, ob es ihm etwas ausmache, als er seinen Händedruck auf ihren Po erhöhte. Das nahm sie als Ausgleich und es gab ihr angenehmen Halt.

Unaufhaltsam, aber nur im Schneckentempo, sank sie nieder. Gerhard wunderte sich irgendwo in seinem Kopf, dass sie das aushielt. Und überhaupt: Wieso flutschte es? ER war vorhin noch völlig trocken gewesen! Woher hatte sie Gleitmittel: Öl … oder wieder Speichel? Diese Frau war ein Wunder für ihn! Dann schaltete sich sein Kopf ab. Er fühlte nur noch und genoss!

Jetzt war Johanna angekommen und suchte die bequemste Haltung. Sie umfasste seine Schultern und zog ihn näher, während er seinen Griff hinter ihr verstärkte. Dann verharrten beide in völliger Bewegungslosigkeit.

Sie schloss ihre Augen und fühlte nur in sich hinein. Sie wusste, dass der Kreislauf nicht geschlossen war, weil sie oben nicht unbekleidet waren. Trotzdem spürte sie das Fließen der Energien, die sie mit seliger Freude erfüllten. Es war anders als mit Helmuth und doch auch wieder genauso. Es ließ sich eigentlich nicht vergleichen. Schon Tag und Stunde veränderten alles, denn sie war ja heute nicht mehr die von vorhin oder gar von gestern. Ihre Gefühle wandelten sich ja von Minute zu Minute. Und ALLES wirkte verändernd auf sie ein. Sie wusste es und suchte trotzdem immer wieder jene schon erlebten herrlichen Gefühle zu spüren. Und überhaupt: Gerhard war viel feinfühliger als Helmuth. Wie nuanciert er immer gleich auf sie reagierte! Wunderbar! Eine Welle tiefer Dankbarkeit durchflutete sie: Sie dankte dem Schicksal und diesem Mann, der nun in ihr ruhte; sie dankte Elisabeth und Helmuth und schließlich sich selbst, weil sie sich nicht von irgendwelchen Hemmungen hatte abhalten lassen!

Sie bewegte sich nach scheinbar endlos langer Zeit ein wenig hin und her. Er lächelte sie an.

»Darf ich Gerri zu dir sagen? Oder ist dir Hardi lieber?«, fragte sie zögernd. »Gerhard ist so offiziell.«

»Nimm, was dir besser gefällt«, meinte er erfreut. »Mein Name wurde noch nie, wirklich noch nie verniedlicht. Das ist für mich, wie alles mit dir, eine ganz neue Erfahrung.«

»Dann sag' ich Hardi!«

»Und ich Giovanna!«

»Sag es noch mal!«, bat sie sogleich. »Es ist Musik in meinen Ohren!«

»Giovanna, du bist die liebreizendste Frau, der ich je begegnet bin. Giovanna … Giovanna!« Er zog sie näher und küsste ihre Lippen.

Es war wie ein Stromschlag. Er erschrak mächtig und lockerte abrupt seinen Griff.

Sie verstärkte daraufhin ihren, damit ihre innere Verbindung nicht gelöst wurde.

»Was war das?«, fragte er verstört.

»Das waren elektromagnetische Energien. Wie beim Magneten«, erklärte sie. »Gleiche Pole stoßen sich ab, ungleiche ziehen sich an. Und es kann schon mal zu einer Entladung kommen, wie du sie eben erlebt hast. Das muss dich nicht erschrecken. So etwas kann auch in unserem Innern passieren.«

»Fühle ich mich deshalb so sehr zu dir hingezogen?«, wollte Gerhard wissen.

»Unsere Energiekörper ziehen sich an. Glücklicherweise! Wenn sich Menschen ›nicht riechen können‹, mögen sich die Energiekörper nicht. Oder die Seelen? Aber davon habe ICH keine Ahnung!«

»Ja, es gibt verwandte Seelen. Das ist nun wohl mehr mein Gebiet. Seelenwanderung – Wiedergeburt! Darüber könnte ich stundenlang reden.«

»Das ist schöön!«, sagte sie genüsslich.

»Meinst du das Gespräch oder …?« Er ließ den Prinzen pochen.

»Beides, mein Hardi, beides!«, lächelte sie und bewegte sich sachte, ließ ihr Becken langsam kreisen, sodass er aufseufzte.

»Ist das schön! Mach weiter, Giovanna!«, verlangte er dann tief beeindruckt. »Wozu so ein Würfel gut sein kann! Das hätte ich nie gedacht!«

Sie lächelte und bewegte sich in gleicher Weise weiter. »Wie habe ich nur ohne dich leben können!«, sagte sie mit verklärten Zügen.

»Das frage ich mich auch!«, antwortete er und ergänzte: »Nie mehr ohne dich, Giovanna!«

»Nie mehr ohne dich, Hardi!«

Es klang wie ein Gelöbnis und das war es auch. Von nun an sah man sie nur noch zusammen.

»Heute ist Samstag, mein Schatz!«, sagte er am nächsten Morgen, nachdem sie sich ausgiebig aneinander erfreut hatten. »Heute holen wir den Weihnachtsbaum!«

»Oh ja! Das wird bestimmt schön!«, rief sie überschwänglich.

»Hast du eigentlich auch lange Hosen? Mit einem Kleidchen bist du dort nicht richtig angezogen! Denk nur, wo dich die Nadeln überall pieken könnten!« Er zog sie auf.

Sie legte die Stirn in Falten. »Ich mochte Hosen nicht! Deshalb ist die EINE schon uralt und bestimmt aus der Mode.« Sie wusste, dass das alte Ding auf keinen Fall in seine Vorstellung von einer gut angezogenen Frau passte.

»Ach, zum Baumholen wird es schon gehen!«, beruhigte er sie. Gleichzeitig kam ihm ein Gedanke und sein Gesicht leuchtete auf. Er nahm sie in seine Arme. »Und wenn wir den Baum hier gut abgeliefert haben, machen wir einen Einkaufsbummel!«, schlug er vor.

»Heute? Bei dem Rummel? Können wir das nicht auf den Wochenanfang verschieben?«, meinte sie und hoffte, dass sie bis dahin einen besseren Überblick besaß, um auch für ihn ein kleines Geschenk erwerben zu können. Es war ihr zwar, als kannten sie sich schon ewig, aber was ihm gefiel und was nicht, wusste sie nicht! »Ach ja«, meinte sie und fasste sich an den Kopf, »ich habe in diesem Jahr keine Ahnung, was die Kinder und Enkel sich überhaupt wünschen. Irgendwie ist das alles unendlich fern gewesen.«

»Das ist doch kein Wunder, bei dem, was du durchmachen musstest! Ruf sie doch nacheinander an und ergründe es. Dann können wir alles noch heranschaffen!« Vierzehn Tage waren seiner Meinung nach eine genügend lange Zeit dafür. »Und ich spiele den Weihnachtsmann!«, rief er plötzlich, weil er sich an die Zeit mit seinen Kindern erinnerte. »Aber dazu müsste ich ja auch das ganze Zeug haben: Maske, Mantel und Sack! Das lag jahrelang auf dem Boden. Beim Ausbau wurde es in den Müll geworfen«, setzte er traurig hinzu. »Ob wir SOWAS jetzt noch bekommen können?«, fragte er zweifelnd.

»DAS werden wir heute noch ergründen! Noch vor dem Baum? Der läuft uns nicht weg!« Sie kicherte und hatte ihren Unternehmungsgeist wiedergefunden.

Sofort setzten sie es in die Tat um und fuhren in die Innenstadt. Noch gab es kein Gedränge in den Läden und sie fanden auch wirklich noch das passende Kostüm für ihn.

»Der Mantel könnte ein bisschen länger sein«, meinte er kritisch und schaute auf seine nur halb verdeckten Waden.

»Auf jeden Fall sitzt er oben wunderbar!«, sagte sie anerkennend. »Nicht so schlotterig wie bei den meisten! Und auch nicht zu eng, sodass du ohne Mühe die Geschenke aus dem Sack holen kannst!«

Der Verkäufer hörte nur »Sack« und schon bot er ihnen einen passenden an. »Schön groß! Für viele Geschenke!«, pries er ihn.

»Natürlich nehmen wir den!«, entschied Gerhard überzeugt. »Ein Weihnachtsmann mit einer Plastetüte ist doch kein richtiger Weihnachtsmann!«

Fröhlich verließen sie den Laden und schlenderten langsam zurück.

»Sieh mal!« Gerhard wies in das Schaufenster eines großen Kaufhauses. »Wollen wir eine Digitalkamera mitnehmen? Irgendwer in deiner Truppe hat so ein Ding bestimmt noch nicht!«

Verdutzt sah Johanna den Preis an. »So teure Geschenke habe ich nie gemacht«, gab sie zu. »Dazu waren es zu viele, die dann in derselben Preislage etwas hätten bekommen müssen. Heute wissen schon die Kleinsten, was der Kram alles kostet. Schließlich kennen sie die Kataloge fast auswendig!«

»Dann besitzen sie so etwas wahrscheinlich nicht«, meinte Gerhard und zog sie in das Geschäft. »Außerdem entnehme ich deinen Worten, dass du auch keine Kamera dein Eigen nennst.«

Sie seufzte. »Wozu? Wir haben ein uraltes Gerät besessen. Aber das hat immer gute Bilder geliefert!«, verteidigte sie es plötzlich. »Ich weiß gar nicht, wo das Ding geblieben ist!« Sie hing noch ihren Gedanken nach, als er schon auf den Stand zusteuerte, hinter dem all die ihr unbekannten Stücke aufgebaut waren.

»Wozu hast du eine Speicherkarte gekauft?«, wollte sie hinterher auf der Straße von ihm wissen.

»Früher hast du einen Film einlegen müssen«, erklärte er. »Heute musst du nicht zum Entwickeln, damit du etwas sehen kannst. Das nimmt dir alles die Speicherkarte ab. Das ist wie beim Computer. Da hast du auch solche Chips, auf denen unheimlich viel gespeichert werden kann!«

»Ach so! Vom Computer habe ich keine Ahnung! Und was mir die Enkel manchmal erzählen, sind für mich böhmische Dörfer. Ich nicke dann immer nur zu ihren Ausführungen. Und wenn ich dann doch eine Zwischenfrage stelle …« Sie lachte auf. »Jedenfalls lernen sie dabei, gute Erklärungen abzugeben und in richtigen Sätzen zu sprechen!«

»Wenn du sie nicht verschenken willst, behalten wir sie eben«, meinte er und gab ihr ein Küsschen.

Mitten auf der Straße. Das war wieder unfassbar für sie. Dass er sie ganz selbstverständlich mit seinem Arm umfasste und führte, war ein Supergefühl und stärkte ihr Selbstbewusstsein unwahrscheinlich. Noch nie hatte sie sich so angenommen und geliebt gefühlt wie von diesem Mann, der auch noch außergewöhnlich gut aussah. Ein Mann mit grauen Schläfen und Geheimratsecken! Mit den passenden Ohren dazu: nicht zu groß und fleischig, aber auch nicht solch kleine Mauseohren! Die Nase war vielleicht einen Deut zu groß, verlieh dem länglichen Gesicht jedoch das typisch griechische Etwas, das vom Mund noch verstärkt wurde. Sie liebte alles an ihm: sein Lächeln genauso wie die eine, hochschnellende Braue. Und erneut erfasste sie ein großes Staunen, dass ausgerechnet dieser Mann sich in sie, in die unscheinbare graue Maus verliebt hatte. Das konnte doch nur ein von Helmuth oder Elisabeth gestiftetes Wunder sein!

»Woran denkst du?«, fragte Gerhard plötzlich. »Du lächelst so selig!«

»An uns beide habe ich gedacht«, gab sie ehrlich Auskunft. »Und dass dieses Wunder mit uns zweien bestimmt Helmuth und Elisabeth bewirkt haben.«

»Ganz bestimmt, Liebste. Sie sind uns nicht so fern, wie wir immer annehmen. Vielleicht später, wenn sie wieder auf der Erde inkarnieren. Aber in den ersten

Jahren nach ihrem Weggehen von hier sind sie noch um uns, unterstützen oder beschützen uns. Sensible Menschen spüren es mehr als unsensible. An dem Tag, als du mir zum ersten Mal auffielst, wollte ich eigentlich gar nicht auf den Friedhof. Doch da war plötzlich so ein Druck in mir … Und auf dem Friedhof bin ich in Gedanken anders eingebogen als sonst und kam an dir vorbei. Es war, als fordere jemand: ›Sieh dir die Frau an! Sie kann dir alles geben, was du vermisst oder nie besaßest!‹«

Johanna sah andächtig zu ihm auf. »Wie du das sagst! Ich kann es nicht so gut ausdrücken! Aber als du die Harke zum dritten Mal holtest, war mir auch so komisch im Bauch! Deine Augen … Ich sah immer nur deine Augen! Solche hatte ich noch nie zuvor gesehen!«

»Waas? Du hattest noch nie braune Augen gesehen?«, fragte Gerhard wiederum ungläubig lächelnd. »Es gibt doch haufenweise Menschen mit braunen Augen!«

»Ja, sicher!«, druckste Johanna. »Aber eben nicht so …« Sie suchte nach dem richtigen Wort. »… so sprechende!«

»Du meinst sicher: ausdrucksstarke!«

»Ja, genau!«, rief sie erleichtert und rempelte dabei einen Passanten an, denn inzwischen waren die Straßen voller Menschen, hastigen und schlendernden.

»Verzeihung!«, rief sie hinter ihm her, der es wohl gar nicht mehr mitbekam. Dadurch wurde ihre Aufmerksamkeit aber auf eine Werbung gelenkt. »Sieh mal!«, forderte sie ihn auf. »Wollen wir nicht mal in das Lokal schauen, ob wir dort etwas essen können? Dann bringen wir die Sachen nach Hause und starten gleich zum Baumkauf!«

So geschah es und zwei Stunden später standen sie etliche Kilometer außerhalb der Stadt in einer umzäunten Schonung, in der schon viele Leute ihren Baum suchten.

»Nein, die hier sind zu klein!«, meinte Gerhard und schob sie sachte vorbei an nur meterhohen Bäumchen.

»Aber der dort ist niedlich!«, rief sie begeistert. »Und so gleichmäßig!«

»Ja«, gab er zu. »Der ist hübsch, aber in unserer Wohnstube verschwindet er ja! Dort hinten sind größere. Komm! Da schauen wir uns mal um!«

Auf dem Weg dorthin blieb sie ein paarmal stehen, um wieder einen besonders schönen Baum zu bewundern. Er freute sich an ihrer Begeisterung und zeigte kein bisschen Ungeduld.

Nun waren sie bei den größeren Bäumen angekommen und sie fand gleich vorn einen »zauberhaft schönen!«. Er lächelte nur und holte einen Gliedermaßstab aus der Tasche.

»Mal sehen, wie hoch er ist!«, sagte er und klappte den Stab auf. Er hob seine Schuhspitze an, stellte den Stab leicht darauf und schaute dann in die Höhe. »Der ist noch zu klein!«

»Waas? Noch zu klein?« Johanna konnte es nicht fassen. »Der würde meine ganze Stube ausfüllen!«

Seine Augenbraue zuckte nach oben. »Stimmt!« Er blickte ihn prüfend an. »Er ist unten herum sehr breit!« Er hielt den Maßstab quer vor den Baum. »Wir suchen mal einen etwas schmaleren«, meinte er dann und schob seinen Arm unter ihren. Langsam schlenderten sie weiter, wobei sie des Öfteren in Verzückung geriet. Doch dem Maßstab wurde der Baum meistens nicht gerecht.

Endlich hatten sie einen entdeckt, der die richtige Breite und Höhe aufwies. Sie hielt ihm die Zweige vom Leib und er sägte nun voller Hingabe.

»Pass auf, dass er dich nicht umwirft!«, warnte er. »Gleich bin ich durch!«

Sie fing den Baum ab, während er sich schnaufend aufrichtete. »Ganz schön anstrengend!«, meinte er und grinste. »Das hatte ich soo nicht mehr im Kopf!«

Er nahm ihr den Baum ab und trug ihn nach vorn. Dort ließ ihn der Verkäufer durch die Verpackungsmaschine rutschen und so vernetzt konnte ihn Gerhard gut auf dem Dachgepäckträger festzurren.

»Am liebsten würde ich ihn jetzt gleich aufputzen«, meinte Johanna und blickte den Baum verliebt an, als sie ihn am Haus in einer schattigen Ecke in nassen Sand stellten.

»Nein!«, sagte Gerhard kategorisch. »Erst am Dreiundzwanzigsten vormittags.« Sie rümpfte die Nase.

»Süß siehst du aus!«, griente er. »Das musst du öfter machen!«

»Aber …«, begann sie zögernd. »Wenn wir die ganze Truppe für den Nachmittag einladen, sind wir dann bestimmt völlig geschafft, denn so einen großen Baum putzen, ist sicher sehr anstrengend!«

»Na gut!«, meinte er gönnerhaft. »Du hast mich überzeugt. Also am Zweiundzwanzigsten. Aber früher auf keinen Fall!«

»Du bist der liebste, beste Mann, den ich kenne«, rief sie überschwänglich und fiel ihm um den Hals.

Sie verloren sich und gingen ineinander auf.

Stunden später saßen sie mit den Einladungen beschäftigt am Tisch.

»Du, Hardi«, begann sie nachdenklich, »wäre es nicht günstiger für unsere Jüngsten, wenn wir die Bescherung nicht um achtzehn, sondern um sechzehn Uhr ansetzen?«

Er blickte von seiner Schreiberei auf und überlegte kurz. »Wenn die Erwachsenen dann schon fortkönnen … Wäre die goldene Mitte nicht besser?« Nun überlegte sie und nickte dann ihr Einverständnis. »Gut! Ich habe den Termin noch nicht geschrieben. Dann schreibe ich jetzt also: siebzehn Uhr!« Er strich auf dem neben seinem Blatt liegenden Zettel die Zeit durch und setzte die neue ein. »So! Damit ich mich nicht verschreibe!«, sagte er und schrieb nun emsig weiter. Das fertig beschriftete Blatt reichte er ihr. »Nun darfst du es ausschmücken!« Er lächelte und deutete einen Kuss an.

Sie erwiderte ihn und stutzte. »Aber du hast den Satz mit den traurigen Gesichtern nicht geschrieben! Warum?«

»Liebste, ich finde, es passt nicht! Bastle mal etwas Schönes dorthin!«

Sie begnügte sich endlich mit seiner Begründung – er war schließlich ein hohes Tier gewesen! – und begann, selbst ausgeschnittene und gekaufte Dekoration neben der Schrift aufzulegen. Erst als sie mit der Platzierung zufrieden war, nahm sie Klebstoff und befestigte die bunten Teile.

Als beide vor den vier fertigen Einladungen standen und darauf niedersahen, hatte Johanna noch einen Einfall. »Eigentlich könnten wir hier unten in der Ecke hinschreiben, dass bis zum Achtzehnten noch Wünsche geäußert werden dürfen. Weißt du, dann müssen wir uns nicht gar zu sehr den Kopf zerbrechen, was wir schenken wollen.«

»Hmm«, brummte Gerhard unschlüssig. »Dann müsste dort aber auch ein Hinweis erscheinen, wo die Wünsche abgegeben werden können.«

»Na klar!«, rief Johanna erleichtert. »Wir haben doch beide solch kleine Adressaufkleber, die uns ungebeten ins Haus flattern. Die kleben wir hier unten hin!«

Gerhard war damit einverstanden. »Jedenfalls besser als dieser komische Satz von den Gesichtern, Liebste!«

Eifrig machten sie sich ans Werk. Als sie fertig waren, standen die Zeiger kurz vor einundzwanzig Uhr.

»Jetzt tüten wir die Blätter ein und fahren sie noch aus«, meinte er frohgemut. Er griff in ein Schreibtischfach und nahm große Umschläge heraus.

Während des Eintütens schüttelte Johanna plötzlich den Kopf. »Bist du enttäuscht, wenn ich vorschlage, dass wir es erst morgen am Vormittag machen? Schau mal, jetzt geht sowieso niemand mehr an den Briefkasten und wir könnten auch äußerlich das noch ein bisschen weihnachtlich aufpeppen.« Sie benutzte einen Ausdruck ihrer Enkel und seine Braue schnellte in die Höhe, was sie natürlich falsch einordnete. »Ich will dir ja nicht ins Handwerk pfuschen«, begann sie, sich zu entschuldigen.

»Aufpeppen? Was du meinst, weiß ich, aber was ist das für ein Wort?« Jetzt saßen beide Brauen auf der Stirn.

Sie lächelte erleichtert. »Ach, das! Das sagen meine Enkel des Öfteren. Die haben manchmal Sachen drauf! Man nimmt sich halt ab und zu sowas an«, fügte sie entschuldigend hinzu.

Er holte tief Luft. »Ich habe ja keine! Da bekomme ich das natürlich nicht mit!«, sagte er mit trauriger Miene.

Ein Anlass für sie, ihn sogleich tröstend zu umarmen. Aber diesmal blieben sie beim kurzweiligen Küssen, um sich danach wieder den Umschlägen zuzuwenden.

»Liebster, hast du eigentlich schon mit deiner Tochter über uns gesprochen?«, fragte Johanna, als sie den Brief für seine Tochter schmückte. In ihrem Beisein jedenfalls hatte er nicht mit ihr telefoniert. Vielleicht gleich zu Beginn? Oder schon, bevor er überhaupt mit ihr angefangen hatte? Wie stark war die Verbindung mit seiner Tochter?

Gerhard wurde verlegen. »Na ja, könnte sein, dass sie wie dein Sohn reagiert«, meinte er unsicher.

»Also hast du noch gar nichts gesagt?« Sie zeigte ihre Verwunderung offen.

»Sie hat doch immer so viel zu tun«, wollte er es entschuldigen.

»Ruf sie an!«, forderte Johanna energisch. »Wir wollen doch nicht den gleichen Fehler noch mal machen!«

Er sah auf die Uhr. »Ich weiß nicht, ob sie Dienst hat!«, sagte er unentschlossen.

»Das werden wir merken!« Johanna ließ nicht locker und wies zum Telefon.

Zögernd näherte er sich dem Ding und drückte die Kurzwahltaste. Es klingelte und klingelte. Er wollte schon erleichtert auflegen, als am anderen Ende abgehoben wurde.

»Hallo, Paps!«, meldete sich Madlen und Johanna fand ihre Stimme sympathisch, denn Gerhard wollte sie nicht vom Gespräch ausschließen und hatte die Lautstärke hochgeregelt.

Gerhard glaubte, den Stier bei den Hörnern zu packen. »Sag mal, mein Schatz, wie sieht dein Dienst am Dreiundzwanzigsten aus?« Gespannt lauschte er, während er Johanna zublinzelte.

»Am Dreiundzwanzigsten habe ich frei, weil ich am Vierundzwanzigsten Schicht habe. Oliver auch. So, jetzt habe ich DEINE Frage beantwortet. Nun bin ich an der Reihe und will eine klare Antwort von dir: Mit wem hast du dich heute in der Einkaufsmeile herumgetrieben?!«

»Ou!«, entfuhr es Gerhard und mit großen Augen blickte er zu Johanna. »Mach klar Schiff!«, flüsterte sie rasch.

»Also, du hast mich erwischt?!«, versuchte er noch abzulenken, aber Madlen blieb hart.

»Leg die Fakten auf den Tisch, Paps. Klare Verhältnisse! Ich mag keine Heimlichtuerei!«

»Ich doch auch nicht, mein Schatz. Aber ich möchte dich natürlich nicht verprellen. Sieh mal, ein Mann allein in meinem Alter … Hast du selbst vor nicht allzu langer Zeit gesagt.«

»Eier nicht rum!«, mahnte sie burschikos.

Er holte tief Luft. »Ich habe auf dem Friedhof Johanna kennengelernt und wir wollen zusammenleben – mit oder ohne Einverständnis der Kinder! Schöner wäre natürlich euer Einverständnis!«

»So, nun ist es heraus! Wann lernen wir die Dame deines Herzens kennen?«, fragte sie in strengem Ton.

»Du bist also nicht dagegen?« Er hielt die Luft an.

»Wozu sollte ich? Dadurch habe ICH doch eine Sorge weniger!« Sie lachte leise.

»Hast du jetzt das Bummern gehört?«, sagte Gerhard erleichtert. »Mir ist ein Stein vom Herzen gefallen.«

»Eigentlich müsstest du mich so gut kennen und wissen, dass ich dir da nicht dreinrede! Und Oliver auch nicht! Oder gibt es bei ihr solches Dilemma, dass du verunsichert bist?«

»Richtig erkannt, mein Schatz. Ihre Mädchen nicht, aber ihr Ältester! Nun wollten wir alle am Dreiundzwanzigsten unterm Weihnachtsbaum vereinen und haben soeben Einladungen fertiggestellt, die wir morgen Vormittag in die Briefkästen stecken wollen.«

»Also ich bin … wir sind dabei! Morgen Vormittag, sagst du? Bis zwölf Uhr sind wir hier. Danach nicht mehr. Wir würden uns freuen, SIE kennenzulernen. Sagen wir: um zehn Uhr?«

»Einverstanden, mein Schatz. Bis dann schaffen wir das ganz bestimmt!« Er griente und am anderen Ende kicherte Madlen.

»Alter Schwerenöter! Dann mach's gut bis morgen. Wir sind ungeheuer neugierig!«

»Mach's gut, mein Schatz. Schlaf gut!« Er legte auf. »Uff! Das ist geschafft! Ein Druck weniger auf der Seele!«, meinte er, fasste Johanna um die Taille und zog sie an sich. »Nun geht es mir viel besser! Und ich bin bestimmt viel leistungsstärker!«

Ihr Kichern verebbte unter seinem Kuss. Dann versteifte sie sich plötzlich. Er gab sie sofort frei und blickte sie fragend an.

»Ich muss ja noch den Brief an Benny schreiben«, sagte sie zögerlich. »Ich weiß nur nicht, wie!«

»Komm, das erledigen wir gemeinsam!«, meinte er resolut und zog sie zum Sofa. Zettel und Stifte lagen noch dort auf dem Tisch. Er ergriff einen und begann sogleich zu schreiben: »Lieber Benny …«

»Ist es nicht … unhöflich, wenn die Frau erst an zweiter Stelle angesprochen wird?«, erkundigte sich Johanna und blickte ihn unsicher an.

Er zupfte sich gedankenschwer am Ohrläppchen. »Das ist in diesem Fall nicht so einfach. Wenn du nur ihn anredest, kannst du alle andern mit ›Meine Lieben!‹ abfertigen, oder du redest jeden einzeln an. Dann natürlich zuerst die Damen und danach die Herren.«

»Ja!«, rief Johanna erleichtert, »schreib mal: Liebe Rebecca und Nadine, lieber Benny und Enrico!« Nun überlegte sie krampfhaft. Er soufflierte: »Es tut mir sehr leid, …« Sie übernahm: »…dass mein Anruf wahrscheinlich bei einer Frau Becker gelandet ist und ich das in meiner Aufregung nicht mitbekommen habe, sodass ich annahm, ihr wüsstet Bescheid. Dadurch, liebe Nadine, hast du umsonst gewartet.

Ich danke euch allen für eure liebevollen Zuwendungen in der vergangenen Zeit. Sie haben mich nicht völlig zusammenbrechen lassen. Viel hat daran nicht gefehlt.

Das Schicksal hat es nun aber gut mit mir gemeint und mich mit einem Witwer zusammengeführt, der jetzt auf mich aufpassen wird. Deshalb werde ich euren Vater und Opa aber nicht vergessen.

Versucht, mich zu verstehen oder wenigstens loyal zu sein

Bitte, kommt zur Bescherung, bitte bitte!

Eure Mutti und Oma«

Gerhard hatte eifrig geschrieben und gleich einige Entgleisungen berichtigt, aber auch nicht zu sehr verbogen, damit die Empfänger noch Mutter und Großmutter darin erkennen konnten. Als Johanna es nun durchlas, blickte sie ihn anerkennend an. »Danke! Ich habe es nicht so schön gesagt, wie du es geschrieben hast.« Sie drückte einen Kuss auf seine Wange.

Er legte den Stift beiseite und markierte den Unzufriedenen. »Mehr als so einen flüchtigen Kuss ist das nicht wert? Da bin ich aber enttäuscht!«

Sie umarmte ihn stürmisch und lachte dabei. »Hier auf diesem Sofalein möchte ich deine Wertarbeit aber nicht entlohnen!« Sie küsste ihn voller Leidenschaft. Danach stand ihnen nur noch der Sinn nach Vereinigung, und ganz schnell fanden sie sich im Schlafzimmer wieder.

»Du hast eine Villa«, sagte Johanna am anderen Tag im Auto auf dem Weg zu Madlen. »Warum wohnt deine Tochter nicht bei dir?«

Er seufzte. »Vielleicht war das schon ein Zeichen von Elisabeths Krankheit. Es gab ständig Zank. Beide luden dann bei mir ihren Frust ab. Wie sollte ich mich verhalten? Ich liebte beide und versuchte zu schlichten. Vor fünf Jahren zog Madlen dann aus. Sie war mit der Ausbildung fertig und Oliver war schon länger tätig, sodass es keine Geldfrage gab. Sie besitzen eine schöne Wohnung in guter Lage.«

»Ist meine Orientierung richtig?«, fragte sie kurz nach seiner Erklärung. »Das scheint doch gar nicht weit von meinen Blocks entfernt zu sein?«

Er schmunzelte. »Sehr gute Beobachtungsgabe!«, lobte er. »Zu Fuß vielleicht zehn Minuten!« Er parkte ein und sie stiegen aus.

Sie warf einen Blick in die Runde. »Das sind die Apartmenthäuser am Park, stimmt's?«

»Ja! Und dort im zweiten Stock liegt ihre Wohnung. Auf der anderen Seite hat sie den Park vor Augen!«

»Schön!«, stellte Johanna fest. »Sogar der Parkplatz ist voller Schatten durch die hohen Bäume.«

Er grinste. »Nur bei Sturm verlassen ihn alle fluchtartig!«

Sie lachten noch auf der Treppe. Von oben erklang eine Stimme: »Die Tür ist offen! Kommt rein! Ich muss rasch zum Herd!«

Seine Braue schnellte hoch. »Sie kocht gern. Wenn sie Zeit hat! Da gibt es bestimmt etwas Leckeres.« Er leckte sich voller Vorahnung die Lippen. Johanna hatte Herzklopfen. Und nicht nur vom Treppensteigen!

Augenblicke später stand sie vor Madlen, deren schlanke Gestalt hinter einer Küchenschürze steckte. Lustige braune Augen unter kastanienfarbenen Haaren, kurz natürlich und somit pflegeleicht, musterten sie. Ein wohlwollendes Lächeln huschte in ihre gleichmäßigen Züge.

»Das ist also die Nachfolgerin meiner Mutter. Ich heiße Sie herzlich willkommen und bin froh, dass mein Vater Sie getroffen hat. Das ist Oliver!« Sie ließ keine Verlegenheitspause aufkommen.

»Eigentlich hättet ihr uns sehen müssen, gestern. Wir sind fast übereinander gestolpert.« Sie griente. »Aber ihr wart so verliebt und habt gar nichts mitbekommen von eurer Umgebung.«

Sie wies auf zwei Plätze am gut gedeckten Tisch. »Es dauert noch ein Weilchen mit dem Essen. So können wir uns noch ein bisschen beschnuppern.«

»Mir wäre es lieb, wenn wir zum DU übergehen würden«, sagte Johanna leise.

Oliver schenkte einen zartgelben Wein in die Gläser und Madlen hob ihr Glas Johanna entgegen. »Das ist auch meine Meinung! Darf ich Johanna sagen?« Johanna nickte strahlend. »Und ich Madlen und Oliver?« Sie stießen an und tranken sich glücklich und zufrieden zu. Noch einmal mussten Gerhard und Johanna erzählen, wie sie sich kennengelernt hatten und welche Probleme aufgetaucht waren. Zwischendurch sprang Madlen immer wieder zu ihrem Lammbraten, der kurze Zeit später große Bewunderung erntete.

Am frühen Nachmittag, als sie gerade vom Auto ins Haus gehen wollten, blieb Gerhard auf halber Strecke stehen und blickte Johanna nachdenklich an.

Sie lächelte und wartete gespannt, was er wohl sagen würde. Sie kannte ihn nun schon so gut, dass sie genau wusste, jetzt kam wieder etwas Neues!

»Liebste Giovanna, trotz des Sports, den wir so fleißig betreiben …« Er lächelte schelmisch. »…fehlt mir der Spaziergang im Freien. Könntest du dir vorstellen, einen solchen mit mir zu unternehmen?«

»Aber klar! Nur eine sportliche Bekleidung besitze ich nicht. Und falls du richtig zünftig mit mir losrennen willst, muss ich dir gestehen, dass ich nicht rennen kann. Seit den drei Geburten bin ich beim Rennen nicht mehr ganz dicht. Sogenanntes Joggen ist deswegen mit mir nicht möglich.« Sie zog bedauernd die Schultern hoch und drehte ihre Handflächen nach oben.

Gerhard lachte erleichtert auf und nahm sie in den Arm. »Ach, Liebste, sehe ich aus wie ein aktiver Sportler? Ich bin nur ein Spaziergänger! Allerdings mit gutem Tempo und nicht mit Schlendrian! Aber nun erschrick nicht gleich erneut. Das Tempo soll uns nicht trennen. Ich passe mich dir an. Nach und nach können wir es dann vielleicht steigern.« Er gab ihr einen Kuss und spürte, dass da in ihr noch etwas Hemmendes war.

»Aber ich besitze auch keine passende Kleidung für sowas. Vor allem Schuhe!« Sie durchmusterte in Gedanken ihre Schränke. »Gehen Halbschuhe dazu auch?«

»Aber natürlich!«, sagte Gerhard im Brustton der Überzeugung. »Und was du nicht besitzt, das erwerben wir im Zuge des Geschenkekaufs gleich mit! Einverstanden?«

»Ja!« Sie strahlte ihn an, obwohl ihr sofort wegen des Kaufens Bedenken durch den Kopf schossen. Sie war es nicht gewöhnt, immer spornstreichs in die Geschäfte zu laufen, wenn ihr etwas fehlte. Meistens schloss sie Kompromisse. Wenn es Halbschuhe auch taten, wozu sollte sie dann neue Treter kaufen?! Und man wusste schließlich nie, ob man in den neuen Dingern dann auch laufen konnte! Aber jetzt würde sie erst mal ergründen, wo er denn spazieren gehen wollte. Danach könnte sie sich ja immer noch für das Kaufen entscheiden.

»Vor oder nach dem Kaffee?«, erkundigte sie sich angelegentlich und blickte ihm mit diesem ganz besonderen Blick von unten herauf in die Augen.

Er seufzte daraufhin. »Wohl besser vorher! Wenn ich so in deine Augen schaue ... Sonst kommen wir doch nicht mehr dazu!«

»Na, dann lass uns nur noch schnell reingehen, die Schuhe wechseln und abhauen!« Sie sagte es absichtlich leger.

Zuerst spazierten sie zwischen den Villen hindurch und Johanna ließ immer wieder bewundernde Ausrufe ertönen. Einmal blieb sie sogar stehen, um eine mehrere Quadratmeter große Fläche mit Christrosen zu bestaunen. Gerhard amüsierte sich, gab aber zu, dass ihm diese zuvor gar nicht aufgefallen waren.

»Du öffnest mir die Augen für Kleinigkeiten am Wegesrand!«, meinte er anerkennend und gab ihr ein Küsschen.

Nur ein kleines Stückchen liefen sie im dämmrigen Wald, als ihnen ein älterer Mann auffiel, der sich von einer etwa vier Meter hohen Kiefer Äste abschnitt und sorgsam neben sein Fahrrad legte.

»Ich glaube, dass ist nicht erlaubt!«, flüsterte Johanna.

Gerhard nickte und blieb dann auf gleicher Höhe mit dem Wilderer stehen. Der blickte sich erschrocken um, hatte wohl die sich Nähernden gar nicht bemerkt.

»Für die Blumen zum Zudecken?«, fragte Gerhard nach einem kurzen Gruß.

Der Erwischte ließ die Schere sinken und schüttelte verneinend den Kopf. »Nee! Bin alleine! Will aber auch ein bisschen Weihnachten in mein möbliertes Zimmer bringen. Das riecht so gut! Die Zweige stelle ich in einen kleinen Eimer mit Sand und hänge drei Kugeln an. Die sind noch aus besseren Tagen«, setzte er erklärend hinzu und seufzte.

»Und Kerzen?«, fragte Johanna und erinnerte sich an schlimme Meldungen im Vorjahr.

»Nee-nee! Will ja nich abbrennen!«, versicherte der Mann sofort. »Kerzen gucke ich mir in der Kirche an! Wissen Sie, da kann ich in mehrere gehen, weil nich alle zur gleichen Zeit anfangen!«

»Müssen Sie Not leiden?«, erkundigte sich Gerhard plötzlich aus einem inneren Drang heraus.

Der Mann wurde etwas verlegen. »Nee-nee, hab 'ne kleene Rente, muss nich hungern. Aber große Sprünge kann ich damit ooch nich machen.« Er nickte wie zur Bestätigung seiner Worte mehrmals mit dem Kopf.

»Wenn ich Ihnen Geld gäbe, würden Sie sich Schuhe oder eine neue Jacke kaufen?« Gespannt auf die Antwort blickte ihn Gerhard an. Er hatte auf der Zunge: »Oder es in Alkohol umsetzen?« Sprach es aber nicht aus.

Der Mann schien es aber zu hören und sah ihn abwägend an. »Schuhe wär'n wohl zuerst dran. Die …« Er hob den Fuß an. »… lassen schon Wasser rein.«

Gerhard zog seine Brieftasche und fingerte einen Schein heraus. »Welche Größe haben Sie denn?«, fragte er beiläufig.

»Sie werden's nicht glauben, aber is 'ne sechsunvierzig! Nich dass Sie denken, ich will Sie ausnehmen!«, beteuerte er im gleichen Atemzug.

Gerhard reichte ihm lächelnd siebzig Euro. »Ich sah, dass es keine kleine Größe ist! Kaufen Sie nicht die billigsten! Die taugen nicht für Nässe! Und lassen Sie sich nicht vom Förster hierbei erwischen!« Er wies mit dem Kopf zum Baum.

»Deshalb bin ich ja vorhin so erschrocken! Danke, danke! Sowas is mir noch nie passiert. Das ist ja ein richtiges Weihnachten dies Jahr!« Der Mann starrte wie hypnotisiert auf das Geld in seiner Hand. »So viel muss ich Miete für das Zimmerchen zahlen«, murmelte er dabei. »Wenn die nicht das Sozialamt blecht, hätt' ich wirklich nicht genug zum Leben.«

»Alles Gute!«, wünschte Gerhard, und Johanna schloss sich diesem Wunsch an. Langsam entfernten sie sich von dem Mann, der ihnen mit offenem Mund nachschaute und dann die Scheine mit einer Sicherheitsnadel in seiner Innentasche befestigte.

Johanna war tief beeindruckt. Siebzig Euro waren für sie auch eine Menge Geld, und die so einfach einem Fremden geben …? Sie überlegte, ob sie das fertiggebracht hätte. Wohl kaum, gab sie ehrlich zu. »Ich hätte ihm wahrscheinlich nur zehn Euro gegeben«, sagte sie aus ihren Gedanken heraus.

»Aber die hätten wirklich nur für Schnaps gereicht!«, antwortete Gerhard. »Nein, wenn ich schon etwas gebe, dann so, dass es eine Verpflichtung ist, wirklich das zu erwerben, worüber gesprochen wurde. Aber dass man sich Zweige in einen Eimer stellen kann, hätte ich nicht gedacht«, lenkte er sie zu einem anderen Thema. »Du etwa?«

»Ich habe daran noch nie einen Gedanken verschwendet«, gab sie zu. »Aber logisch ist es. Im feuchten Sand halten sich die Zweige länger als ein Baum im Ständer.«

Inzwischen war es dunkel geworden und sie sah kaum den Weg vor sich. Deshalb wurde ihr Griff fester und sie rückte näher. »Alleine würde ich hier aber nicht entlangspazieren!«, meinte sie mit ängstlichem Ton.

»Musst du auch nicht! Ich würde dich niemals hier allein gehen lassen, Liebste!« Er hielt an, nahm sie in den Arm und küsste sie andächtig.

Bis zum Achtzehnten landeten wirklich noch einige Wünsche in ihren Briefkästen.

»Sieh mal!«, rief Johanna überrascht, als sie einen reichlich lädierten Umschlag öffnete. »Der ist von Sebastian und Bettina. Oh, der Schlingel ist wohl verrückt! Hat eine Eisenbahn aufgemalt! Die kann ich ihm nie kaufen! Sowas Teures!« Die Empörung zauberte rote Flecke auf ihre Wangen.

»Zeig doch mal!«, verlangte er und sah sich dann die Malerei schmunzelnd an. »Ist ihm gut gelungen!«, sagte er anerkennend. »Ich hatte als Kind auch eine. Die müsste noch irgendwo verpackt herumstehen.« Er grübelte. »Wollen wir gleich auf den Spitzboden steigen und sie ausbuddeln? Aber vielleicht ist sie doch fort«, zweifelte er im selben Augenblick.

»Müssen wir uns umkleiden?«, wollte Johanna verschmitzt lächelnd wissen.

Seine Braue sprang nach oben. »Hm, wäre wohl besser! Ich war ewig nicht dort!«

Sie zog ihre Kittelschürze über, er nahm den Trainingsanzug. So gerüstet stiegen sie die Treppen hinauf. Tief gebückt liefen sie über den staubigen Boden.

»Hier müsste mal gesaugt werden!«, meinte er seufzend.

»Das können wir im Team doch bewerkstelligen«, schlug Johanna vor. »Zu zweit macht es bestimmt mehr Spaß als alleine!«

»Aber nicht mehr in diesem Jahr!«, sagte er vehement. »Wir haben jetzt viel zu viel zu erledigen!«

»Hier! Diese Kartons müssten es sein!« Richtig aufgeregt hob er von einem den Deckel ab. Staub wirbelte im Lichtschein hoch und er hustete.

Johanna hatte noch schnell auf Nasenatmung umgeschaltet und griente nur etwas schadenfroh.

Andächtig starrte Gerhard in die Gerätschaften. »Hier ist eine Nulleinser-Lok. Das ist eine Diesel-Lok und hier ein Triebwagen. Schau nur! Alle sehen noch fast wie neu aus.«

»Das sieht aus wie H0!«, warf Johanna ein.

»Oh, du kennst Spurweiten?« Erfreut wandte er ihr sein Gesicht zu und strahlte sie an. »Herrlich! Weißt du, da könnte ich die Bahn doch am Dreiundzwanzigsten aufbauen!«

»Wo willst du die aufbauen?«, fragte Johanna belustigt. »Im Wohnzimmer steht der große Baum und alle sollen dort drin sein! Das Esszimmer wollen wir für das kalte Buffet nutzen. Wohin also?«

»Wir müssen ja nicht alle Gleise nehmen«, sagte er nach kurzer Überlegung. »Nur ein Kreis! Und der passt unter den großen Wohnzimmertisch! Jawohl!«

Seine Augen blickten verklärt in ihre Richtung. Weit fort, vierundfünfzig Jahre weit fort war er in diesem Moment. Ihre Stimme holte ihn zurück.

»Wenn das möglich ist … Dann hängen wir große Tücher darüber, damit man es nicht gleich sieht! Und oben auf dem Tisch stehen die Geschenke für die Erwachsenen!« Sie sah es schon vor sich.

Er öffnete noch eine kleinere Kiste. »Ah, hier ist der Transformator. Darf ich ihn dir geben zum Hinuntertragen?«

»Oh, der ist aber schwer!«, sagte sie überrascht, als sie ihn in Empfang nahm, und blickte sich nach einem Lappen um. »Den Staub könnten wir hierlassen, wenn ich ein Tuch sehen würde!«

»Dann nimm doch den alten Morgenmantel, der an der Tür hängt«, meinte er grinsend. »Dass der noch lebt! Das erste Geschenk von Elisabeth!«

»Dann nehme ich ihn nicht«, erklärte daraufhin Johanna erschrocken.

»Kannst du aber! Vielleicht zerfällt er bei deiner Berührung auch gleich!«

Vorsichtig fasste Johanna den Mantel an. »Ist das richtige Seide? Dann war er bestimmt sauteuer!« Wieder so ein Wort, und sie blickte ihn betroffen an.

Er griente. »Jetzt lerne ich endlich die Enkelsprache!« Zusammen stiegen sie die Treppen hinunter und er erläuterte dabei, was er nun alles in den nächsten Stunden zu überprüfen hätte.

Sie hörte skeptisch zu. »Dann werden wir wohl keine Zeit mehr für uns erübrigen können«, meinte sie schließlich mit gespielter Trauer.

Er stutzte und stellte den Karton auf dem Küchentisch ab. »Wieso?«

»Was du alles aufgezählt hast, ist ein Wochen füllendes Programm«, sagte sie schelmisch. »Meiner Meinung nach kannst du ruhig sagen, dass es deine Eisenbahn war und nun Sebastians sein soll. Daher brauchst du nur den Kreis funktionieren zu lassen und alles Weitere machst du mit ihm zusammen. In dem Bauernhaus ist nämlich noch ein Mägdezimmer ungenutzt. Das könntet ihr Männer nach Weihnachten mal vorbereiten. Es wäre DIE Gelegenheit zum Zusammenschweißen der männlichen Garde!« Sie lachte über ihre Wortwahl wie über sein Gesicht.

»Du bist … enorm praktisch!«, stieß er dann hervor und lachte mit.

Beim Besorgen der Geschenke hatten sie eine Menge Spaß, aber auch lange Wege. Den einfachsten Wunsch hatte Nadine. »Gebt mir einen Schein! Ansonsten habe ich alles!«, stand da in ihrer kleinen, akkuraten Schrift.

»Ein salomonischer Wunsch!«, hatte Gerhard anerkennend gesagt. »Scheine gibt es in jeder Größenordnung.«

Gerade bummelten sie, schon mit drei Tüten behängt, an einer Damenboutique vorbei, als er seinen Schritt stoppte. »Hier müssen wir hinein!«, verlangte er kategorisch.

»Das ist viel zu teuer!«, protestierte sie leise. »Und wenn es dann derjenigen gar nicht passt?! Oder nicht gefällt?«

»Das werden wir gleich sehen!«, meinte er nur und steuerte auf den Eingang zu. Sie bremste. Er ignorierte es. »Du hast am Dreiundzwanzigsten nichts anzuziehen! DU suchst dir hier und jetzt ein schönes Kostüm aus. Das möchte ich dir schenken. Bis jetzt habe ich dir noch GAR NICHTS geschenkt! Es wird höchste Zeit dafür!«

»Aber dann komme ich mir so … komisch vor.« Wieder einmal fehlte ihr das richtige Wort.

Er verstand sie. »Musst du nicht, liebste Giovanna!« Er grinste zu ihr hinunter. »Du hast mir selbst erklärt, dass der Mann der Gebende und die Frau die Nehmende …«

Sie unterbrach ihn heftig. »Das ist doch ganz anders gemeint!«

»Ich weiß!«, sagte er ernst. »Dann fühl dich als Königin, die von ihrem Untertan ihren Zehnten erhält. Bitte, mach mir die Freude und lass mich dir ein Kostüm schenken!« Seine Augen bettelten voller Liebe.

Noch zögernd seufzte sie. »Er hat es doch!«, schoss ihr durch den Kopf. »Sei also nicht albern und vor allem: nicht kleinlich!« Sie nickte lächelnd ihr Einverständnis. Sofort hauchte er einen Kuss in ihre Richtung und öffnete die Tür.

Eine altmodische Klingel ertönte und eine Frau mittleren Alters erschien, die Johanna als sehr mondän bezeichnet hätte. Nie würde sie sich so schminken!

Gerhard beantwortete die Frage nach ihren Wünschen und verlangte ein Kostüm für seine Frau.

Doppelt überrascht sah ihn Johanna an und nickte nur zustimmend in die abschätzenden Blicke der Dame. »Ich könnte Ihnen ein dunkelgrünes empfehlen«, meinte sie danach und führte sie in den hinteren Teil der Boutique, wo sie die große, gläserne Schiebetür eines Schrankes öffnete.

Johannas Augen strichen über die aufgereihten Farben. »Grün nicht!«, sagte sie bestimmt. »Aber was ist mit diesem weinroten?«

Die Dame wiegte unsicher den Kopf. Noch einmal strichen ihre Blicke über Johannas Figur. Dann nahm sie es heraus und hängte es am Bügel vor ihr auf, sodass Johanna und Gerhard auf die Vorderseite schauen konnten.

»Hmm«, machte Johanna unentschlossen und Gerhard meinte: »Ein zeitlos schöner Schnitt! Probier es mal an!«

Er konnte nicht widerstehen und lupfte den Vorhang der Kabine ein wenig. »Hmm«, machte ER nun und schmunzelte, als er sie in ihrer Unterwäsche sah.

»Wüstling!«, hauchte sie und drohte schelmisch mit der Faust, vertrieb ihn aber nicht. Schließlich hatte er sie als seine Frau bezeichnet und der Ehemann durfte so etwas natürlich!

Sie trat aus der Kabine und drehte sich im neuen Outfit kokett vor ihm hin und her. »Um den Busen herum ist es ein wenig eng«, meinte sie dabei.

»Dann öffne doch den obersten Knopf!«, schlug er vor und wartete auf das Ergebnis. Seine Augen blitzten überrascht auf. »Das ist sexy! Donnerwetter!« Sein Blick umfing ihre Gestalt liebevoll. »Das nehmen wir!«, sagte er laut. »Und wenn du es nur zu Hause tragen kannst«, flüsterte er ganz leise.

Überrascht hoben sich ihre Brauen. Dann schlüpfte sie zurück in die Kabine.

»Niemals hätte ich mir dieses Kostüm geleistet!«, sagte sie, als sie wieder auf der Straße standen, nun mit vier großen Tüten beladen.

»Ich weiß«, sagte er schlicht. »Aber es fehlt noch etwas an dem Kostüm.« Er steuerte auf das nächste Schmuckgeschäft zu.

»Du bist verrückt!« Mit diesem Ausruf versuchte sie, ihn zurückzuhalten. »Das Kostüm war teuer genug. Und ich kann mich gar nicht revanchieren!«

»Doch!«, behauptete er. »Du kannst es! Du machst es ja täglich! Für mich ist neuerdings immerzu Weihnachten! Da ist es nur natürlich, dass ich dir auch mal etwas schenken möchte!«

Sie lächelte und gab ihren Widerstand auf.

Er erwarb eine Brosche: eine gestielte, fünfblättrige Blüte aus Gold mit einem kleinen Diamanten in der Mitte.

»Sie ist wunderschön«, schwärmte Johanna verzückt. »Aber die traue ich mich nicht zu tragen. Ich hätte Angst, dass ich sie verliere.«

»Die können Sie nicht verlieren!«, behauptete der Verkäufer und zeigte ihr eifrig den Verschlussmechanismus. »Es sei denn, Sie vergessen, ihn zu schließen!«

»Ganz bestimmt nicht!«, erklärte Johanna vehement und der Verkäufer bekam auch noch einen ihrer begeisterten Blicke, der ihm den grauen Tag versüßte.

Das Ausbreiten der Geschenke und das erneute Einpacken genossen beide. Ihre Stimmung hob sich schier ins Unermessliche. Immer wieder fielen sie sich um den Hals und küssten sich leidenschaftlich, bis sie so erregt waren, dass sie nicht mehr voneinander lassen wollten.

Johanna fegte einfach mit dem Unterarm das Geschenkpapier vom stabilen Esstisch und nahm die Kuscheldecke vom Sofa, breitete sie vierfach aus, warf an der Ecke des Tisches ein flaches Sitzkissen aus Schaumstoff überbordend und in die Diagonale ein weiches Kissen darauf.

»Das ist für meinen Kopf!«, erklärte sie dabei spitzbübisch. »Du darfst die lästige Bekleidung wegwerfen«, riet sie ihm noch und war schon fast nackt. Schnell holte sie, seine Entkleidungszeit nutzend, ein Ölfläschchen, denn nicht immer waren in diesem Alter die körpereigenen Säfte in genügender Menge vorhanden, wusste sie erfahrungsgemäß.

Als er im Adamskostüm vor ihr stand und noch immer verwundert den Tisch und sie anblickte, konnte sie einen Auflacher nicht unterdrücken.

»Du siehst aus, als hättest du keine Ahnung!«, meinte sie kichernd und begann mit ihrer Ölmassage zuerst bei ihm. Er stöhnte wohlig und des Prinzen Köpfchen hob sich neugierig.

Sie stellte sich nach der Massage wie immer vor ihm auf. Das kannte er nun schon und nahm sie fest in seine Arme. Sie legte ihre unter seinen hindurch auf seinen unteren Rücken, drückte ihr Kinn seitlich seines Hals ins Schlüsselbeingrübchen und genoss diese enge Verbindung, bei der sein Glied zwischen ihren Falten ruhte. »Schöön!«, hauchte sie wonnevoll und wechselte den Kopf zur anderen Seite, Küsschen an der Vorderfront, um sich erneut an ihn zu pressen.

Nach minutenlangem Stehen löste sie sich von ihm, und zu seinem größten Erstaunen setzte sie sich mit rundem Rücken auf die äußerste Ecke des Tisches, stützte sich nach hinten ab und hob schwungvoll die Beine in seine Kopfhöhe. Nun wusste er, wozu die Kissen dort lagen, wo sie sie hingelegt hatte.

Seine Augen drückten wohl seine enorme Verwunderung aus, sodass sie einen kleinen Lacher riskierte. Mit einigem Schwenken der Beine nach rechts und links schob sie sich noch mehr über den Rand der Ecke zu ihm hin, bis nur noch das letzte Ende der Wirbelsäule auf dem Tisch lag. »Nun tritt heran, mein Prinz!«, forderte sie lächelnd. »Es ist alles bereit!«

Er trat heran. Sie legte ihre Fersen auf seine Schultern und fuhr mit spielerischer Geste ihrer Hände unter seinem Prinzen durch ihre Furchen, um die störenden Haare zur Seite zu schieben. Sie waren manchmal sehr lästig und konnten stark pieken. Doch wie viele junge Leute sich dort zu rasieren, kam für sie nicht in Betracht.

»Lass ihn gaaanz langsam den Eingang allein finden«, riet sie zwischen zwei langen Atemzügen.

Gerhard war noch immer so verwundert, dass er nichts sagen konnte und nur tat, was sie ihm vorgab. Seine Augen hingen mit weichem Blick in ihren, sahen sie und sahen sie auch nicht, denn er gab sich gänzlich diesem neuen Gefühl hin.

Natürlich hatte er in seiner Jugend auch mal ein Mädchen hinter einem Baum vernascht, aber das war mit diesem Erlebnis überhaupt nicht zu vergleichen!

Millimeterweise schob er sich im Takt ihrer Ausatmung in sie hinein. Ihr »Schön!« verleitete ihn nicht mehr zum Schnellerwerden. Er wusste inzwischen, dass er dann sogar noch langsamer sein sollte, damit sie zur vollen Erfüllung kam. Minutenlang dauerte es, bis er sein Ziel erreicht hatte. Sie begann schneller zu atmen, aber erst als sie ihr »Jetzt!« hauchte, steigerte er Tempo und Kraft. Sie griff um seine Oberschenkel, so weit sie es nach hinten konnte. Er fasste kräftig in ihre Taille und zog sie an ihren Hüften zu sich heran.

Bei dieser Form wurde die Verbindung sehr eng und er musste achtgeben, dass er nicht zum Höhepunkt kam und sich ergoss, denn das würde bedeuten, dass seine Energie verloren war und er für eine geraume Zeit nicht mehr genießen konnte. So presste er sich nur an sie heran, ohne sich noch zu bewegen.

Sie jedoch ließ ihr Becken kreisen und stöhnte vor Lust in vielen Tönen. Dass man SOO stöhnen konnte, hatte er auch erst durch sie erfahren. Elisabeth hatte kaum gestöhnt! Hatte auch keinen Grund dazu gehabt, dachte er selbstkritisch, bei diesem harten Gestoße!

Mit Wonne dachte er an den Tag, als Johanna ihn einlud, mit dem Finger ihr Inneres zu erspüren. Den G-Punkt in einer blumenkohlartigen Stelle. Ihre Reaktion, als er ihn berührte, ihn leicht drückte, den Finger um ihn herumschleichen ließ … wieder drückte und drückte und … Eine Flüssigkeit spritzte ihm heiß entgegen, nässte ihm Arm und Brust und ließ ihn erschrocken zurückfahren.

Sie aber lachte und lachte so glücklich, dass er nur immer in ihr Gesicht blicken konnte.

»Dass mir das passieren kann!«, meinte sie schließlich. »Ist mir auch noch unbekannt. Aber herrlich!«

»Was war das?«, wunderte er sich laut. Es konnte doch wohl kaum Urin sein! Oder doch?

»Aus den Büchern weiß ich, dass es der weibliche Erguss war«, erklärte Johanna. »Ich hab ihn eben zum ersten Mal erlebt und bin überwältigt von dem Gefühl unendlicher Liebe. – Diese Flüssigkeit hat überhaupt nichts mit Urin zu tun. Sie wird in der weiblichen Prostata hergestellt und du kannst sehr stolz auf dich sein, dass du das geschafft hast. Das kann nämlich nicht jeder Mann!«

Seitdem gab er sich ihr völlig hin und erlangte damit erst die vollkommene Erfüllung. Je länger sie ineinander vereint waren, desto mehr spürte er auch dieses Strömen, so, als seien sie wirklich nur noch ein einziges Wesen. Genauso würde er die Glückseligkeit beschreiben, wenn es einer von ihm verlangen würde. Alles wird unwichtig. Zeit und Raum, ja sogar das eigene Ich löst sich scheinbar auf – alles ist nur noch Glückseligkeit!

Ganz ruhig atmeten nun beide wieder und sachte, sachte bewegte er sich erneut in ihr. »Laangsaam«, hauchte sie kaum hörbar, und er befolgte es willig. Ihre Füße rutschten von seinen Schultern und die Beine knickten in den Knien ab. So blieb die Haltung insgesamt gleich, doch die Blutzufuhr zu ihren Füßen wurde besser. Seine Hände glitten zu ihren Brüsten, umfingen sie liebkosend, seine Finger spielten zart mit den Zipfeln, wieder und wieder, bis sie tiefer atmete.

Dem entnahm er, dass er nun wieder etwas stärker in der Bewegung werden konnte, und tat es.

Diesmal stieß sie am Ende des heftigen Bewegens kleine Schreie aus, griff kräftig in seine Schenkel und schnellte den Oberkörper wie eine Sehne nach oben.

Ganz fest presste er sich in sie hinein und, nach einem besonders hohen Ton und anschließendem Ansaugen der Luft, fiel sie entspannt in sich zusammen. Ihre Hände sanken erschlafft herab. Er hielt den festen Kontakt noch weiter aufrecht. Kein bisschen gab er nach und fühlte plötzlich ein Glücksgefühl wie nie zuvor im Leben.

Beim Schließen seiner Augen sah er noch ihr seliges Lächeln aufflammen, das ihm die Gewissheit vermittelte, dass sie ganz ähnlich fühlen musste. So blieb er stehen, fühlte nur in sich hinein und wusste, dass sie dasselbe tat. Lange blieben sie so vereint.

Als sie nach scheinbar endloser Zeit seufzte, öffnete er seine Augen und traf auf ihren Blick.

»Kannst du denn noch stehen?«, fragte sie leise und besorgt.

Er lächelte, lockerte ein wenig seinen Griff und bewegte vorsichtig die Beine, ohne jedoch den innigen Kontakt zu stören. »Es geht noch«, beruhigte er sie.

»Dann bleib so«, flüsterte sie. Es kam ihr selbst komisch vor, dass sie hier bei ihm, in seinem großen, menschenleeren Haus, genauso leise tat wie einst mit Helmuth in ihrem Block. Doch es widerstrebte ihr, jetzt laut zu sein. Sie hatte das Empfinden, irgendetwas dadurch zu stören. Vielleicht gab es ja wirklich unsichtbare Energiefelder, die sie damit durcheinanderbringen könnte. Sie fühlte sich unwahrscheinlich wohl, vollkommen geborgen und hatte das starke Empfinden, jeder kräftige Laut brächte nur Verwirrung, zerbräche die schützenden Räume um sie herum.

Lange Zeit blieben sie so vereint. Doch schließlich wurde ihr kühl und sie begann seine Oberschenkel zu streicheln. »Du bist auch nicht mehr warm«, stellte sie fest. »Lass uns langsam beenden, was wir ebenso begonnen haben.« Sie lächelte ihm glücklich zu.

Er zog sich zögernd und mit großen Pausen dazwischen aus ihr zurück. Dann trat er neben sie, legte seine Hand schützend über ihre Vulva und küsste innig ihren Mund. »Ich liebe dich unendlich, Giovanna!«, flüsterte er, reichte ihr nun die Hände und half ihr hoch.

Sogleich schlang sie die Arme um seinen Hals. »Du bist mir der liebste Mensch auf dieser großen Erde!«, raunte sie und verteilte Küsse, wo sie gerade hintraf. »Weißt du, dass ich eben einen Gebärmutterorgasmus hatte?! Sowas Schönes hab ich noch nie erlebt!«

Er hob sie vom Tisch und umschlang sie. Minutenlang standen sie noch eng aneinander.

»Zwar ist mir schon wärmer, aber ich glaube, wir sollten uns doch lieber anziehen«, meinte sie lächelnd. »Sonst holen wir uns noch einen Schnupfen und das wäre zum Fest mehr als unangenehm!«

»Das wäre eine schlimme Bescherung!«, pflichtete er ihr bei.

Am nächsten Morgen klingelte das Telefon zu ungewöhnlicher Zeit. »Wohl wieder so ein Werbefuzzi!«, schimpfte Johanna, als es überhaupt keine Ruhe gab. Weil Gerhard es im Bad gar nicht hören konnte, ging sie schließlich, nahm ab und meldete sich mürrisch.

»Na endlich, Oma!«, sagte am anderen Ende Nadine krittelnd, aber sehr erleichtert.

»Du? Bist du noch nicht in deiner Berufsschule?«, wunderte sich Johanna übermäßig.

»Habe heute eine Stunde später. Will auch gleich los und habe keine Zeit für lange Gespräche. Deshalb nur rasch eine Frage: Darf ich heute zu euch kommen? So etwa gegen vier?«

»Wirst du uns denn finden?«, fragte Johanna sogleich. »Hans Sachs fünfzehn!«, sagte sie noch schnell im selben Atemzug. Noch bevor Nadine antworten konnte, fiel ihr eine andere Variante ein. »Oder sollen wir dich von der Schule abholen?«

»Das wäre ja super!«, rief Nadine begeistert. »Kurz nach fünfzehn Uhr komme ich raus! Aber stellt euch nicht ins Parkverbot!«, warnte sie noch.

»Gut! Dann bis fünfzehn Uhr!«

»Danke! Tschüs!«, hörte Johanna Nadine noch mit großer Erleichterung sagen, dann erklang das übliche Signal. Nachdenklich legte Johanna den Hörer auf und ging zurück, um sich fertig anzukleiden.

»Hast du telefoniert?«, fragte Gerhard hinter der leicht geöffneten Badtür.

»Es hat ewig geläutet und dann war Nadine dran. Sie möchte unbedingt mit uns sprechen. Was mag sie wohl haben?« Johanna konnte es sich nicht vorstellen. Bisher lief in Bennys Familie doch alles so glatt. Aber nach ihrem missglückten Besuch und ihren vergeblichen telefonischen Annäherungen schien dort irgendetwas schiefzulaufen. Enrico kam auch nicht. Ach, natürlich, sie wohnte ja nicht mehr um die Ecke!

Gerhard kam aus dem Bad. Sonst begrüßte sie ihn stets mit dem Ruf: »Siehst DU wieder schick aus!« Danach kam der Kuss.

Heute hatte sie keinen Blick für ihn. Er drehte sie zu sich herum und küsste sie auf die Nase. »Nun grüble nicht! Ich nehme an, dass sie uns das sagen wird, wenn wir sie sehen!«

»Ach ja, ich habe versprochen, dass wir sie von der Schule abholen. Geht das?« Sie blickte ihn unsicher an. »Ich habe einfach über deinen Kopf hinweg entschieden, aber sie musste doch in die Schule, da konnte ich …«

»Das war auch richtig, Liebste!«, nahm er ihr die Angst. »Du musst dich nicht entschuldigen. Manchmal muss man schnell und ganz allein entscheiden und kann eben nur hoffen, dass der andere dies billigt und mitträgt!«

»Ich danke dir!«, sagte Johanna erleichtert. »Wir können sie um fünfzehn Uhr von ihrer Schule abholen. Sie hat noch vor dem Parkverbot gewarnt, dann hat sie aufgelegt.«

»Na, dann haben wir ja noch Zeit für ein schönes Frühstück zu zweit!«, meinte er ironisch und küsste sie nun liebevoll.

Nach dem Frühstück sah er sie beim Abräumen fröhlich an und begann zu singen: »Es waren zwei Königskinder, die hatten einander so lieb. Die mussten erst uralt werden …« Hier brach sein Gesang ab und er schaute sie achselhebend an.

Sie hatte ihn zu Beginn seines Liedes, das sie ja ebenfalls gut kannte, liebevoll angesehen, dann breit lächelnd, und nun beendete sie es voller Schalk: »… denn ihr Leben verlief so schief, denn ihr Leben verlief so schief!« Kaum geendet wollte sie sich totlachen! Langsam ließ er sich anstecken und bog sich schließlich ebenfalls vor Lachen.

Endlich konnten sie nicht mehr. Johanna griff zum Taschentuch und wischte sich die Tränen fort.

»So gelacht habe ich schon Jahre nicht mehr!«, stöhnte er wohlig und gab ihr ein Küsschen. »Danke, meine geliebte Giovanna!«

Sie schmiegte sich an ihn. »Ich auch nicht, Hardi. Aber es ist wunderbar und irgendwie fühle ich mich freier!«

Pünktlich um drei Uhr parkte Gerhard auf dem Parkplatz. Aufgeregt klinkte sich Johanna aus und schwang sich aus dem Fahrzeug. Sie drückte die Tür zu und äugte mit langem Hals zur Schule hinüber.

Gerhard trat neben sie. »Komm, wir gehen ihr entgegen!« Er fasste ihre Hand und sie lief bereitwillig neben ihm her, die Augen nicht vom Eingangsbereich der Schule nehmend. Er sorgte dafür, dass sie nirgends aneckte.

Als sie am Straßenrand ankamen, hörten sie die Pausenglocke. »Lass uns hier stehenbleiben!«, meinte Gerhard. »Von hier aus siehst du sie am besten und wir werden auch gut gesehen.«

Es dauerte noch ein paar Minuten, bis die Ersten lärmend aus der Tür quollen. »Mein Gott!«, sagte er in plötzlicher Erkenntnis, »so bin ich auch mal dort herausgestürmt! Lang, lang ist's her!«, intonierte er ein Lied. »Aber die Großen kommen gesitteter! Siehst du, jetzt!«

Ja, da kamen sie, die fast Erwachsenen: ein Lächeln hierhin, ein Gruß nach dort, und schon verteilten sie sich. Einzeln und in Grüppchen gingen sie davon, ihre Rucksäcke oder Taschen an langen Riemen meistens nur über einer Schulter.

»Ist gar nicht gut, diese Haltung!«, murmelte Johanna missbilligend.

»Wir hatten Aktentaschen! Das war auch nicht günstiger«, meinte er dazu. Jetzt kristallisierte sich ein junges Mädchen aus dem Pulk heraus und kam geradewegs auf sie zu. »Ist sie das?«, fragte er leise.

»Ja«, nickte sie.

»Ein hübsches Ding! Könnte mir auch gefallen!«, griente er und drückte ihre Hand.

Nadine rief schon in der Mitte der Straße: »Hallo, Oma! Prima, dass es geklappt hat!« Gar nicht verlegen oder schüchtern musterte sie den Mann neben ihrer Oma.

Johanna machte die zwei miteinander bekannt.

»Ich kann hier zwei Stunden stehen bleiben«, meinte Gerhard. »Gar nicht weit von hier ist ein schönes Restaurant. Darf ich die beiden Damen einladen, mit mir dort zu schlemmen?«

»Wow! Das wär super! Aber den Kram lasse ich dann im Auto!«

»Aber natürlich, meine Dame! Bitte hier entlang!« Gerhard war ganz Kavalier, nahm ihr die Tasche ab und legte sie in den Gepäckraum. Währenddessen bewunderte Nadine lautstark das Auto. »Ein toller Schlitten!« Sie umkreiste es einmal und äußerte noch einige Ausrufe, die bei Johanna unwillige Falten auf die Stirn zauberten. Doch als sie Gerhards belustigtem Blick begegnete, schwieg sie und schluckte ihre Verwarnung hinunter. Langsam schlenderten sie ins Café.

Erst als sie dort in einer gemütlichen Ecke saßen, konnte Johanna ihre Neugier nicht mehr zügeln.

»Was gibt es denn so Wichtiges, Nadine, dass es nicht bis Weihnachten hätte warten können?«

»Weißt du, Oma, was im Augenblick bei uns für eine Stimmung herrscht? Hätte nicht gedacht, dass Papa so ein Tyrann ist. Wir sollen dich nicht besuchen, nicht mal per Telefon kontaktieren und so weiter.«

Johanna starrte entsetzt ihre Enkelin an. »Dann kommt ihr nicht zur Feier am Dreiundzwanzigsten!«

»Doch!!«, sagte Nadine bestimmt. »Wir bearbeiten die beiden doch schon täglich! Wir klopfen die schon weich! Wirst schon sehen!«

Der Ober brachte die Bestellung.

»Mmm, sieht das lecker aus!«, rief Nadine laut, was den Ober sichtlich freute.

»Aber eigentlich habe ich noch ein anderes Anliegen, Oma. Das ist jedoch ziemlich gewagt, glaube ich. Und auch ziemlich unverschämt, weil ich es ja nicht bezahlen kann.« Nadine stocherte verlegen in ihrer Torte herum. »Aber es ist eigentlich eine einmalige Chance. Und wer lässt sich die heute schon entgehen.«

Gerhard hörte mit sichtlichem Vergnügen zu, Johanna wurde bei dieser Ankündigung unruhig.

»Sag klipp und klar, um was es geht, und eier hier nicht so herum!«, verlangte sie kategorisch.

»Um deine Wohnung, Oma! Wenn du DIE jetzt aufgibst, dann sind doch die Möbel futsch. Ich glaube nicht, dass du sie mitnehmen willst.« Sie blickte Gerhard abschätzend an. Er lächelte ihr ermunternd zu.

»Im Januar werde ich achtzehn«, fuhr Nadine fort und Johanna sah sie mit großen Augen an. Nadine lächelte überlegen. »Nee, Oma! Kein Kerl! Aber da ist Inamaria, meine Freundin. Die hat Schwierigkeiten! Die Eltern … na ja … arbeitslos, saufen und zanken … Sie hat zu Hause keine ruhige Minute. Sie kommt ja schon oft zu mir, aber bei uns ist doch auch nicht viel Platz. Und nun noch der Zoff wegen dir. Das reicht uns vielleicht!«

»Na gut«, meinte Gerhard, der bisher geschwiegen hatte, »die Miete könnten wir übernehmen. Aber wovon wollt ihr leben?«

»Inamaria jobbt jetzt schon häufig morgens vor der Schule in der Markthalle. Da bringt sie jedes Mal einen Beutel voll Obst und Gemüse mit. Überlagertes! Wenn ich da mitmache, können wir leben wie die Maden im Speck.«

Johanna und Gerhard überraschte diese Mitteilung.

»Aber …«, begann Johanna.

»Oma, man muss nichts Gekochtes essen!«, fiel ihr Nadine ins Wort. »Und wir können uns doch am Abend auch mal ein Ei oder ein Schnitzel in die Pfanne hauen!« Sie grinste schelmisch. »Ich habe auf meinen Wunschzettel ›Geld‹ geschrieben. Darf ich den umwandeln in ›Deine Wohnung!‹?«

»Du darfst!«, sagte Johanna. »Doch das müssen wir uns noch mal durch den Kopf gehen lassen. Es sind da auch noch die Dinge zu erledigen, die ein Mieter im Haus nun mal zu machen hat!«

»Ist mir klar!«, verkündete Nadine. »Aber ihr seid erst mal einverstanden? Dann hätte ich doch die komplette Ausrüstung schon mal umsonst!« Sie sah von einem zum andern und ein glückliches Lächeln blühte in ihren Augen auf. »Ihr glaubt gar nicht, wie froh ihr uns macht. Besonders Inamaria!« Plötzlich stand sie auf und umarmte Johanna.

»Und ich?«, sagte Gerhard mit erhobener Braue.

Nadine stutzte kurz, lachte auf und umhalste ihn glücklich. »Ich danke euch. Ihr seid wunderbar!« Sie löste sich von ihm und blickte ihm aufmerksam ins Gesicht. »Kann ich das auch lernen?«

»Was denn?«, fragte er, obwohl er genau wusste, was sie meinte.

»Das mit der einen Braue! Nur eine hochziehen! Kann man das lernen?«

»Weiß ich nicht!« Spitzbübisch blickte er sie an. »Ich habe es wohl schon als Baby gekonnt!«

Kurz hintereinander fuhren am Dreiundzwanzigsten gegen siebzehn Uhr vier Autos in die Einfahrt, denen acht Erwachsene und fünf Kinder entstiegen, wobei man Nadine eigentlich schon nicht mehr zu den Kindern rechnen konnte.

Johanna empfing sie freudestrahlend und überdeckte damit ihre Unsicherheit, sah sie doch in Bennys und Rebeccas Miene mehr als nur einen Vorwurf. Pikierte Blicke zwischen den beiden signalisierten ihr auch, dass sie verurteilten, sie hier im weinroten Kostüm stehen zu sehen. Die hochgeschlossene weiße Bluse deuteten sie ebenfalls nicht FÜR ihre Trauer.

Durch die Kinder kam jedoch keine Missstimmung auf. Sie begrüßten sich lautstark gegenseitig und wieselten zwischen den Erwachsenen herum.

»Wer bist'n du?«, fragte gerade Sebastian und stupste Madlen mit der Hand an.

»Ich bin deine neue Tante Madlen und neben mir steht Onkel Oliver!« Madlen fand es spaßig, sich als Tante vorzustellen, und griente dem Kleinen verschwörerisch zu, der seinen Kopf in den Nacken legen musste, um zu ihr hinaufschauen zu können.

Gerade noch rechtzeitig bekam Johanna mit, dass die größeren Kinder in den Garten verschwinden wollten, denn die erleuchtete Hinterfront des Hauses hatten sie nun lange genug angestarrt.

Johanna trat rasch auf die Eingangsstufe und überragte dadurch alle.

»Halt! Hiergeblieben! Stellt euch mal schnell zu euren Eltern!« Das war rasch geschehen. »Ich möchte, weil das Wetter so schön ist, euch gleich hier miteinander bekannt machen und bitte, es nicht krumm zu nehmen, wenn es irgendeiner Etikette widerspricht. Und, bitte, spielt ein bisschen mit! Wenigstens bis nach der Bescherung!« Das Letzte war an Bennys Adresse gerichtet und sie sah an seiner Miene, dass es angekommen war. Die Vorstellung ging schnell.

»Madlen«, bat Johanna zum Schluss, »übernimmst du die Führung in die Wohnstube? Aber es wird noch nichts angerührt!«, fügte sie, an die Kinder gerichtet, streng hinzu. »Erst muss der Weihnachtsmann sein Okay geben!« Nun erst ließ sie alle an sich vorbeidefilieren.

Madlen marschierte voraus und Oliver ließ im Flur alle die Schuhe mit den Pantoffeln tauschen.

»Und hier wohnst du jetzt, Oma?«, fasste der Jüngste seine Verwunderung in Worte.

Die siebzehnjährige Nadine drückte rasch die Oma beim Reingehen und flüsterte dabei verschwörerisch: »Mensch, Oma, hast du ein Schwein! So eine Villa und soo ein Mann! Da würde ich auch keine Sekunde warten! Mann, sowas lässt man sich doch nicht entgehen!«

Johanna lächelte nur und nickte einverständig. Sie schloss hinter ihr die Tür und löschte die Außenbeleuchtung.

Drinnen hatte Madlen inzwischen die Kleinsten nach vorn vor den Weihnachtsbaum beordert und als Johanna eintrat, hörte sie noch ein paar erstaunte Ausrufe der Kinder: »Mann, so'n Riesenbaum!« »Ist der schöön!« »Für so einen müssten wir ja unsre Stube ausräumen!«

Das kam von Enrico. In seinem Block war die Stube genauso groß wie Johannas dort. Sie lächelte und betätigte das Glöckchen und den Recorder.

Das alte Lied »O Tannenbaum« erklang, und da Johanna mitsang, fielen auch alle anderen ein. Sanft leuchteten die bunten Lichter des Baumes, den nun alle andächtig anschauten.

Als das Lied verklungen war, läutete Johanna wieder das Glöckchen. Auf dem Flur ertönten schwere Schritte und es wurde heftig an die Tür geklopft.

Der kleine Sebastian griff voller Erregung nach der Hand seiner Schwester Bettina. Aller Augen richteten sich auf die Tür.

Nicht nur die Kleinen ließen den Mund offen stehen, sogar bei den Erwachsenen gab es da so einen kurzen Moment … Johanna vermerkte es mit innerem Schmunzeln.

»Wow!« »Megageil!« »Der passt zum Baum!«, flüsterten die Größeren respektlos.

Dieser Weihnachtsmann, das erkannten alle, trug dicke Brauen und den üblichen Rauschebart, auch den üblichen roten Mantel, aber keine Maske! Johanna und Gerhard hatte die Maske nicht gefallen und so hatten sie umdisponiert.

Jetzt lachte der Weihnachtsmann gutmütig. »Hohohooo! Ich hoffe, ihr seid alle artig gewesen!« Er schüttelte einen groben Sack. Einen richtigen, nicht etwa eine Plastetüte! Und prall voll war er auch! Nun neigte sich der Weihnachtsmann dem Kleinsten zu.

»Kannst du denn ein Gedicht oder Lied? Ich würde mich sehr darüber freuen, wenn du es mir vorträgst. Schon lange habe ich so etwas nicht mehr gehört!«

Die gütige, tiefe Stimme schien Sebastian keine Angst einzujagen. Er stellte sich ganz gerade hin und begann:

> »Das Büblein auf dem Eis.
> Gefroren hat es heuer,
> noch gar kein festes Eis.
> Das Büblein steht am Weiher
> Und spricht so zu sich leis:
> ›Ich will es einmal wagen,
> das Eis, es muss doch tragen. Wer weiß?!‹
> Das Büblein stampft und hacket
>
> Mit seinem Stiefelein.
> Das Eis auf einmal knacket
> Und krach, schon bricht's hinein!
> Das Büblein platscht und krabbelt
> Als wie ein Krebs und zappelt
> Mit Arm und Bein.
> ›O helft, ich muss versinken
>
> in lauter Eis und Schnee!
> O helft, ich muss ertrinken
> im tiefen, tiefen See!‹
> Wär nicht ein Mann gekommen,

der sich ein Herz genommen,
o weh!
Der packt es bei dem Schopfe

Und zieht es dann heraus,
Vom Fuße bis zum Kopfe
Wie eine Wassermaus.
Das Büblein hat getropfet,
der Vater hat geklopfet,
es aus,
zu Haus!«

Sebastian verbeugte sich gekonnt und alle klatschten.

»Das hast du aber gut gemacht!«, lobte der Weihnachtsmann und Sebastian wuchs gleich ein paar Zentimeter. »Ich glaube, das muss keiner überbieten. Dafür hast du auch etwas ganz Besonderes verdient. Aber weil es soo groß ist, dass es nicht in diesen Minisack hier passt, musst du noch ein kleines bisschen Geduld haben.« Er schüttelte den Sack und griff nun hinein. »Du darfst mir helfen!«, sagte der Weihnachtsmann zu Sebastian. »Weil ich nämlich nicht alle ganz genau kenne, die hier versammelt sind, übergibst DU die Geschenke. Machst du doch bestimmt gern, stimmt's?«

Sebastian nickte eifrig und die Verteilung nahm ihren Lauf. Es begann auch niemand mit dem Auspacken! Alle hielten ihre Geschenke im Arm und ließen sich keine Bewegung, kein Wort des Weihnachtsmannes entgehen. Ganz zuletzt angelte er ein kleines Brieflein aus dem Sack, drehte es hin und her und um und um. »Ach, ist das eine winzige Schrift! Mein kleiner Helfer … ach so, du gehst ja noch nicht zur Schule. Wer liest dann mal den Namen für mich? Meine große Brille liegt auf meinem Schreibtisch zu Hause.«

Bettina stand am dichtesten und reckte sich mit langem Arm. »Ich-ich-ich!«, schrie sie aufgeregt und hopste dabei wie ein Gummiball. Sie nahm den Brief und las: »Na-di-ne! Der ist für Nadine, Weihnachtsmann!« Eifrig wedelte sie damit. »Darf ich?«

»Ja, ja! Übergib ihn Nadine!«

Das tat die Kleine begeistert. »Hier, Nadine, für dich vom Weihnachtsmann!«, erklärte sie dabei, als wüsste das Nadine noch nicht.

Nadine nahm ihn lächelnd in Empfang und blickte kurz zu Johanna hin. Die griente nur wissend.

»Nun ist der Sack leer, aber einige haben noch nichts bekommen«, sagte der Weihnachtsmann bedauernd und schüttelte den schlaffen Sack. »Für diese liegen hier auf dem Tisch ein paar Kleinigkeiten. Und nun, mein kleiner Helfer, sollst auch du dein Geschenk sehen. Schau mal unter den Tisch! Ja, heb nur die Decke an! Helft doch mal alle mit, das Geheimnis zu lüften!«

Erst jetzt wandten sich alle dem Tisch zu und ließen den Weihnachtsmann aus den Augen. In dem überraschten Stimmengewirr und Durcheinander verschwand der Weihnachtsmann mitsamt Johanna.

Sie half Gerhard beim Abschminken und Umkleiden. Mit immer neuen Worten bedankte sie sich dabei für die gelungene Darbietung. Erst als er wieder als Gerhard vor ihr stand, bekam er zusätzlich noch einen zärtlichen Kuss.

Dann traten sie unbemerkt ins Wohnzimmer. Hier herrschte das blanke Chaos aus Geschenkpapier, Pappen, Bändern und strahlenden Menschen. Ein Weilchen sahen sie aneinandergelehnt dem bunten Treiben zu und machten sich gegenseitig auf dies und jenes aufmerksam. Unter dem Tisch saß nicht nur Sebastian, sondern auch der fünfzehnjährige Enrico und die achtjährige Bettina. Und Mario, Vater von Sebastian und Bettina, hing auch mehr unter der Tischplatte als darüber!

»Ich glaube, deine Eisenbahn kommt sehr gut an!«, flüsterte Johanna glücklich.

Madlen richtete plötzlich ihr Augenmerk auf ihren Vater und zwinkerte ihm zu. Er nickte und ergriff das Glöckchen.

Als seine Töne durch den Raum schwangen, erloschen sämtliche Geräusche. Alle, aber auch wirklich alle, sogar die unterm Tisch steckten ihre Köpfe hervor und wandten sich ihm zu.

Johanna hatte noch nie eine Rede gehalten. Plötzlich schlug die Erregung über ihr zusammen wie ein Schwall Wasser. Gerhard drückte ihre Hand und soufflierte ihr die von ihr vorgesehenen Anfangsworte.

»Meine Lieben!«, kam es daraufhin klar und deutlich aus ihrem Munde. »Wir danken euch, dass ihr alle gekommen seid, und hoffen, es hat euch etwas Spaß gemacht. Uns habt ihr jedenfalls nicht enttäuscht.« Ihre Augen schweiften zu Benny und Rebecca. »Ich möchte euch Gerhard vorstellen und hoffe sehr, ihr seid mir nicht mehr böse. Ich habe deshalb Helmuth – und er seine Elisabeth – bestimmt nicht vergessen! Wenn ihr einverstanden seid, stoßen wir miteinander auf ein gemeinsames Leben an. Bitte nehmt euch im Nebenraum ein Glas. Für Kinder steht Limonade bereit.« Sofort sausten die Kinder los, die Erwachsenen mischten sich dazwischen, um unliebsame Zwischenfälle gar nicht erst aufkommen zu lassen.

Benny und Rebecca traten auf Johanna und Gerhard zu. Benny breitete seine

Arme aus. »Mutti, sei mir nicht böse! Meine Reaktion war nicht in Ordnung.« Johanna ließ sich in seine Arme sinken und die einsetzende große Erleichterung trieb ihr Tränen in die Augen. »Ich bin ja soo froh ...«, schluchzte sie.

Da standen mit einem Male Enrico und Nadine neben den beiden.

»Nu heul ma nich, Oma!«, sagte Enrico zu ihr gönnerhaft und mit gerunzelten Brauen zu Benny: »Siehste! Du mit deinen Vorurteilen!«

»Ich heule ja nur vor Glück!«, bemäntelte Johanna ihre Reaktion und betupfte ihre Augen

»Wir haben Papa auch bearbeitet!«, unterstützte nun Nadine ihren jüngeren Bruder. »Und danke für euer großartiges Geschenk!« Doch schon bei ihren Worten ließ ihr Mienenspiel keinen Zweifel bei Johanna und Gerhard aufkommen, dass ihre Eltern davon noch keine Ahnung hatten. Deshalb nickten sie nur einverständig.

Madlen drückte Johanna nun ein Glas in die Hand und suggerierte ihr das Anstoßen.

Rasch schnäuzte sich Johanna noch, dann hob sie ihr Glas, schwenkte es sachte in die Runde und verweilte damit neben Gerhards.

»Ich wünsche uns allen viele glückliche Jahre miteinander!«, sagte sie mit warmer Stimme und stieß mit Gerhard an.

Jeder wollte nun mit den beiden anstoßen. Auch die Kinder drängten mit ihren Limonadengläsern heran.

»Bist du jetzt mein neuer Opa?«, wollte der Jüngste wissen und blickte mit in den Nacken gelegtem Kopf zu Gerhard hoch.

Der hockte sich nieder, um auf gleiche Höhe mit Sebastian zu kommen. »Ich wäre sehr froh, wenn ich dein Opa sein dürfte.«

»Darfst du!«, nickte Sebastian im Brustton der Überzeugung, legte seine Arme um Gerhards Hals und drückte ihn kräftig. Gerhard umarmte ihn ebenfalls und stemmte sich mit ihm hoch.

»Ich habe eben einen Enkel bekommen«, dröhnte er freudig erregt durch den Raum.

»Ich möchte auch dein Enkel sein!«, meldete sich Bettina und zupfte Gerhard am Jackett.

Er setzte Sebastian ab, nahm ihn an die linke und Bettina an seine rechte Hand.

»Und nun auch noch eine Enkelin! Nun bin ich schon zweifacher Opa!«, sagte er strahlend.

»Ich will auch!«, rief Enrico laut durchs Zimmer und stellte sich an Gerhards Seite.

»Ich auch!« »Ich auch!«, tönte es von der fünfzehnjährigen Jenny und von Nadine. Schon drängten sie sich ebenfalls neben Gerhard.

Der vermochte kaum seine Rührung zu verbergen und räusperte sich vernehmlich.

»Ich danke euch! Ihr macht mir das größte Geschenk zu diesem Weihnachtsfest. Es ist das schönste seit fünfzig Jahren! Und wisst ihr was?« Er senkte seine Stimme zum verschwörerischen Flüstern. »So schnell wie ich ist bestimmt noch niemand fünffacher Opa geworden!« Er lachte unbändig, befreit von jeglicher Anspannung.

Ein Jubelsturm brach los. Alle lachten und sprachen durcheinander.

»Kommst du morgen auch zu uns als Weihnachtsmann?«, fragte Sebastian und schaute bettelnd zu ihm auf.

Das war eine Frage, die die gerade gefundene Harmonie wieder kippen konnte. Gerhard war sich dessen bewusst. »Das weiß ich nicht. Vielleicht sind dann die andern traurig, wenn ich nur zu dir komme«, formulierte Gerhard vorsichtig und hoffte damit die Klippe umschifft zu haben.

Plötzlich herrschte atemlose Stille. Die Kinder sahen bittend zu ihren Eltern, die schauten sich gegenseitig an und erwogen wohl das Für und Wider.

Benny brach den Bann. Seine Arme beschrieben einen weiten Kreis. »So wie hier schaffen wir das sowieso nicht in unseren Verhältnissen. Wenn ihr alle einverstanden seid, kommen wir morgen wieder hier zusammen. Ginge das?« Seine Augen hefteten sich in Gerhards und schwenkten dann zu Johanna, seiner Mutter. Er lächelte ihr liebevoll zu.

Sie blickte fragend Gerhard an. Der strahlte zurück und nickte bestätigend.

Die Kinder jubelten los. Solchen Beifallssturm hatten diese Mauern bestimmt noch nicht gehört.

Madlen, die Ärztin, musste sich beherrschen, um nicht die Hände auf ihre Ohren zu drücken. Ihr Oliver sah es, grinste und flüsterte: »Tja, Kinder können laut sein!«

So kam es, dass in diesem Jahr zweimal Heiligabend gefeiert wurde und fünfzehn Menschen ihren Platz in einer neuen Gemeinschaft fanden.